SON NOM SUR LA LISTE

Auteur de renommée internationale né en 1955, John Grisham a été avocat pendant dix ans avant de connaître son premier succès littéraire avec *La Firme*, publié en 1991. Aujourd'hui écrivain à temps plein, il est un véritable phénomène éditorial aux États-Unis, où chacun de ses livres se vend à plusieurs millions d'exemplaires et fait l'objet d'adaptations cinématographiques très remarquées. Marié, père de deux enfants, John Grisham est l'un des auteurs les plus lus dans le monde.

Paru au Livre de Poche :

L'Allée du sycomore
Le Cas Fitzgerald
Le Cas Nelson Kerr
La Chance d'une vie
Le Droit au pardon
Les Imposteurs
L'Informateur
L'Insoumis
L'Ombre de Gray Mountain
Les Oubliés
La Sentence

JOHN GRISHAM

Son nom sur la liste

ROMAN TRADUIT DE L'ANGLAIS (ÉTATS-UNIS)
PAR CAROLE DELPORTE

JC LATTÈS

Titre original :

THE JUDGE'S LIST
Publié par Doubleday, une division de Penguin Random
House LLC, New York.

Ce récit est une œuvre de fiction. Les noms, personnages, lieux et événements sont le fruit de l'imagination de l'auteur ou sont employés de manière fictive. Toute ressemblance avec des personnes réelles, vivantes ou non, des événements ou des lieux, est entièrement fortuite.

© Belfry Holdings, Inc., 2021.
© Éditions Jean-Claude Lattès, 2023, pour la traduction française.
ISBN : 978-2-253-25000-5 – 1re publication LGF

1

L'appel arriva sur une ligne fixe du bureau, un système vieux d'une vingtaine d'années qui avait résisté à toutes les avancées technologiques. Une réceptionniste aux bras couverts de tatouages prénommée Felicity décrocha, une fille récemment embauchée qui aurait décampé bien avant de maîtriser le standard. Dans cette agence, tout le monde partait, surtout les employés administratifs. Le taux de rotation était absurdement élevé. Et le moral au plus bas. Pour la quatrième année consécutive, le bureau de l'inspection judiciaire avait vu son budget amputé par une législature qui connaissait à peine son existence.

Felicity réussit à transférer l'appel au bout du couloir, dans le bureau encombré de Lacy Stoltz.

— Vous avez un appel sur la ligne trois, annonça la réceptionniste.

— Qui est-ce ? interrogea Lacy.

— Elle n'a pas voulu me donner son nom.

Que répondre à cela ? Mais Lacy était lasse et n'avait plus l'énergie de réprimander la gamine et de lui remettre les pendules à l'heure. Personne ne respectait les protocoles. La discipline se perdait et le BJC,

Board on Judicial Conduct, était devenu totalement bordélique.

En tant que doyenne des lieux, Lacy se devait de montrer l'exemple.

— Merci, dit-elle en appuyant sur le bouton qui clignotait. Lacy Stoltz à l'appareil…

— Bonjour, madame Stoltz. Avez-vous un moment à m'accorder ?

Une femme – instruite, sans accent, environ quarante-cinq ans. Lacy spéculait en entendant cette voix.

— Et à qui ai-je l'honneur ?

— Mon nom est Margie pour l'instant, mais j'en utilise plusieurs.

Sa réponse amusa Lacy, qui faillit glousser.

— Eh bien, au moins vous êtes franche. Habituellement, je mets du temps à comprendre qu'il s'agit d'un nom d'emprunt.

Les appels anonymes étaient monnaie courante. En général, les gens qui voulaient se plaindre d'un juge se montraient prudents et hésitaient à s'attaquer ouvertement au système. Presque tous craignaient des représailles de la part des sphères de pouvoir.

— J'aimerais vous parler en privé, dit Margie.

— Venez à mon bureau, nous serons tranquilles.

— Oh non, répondit-elle, visiblement effrayée par cette idée. Ce n'est pas possible. Vous connaissez le Siler Building, juste à côté ?

— Bien sûr, répliqua Lacy en se levant pour aller l'observer par sa fenêtre.

C'était l'un des nombreux bâtiments gouvernementaux du centre-ville de Tallahassee.

— On pourrait se retrouver au café du rez-de-chaussée.
— Si vous voulez. Quand ?
— Tout de suite ? J'en suis à mon deuxième *latte*.
— D'accord, donnez-moi cinq minutes. Vous me reconnaîtrez ?
— Oui. J'ai vu votre photo sur le site. Je suis assise tout au fond à gauche.

Le bureau de Lacy était plutôt calme. Celui d'à côté était vide, depuis que son ex-collègue était partie dans une plus grosse agence. Et celui d'en face avait été transformé en réserve. Elle se dirigea vers l'accueil et passa la tête dans le bureau de Darren Trope, employé au BJC depuis deux ans, et déjà en quête d'un autre boulot.

— Tu es occupé ? l'interrompit-elle.
— Pas vraiment.

Ce qu'il faisait ou ne faisait pas n'avait pas d'importance. Si Lacy avait besoin de lui, Darren était à sa disposition.

— J'ai une faveur à te demander. Je vais au Siler pour rencontrer une inconnue qui m'a avoué qu'elle employait un pseudo.
— Oh, j'aime le mystère. C'est mieux que de rester ici à lire les commentaires déplacés qu'un juge a faits à un témoin.
— Déplacés comment ?
— Plutôt obscènes.
— Des photos, des vidéos ?
— Pas encore.
— Fais-moi savoir si tu en trouves. Dis-moi, tu pourrais venir dans quinze minutes pour prendre une photo de ma mystérieuse inconnue ?

— Bien sûr. Pas de problème. Une idée de qui elle est ?

— Pas la moindre.

Lacy quitta l'immeuble et prit son temps pour gagner le Siler Building, profitant de l'air frais. Quand elle entra dans le hall de l'immeuble, il était presque 16 heures. Dans le café, Margie était la seule cliente. Assise à une petite table dans le fond, elle lui fit un signe discret de la main, comme si elle avait peur de se faire remarquer. Lacy sourit et la rejoignit.

Africaine-américaine, la quarantaine, professionnelle, séduisante, éduquée, en pantalon et escarpins, elle était plus élégante que Lacy, car ces derniers temps, à l'agence, toutes les tenues étaient autorisées. Leur ancien patron exigeait le port de la veste et de la cravate et détestait les jeans, mais il avait pris sa retraite deux ans plus tôt et emporté avec lui la plupart des règles de bienséance.

Lacy passa devant la serveuse qui, les coudes sur le comptoir en formica, semblait fascinée par le téléphone rose qu'elle avait entre les mains. Elle ne leva pas les yeux, ne songea pas à saluer la nouvelle cliente. Aucune importance, Lacy avait décidé de se passer de caféine.

Sans se lever, Margie lui tendit la main.

— Enchantée de vous rencontrer. Vous voulez un café ?

Lacy sourit, lui serra la main et prit place en face d'elle.

— Non, merci. Margie, c'est bien ça ?

— Pour le moment.

— D'accord. Partons du bon pied. Pourquoi utilisez-vous un pseudonyme ?

— Mon histoire prendrait des heures et je ne sais pas si vous voulez l'entendre.

— Alors pourquoi avoir fait appel à moi ?

— S'il vous plaît, madame Stoltz.

— Lacy.

— S'il vous plaît, Lacy, vous n'avez pas idée du traumatisme émotionnel que j'ai subi pour en arriver à ce stade de mon existence. Je suis une loque à l'heure qu'il est, croyez-moi.

Elle paraissait pourtant en forme, quoiqu'un peu nerveuse. C'était peut-être le deuxième *latte*. Son regard scrutait les alentours. Elle avait de jolis yeux, derrière ses grosses lunettes à monture pourpre. Les lunettes faisaient partie de la tenue, un déguisement subtil.

— Je ne sais pas trop quoi vous dire. Pourquoi ne pas vous lancer ?

— Je me suis renseignée sur vous. (Elle saisit son sac à dos et en sortit une chemise cartonnée.) L'affaire du casino indien, c'est récent. Vous avez épinglé une femme juge véreuse et vous l'avez mise à l'ombre. Un journaliste décrit cette affaire comme le plus grand scandale de corruption de l'histoire de la jurisprudence américaine.

Le dossier faisait cinq centimètres d'épaisseur et donnait l'impression d'être parfaitement organisé.

Lacy nota l'emploi du mot « jurisprudence ». Étrange pour une profane.

— C'était une grosse affaire, dit-elle, feignant la modestie.

Margie sourit.

— Ah oui ? Vous avez démantelé un syndicat du crime, coincé une juge et mis un tas de criminels derrière les barreaux. Où ils croupissent encore, je crois.

— C'est vrai, mais j'étais loin d'être seule. Le FBI était très impliqué. L'enquête a été très compliquée et plusieurs personnes ont été tuées.

— Y compris votre collègue, Hugo Hatch.

— Oui, y compris Hugo. C'est étrange. Pourquoi avoir fait toutes ces recherches sur moi ?

Margie croisa les mains sur la chemise, qu'elle n'avait pas ouverte. Ses index tremblaient légèrement. Elle jeta un nouveau coup d'œil au bar, bien que personne ne soit entré ni sorti, et que la serveuse soit toujours perdue dans ses pensées. Elle but une gorgée de sa boisson à la paille. Si c'était vraiment son deuxième *latte*, elle l'avait à peine touché. Elle avait employé le mot « traumatisme ». Et reconnu être une « loque ». À l'évidence, cette femme avait peur.

— Oh, ce n'étaient pas vraiment des recherches. Juste deux ou trois infos dénichées sur Internet. Tout est là, vous verrez.

Lacy sourit et s'exhorta à la patience.

— Je ne vois pas très bien où ça nous mène.

— Votre travail est d'enquêter sur les juges accusés d'actes répréhensibles, n'est-ce pas ?

— Absolument.

— Et vous faites ce travail depuis combien de temps ?

— Pardon, mais en quoi est-ce pertinent ?

— J'aimerais le savoir. S'il vous plaît ?

— Douze ans.

Donner ce chiffre revenait à reconnaître sa défaite. Cela semblait une éternité.

— Comment décidez-vous de traiter ou non une affaire ? s'enquit Margie, qui tournait autour du pot.

Lacy prit une grande inspiration pour garder son calme. Les personnes qui la sollicitaient étaient souvent à fleur de peau.

— En général, quand une personne nous contacte pour porter plainte contre un juge, nous organisons une réunion. Si les allégations nous semblent fondées, la personne remplit une requête en bonne et due forme, que nous conservons sous scellés pendant quarante-cinq jours, le temps d'examiner les faits. C'est ce que nous appelons une évaluation. Neuf fois sur dix, cela ne va pas plus loin et la plainte est rejetée. Si nous soupçonnons un méfait, nous en informons le juge concerné, lequel a trente jours pour se défendre. En général, à ce stade, les deux parties prennent un avocat. Nous menons l'enquête, nous organisons des audiences, nous faisons venir des témoins, tout le toutim.

Pendant qu'elle parlait, Darren entra dans le café, arracha la barmaid à son écran pour commander un déca et attendit sans un regard aux deux femmes. Puis il alla s'asseoir avec sa tasse à une table de l'autre côté de la salle et ouvrit un ordinateur portable pour feindre de se lancer dans une tâche importante. Sans rien laisser paraître, il en dirigea la caméra sur le dos de Lacy et le visage de Margie, zooma sur l'inconnue et se mit à filmer. Il prit aussi plusieurs photos.

Margie ne parut pas le remarquer. Concentrée sur Lacy, elle lui demanda :

— Cela arrive-t-il souvent qu'un juge soit démis de ses fonctions ?

Encore une fois, en quoi était-ce pertinent ?

— Pas très souvent, heureusement. Notre juridiction compte plus de mille juges et la majorité sont honnêtes et consciencieux. La plupart des plaintes que nous recevons sont mineures. Le plus souvent, il s'agit de plaideurs mécontents qui n'ont pas obtenu gain de cause. Beaucoup de cas de divorces. Beaucoup d'avocats en colère d'avoir perdu. Nous sommes très sollicités, mais dans l'ensemble, les conflits sont résolus.

À l'entendre, son travail était ennuyeux et, au bout de douze ans, c'était un peu l'impression qu'elle avait.

Margie l'écouta attentivement, tout en pianotant sur son dossier. Elle prit une profonde inspiration et demanda :

— La personne qui dépose la plainte est-elle toujours identifiée ?

Lacy réfléchit avant de répondre.

— Eh bien, au bout du compte, oui. Il est rare que le plaignant reste anonyme.

— Pourquoi ?

— Parce qu'il connaît les faits et doit témoigner devant le juge. On peut difficilement épingler un magistrat si le témoin a peur de le confronter. Vous avez peur ?

Ce simple mot sembla l'effrayer.

— Oui, on peut dire ça, oui.

Lacy fronça les sourcils.

— Écoutez, allons droit au but. Quelle est la gravité du comportement dont nous parlons ? De quoi s'agit-il ?

Margie ferma les yeux et parvint à articuler :

— De meurtre.

Elle les rouvrit immédiatement pour regarder autour d'elle et s'assurer que personne ne l'avait entendue. Lacy assimila l'information avec le scepticisme qu'elle avait développé au fil des années. Encore une fois, elle s'efforça de rester patiente. Quand elle regarda à nouveau Margie, cette dernière avait les larmes aux yeux. Lacy se pencha et chuchota :

— Vous suggérez que l'un de nos juges en exercice a commis un meurtre ?

Margie se mordit la lèvre et secoua la tête.

— Je sais qu'il l'a fait.

— Puis-je vous demander comment vous le savez ?

— Mon père est l'une de ses victimes.

Lacy retint son souffle.

— L'une de ses victimes ? Vous insinuez qu'il y en a *plusieurs* ?

— Oui. Je crois que mon père était la deuxième. Je ne suis pas sûre du nombre, mais je suis convaincue de sa culpabilité.

— Intéressant.

— C'est un euphémisme. Combien de fois est-on venu vous voir pour accuser un juge d'avoir assassiné des gens ?

— Eh bien, c'est la première fois.

— Exactement. Dans l'histoire des États-Unis, combien de magistrats en exercice ont-ils été reconnus coupables de meurtre ?

— À ma connaissance, aucun.

— C'est bien ce que je pensais.

De l'autre côté de la salle, Darren termina son important travail et s'en alla. Aucune des deux femmes ne remarqua son départ.

— Ne le prenez pas mal, mais je n'irai pas plus loin dans ce café. J'ai beaucoup d'informations à vous donner – et à personne d'autre – mais pas ici.

Lacy avait eu son lot de marginaux et de déséquilibrés, les bras chargés de documents qui prouvaient qu'un salaud corrompu occupait un poste de juge. Presque toujours, au bout de quelques minutes de discussion en tête à tête, elle pouvait rendre son verdict et ranger le dossier dans le tiroir des affaires classées. Avec le temps, elle avait appris à lire les gens, bien qu'avec la plupart des détraqués qu'elle rencontrait, une rapide évaluation psychologique n'avait rien d'un exploit.

Margie, ou quel que soit son vrai nom, n'était ni folle ni paumée. Elle était sûre de son fait, et pour le moins effrayée.

— D'accord. Et maintenant ?
— Que voulez-vous faire ?
— Eh bien, c'est vous qui m'avez contactée. Voulez-vous vraiment tout me dire ? Je ne joue pas et je ne suis pas là pour vous soutirer des informations, si vous voulez vraiment déposer une plainte contre un juge. Je perds beaucoup de temps à écouter les récriminations des uns et des autres. D'autant que le plus souvent, il s'agit d'une impasse. Alors, êtes-vous prête à lâcher le morceau ?

Margie se mit à sangloter. Lacy la regarda avec toute la compassion dont elle était capable, même si en réalité, elle mourait d'envie de s'en aller et de ne plus jamais revenir.

Cependant, cette histoire de meurtre l'intriguait. Une partie de son travail quotidien au BJC consistait à écouter les griefs absurdes de personnes malheureuses qui n'avaient rien à perdre. Un assassinat commis par un juge semblait trop sensationnel pour être vrai.

— J'ai pris une chambre au Ramada sur East Gaines, finit par répondre Margie. On pourrait s'y retrouver après les horaires de bureau. Mais vous devez venir seule.

Lacy hocha la tête, comme si elle s'y attendait.

— Nous avons pour règle de ne pas avoir d'entretien préliminaire avec une partie plaignante hors de nos bureaux et en solo. Je dois venir avec un collègue.

— Comme M. Trope qui était assis là-bas ? questionna Margie en désignant du menton la chaise vide de Darren.

Lacy se retourna lentement pour voir de quoi elle parlait tout en cherchant désespérément une excuse.

— Tout est sur votre site Internet, reprit Margie. Les visages souriants de vos employés. (De sa mallette, elle sortit un portrait d'elle en couleurs et le fit glisser sur la table.) Tenez, avec mes compliments. Une photo de moi bien plus réussie que celle que M. Trope vient de faire en douce.

— De quoi parlez-vous ?

— Je suis sûre qu'il a déjà passé ma photo dans votre logiciel de reconnaissance faciale et n'a rien trouvé. Je ne suis pas dans votre banque de données.

— Je ne comprends pas…

Margie avait raison sur toute la ligne, mais Lacy était si abasourdie qu'elle ne trouvait aucune repartie.

— Oh, je pense que si au contraire. Venez seule, ou vous ne me reverrez jamais. Vous êtes l'enquêtrice la plus expérimentée de votre agence et, pour le moment, votre patronne n'est qu'une intérimaire. Vous faites sûrement ce que vous voulez.

— J'aimerais que ce soit aussi simple.

— Disons qu'on va prendre un verre après le boulot, voilà tout. Donnons-nous rendez-vous au bar, et si tout va bien, on montera dans ma chambre pour discuter en privé.

— Je ne peux pas monter dans votre chambre. C'est contre le règlement. Une fois la plainte déposée, nous pourrons nous voir en privé. Quelqu'un doit savoir où je suis.

— Je comprends. À quelle heure ?

— Disons 18 heures.

— Je serai installée dans le fond. Pas de micro, pas de dictaphone, pas de caméra cachée, pas de collègue qui fait semblant de boire un verre et qui me filme à mon insu. Ah, et passez le bonjour à Darren pour moi. Au plaisir de faire sa connaissance un jour. Marché conclu ?

— Marché conclu.

— Bon. Vous pouvez partir.

Tandis que Lacy retournait à son bureau, elle fouilla sa mémoire en se demandant si, en douze ans de carrière, on lui avait déjà cloué le bec de cette manière.

*

Elle posa le portrait en couleurs sur le bureau de Darren.

— Tu parles d'une filature ! On s'est fait prendre comme des bleus. Elle connaît nos noms, nos fonctions et nos numéros de série. Elle m'a donné cette photo en me disant qu'elle serait de bien meilleure qualité que celle que tu as prise avec ton ordi.

Darren étudia le portrait.

— Ben elle a raison.

— Une idée de son identité ?

— Aucune. J'ai passé sa photo dans notre base de données, sans résultat. Mais ça ne veut rien dire.

— Ça veut dire qu'elle n'a pas été arrêtée en Floride ces six dernières années. Tu peux demander au FBI de faire une recherche dans leurs fichiers ?

— Ils vont vouloir savoir pourquoi, et je ne saurai pas quoi leur répondre. Je peux te poser une question évidente ?

— Je t'en prie.

— Le BJC est une agence d'investigation, n'est-ce pas ?

— Elle est censée l'être, oui.

— Alors pourquoi on poste nos photos et nos bios sur notre site Internet ?

— Demande à la boss.

— On n'a pas de boss. Juste une gratte-papier qui sera partie avant qu'on ait retenu son nom.

— Probablement. Écoute, Darren, on a eu cette conversation un millier de fois. Toi et moi, on ne veut pas mettre nos jolis minois sur le site du BJC. C'est pour ça que je n'ai pas mis le mien à jour depuis cinq ans. J'ai toujours l'air d'en avoir trente-quatre.

— Je dirais trente et un, mais je suis partial.
— Merci.
— J'imagine que ce n'est pas très grave. Ce n'est pas comme si on poursuivait des meurtriers et des trafiquants de drogue.
— C'est sûr.
— Alors, c'est quoi, son problème, à cette femme ?
— Je ne sais pas encore. Merci pour ton aide.
— Tu parles d'une aide !

2

L'espace lounge du Ramada occupait une large partie de l'atrium en verre de l'hôtel. À 18 heures, son bar chromé était assailli par des lobbyistes en costume qui guettaient les jolies secrétaires des agences gouvernementales, et la majorité des tables étaient prises. La législature de Floride était en session à cinq pâtés de maisons de là, au Capitole, et tous les bars du coin étaient pris d'assaut par des gens importants en quête d'argent et de sexe.

Quand Lacy entra au Ramada, elle eut droit à sa part de regards graveleux et se dirigea vers le fond de la salle, où Margie était attablée seule devant un verre d'eau.

— Merci d'être venue, dit Margie lorsque Lacy arriva à sa hauteur.

— C'est normal, répondit-elle en s'asseyant. Vous connaissez cet endroit ?

— Non. C'est la première fois que je viens ici. Plutôt animé, n'est-ce pas ?

— À cette époque de l'année, oui. Ça va se calmer quand le carnaval sera terminé.

— Le carnaval ?

— La saison législative. De janvier à mars. Planquez les bouteilles de gnôle. Éloignez les femmes et les enfants. Vous voyez le genre.

— Non, désolée.

— Je suppose que vous n'habitez pas ici.

— En effet.

Une serveuse à l'air blasé leur demanda si elles voulaient boire quelque chose et fronça les sourcils à la vue du verre d'eau. Le message était assez clair : les filles, on ne chôme pas ici, je peux donner votre table à quelqu'un qui s'enquillera de l'alcool.

— Un verre de pinot grigio, dit Lacy.

— La même chose, renchérit Margie.

Après le départ de la serveuse, Lacy regarda autour d'elle pour s'assurer que personne ne pouvait les entendre. Non. Les tables étaient suffisamment espacées, et le bourdonnement permanent des conversations au bar couvrait tout le reste.

— Très bien, reprit Lacy. Alors vous n'habitez pas ici, et je ne connais pas votre vrai nom. Vous êtes méfiante, je le comprends. Cependant, comme je vous l'ai dit, je perds beaucoup de temps avec les gens qui me contactent alors qu'ils ne sont pas décidés à me raconter leur histoire.

— Qu'aimeriez-vous savoir ?

— Pourquoi ne pas commencer par votre nom ?

— Ça, ce n'est pas possible.

— Génial.

— Que feriez-vous de mon nom ? Vous créeriez un fichier informatique ? Ou un bon vieux dossier papier ? Comment protégez-vous vos données ? Qui d'autre connaîtrait mon identité ?

Lacy déglutit et étudia son regard. Margie ne réussit pas à le soutenir et détourna les yeux.

— Vous êtes nerveuse et vous vous comportez comme si vous étiez surveillée.

— Je ne suis pas suivie, Lacy, mais tout laisse une trace.

— Une trace que quelqu'un peut suivre ? Ce quelqu'un est-il le juge que vous soupçonnez de meurtre ? Aidez-moi un peu, Margie. Donnez-moi quelque chose.

— Tout laisse une trace.

— Vous l'avez déjà dit.

La serveuse revint d'un pas pressé, posa deux verres de vin et un bol de cacahuètes sur leur table, et repartit aussi sec.

Margie ne parut pas remarquer le verre de vin, alors que Lacy en buvait une gorgée.

— Nous sommes coincées avec cette histoire de nom. Je vais en noter un, et cela restera officieux – pour le moment.

Margie hocha la tête et se détendit instantanément.

— Jeri Crosby, quarante-six ans, professeure de sciences politiques à l'université de South Alabama à Mobile. Un mariage, un divorce, une fille.

— Merci. Et vous pensez que votre père a été assassiné par un juge actuellement en exercice, c'est bien ça ?

— Oui, un juge de Floride.

— Ce qui réduit le champ à environ un millier de personnes.

— Il appartient au vingt-deuxième district.

— Impressionnant. Il n'en reste plus que quarante. Quand me donnerez-vous le nom de votre suspect ?

— Très bientôt. Peut-on ralentir un peu ? En ce moment, il ne m'en faut pas beaucoup pour me déstabiliser.

— Vous n'avez pas touché à votre verre. Ça pourrait vous aider.

Jeri avala une gorgée de pinot et prit une profonde inspiration.

— J'imagine que vous avez environ quarante ans ?

— Presque. Trente-neuf. Bientôt quarante. Une étape traumatisante ?

— Eh bien, plutôt, oui. Mais la vie continue. Donc, il y a vingt-deux ans, vous étiez encore au lycée, n'est-ce pas ?

— Oui. C'est important ?

— Détendez-vous, Lacy, je parle maintenant, n'est-ce pas ? On avance ! Quand vous étiez ado, vous n'avez sans doute pas entendu parler du meurtre de Bryan Burke, un professeur de droit à la retraite.

— Non. Votre père ?

— Oui

— Je suis désolée.

— Merci. Pendant près de trente ans, mon père a enseigné à la Stetson Law School de Gulfport, en Floride. Près de Tampa.

— J'ai entendu parler de cette fac de droit.

— Il a pris sa retraite à l'âge de soixante ans, pour des raisons familiales, et est retourné dans sa ville natale en Caroline du Sud. J'ai un dossier détaillé sur mon père, que je vous donnerai le moment venu. C'était quelqu'un, vous savez. Inutile de vous préciser que sa disparition a bouleversé mon univers et, en toute franchise, je ne m'en suis jamais vraiment remise. Perdre un parent aussi jeune est déjà un drame en soi, mais quand il s'agit d'un crime, un meurtre irrésolu, c'est encore plus traumatisant. Vingt-deux ans après, la police a baissé les bras depuis longtemps. La piste est plus que froide. Quand on a compris que les enquêteurs n'arrivaient à rien, j'ai juré de tout faire pour retrouver l'assassin.

— La police a baissé les bras ?

Elle avala une lampée de vin.

— Avec le temps, oui. L'enquête est toujours en cours, et je leur parle de temps à autre. Je ne leur en veux pas, vous savez. Ils ont fait de leur mieux, étant donné les circonstances. Car c'était un crime parfait. Comme tous les autres.

Lacy saisit son verre.

— Un crime parfait ?

— Oui, pas de témoins. Pas de preuves. Du moins rien qui permette de remonter la piste du tueur. Et pas de mobile apparent.

Lacy faillit demander : *Alors je suis censée faire quoi ?* Mais elle but un peu de pinot et lança :

— Je ne suis pas sûre que le BJC soit apte à enquêter sur une vieille affaire de meurtre commis en Caroline du Sud.

— Ce n'est pas ce que je vous demande. Votre juridiction couvre les méfaits des juges de Floride, n'est-ce pas ?

— Oui.

— Et ça inclut le meurtre ?

25

— Je suppose que oui, mais je n'ai jamais été impliquée dans ce genre d'affaires. Vous avez besoin des gros calibres, peut-être du FBI.

— Le FBI ne s'intéresse pas à cette histoire pour deux raisons. D'abord, ce n'est pas un crime fédéral. Ensuite, rien ne permet de relier les crimes entre eux, si bien que personne ne sait que nous avons probablement affaire à un tueur en série.

— Vous avez contacté le FBI ?

— Oui, il y a plusieurs années. En tant que famille de la victime, on cherchait désespérément de l'aide. Ça n'a rien donné.

Lacy rebut du vin.

— D'accord, vous me rendez nerveuse, alors on va reprendre lentement. Vous pensez qu'un juge actuellement en exercice a assassiné votre père il y a vingt-deux ans. Siégeait-il quand le crime a été commis ?

— Non, il a été élu en 2004.

Lacy digéra l'information et regarda autour d'elle. Un homme aux allures de lobbyiste s'installa à une table toute proche et la reluqua avec une vulgarité qui n'était pas inhabituelle dans les environs du Capitole. Elle le fusilla du regard jusqu'à ce qu'il détourne les yeux, puis se pencha vers Margie.

— Je serais plus à l'aise si on poursuivait cette conversation ailleurs. Cet endroit est trop animé.

— J'ai accès à une petite salle de conférences au premier étage, annonça Jeri. Je vous garantis que le lieu est sûr. Et si je vous agresse, vous pourrez toujours crier et partir en courant.

— Ça me paraît très bien.

Jeri régla la note et les deux femmes quittèrent le bar pour prendre l'escalator jusqu'à la mezzanine, où Jeri ouvrit une petite pièce. Plusieurs dossiers étaient disposés sur la table.

Les deux femmes s'installèrent face à face, les dossiers à portée de main. Pas d'ordinateur portable. Pas de bloc-notes. Leurs téléphones étaient restés dans leurs sacs à main. Jeri paraissait plus détendue.

— Bien, je vous propose une discussion informelle, alors ne prenez pas de notes. Mon père, Bryan Burke, a pris sa retraite de la Stetson Law School en 1990. Il y a enseigné pendant près de trente ans et était une figure, un professeur bien-aimé. Avec ma mère, ils ont décidé de retourner à Gaffney, en Caroline du Sud, la petite ville où ils ont grandi. Ils avaient de la famille dans les environs et ont hérité d'un terrain. Ils ont fait construire un joli petit cottage dans les bois et ont aménagé un jardin. Dans l'ensemble, leur retraite était agréable. Ils étaient à l'abri sur le plan financier, jouissaient d'une bonne santé et participaient activement à la vie de la paroisse. Papa lisait beaucoup et écrivait des articles pour des revues juridiques. Il pouvait compter sur ses vieux amis et s'en était fait de nouveaux. Puis il a été assassiné.

Elle saisit une chemise bleue d'environ un centimètre d'épaisseur, comme les autres.

— J'ai rassemblé toute une série de documents sur mon père, sa carrière, son décès. Des coupures de journaux, des articles trouvés sur Internet. Bien sûr, rien de tout cela n'est en ligne.

Lacy n'ouvrit pas le dossier.

— Derrière l'onglet jaune, vous trouverez une photo de la scène de crime. Je l'ai assez vue. Vous pouvez jeter un coup d'œil.

Lacy ouvrit la chemise et fronça les sourcils en découvrant l'agrandissement en couleurs. Le défunt gisait dans un ravin, une fine corde serrée autour du cou, dont la peau était cisaillée. En nylon bleu, elle était maculée de sang séché et fixée sur la nuque par un nœud solide.

Elle ferma le dossier avec un soupir.

— Je suis vraiment désolée.

— C'est bizarre. Après vingt-deux ans, on apprend à supporter la douleur, à la refouler au prix de gros efforts. Mais il est très facile de baisser la garde et d'être submergée par les souvenirs. Là, je vais bien. Là, je me sens revivre parce que je vous parle et que j'agis. Vous n'imaginez pas combien il a été pénible pour moi d'arriver jusqu'à vous. C'est dur, vous savez, et franchement effrayant.

— Et si vous me parliez du crime ?

Elle prit une grande inspiration.

— D'accord. Papa aimait faire de longues promenades dans les bois derrière son cottage. Maman l'accompagnait souvent, mais son arthrite la faisait souffrir. Par une belle matinée du printemps 1992, il l'a embrassée pour lui dire au revoir, a pris sa canne et a emprunté le sentier habituel. L'autopsie a conclu à la mort par asphyxie, mais a aussi révélé une blessure au niveau du crâne. À l'évidence, il a rencontré quelqu'un qui l'a frappé à la tête et l'a achevé en l'étranglant avec une corde en nylon. Son corps a été traîné à l'écart de la piste et abandonné dans un ravin, où on l'a retrouvé en fin d'après-midi. La scène de crime n'a rien révélé – aucun objet contondant, aucune empreinte de chaussure, le sol était sec. Aucune trace de lutte, pas de cheveux ni d'échantillons de vêtements. Rien. La corde a été analysée par des labos spécialisés qui n'ont rien noté de particulier. Elle est décrite dans le dossier. Le cottage n'est pas loin de la ville, mais il est quand même un peu isolé, et il n'y a pas de témoins. Pas de voiture immatriculée dans un autre État. Pas d'étrangers dans les parages. Dans ce coin, on peut facilement s'insinuer dans les bois, se garer à l'abri des regards et repartir sans laisser de trace. En vingt-deux ans, pas un indice n'est remonté à la surface, Lacy. La piste est gelée. Nous avons accepté la dure réalité : le crime ne sera jamais résolu.

— Nous ?

— Oui, enfin, c'est plutôt une croisade en solitaire. Ma mère est décédée deux ans après mon père. Elle ne s'en est jamais remise et a un peu perdu pied. J'ai un frère aîné en Californie qui s'est accroché pendant quelques années, puis il a baissé les bras lui aussi. Il en avait marre que la police piétine. On se parle de temps à autre, mais on évoque rarement papa. Donc, je suis seule à livrer bataille. Et je me sens isolée.

— J'imagine que c'est très pénible en effet. Et le lieu du crime, la Caroline du Sud, est loin des tribunaux de Floride. Comment êtes-vous arrivée jusqu'ici ?

— Eh bien, le lien est ténu, je dois dire. Une série de spéculations.

— Vous n'avez pas fait tout ce chemin en vous fondant sur de simples spéculations. Quel est le mobile ?
— Le mobile, c'est tout ce que j'ai.
— Et vous avez l'intention de m'en dire plus ?
— Attendez, Lacy. Vous ne vous rendez pas compte. Je n'arrive pas à croire que je suis en train d'accuser une personne de meurtre sans preuve.
— Vous n'accusez personne, Jeri. Vous avez un suspect, sinon vous ne seriez pas ici. Si vous me donnez son nom, je ne le répéterai à personne. Pas sans votre permission. D'accord ?
— D'accord.
— Bien. Revenons-en au mobile.
— C'est la question qui me ronge depuis le début. Pourquoi ? Personne n'en voulait à mon père dans son entourage. C'était un universitaire qui gagnait bien sa vie et qui était économe. Il n'a jamais investi dans des sociétés ou dans l'immobilier, rien de ce genre. En fait, il méprisait les promoteurs et les spéculateurs. Il avait deux ou trois collègues, professeurs de droit eux aussi, qui avaient perdu de l'argent en Bourse, dans de piètres transactions, mais il n'avait guère de sympathie pour eux. Il n'avait pas de partenaires commerciaux ni d'associés, ce qui aurait pu provoquer des conflits et lui valoir des ennemis. Il n'aimait pas avoir de dettes et payait ses factures en temps et en heure. Il était loyal envers sa femme et sa famille, pour autant que je sache. Si vous connaissiez Bryan Burke, vous n'auriez jamais pu l'imaginer infidèle. Il était bien traité par ses employeurs et admiré par ses étudiants. Il a été élu

meilleur professeur de droit quatre fois en trente ans à la Stetson Law School. Il a refusé plusieurs promotions au bureau du doyen parce qu'il considérait l'enseignement comme sa vocation et qu'il voulait être dans l'amphithéâtre. Il n'était pas parfait, Lacy, mais il n'était pas loin de l'être.

— J'aurais aimé le connaître.

— Il était charmant. Un homme doux, pacifique. Ce n'était pas un vol, parce qu'on ne lui a rien volé, et son portefeuille était resté à la maison. Et ce n'était certainement pas un accident. La police a été dans l'impasse dès le début.

— Mais…

— Ce n'est pas tout. C'est tiré par les cheveux, mais je n'ai pas trouvé mieux. J'ai soif. Pas vous ?

Lacy secoua la tête. Jeri alla se servir un verre d'eau sur la desserte et revint s'asseoir. Elle expira longuement et reprit :

— Comme je l'ai dit, mon père adorait sa salle de classe. Il adorait donner des leçons. Pour lui, c'était comme jouer une pièce de théâtre, et il était le seul acteur sur scène. Il aimait exercer le contrôle total sur son environnement, sur son contenu et, surtout, sur ses étudiants. Cette salle se trouvait au deuxième étage de la faculté, son repaire pendant des décennies. Son nom est gravé sur la plaque de la porte. Il s'agit d'une salle de conférences avec quatre-vingts sièges disposés en demi-lune. Ses cours de droit constitutionnel étaient captivants, stimulants, et souvent drôles. Il avait un grand sens de l'humour. Tous les étudiants voulaient le professeur Burke – il détestait qu'on l'appelle « Pr Burke » –, et ceux qui n'étaient pas retenus suivaient souvent son cours en auditeurs libres. Il n'était pas rare que des profs invités, des doyens et d'anciens étudiants se pressent pour s'asseoir, souvent sur des chaises pliantes au fond de la salle ou sur les marches. Le président de l'université, lui-même avocat, était un fan. Vous voyez le tableau ?

— Oui, c'est pourtant difficile à croire. Je me souviens avec effroi de mon cours de droit constitutionnel.

— Je comprends. Mais les quatre-vingts étudiants de première année qui avaient la chance d'être inscrits à son cours savaient qu'il pouvait se montrer implacable. Papa attendait d'eux qu'ils soient prêts à défendre leurs opinions.

Ses yeux se remplirent de larmes à l'évocation de son père. Lacy sourit et hocha la tête pour l'encourager.

— Papa adorait donner des conférences et privilégiait la méthode socratique : il choisissait un étudiant au hasard et lui demandait de résumer à la classe l'affaire en cours. Si celui-ci commettait une erreur ou se mélangeait les pinceaux, il en prenait pour son grade. Au fil des ans, j'ai parlé à plusieurs de ses anciens élèves et, bien qu'ils aient tous exprimé leur admiration pour leur ancien professeur, ils frémissaient encore à l'idée de disputer un point de droit avec le professeur Burke. Il était craint, mais aussi très estimé. Tous ses adeptes ont été choqués par son assassinat. Qui pouvait bien haïr le professeur Burke ?

— Vous les avez interrogés ?
— Oui. Sous prétexte de recueillir des anecdotes sur mon père pour un livre. Je le fais depuis des années. Cet ouvrage ne verra jamais le jour, mais c'est un excellent moyen d'engager la conversation. Il suffit de dire qu'on écrit un livre pour que les langues se délient. J'ai au moins deux douzaines de photos envoyées par ses élèves. Papa à la remise des diplômes. Papa en train de boire une bière avec des étudiants à un match de softball. Papa sur le banc des accusés pendant un procès fictif. Des petites tranches de vie universitaire. Ils l'adoraient.

— Je suis sûre que vous avez un dossier complet sur lui.

— Bien sûr. Pas ici, mais je serais heureuse de vous le montrer.

— Peut-être plus tard. Nous parlions du mobile.

— Oui. Il y a plusieurs années, j'ai discuté avec un avocat d'Orlando qui avait eu mon père comme professeur, et il m'a rapporté une anecdote intéressante. Il avait dans sa classe un jeune homme tout ce qu'il y a de plus ordinaire. Un jour, mon père lui a demandé de venir au tableau pour parler du quatrième amendement, qui réglemente les perquisitions et les saisies. L'étudiant était préparé mais défendait des idées contraires à celles de mon père, et le ton est monté. Papa aimait les étudiants passionnés, capables de se défendre. Mais celui-là a fait des commentaires déplacés et a voulu prendre de haut le professeur Burke, qui l'a remis à sa place par une pique bien sentie. Au cours suivant, il pensait probablement être tiré d'affaire et n'avait rien préparé.

Papa l'a de nouveau fait venir au tableau. Il a tenté d'improviser, un péché impardonnable, et s'est planté en beauté. Deux jours plus tard, le professeur Burke l'a interrogé pour la troisième fois. L'étudiant était prêt à en découdre. S'est ensuivie une joute oratoire, et papa l'a poussé dans ses retranchements. Il est dangereux de vouloir argumenter avec un professeur qui enseigne une matière depuis des années, mais l'élève était arrogant et sûr de son fait. Papa lui a donné le coup de grâce avec une réplique qui l'a littéralement anéanti. Humilié, le jeune homme a vu rouge. Il s'est mis à jurer, a jeté son cahier à travers la pièce et a quitté la salle comme une furie, manquant briser la porte en la claquant derrière lui. Avec un sens parfait de la repartie, mon père a lancé : « Je ne suis pas sûr qu'il charmerait un jury. » La classe a explosé de rire, si fort que l'étudiant a dû l'entendre. Il a abandonné le cours de mon père et a décidé de contre-attaquer. Il s'est plaint au doyen et au président de l'université. Il se considérait comme la risée de sa promotion et a fini par quitter la faculté de droit. Il a écrit des lettres à des anciens élèves, des politiciens, des professeurs… un comportement vraiment bizarre. Il a aussi écrit à mon père. Ses lettres étaient remarquablement bien tournées, mais décousues, et pas vraiment menaçantes. La dernière a été envoyée d'un asile psychiatrique près de Fort Lauderdale, un texte manuscrit, sur le papier à en-tête de l'institut. Il prétendait souffrir d'une dépression nerveuse à cause de mon père.

Elle fit une pause et but une gorgée d'eau.

— C'est le mobile ? demanda Lacy. La vengeance d'un étudiant contrarié ?

— Oui, même si c'est plus compliqué que ça.

— J'imagine. Que lui est-il arrivé ?

— Il a fini par se ressaisir et a terminé son droit à l'université de Miami. Aujourd'hui, il est juge. Écoutez, je sais que vous êtes sceptique, et à raison, mais il est le seul suspect possible.

— En quoi est-ce plus compliqué ?

Jeri jeta un regard appuyé aux dossiers sur la table. Cinq de couleurs différentes. Lacy ne mit pas longtemps à comprendre le message.

— Ce sont les cinq autres victimes du tueur ?

— Si je ne le pensais pas, je ne serais pas là.

— J'imagine que toutes ces affaires sont liées ?

— De deux manières. D'abord, la méthode. Ces six personnes ont été frappées à la tête et asphyxiées par la même corde en nylon. La corde leur a cisaillé la peau et a été nouée de la même façon sur la nuque. Une sorte de carte de visite. Et ces six personnes ont eu un contentieux avec notre juge par le passé.

— Un contentieux ?

— Il les connaissait. Et les a traquées pendant des années.

Lacy retint son souffle, déglutit et sentit la peur lui nouer l'estomac. La bouche soudain sèche, elle parvint malgré tout à articuler :

— Ne me dites pas son nom. Je ne suis pas encore prête à l'entendre.

Un long silence s'installa pendant que les deux femmes se perdaient dans leurs réflexions.

— Écoutez, dit Lacy, j'en ai assez entendu pour aujourd'hui. Laissez-moi réfléchir à tout ça et je vous rappelle.

Jeri sourit et hocha la tête. Elles échangèrent leurs numéros de téléphone et prirent congé. Lacy quitta l'immeuble à grandes enjambées et regagna rapidement sa voiture.

3

Son appartement, chic et ultramoderne, se situait dans un entrepôt récemment rénové, non loin du campus de l'université d'État de Floride. Elle vivait avec Frankie, son infernal bouledogue français. Le chien l'attendait toujours à la porte et urinait dans les parterres de fleurs en bondissant. Lacy le laissait sortir pour se soulager, puis se versait un verre de vin, se laissait tomber sur le canapé et contemplait la grande baie vitrée.

En ce début du mois de mars, les jours rallongeaient enfin, bien que trop lentement à son goût. Elle avait grandi dans le Midwest, où les hivers étaient froids et gris, avec trop de neige et pas assez de soleil. Elle aimait la Floride pour ses hivers doux, ses saisons tranchées et ses longues journées de printemps. Dans deux semaines, ils changeaient d'heure. Les jours allaient s'étirer et la ville universitaire s'animer, avec des barbecues dans les jardins, des soirées au bord de la piscine, des cocktails sur les toits et des dîners en plein air. Voilà pour les adultes. Les étudiants vivraient dehors, profitant du soleil et de la plage pour parfaire leur bronzage.

Six meurtres.

Après douze années passées à enquêter sur des magistrats, Lacy se considérait comme immunisée contre les chocs. Aussi, elle était suffisamment endurcie et blasée pour douter sérieusement de la véracité de l'histoire de Jeri, comme elle se méfiait de toutes les plaintes qui atterrissaient sur son bureau.

Pourtant Jeri Crosby ne mentait pas.

Ses hypothèses étaient peut-être fausses, ses intuitions erronées, ses craintes infondées. Mais elle croyait sincèrement que son père avait été assassiné par un juge.

Lacy quitta l'hôtel Ramada les mains vides. Le seul dossier qu'elle avait ouvert était resté sur la table. À présent, sa curiosité était piquée au vif. Elle consulta son téléphone et vit deux appels manqués d'Allie Pacheco, son petit ami. Il n'était pas en ville, elle le rappellerait plus tard. Elle alla chercher son ordinateur portable et commença ses recherches.

Le vingt-deuxième district judiciaire englobait les trois comtés du nord-ouest de l'État. Parmi les quelque quatre cent mille habitants de ce territoire, se trouvaient quarante et un juges de circuit, élus par cette même population. Au cours de ses douze années au BJC, Lacy ne se souvenait que de deux ou trois affaires mineures dans le vingt-deuxième. Sur les quarante et un magistrats, quinze avaient été élus en 2004, l'année où le suspect de Jeri avait pris ses fonctions. Sur les quinze, un seul avait obtenu son diplôme de droit à l'université de Miami.

En moins de quinze minutes, Lacy avait le nom de Ross Bannick.

Âgé de quarante-neuf ans, né à Pensacola, il était diplômé de l'université de Floride. Pas de mention d'une femme ni d'enfants. Le site du district donnait une biographie sommaire avec la photo d'un assez bel homme aux yeux sombres, au menton prononcé, les cheveux poivre et sel. Lacy le trouvait plutôt séduisant et se demanda pourquoi il n'était pas marié. Peut-être était-il divorcé. Elle ouvrit les fichiers du BJC et ne trouva aucune plainte contre lui. En Floride, les avocats procédaient à l'évaluation annuelle des juges auxquels ils avaient affaire, de manière anonyme bien sûr. Au cours des cinq dernières années, Bannick avait obtenu d'excellentes appréciations du barreau. Les commentaires étaient élogieux : diligent, ponctuel, consciencieux, courtois, professionnel, spirituel, bienveillant, brillant et d'une « intelligence redoutable ». Seuls deux autres juges du même district avaient des notes comparables.

Elle poursuivit ses recherches et finit par dégotter un grain dans l'engrenage. Un article du *Pensacola Ledger*, daté du 18 avril 2000. Un avocat du coin, Ross Bannick, âgé de trente-cinq ans, briguait son premier poste politique, à la place d'un vieux juge du vingt-deuxième district. Une controverse avait éclaté quand l'un des clients de Bannick, un promoteur immobilier, avait proposé la construction d'un parc aquatique sur un terrain de choix près d'une plage de Pensacola. Le parc faisait l'objet d'une forte résistance de toutes parts et, au milieu des procès et des querelles qui s'ensuivirent, on apprit que l'avocat Bannick détenait une participation de dix pour cent dans le projet. Les faits n'étaient pas aussi clairs, mais l'avocat aurait cherché à cacher son intéressement. Son adversaire en avait profité pour répandre des rumeurs qui lui avaient été fatales. Une édition ultérieure du journal donnait les résultats de l'élection : défaite écrasante de Bannick. Même s'il était impossible de le prouver, il semblerait qu'il n'ait rien fait de mal. Néanmoins, Bannick avait essuyé un échec cuisant dont le titulaire du poste avait tiré parti.

Lacy creusa un peu plus et trouva un article sur l'élection à la magistrature de 2004 avec une photo du juge en exercice, âgé d'au moins quatre-vingt-dix ans, et la mention de sa santé déclinante. Bannick avait mené une campagne habile et la controverse paraissait oubliée. Il avait remporté la bataille d'un millier de voix. Son adversaire était décédé trois mois plus tard.

Se rendant soudain compte qu'elle avait faim, Lacy sortit un reste de quiche du réfrigérateur. Allie était parti depuis trois jours et elle n'avait rien cuisiné. Elle se resservit un verre de vin et s'installa à la table de la cuisine pour picorer son assiette. En 2008, Bannick n'avait pas de concurrent à sa réélection. Les juges fédéraux en exercice avaient rarement des adversaires de poids – en Floride ou ailleurs – et Bannick semblait promis à une longue carrière.

Son téléphone se mit à sonner, la faisant sursauter. Perdue dans un autre monde, elle en avait oublié sa quiche. Numéro inconnu.

— Alors, vous avez trouvé son nom ? lança Jeri sans préambule.

Lacy sourit.

— Ce n'était pas difficile. Fac de droit à Miami, élu en 2004 dans le vingt-deuxième district. Cela restreignait le champ des possibilités.

— Pas mal le gars, hein ?

— Oui. Pourquoi n'est-il pas marié ?

— Ne vous faites pas trop d'illusions.

— Ça ne risque pas.

— Il a un problème avec les femmes. Ça remonte à un bout de temps.

Lacy prit une brève inspiration.

— D'accord. J'imagine que vous ne l'avez jamais rencontré ?

— Oh non. Je ne m'approche pas de lui. Il a des caméras partout – sa salle d'audience, son bureau, sa maison.

— C'est bizarre.

— Le mot est faible.

— Vous êtes en voiture ?

— Je suis en route pour Pensacola, et je pousserai peut-être jusqu'à Mobile. J'imagine que vous n'êtes pas dispo demain pour me retrouver ?

— Où ?

— À Pensacola.

— C'est à trois heures d'ici.

— Je sais.

— Et quel serait le but de ce rendez-vous ?

— Je n'ai qu'un seul but dans la vie, Lacy, et vous le connaissez.

— Une grosse journée m'attend demain.

— Nous sommes tous très occupés, n'est-ce pas ?

— J'en ai bien peur.

— D'accord. Alors consultez votre agenda et dites-moi quand nous pouvons nous retrouver là-bas.

— Pas de problème. Je vais regarder.

Un silence s'installa, si long que Lacy finit par demander :

— Vous êtes toujours là ?

— Oui. Désolée. J'ai tendance à avoir l'esprit ailleurs. Vous avez trouvé des infos sur Internet ?

— Oui. Des articles sur les élections dans le *Ledger*.

— Et celui de 2000 sur le projet de parc aquatique, où il était de mèche avec un promoteur véreux, ce qui lui a coûté son élection ?

— Oui, je l'ai lu.

— J'ai tout rassemblé dans un dossier, si vous voulez le voir.

— J'aimerais bien, oui.

— Le journaliste s'appelait Danny Cleveland et était originaire du Nord. Il a passé environ six ans au *Ledger*, puis a roulé sa bosse. Le journal de Little Rock, dans l'Arkansas, a été sa dernière mission.

— Sa dernière mission ?

— Oui. On l'a retrouvé asphyxié dans son appartement. Même corde. Même nœud. Une double demi-clé, dans le jargon des marins. Plutôt rare. Un autre mystère irrésolu. Une autre piste froide.

Lacy ne parvint pas à répondre et remarqua que sa main gauche tremblait.

— Vous êtes toujours là ? interrogea Jeri.

— Je crois que oui. Quand est-ce que… ?

— 2009. Aucun indice. Écoutez, Lacy, je n'aime pas en discuter au téléphone. Je préfère le tête-à-tête. Faites-moi savoir quand on peut se voir.

Elle mit brutalement fin à l'appel.

*

Sa romance avec Allie Pacheco en était à sa troisième année et, de son point de vue, commençait à stagner. À trente-huit ans, Allie, même s'il le niait, jusqu'en thérapie, était encore marqué par un abominable premier mariage, terminé onze ans plus tôt. L'union avait duré quatre malheureux mois et, par chance, s'était terminée sans enfant.

Le plus gros obstacle à un réel engagement de leur part était un fait évident : tous deux appréciaient énormément de vivre seuls. Depuis le lycée, Lacy n'avait pas d'homme dans son espace vital, et elle n'en voulait pas. Elle adorait son père, mais avait été marquée par son comportement de macho dominateur, son habitude de traiter sa mère comme une domestique. Et sa mère, toujours soumise, excusait son attitude en répétant : « C'est une histoire de génération. »

Une piètre excuse, que Lacy n'accepterait jamais. Heureusement, Allie était différent. Gentil, attentionné, drôle et, la plupart du temps, à l'écoute. Il était aussi un agent spécial du FBI, qui passait le plus clair de son temps dans le sud de la Floride à la poursuite de narcotrafiquants. Quand la situation était plus calme, ce qui n'arrivait pas souvent, il était affecté au contreterrorisme. Il était question qu'il soit transféré. Après huit ans en tant qu'agent spécial, où il n'avait récolté que des éloges, il pouvait partir à tout moment. Du moins, d'après Lacy.

Allie avait laissé une brosse à dents et un kit de rasage dans sa salle de bains, ainsi que plusieurs sweat-shirts et tenues décontractées dans son placard, pour pouvoir dormir chez elle quand il en avait envie. Lacy était elle aussi présente dans le petit appartement d'Allie, à quinze minutes de marche de chez elle. Un pyjama, une vieille paire de baskets, un jean usé, une brosse à dents et plusieurs magazines de mode sur la table basse. Ni l'un ni l'autre n'était du genre jaloux, mais tous deux avaient discrètement marqué leur territoire.

Lacy aurait été choquée d'apprendre qu'Allie couchait avec d'autres femmes. Ce n'était pas ce genre d'homme. Comme elle n'était pas ce genre de femme. La difficulté, avec leurs emplois du temps bien remplis et leurs nombreux déplacements, était de répondre aux attentes l'un de l'autre. Cela leur réclamait de plus en plus d'efforts, sans doute parce que, comme une de ses amies le lui avait rappelé : « Tu approches de l'âge mûr. » Lacy avait été abasourdie par l'expression et, le mois suivant, elle avait poursuivi Allie de ses ardeurs dans leurs deux appartements, jusqu'à ce qu'ils soient tous deux éreintés et réclament une trêve.

Il l'appela à 19 h 30 et ils discutèrent un moment. Il était « en planque », peu importe ce que cela signifiait, et ne pouvait lui en dire plus. Elle savait qu'il opérait dans les environs de Miami. Tous deux se dirent « Je t'aime » avant de raccrocher.

Allie était un agent expérimenté, pour qui la carrière était très importante, et qui parlait peu de son métier, du moins à Lacy. Aux gens qu'il connaissait à peine, il ne donnait même pas le nom de son employeur. Si on insistait, il répondait invariablement qu'il travaillait dans le domaine de la « sécurité ». Un mot qu'il prononçait avec une telle autorité que cela coupait court à toutes questions. Ses amis étaient aussi des agents du

FBI. Parfois, après un verre ou deux, il lui arrivait de baisser un peu la garde et d'évoquer son travail, dans les grandes lignes. Ses opérations étaient souvent dangereuses et, comme la plupart des agents, il aimait l'adrénaline.

En comparaison, Lacy recevait toujours les mêmes plaintes : des juges portés sur l'alcool, enclins à accepter des cadeaux de cabinets d'avocats, peu désireux de faire leur boulot, d'une impartialité douteuse, ou trop investis dans la politique locale.

Six meurtres allaient certainement changer la donne.

Elle informa sa responsable par mail qu'elle prenait un jour de congé pour « convenance personnelle » et ne viendrait pas au bureau le lendemain. Elle avait droit à quatre jours de congé non justifiés par an. Elle en prenait rarement, et il lui en restait encore trois de l'année précédente.

Lacy appela Jeri et lui proposa de la retrouver à 13 heures, à Pensacola.

4

Sans Frankie, son jour de congé aurait débuté par une grasse matinée, ce dont elle rêvait. Dès l'aube, le chien avait fait un boucan pas possible, et elle avait été obligée de le sortir. Ensuite, Lacy s'était allongée sur le canapé, prête à se rendormir, mais Frankie avait décidé que c'était l'heure du petit déjeuner. Depuis, Lacy sirotait son café en regardant le jour se lever.

Ses pensées oscillaient entre l'exaltation de revoir Jeri et ses doutes sur son avenir professionnel. Dans sept mois, elle aurait quarante ans, une réalité qui l'attristait. Elle aimait sa vie, mais avait l'impression de passer à côté, sans réels projets de mariage. Elle n'avait jamais rêvé d'avoir des enfants et avait déjà décidé qu'elle n'en aurait pas. Cela lui convenait. Tous ses amis en avaient, certains même étaient adolescents, et elle était reconnaissante de ne pas avoir à relever ce défi. Elle ne se sentait pas la patience d'élever des enfants à l'ère des smartphones, de la drogue, du sexe libre, des réseaux sociaux et de tout ce qu'on trouvait sur Internet.

Elle était entrée au BJC douze ans plus tôt. Elle aurait pu partir depuis des années, comme tous ses collègues ou presque. C'était une agence intéressante pour un début de carrière, mais une impasse pour tout avocat désireux de progresser. Sa meilleure amie, rencontrée sur les bancs de la fac de droit, était devenue associée dans un gros cabinet à Washington, mais c'était un mode de vie épuisant, dont Lacy n'avait pas envie. Leur amitié leur réclamait des efforts, à tel point que Lacy se demandait si cela en valait la peine. Elle avait progressivement perdu de vue ses autres amies de l'époque de l'université. Toutes s'étaient éparpillées à travers le pays, consumées par une vie professionnelle intense et, quand elles en avaient le temps, par une vie de famille.

Lacy ne savait pas trop ce qu'elle voulait. Elle était restée trop longtemps au BJC et craignait d'avoir laissé passer sa chance. Sa plus grosse affaire, son heure de gloire, était de l'histoire ancienne. Trois ans plus tôt, elle avait fait tomber une juge et révélé le plus grand scandale de corruption judiciaire de l'histoire de la Floride. Elle avait découvert l'association d'une magistrate avec un syndicat du crime qui soutirait des millions à un casino indien. Grâce à elle, les criminels étaient sous les verrous et purgeaient des peines de plusieurs années dans des prisons fédérales.

L'affaire avait fait du bruit et, pendant une brève période, le BJC avait été sous les feux des projecteurs. La plupart des collègues de Lacy avaient profité de l'aubaine pour trouver rapidement de meilleurs postes. Le corps législatif, quant à lui, avait montré sa gratitude en procédant à de nouvelles coupes budgétaires.

Son heure de gloire lui avait coûté cher. Elle avait été grièvement blessée dans un accident de voiture provoqué par les criminels près du casino. Elle avait passé des semaines à l'hôpital, puis plusieurs mois à faire de la rééducation. Ses blessures avaient guéri, mais les douleurs et les raideurs étaient toujours présentes. Hugo Hatch, son ami, collègue et passager de la voiture, avait été tué dans l'accident. Sa veuve avait intenté un procès pour mort injustifiée et Lacy avait engagé des poursuites pour obtenir des dommages et intérêts. L'issue semblait prometteuse, avec un dédommagement intéressant en sa faveur, mais l'affaire traînait en longueur, comme la plupart des procès civils.

Il lui était impossible de ne pas songer au règlement final. Une somme importante était en jeu, à la suite de la confiscation par le gouvernement de biens mal acquis. Cependant les questions, tant pénales que civiles, étaient compliquées. Les personnes lésées, et surtout leurs avocats avides, réclamaient des réparations.

On lui avait assuré que son affaire n'irait pas au tribunal. Son avocat était convaincu que les accusés avaient peur d'affronter un jury et de devoir expliquer qu'ils avaient orchestré un accident de voiture qui avait coûté la vie à Hugo et valu de graves blessures à Lacy. Les négociations devaient commencer d'un jour à l'autre, et le premier tour de table dépasserait les « sept chiffres ».

Fêter ses quarante ans pouvait être traumatisant, mais passer ce cap difficile avec un compte en banque bien garni serait sans doute plus facile. Elle avait un salaire décent, un petit pécule hérité de sa mère, aucunes dettes et beaucoup d'économies. Cet arrangement lui permettrait de voler de ses propres ailes. Où, elle n'en savait rien, même si c'était intéressant d'y réfléchir. Ses jours au BJC étaient comptés, et cela en soi la faisait sourire. Il était temps de se lancer dans une nouvelle carrière, et l'idée de plonger dans l'inconnu était exaltante.

En attendant, elle avait des dossiers à classer, des magistrats à surveiller de près. D'habitude, elle débutait la journée par un petit laïus pour se donner le courage de retourner au bureau, mais pas aujourd'hui. Jeri Crosby et son juge tueur en série l'intriguaient. Elle avait toujours des doutes, mais était suffisamment curieuse pour passer à l'étape suivante. Et si c'était vrai ? Si Lacy Stoltz couronnait sa brillante carrière par un autre fait d'armes ? Une autre enquête choc qui résoudrait une demi-douzaine d'affaires de meurtres et ferait la une des journaux. Elle s'exhorta à cesser de rêver et à démarrer sa journée.

Elle prit une douche, se coiffa et se maquilla rapidement, enfila un jean et des baskets, donna à manger et à boire à Frankie, et quitta son appartement. Au premier croisement, elle passa devant un « cédez le passage » qui lui rappela instantanément son accident de voiture. Curieusement, certains détails faisaient remonter des images à la surface et, chaque matin, devant ce panneau, elle repensait au drame. Le souvenir disparaissait presque aussitôt, jusqu'au lendemain. Trois ans après le cauchemar, elle se montrait toujours très prudente au volant, laissait toujours passer les autres véhicules et ne dépassait jamais la vitesse autorisée.

À l'ouest de la ville, loin du Capitole et du campus, elle se gara dans un vieux centre commercial et, à 8 h 05, entra au Bonnie's Big Breakfast, un café que ne fréquentaient ni les étudiants ni les politiciens. Plutôt les VRP et les flics. Elle prit un journal et s'installa au comptoir, non loin d'une fenêtre où les serveuses minaudaient avec les cuisiniers, lesquels leur répondaient par des commentaires hauts en couleur. Le menu proposait leur légendaire œuf poché sur toast de purée d'avocat, et Lacy se faisait ce petit plaisir au moins une fois par mois. Pour patienter, elle consulta sa boîte mail et ses SMS, ravie que les messages importants puissent être reportés de vingt-quatre heures. Elle envoya un mot à Darren pour lui annoncer qu'elle ne viendrait pas au bureau.

Il lui demanda aussitôt si elle démissionnait.

L'ambiance qui régnait au BJC était telle que ceux qui traînaient encore là étaient soupçonnés de préparer leur départ.

*

À 9 h 30, Lacy roulait sur l'Interstate 10 en direction de l'ouest. On était le mardi 4 mars, et chaque semaine, ce jour-là, à peu près à cette heure, elle s'attendait à un appel de Gunther, son frère aîné. Il vivait à Atlanta, où il travaillait dans l'immobilier. Quel que soit l'état du marché, il était toujours sur le point de conclure une affaire mirobolante, des élucubrations dont Lacy s'était lassée, mais elle n'avait d'autre choix que de les supporter. Il s'inquiétait pour elle et lui laissait souvent entendre qu'elle devrait lâcher son job pour venir travailler avec lui et gagner beaucoup d'argent. Elle déclinait poliment.

Gunther était sur la corde raide et semblait prendre plaisir à emprunter des fonds à une banque pour en rembourser une autre, avec toujours une longueur d'avance sur les avocats spécialisés dans les faillites. Construire des centres commerciaux dans la banlieue d'Atlanta ne la faisait pas du tout rêver. Sans parler du cauchemar d'avoir Gunther pour boss.

Ils avaient toujours été proches, mais sept mois plus tôt, leur mère était brutalement décédée, et cette perte les avait encore rapprochés. Tout comme son litige en cours. Gunther pensait qu'elle allait toucher des millions en dommages et intérêts et avait pris l'agaçante habitude de donner des conseils en investissements à sa petite sœur. Elle redoutait le jour où il aurait besoin d'un prêt. Gunther croulait sous une montagne de dettes et était capable de promettre la lune pour obtenir un sursis.

— Salut, frangine, lança-t-il gaiement. Comment ça va ?

— Bien, Gunther. Et toi ?

— Sur le fil, comme toujours. Comment va Allie ? Et ta vie amoureuse ?

— Pas terrible. Il est parti plusieurs jours. La tienne ?

— Bah, rien de neuf.

Récemment divorcé, il poursuivait les femmes avec le même enthousiasme que les banques, et Lacy n'avait guère envie d'en savoir plus. Après deux mariages avortés, elle l'avait encouragé à se montrer plus prudent, un conseil qu'il ignorait royalement.

— Tu es en voiture ?

— Je vais à Pensacola pour discuter avec un témoin. Rien de très excitant.

— Comme d'habitude. Tu cherches toujours un autre job ?

— Je n'ai jamais dit que je voulais changer. Seulement que je m'ennuyais dans mon travail.

— Chez moi, il y a bien plus d'action, tu sais.

— À t'entendre, oui. J'imagine que tu n'as pas parlé à tante Trudy récemment.

— Non. Et j'aime autant l'éviter, tu vois.

Trudy était la sœur de leur mère, une incorrigible fouineuse qui faisait son possible pour maintenir des liens familiaux. La brusque disparition de sa sœur avait été un coup dur pour elle, et elle voulait partager son chagrin avec sa nièce et son neveu.

— Elle m'a appelée avant-hier. Elle était plutôt mal en point.

— Elle est tout le temps mal. Et c'est pour ça que je n'ai aucune envie de la fréquenter. C'est bizarre, hein ? On se parlait à peine avant la mort de maman, et maintenant, elle veut qu'on soit les meilleurs amis du monde.

— C'est difficile pour elle, Gunther. Sois un peu compréhensif.

— Et pour nous, ce n'est pas difficile ? Oh ! Attends, j'ai un autre appel. Un banquier qui veut me couvrir de ses largesses. Je te laisse. À plus tard. Je t'aime, frangine.

— Moi aussi.

La plupart de leurs échanges du mardi se terminaient abruptement, Gunther ayant d'autres chats à fouetter. Lacy était soulagée, car il ne lui avait pas posé de questions sur le contentieux en cours. Elle appela Darren pour le rassurer : elle serait au bureau le lendemain. Puis elle téléphona à Allie et lui laissa un message. Après quoi, elle éteignit son portable et alluma la radio. *Adele Live in London.*

5

Grâce au GPS, elle se rendit au cimetière de Brookleaf, dans un quartier ancien de Pensacola, et se gara sur le parking presque désert. Juste devant elle, un édifice carré aux allures de bunker, sans doute un mausolée, et au-delà, des hectares de pierres tombales et de monuments aux morts. Apparemment, il n'y avait pas d'enterrement prévu ce jour-là. Une seule autre voiture était en stationnement.

Comme Lacy avait dix minutes d'avance, elle appela Jeri.

— C'est vous, la Subaru couleur cuivre ? interrogea Jeri.

— Oui. Où êtes-vous ?

— Dans le cimetière. Entrez par la porte principale et dépassez les tombes anciennes.

Lacy emprunta le chemin pavé bordé de caveaux familiaux usés par le temps, dernières demeures des notables des siècles passés. À mesure que Lacy progressait, les monuments perdaient de leur superbe et laissaient place à des stèles élaborées. Un simple coup d'œil permettait de dater les inhumations à quelques décennies près. Jeri Crosby apparut au détour d'une allée, derrière l'un des rares arbres encore debout.

— Bonjour, Lacy, dit-elle avec un sourire.

— Bonjour, Jeri. Pourquoi me donner rendez-vous dans un cimetière ?

— Je me doutais que vous alliez poser la question. Je pourrais vous répondre que c'est un lieu discret, un changement de décor, mais j'ai d'autres raisons.

— J'aimerais les connaître.

— Bien sûr. Suivez-moi, lança-t-elle avec un signe du menton.

Des milliers de pierres tombales se profilaient à l'horizon. Sur une légère pente, une équipe de fossoyeurs s'affairait sous un dais violet. Un cercueil était en route.

— Par ici, lança Jeri en quittant le sentier pour contourner une rangée de tombes.

Elle s'arrêta et hocha la tête en silence devant la dernière demeure de la famille Leawood. Le père, la fille en bas âge, et le fils, Thad, né en 1950 et décédé en 1991.

Après avoir contemplé l'inscription un long moment, Lacy allait poser une question quand Jeri déclara :

— Thad était un gamin du coin. Il a grandi ici, il est parti étudier à l'université, puis il est devenu assistant social. Jamais marié. Il était Eagle Scout, le grade le plus élevé dans l'organisation, et adorait les enfants. Il entraînait une équipe de jeunes au base-ball et enseignait le catéchisme aux gamins. Il habitait seul dans un petit appartement pas très loin d'ici. Vers vingt-cinq ans, il est devenu chef scout de la troupe 722, l'une des plus anciennes de la région. Pour lui, c'était comme un travail à plein temps, qu'il prenait très à cœur. Beaucoup de ses anciens louveteaux se souviennent de lui avec tendresse. D'autres, moins. Dans les années 1990, il a brusquement démissionné et quitté la région après des allégations d'attouchements sexuels. Un scandale a éclaté et la police a ouvert une enquête, mais ça n'a pas abouti, car les plaignants ont fait machine arrière. On ne peut pas vraiment les en blâmer. Qui voudrait attirer l'attention ? À la suite de son départ, la situation s'est apaisée et les victimes présumées se sont murées dans le silence. La police s'est désintéressée de l'affaire. Après la mort de Leawood, elle a été classée.

— Il est mort jeune, fit remarquer Lacy, attendant la suite de l'histoire.

— En effet. Il a vécu à Birmingham pendant un temps, puis il a roulé sa bosse. On l'a retrouvé à Signal Mountain, une bourgade près de Chattanooga. Il vivait dans un petit appartement et travaillait comme conducteur de chariot élévateur dans un entrepôt. Des gamins ont découvert son corps dans les bois. La même corde autour du cou. Un nœud identique au niveau de la nuque. Le crâne défoncé, avant d'être étranglé. D'après moi, c'était le premier, mais qui sait ?

— J'imagine que vous avez un dossier sur lui aussi ?

— Oh oui. Des articles publiés dans le journal de Chattanooga et dans le *Ledger*. Une courte nécrologie. La famille a fait revenir le corps et organisé une cérémonie toute simple. Et voilà. Vous en avez vu assez ?

— Je crois, oui.

— Allons-y.

Elles regagnèrent leurs voitures.

— Montez, je vous emmène. Une petite balade. Vous avez déjeuné ?

— Non. Mais je n'ai pas faim.

Elles grimpèrent dans la Toyota Camry de Jeri et se mirent en route. Jeri conduisait très prudemment et jetait des coups d'œil nerveux dans son rétroviseur arrière.

— Vous vous comportez comme si on vous suivait, déclara Lacy au bout d'un moment.

— C'est l'histoire de ma vie, Lacy. Nous sommes sur son territoire.

— Vous plaisantez.

— Pas du tout. Depuis vingt ans, je traque un assassin et, par moments, je pense qu'il me poursuit. Il est là, quelque part, et il est bien plus malin que moi.

— Mais il ne vous suit pas vraiment ?

— Je ne peux pas en être sûre.

— Vous n'en savez rien ?

— Disons que je ne le pense pas.

Lacy se mordit la lèvre et n'insista pas. Quelques rues plus loin, Jeri bifurqua et désigna une église.

— L'église méthodiste de Westburg, l'une des plus grandes de la ville. Au sous-sol, dans une grande salle, la troupe 722 avait l'habitude de se réunir.

— J'imagine que Ross Bannick était un membre de la troupe ?

— Oui.

Elles dépassèrent l'église et poursuivirent leur route. Lacy se retint de la presser de questions. Il était clair que Jeri avait besoin de raconter son histoire à son rythme. Elle tourna sur Hemlock, une jolie rue arborée bordée de maisons d'avant-guerre, avec des allées étroites, des parterres de fleurs et des porches. Jeri pointa une bâtisse du doigt.

— La bleue, sur la gauche, c'est là où vivait la famille de Bannick. Ross a grandi ici et, comme vous pouvez le constater, il pouvait aller à l'école et à l'église à pied. Chez les scouts aussi. Ses parents sont décédés et sa sœur a repris la maison. Elle est plus âgée que lui. Ross a hérité d'un terrain dans le comté voisin et s'est installé là-bas. Seul. Jamais marié.

— C'était une famille importante ?

— Son père, un pédiatre respecté, est décédé à l'âge de soixante et un ans. Sa mère, une artiste excentrique qui a perdu la tête, a fini ses jours dans un asile psychiatrique. La famille était plutôt connue à l'époque. Ils étaient membres de l'Église épiscopale du quartier. Bien sûr, c'était une petite communauté sans histoires.

— A-t-il accusé Thad Leawood d'abus sexuels ?

— Non. Comme je vous l'ai expliqué hier, Lacy, je n'ai aucune preuve. Seulement des soupçons et des hypothèses.

Lacy faillit faire un commentaire ironique, puis se ravisa. Elles empruntèrent une rue plus large et roulèrent un moment en silence. Jeri bifurqua dans une rue étroite, aux habitations modestes et aux pelouses moins bien entretenues.

— Là-bas, la maison blanche avec le pick-up marron devant. C'est là que vivaient les Leawood. Thad a grandi dans cet endroit. Il avait quinze ans de plus que Ross.

— Qui habite là maintenant ?

— Je ne sais pas. Ça n'a pas d'importance. Tous les Leawood sont morts.

Jeri négocia un nouveau virage et louvoya dans un quartier résidentiel. Puis elles reprirent l'autoroute en direction du nord.

— Alors, la balade est encore longue ? s'enquit Lacy.
— On est presque arrivées.
— D'accord. En attendant, je peux vous poser quelques questions ?
— Bien sûr. Tout ce que vous voulez.
— La scène de crime à Signal Mountain et l'enquête, qu'est-ce que ça a donné ?
— Pas grand-chose. Le meurtre a eu lieu dans un espace animé, avec beaucoup de promeneurs et de joggeurs, mais personne n'a rien vu. D'après l'autopsie, le décès se situe entre 19 et 20 heures, par une chaude journée d'octobre. Leawood a pointé à l'entrepôt à 17 h 05, l'heure à laquelle il finit habituellement sa journée. Il vivait seul et menait une existence discrète, avec peu d'amis. Un voisin l'a vu partir de son appartement en petites foulées à 18 h 30, et d'après la police, c'est la dernière fois qu'il a été vu vivant. Il habitait aux abords de la ville, non loin du départ du sentier de randonnée.

À mesure qu'elles s'éloignaient de l'agglomération de Pensacola, la circulation devenait plus fluide. Un panneau indiquait : « Cullman, 12 kilomètres ».

— Je suppose que nous allons à Cullman, déclara Lacy.
— Oui. Nous allons bientôt atteindre le comté de Chavez.
— Enfin.
— Soyez patiente, Lacy. Ce n'est pas facile pour moi. Vous êtes la seule personne à qui je me suis livrée. Il va falloir me faire confiance.
— Alors revenons à la scène de crime.

— Oui. La scène de crime. Eh bien, la police n'a rien trouvé. Pas de cheveux, pas de tissu, pas d'instrument contondant, rien d'autre que la corde en nylon autour de son cou, avec le même nœud, une double demi-clé.

— Le même genre de corde en nylon ?

— Oui. Exactement le même pour toutes les victimes.

Un panneau leur annonça qu'elles entraient dans le comté de Chavez.

— Nous allons chez le juge Bannick ? interrogea Lacy.

— Non.

Elles empruntèrent une quatre-voies qui traversait la banlieue de Cullman, avec une enfilade de fast-foods, motels et centres commerciaux.

— Alors qu'a fait la police ? renchérit Lacy.

— Bah, la routine. Ils ont exploré les alentours, interrogé les promeneurs, les joggeurs, les collègues de travail de Thad, ses rares amis. Ils ont aussi fouillé son appartement, mais rien n'a été volé, alors ils ont écarté la piste du cambriolage. Ils ont fait de leur mieux, mais ça n'a rien donné.

— Et cela s'est passé en 1991 ?

— Oui. Une vieille affaire sans le moindre indice.

S'exhortant à la patience, Lacy inspira lentement.

— Je suis sûre que vous avez un dossier là-dessus aussi.

— Effectivement.

— Comment avez-vous fait pour soutirer toutes ces données à la police ? Ils sont plutôt avares en informations d'habitude.

— Je remplis des requêtes en vertu de la loi sur la libre circulation des données. Ils coopèrent jusqu'à un certain point, mais vous avez raison, ils ne vous donnent jamais tout. Il leur suffit de dire qu'il s'agit d'une enquête en cours pour vous rembarrer. Mais avec le temps, ils ont tendance à se montrer plus conciliants. Et puis je vais leur parler en personne.

— Mais cela laisse des traces, non ?

— C'est possible.

Elles empruntèrent une rampe de sortie et suivirent la direction du centre-ville historique.

— Vous êtes déjà venue à Cullman ? demanda Jeri.

— Je ne crois pas. J'ai vérifié hier soir : le BJC n'a traité aucune affaire dans le coin ces vingt dernières années. Plusieurs à Pensacola, mais rien dans le comté de Chavez.

— Combien de comtés avez-vous sous votre juridiction ?

— Trop. Nous avons quatre enquêteurs au bureau de Tallahassee et trois dans celui de Fort Lauderdale. Soit sept personnes pour soixante-sept comtés, un millier de juges et six cents tribunaux.

— C'est suffisant ?

— En général, oui. Heureusement, la grande majorité de nos juges sont irréprochables. Nous n'avons que très peu de pommes pourries.

— Eh bien, ici, vous en avez une belle.

Lacy ne répondit pas. Elles se trouvaient dans Main Street. Jeri s'arrêta à un croisement. De l'autre côté, l'entrée d'une zone pavillonnaire sécurisée. On apercevait derrière le portail des maisons modernes et des villas aux pelouses impeccables.

— Ross Bannick a acheté ce terrain il y a une quarantaine d'années, ce qui s'est avéré un bon investissement. Ross habite ici, mais nous n'irons pas plus près. Il y a des caméras partout.

— Je suis bien assez près.

Lacy se demanda quel était l'intérêt de savoir où habitait le juge, puis elle s'abstint de lui poser la question.

— Revenons à la police locale, reprit Lacy. Vous n'avez pas peur d'attirer leur attention à force de les interroger ?

Jeri s'esclaffa et sourit, chose plutôt rare.

— J'ai créé tout un monde imaginaire, où j'incarne de nombreux personnages. Une journaliste freelance, un reporter spécialisé dans les affaires criminelles, un détective privé, et même une romancière, tous avec des noms et des adresses différents. Dans le cas présent, je me suis fait passer pour une journaliste de Memphis qui prépare un reportage sur des meurtres irrésolus dans le Tennessee. J'ai donné ma carte de visite au chef de la police, avec un numéro de téléphone et une adresse électronique. Les jupes courtes et la carte charme font des merveilles. Ce sont tous des hommes, vous savez, le sexe faible. Après quelques échanges affables, ils se mettent à table.

— Combien de téléphones avez-vous ?

— Oh, je ne sais pas. Au moins une demi-douzaine.

Lacy secoua la tête, incrédule.

— Et puis, il ne faut pas oublier que cette affaire est pratiquement tombée aux oubliettes. Ce n'est pas pour rien que la piste est considérée comme « froide ». Dès que la police a compris qu'elle était dans l'impasse, elle s'est rapidement désintéressée du dossier.

La victime n'était pas originaire du comté et n'avait pas de famille pour faire pression sur les autorités. Le crime semblait aléatoire et impossible à élucider. Quand ils sont dans l'impasse, les flics apprécient un regard neuf.

Elles étaient de nouveau sur Main Street, dans le centre historique. En plein cœur de la ville se dressait un imposant palais de justice de style grec, sur une place bordée de boutiques et de bureaux.

— C'est là qu'il travaille, commenta Jeri en désignant le bâtiment. On ne va pas entrer.

— J'en ai vu assez.

— Il y a des caméras partout.

— Vous pensez que Bannick pourrait vous reconnaître ? Allons ! Vous ne l'avez jamais rencontré et il ne sait pas que vous êtes sur ses traces, n'est-ce pas ?

— En effet, mais pourquoi prendre le risque ? En fait, je suis entrée une fois, il y a plusieurs années. C'était le premier jour d'un procès et le palais de justice grouillait de monde : plus d'une centaine de jurés potentiels avaient été convoqués. Je me suis fondue dans la masse pour jeter un coup d'œil. Sa salle d'audience se trouve au deuxième étage, son bureau au bout du couloir. C'était vraiment bizarre, presque étouffant, de partager le même espace que l'homme qui a tué mon père.

Lacy fut frappée par la force de sa conviction. Alors que Jeri n'avait pas la moindre preuve, elle était persuadée que Bannick était le meurtrier. Et Lacy était censée s'investir et, d'une manière ou d'une autre, lui rendre justice.

Elles firent le tour du pâté de maisons et quittèrent le centre-ville.

— J'ai besoin d'un café, lança Jeri. Et vous ?

— Très bonne idée. La balade est terminée ?

— Oui, mais nous avons encore beaucoup de choses à nous dire.

6

Les deux femmes firent halte dans une chaîne de restaurants. À 14 h 30, le lieu était désert, et elles choisirent un box dans un coin à l'écart du bar. Jeri portait un sac bien trop grand pour un sac à main. *Sans doute rempli de dossiers*, songea Lacy. Elles commandèrent un café et burent de l'eau glacée en attendant d'être servies.

— À plus d'une reprise, vous avez décrit Thad comme la première victime, dit Lacy. Qui est la deuxième ?

— Eh bien, je ne connais pas le nombre exact de victimes, alors je ne suis pas sûre que ce soit la première. Au fil de mes recherches, j'en ai découvert six. Thad, c'était en 1991, et je crois que mon père était le numéro deux, l'année suivante.

— D'accord. Et vous ne voulez toujours pas que je prenne des notes ?

— Non, pas encore.

— Danny Cleveland, le journaliste, c'était en 2009. Donc c'est le numéro trois ?

— Je ne crois pas, non.

Lacy poussa un soupir de lassitude.

— Pardonnez-moi, Jeri, mais ça devient frustrant là.

— Un peu de patience. Le numéro trois, du moins sur ma liste, est une fille qu'il a connue à la fac de droit.

— Une fille ?

— Oui.

— Et pourquoi l'a-t-il tuée ?

Comme la serveuse leur apportait leurs cafés, Jeri ne répondit pas tout de suite. Elle ajouta un doigt de crème et le remua lentement. Puis elle jeta un coup d'œil autour d'elle et déclara :

— On en parlera plus tard. On en a déjà évoqué trois. C'est assez pour le moment.

— Bien sûr. Mais je suis curieuse : avez-vous plus de preuves pour les trois autres ?

— Pas vraiment. J'ai le mobile et la méthode, c'est tout. Mais je suis convaincue qu'ils sont tous liés à Bannick.

— J'entends bien. Il siège depuis dix ans. Le soupçonnez-vous d'avoir commis d'autres crimes quand il était en exercice ? Autrement dit, est-ce qu'il continue à sévir ?

— Oh, oui ! Il a commis son dernier crime il y a deux ans. Un avocat à la retraite qui vivait dans les Keys. Un ancien d'un gros cabinet qu'on a retrouvé étranglé sur son bateau de pêche.

— Je me rappelle cette histoire. Kronkite, ou un nom de ce genre ?

— Kronke. Perry Kronke. Quatre-vingt-un ans quand il a attrapé son dernier poisson.

— Une affaire qui a défrayé la chronique.

— Eh bien, oui, du moins à Miami. Là-bas, on compte plus de meurtres par habitant que dans le reste du pays. Sacré fait d'armes, hein ?

— À cause du trafic de drogue.
— Bien sûr.
— Et quel rapport avec Bannick ?
— Il était stagiaire dans le cabinet de Kronke durant l'été 1989, et il n'a pas digéré de ne pas être embauché. Ça l'a passablement énervé. Il a attendu deux décennies pour se venger. Il est d'une patience remarquable, Lacy.

Lacy mit un moment pour digérer cette dernière information. Elle prit une gorgée de son café et regarda par la fenêtre. Jeri se pencha en avant.

— De mon avis de pseudo-expert des tueurs en série, c'est sa plus grosse erreur. Il a assassiné un ancien avocat qui avait une excellente réputation et était très entouré. Deux de ses victimes étaient des hommes d'envergure – mon père et Kronke.
— Et ils ont été tués à vingt ans d'intervalle.
— Oui, c'est son mode opératoire, Lacy. Inhabituel, mais pas inédit chez les sociopathes.
— Désolée, je n'ai pas vraiment l'habitude de ce genre de cas. J'ai affaire à des juges qui pour la plupart n'ont pas de troubles mentaux, à qui on reproche de mal gérer leurs dossiers ou de mélanger vie professionnelle et vie privée.

Jeri sourit en connaissance de cause et but une gorgée de café. Elle jeta un autre coup d'œil autour d'elle avant de poursuivre.

— Un psychopathe souffre de graves troubles psychologiques et a un comportement antisocial. Notre homme est un psychopathe sous stéroïdes. Ce n'est pas vraiment une définition médicale, mais pas loin.
— Continuez.

— Ma théorie est que Bannick a établi une liste des personnes qui lui ont causé du tort. Cela va de la simple vexation causée par un professeur de droit à un événement traumatisant comme une agression sexuelle. Il allait probablement bien avant d'être violé enfant. Il est difficile d'imaginer les dégâts que cela a provoqués dans la psyché de ce jeune garçon. C'est sûrement pour cette raison qu'il est si mal à l'aise avec les femmes.

Une fois de plus, son assurance était désarmante. Jeri traquait Bannick depuis si longtemps que la culpabilité du juge était pour elle une évidence.

— J'ai lu une centaine de livres sur les tueurs en série, expliqua-t-elle. Des articles de journaux aux essais universitaires. Aucun ne cherche à se faire prendre, mais la plupart ont besoin qu'une personne – parmi la police, les familles des victimes, la presse – sache qu'ils opèrent dans l'ombre. Beaucoup sont brillants, d'autres totalement stupides. L'éventail est large. Certains sévissent en toute impunité pendant des décennies, d'autres perdent les pédales et sont pris de panique. C'est là qu'ils commettent des erreurs. Certains ont une motivation claire, d'autres frappent au hasard.

— Mais en général, ils finissent par se faire prendre, non ?

— Difficile à dire. On dénombre environ quinze mille homicides par an aux États-Unis. Un tiers n'est jamais élucidé. Cinq mille cette année, comme l'année dernière, et l'année précédente. Soit plus de deux cent mille depuis 1960. Il y a tellement de crimes irrésolus qu'on ne sait même pas si telle ou telle personne a été la victime d'un tueur en série. Les criminologues pensent que c'est en partie pour ça qu'ils laissent des indices. Ils se nourrissent de la peur et du frisson. Comme je l'ai dit, ils n'ont pas envie de se faire prendre, mais veulent être reconnus.

— Alors personne, pas même le FBI, ne sait combien de tueurs en série sont en liberté ?

— Personne. Et certains parmi les plus célèbres n'ont jamais été identifiés. On n'a jamais attrapé Jack l'Éventreur.

Lacy ne put réprimer un rire.

— Pardon, mais j'ai du mal à croire que je prends un café à Podunk, en Floride, et que je suis en train de parler de Jack l'Éventreur.

— Ne plaisantez pas, Lacy. Je sais que ça paraît fou, pourtant tout est vrai.

— Qu'attendez-vous de moi au juste ?

— Seulement de croire en moi.

Lacy cessa de sourire et but une gorgée de café. Après une longue pause, pendant laquelle elles n'osèrent se regarder dans les yeux, elle déclara :

— D'accord, je vous écoute. Alors, d'après votre théorie, Bannick veut se faire prendre ?

— Oh, non. Il est trop prudent, trop intelligent, trop patient. Et il a gros à perdre. La plupart des serial killers sont des personnes en marge de la société. Bannick a un statut social, une brillante carrière, sûrement de l'argent de famille. C'est un homme à l'esprit malade, capable de tromper son monde. L'église, le country club, ce genre de choses. Il est très actif au sein du barreau de la région et préside la société historique. Il se prend même pour un comédien et joue dans

69

une petite troupe. J'ai vu deux de ses représentations
– effroyable !

— Vous êtes allée le voir sur scène ?

— Oui. Il n'y avait pas foule, mais les salles sont sombres. Je ne risquais rien.

— Il ne paraît pas asocial.

— Je vous l'ai dit, il trompe son monde. Personne ne peut le soupçonner. Il a même été vu dans la région de Pensacola avec une femme blonde à son bras. Il a plusieurs petites amies, sûrement des femmes qu'il paie, enfin ce n'est qu'une supposition.

— Comment êtes-vous au courant pour ces femmes ?

— Grâce aux réseaux sociaux. Par exemple, la branche locale de l'American Cancer Society organise chaque année un gala de charité, avec smoking de rigueur. Son père, qui était pédiatre, est décédé d'un cancer, alors Bannick est très investi. Il s'agit d'un grand événement, où l'association lève des fonds importants. Tout est sur Internet. Plus rien n'est privé aujourd'hui, Lacy.

— Mais il ne poste rien.

— Rien sur les réseaux sociaux. Pourtant c'est fou ce qu'on peut apprendre sur Internet.

— Bien sûr, sauf que ça laisse des traces.

— Oui, seulement les recherches occasionnelles sont plus difficiles à repérer. Et je prends mes précautions.

Après un autre long silence, où Lacy réfléchissait, Jeri attendit nerveusement, comme si sa prochaine révélation risquait de faire fuir sa nouvelle confidente.

La serveuse passa rapidement pour leur resservir du café. Lacy l'ignora.

— J'ai une question. Vous dites que la plupart des tueurs en série veulent que le monde reconnaisse leur existence, pour ainsi dire. Bannick aussi ?

— Oh oui. Les enquêteurs du FBI ont un vieux dicton : « Un jour, il signera de son nom. » J'ai lu ça dans un livre, peut-être dans un roman. Je ne m'en souviens plus. J'en ai lu tellement.

— La corde ?

— La corde, oui. Une corde en nylon de neuf millimètres d'épaisseur, tressage double, prisée par les marins. Environ soixante-quinze centimètres de long, enroulée deux fois autour du cou, si serrée que la peau est systématiquement cisaillée, nouée avec une double demi-clé, une technique probablement apprise chez les scouts. J'ai des photos de toutes les scènes de crime, sauf celle de Kronke.

— N'est-ce pas imprudent de sa part ?

— Si, mais qui enquête réellement là-dessus ? Nous avons six meurtres dans six juridictions et six États différents, sur une période de plus de vingt ans. Les services de police ne sont pas coordonnés, et il le sait.

— Et une seule victime en Floride ?

— Oui, M. Kronke. Il y a deux ans.

— Où cela s'est-il passé ?

— À Marathon, dans les Keys.

— Alors pourquoi ne pas aller trouver la police locale et lui montrer vos dossiers ? Leur exposer votre théorie ?

— C'est une bonne question. Je pourrais le faire, Lacy. Je n'aurai peut-être pas le choix, mais j'ai des doutes. Que fera la police, d'après vous ? Elle va rouvrir cinq vieilles affaires d'homicide, dans cinq États ? Ça m'étonnerait beaucoup. Vous oubliez que je n'ai aucune preuve, rien de concret à leur donner. Et dans la majorité des cas, ils ont classé l'affaire.

Lacy sirota son café en hochant la tête, peu convaincue.

— Et si je n'ai pas contacté la police, c'est aussi parce que je suis terrifiée.

— Vous avez peur de lui.

— Et comment ! Il est trop intelligent pour commettre un meurtre et ne pas assurer ses arrières. Depuis vingt ans, j'agis en supposant qu'il rôde quelque part, prêt à se couvrir.

— Et vous voulez que je m'implique ?

— Vous n'avez pas le choix, Lacy. Je n'ai personne d'autre.

— C'est impossible.

— Vous me croyez, au moins ?

— Je ne sais pas, Jeri. Désolée, j'ai besoin de temps pour me faire à toute cette histoire.

— Si nous ne l'arrêtons pas, il fera d'autres victimes.

Lacy fut ébranlée par l'emploi désinvolte du pronom « nous ». Elle repoussa sa tasse de café.

— Jeri, j'en ai assez pour aujourd'hui. J'ai besoin de digérer tout ça, de dormir, de retrouver mes repères.

— Bien sûr. Mais comprenez bien que je me sens seule. Ça fait des années que je vis avec ce fardeau. Ça a consumé ma vie et, à certains moments, j'étais au bord du gouffre. J'ai passé des heures en thérapie et j'ai encore un long chemin à parcourir. Cela a ruiné mon mariage et ralenti ma carrière. Et je ne peux pas arrêter. Je dois continuer pour mon père. Je n'arrive pas à croire que je suis ici, à parler à une personne de confiance.

— Je n'ai pas mérité votre confiance.

— Pourtant vous l'avez. Je n'ai personne d'autre. Et j'ai besoin d'une amie, Lacy. S'il vous plaît, ne m'abandonnez pas.

— Il ne s'agit pas de vous abandonner. Mon problème est de déterminer la marche à suivre. Le BJC n'est pas apte à enquêter sur des homicides. Ça, c'est le boulot des fédéraux. Nous ne sommes pas compétents.

— Mais vous pouvez m'aider, Lacy. M'écouter, me tenir la main. Et faire des recherches. Le BJC peut envoyer des citations à comparaître. Dans l'affaire du casino, vous avez épinglé une juge corrompue et tout un gang de malfaiteurs.

— Avec de gros renforts, en grande partie du FBI. Vous ne comprenez pas comment nous travaillons, Jeri. On ne s'implique que lorsqu'une plainte a été officiellement déposée. Sinon, il ne se passe rien.

— La plainte est anonyme ?

— Au début, oui. Ensuite, non. Une fois la plainte déposée, nous avons quarante-cinq jours pour faire une évaluation.

— Le juge est-il mis au courant ?

— La plupart du temps, oui. La partie plaignante lui fait savoir qu'elle a un contentieux. Certains litiges durent des mois, voire des années. Et il n'est pas rare que le juge soit pris au dépourvu. Si nous estimons que les allégations sont fondées, ce qui n'arrive pas si souvent, nous adressons une mise en demeure au magistrat.

— Et à ce moment-là, il connaîtra mon nom ?

— Oui, c'est la procédure. Je ne me souviens pas d'une affaire où le plaignant est resté anonyme.

— Pourtant c'est possible, non ?

— Il faudra que j'en parle à ma direction.

— Ça me fait peur, Lacy. Mon rêve est de coincer l'homme qui a tué mon père. Mais je ne veux pas figurer sur sa liste. C'est trop dangereux.

Lacy jeta un coup d'œil à sa montre et éloigna sa tasse. Elle poussa un long soupir.

— Écoutez, ça fait beaucoup pour une journée et j'ai un long trajet à faire. Restons-en là pour aujourd'hui.

— Bien sûr, seulement vous devez me promettre une totale confidentialité. D'accord ?

— D'accord, mais je dois quand même en parler à mon supérieur.

— Vous avez confiance en lui ?

— C'est une femme et la réponse est oui. C'est une affaire délicate, vous vous en doutez. Il s'agit de la réputation d'un juge élu, ce qui requiert une certaine discrétion. Personne ne saura rien tant que ce ne sera pas nécessaire. Vous comprenez ?

— Je crois que oui. Mais gardez-moi dans la boucle.

*

Les vingt minutes de route jusqu'au cimetière se déroulèrent dans le silence. Pour aborder un sujet plus léger, Lacy posa des questions sur Denise, la fille de

Jeri, qui étudiait à l'université du Michigan. Non, Denise ne se souvenait pas de son grand-père et ne savait pas grand-chose sur sa disparition. Jeri était intriguée par la vie de Lacy, une femme célibataire séduisante, jamais mariée. Puis la conversation tourna court, Lacy n'aimait pas dévoiler sa vie privée. Sa défunte mère lui avait répété pendant des années qu'elle finirait seule et sans enfant, aussi préférait-elle éviter ce sujet délicat.

De retour au cimetière, Jeri lui tendit un sac en tissu.

— Voici quelques dossiers, juste des recherches préliminaires. J'en ai beaucoup d'autres.

— Pour les trois premiers, je suppose ?

— Oui. Mon père, Thad Leawood et Danny Cleveland. Nous pourrons discuter des autres plus tard.

Le sac était lourd et Lacy n'était pas certaine de vouloir accepter ce fardeau. Elle avait hâte de reprendre sa voiture et de rentrer chez elle. Elles prirent congé, se promirent de se parler bientôt, et quittèrent le cimetière.

À mi-chemin de Tallahassee, le portable de Lacy vibra. C'était Allie. Il serait en retard et avait envie d'une pizza et d'un verre de vin au coin du feu. Elle ne l'avait pas vu depuis quatre jours et, tout à coup, il lui manquait. Elle sourit à l'idée de se lover dans les bras d'un agent du FBI chevronné et de parler d'autre chose que de leur travail.

7

Le mercredi matin, Darren Trope déboula dans son bureau en claironnant.

— Alors, tu as bien profité de ton jour de congé ? Tu as fait des choses intéressantes ?

— Pas vraiment.

— On t'a manqué ?

— Non, désolée, répondit-elle avec un sourire.

Elle s'apprêtait à saisir un dossier parmi la douzaine empilée dans un casier sur son bureau. Un juge du comté de Gilchrist agaçait autant les avocats que les plaideurs par son incapacité à fixer une date de procès. Selon les rumeurs, l'alcool serait en cause. Lacy avait décidé à contrecœur que les allégations étaient fondées et s'apprêtait à informer Son Honneur qu'il faisait l'objet d'une enquête.

— Tu as fait la grasse matinée ? Un long déjeuner avec ton gars du FBI ?

— C'est ce qu'on appelle un congé pour « convenance personnelle ».

— Eh bien, tu n'as rien raté ici.

— J'imagine.

— Je vais chercher un vrai café, tu en veux un ?

— Oui, je veux bien.

Aller chercher des cafés prenait de plus en plus de temps à Darren. Il travaillait pour le BJC depuis deux ans et montrait déjà des signes de lassitude. Après son départ, Lacy ferma la porte et se concentra sur un autre juge alcoolique. Une heure s'écoula sans grand progrès et elle finit par mettre le dossier de côté.

Maddy Reese était sa collègue la plus fiable. Elle travaillait à l'agence depuis quatre ans et, des quatre avocats, elle était la deuxième quant à l'ancienneté, loin derrière Lacy.

Maddy toqua à sa porte et entra.

— Tu as une minute ?

Le directeur précédent avait imposé une politique des portes ouvertes qui rendait l'intimité presque impossible et qui favorisait les interruptions. Même s'il n'était plus là, et que la plupart des bureaux étaient désormais fermés, les vieilles habitudes avaient la peau dure.

— Bien sûr, dit Lacy. Quoi de neuf ?

— Cléo veut que tu reprennes le dossier Handy.

Cléo était le diminutif de Cléopâtre, le surnom secret de l'actuelle directrice, une femme ambitieuse qui s'était mis tout le monde à dos en quelques semaines.

— Oh non, pas Handy, lâcha-t-elle avec un soupir de frustration.

— Eh si. Apparemment, il n'arrête pas d'annuler les ordonnances d'aménagement du territoire en faveur d'un certain promoteur, qui se trouve être un ami de son neveu.

— On est en Floride. Ce n'est pas si rare.

— Les propriétaires des terrains voisins sont furieux et ont engagé des avocats. Une autre plainte a été déposée contre lui la semaine dernière et la situation paraît louche. Je sais à quel point tu aimes les affaires de découpage territorial.

— Je ne vis que pour elles. Donne-moi le dossier, je vais jeter un coup d'œil.

— Merci. Et Cléo a prévu une réunion du personnel demain après-midi.

— Je croyais qu'elles étaient réservées au lundi matin.

— Ouais. Mais Cléo a ses propres règles.

Maddy s'en alla sans fermer la porte. Lacy ouvrit sa messagerie, parcourut les mails qu'elle pourrait traiter plus tard et s'arrêta sur un message de Jeri Crosby.

Je peux vous appeler ? Mon numéro : 776-145-0088. Votre téléphone ne le reconnaîtra pas.

Lacy observa le message un long moment en réfléchissant à un moyen de se dérober. Elle se demanda lequel de ses six téléphones Jeri allait utiliser. Son portable vibra et le numéro s'afficha.

— Bonjour, Jeri, dit-elle en allant fermer la porte.

— Merci pour hier, Lacy, vous n'imaginez pas ce que ça signifie pour moi. J'ai dormi pour la première fois depuis une éternité.

Eh bien, moi, je n'ai pas fermé l'œil, songea Lacy. Même avec le corps chaud d'Allie à côté d'elle, elle n'avait pas réussi à se détendre, après les révélations de Jeri.

— Tant mieux, Jeri. Hier, c'était plutôt intéressant.

— C'est le moins qu'on puisse dire. Alors, on en est où ?

Elle se rendit compte que sa nouvelle amie allait demander des nouvelles quotidiennes.

— Comment ça ?

— Eh bien, qu'en pensez-vous ? Que va-t-il se passer maintenant ?

— Bah, je n'y ai pas encore réfléchi, mentit-elle. Après ma journée de congé, j'essaie de rattraper le retard.

— Bien sûr. Je ne veux pas vous presser. Pardon, mais je suis tellement soulagée que vous soyez sur l'affaire. Vous n'imaginez pas à quel point je me sentais isolée.

— Je ne suis pas sûre qu'il y ait une affaire, Jeri.

— Bien sûr que si. Vous avez regardé les dossiers ?

— Non, pas encore. J'en ai d'autres à gérer là.

— Je vois. Écoutez, il faut qu'on se revoie pour que je vous parle des autres victimes. Je sais que ça fait beaucoup d'un coup, mais je parierais que vous n'avez rien de plus important que Bannick sur votre bureau.

Exact. Tout semblait bien fade comparé à ces accusations de meurtre visant un juge.

— Jeri, je ne peux pas tout abandonner pour ouvrir un nouveau dossier. Toute implication de ma part doit être approuvée par ma directrice. Je vous l'ai expliqué, n'est-ce pas ?

— Oui… (Ignorant sa remarque, elle poursuivit :) J'ai cours aujourd'hui et demain, mais dimanche ? On pourrait se retrouver dans un endroit discret près de votre agence.

— J'y ai réfléchi hier, pendant le trajet de retour, et je ne vois toujours pas en quoi nous sommes légitimes.

Nous ne sommes pas formés pour enquêter sur un homicide, sans parler de plusieurs !

— Votre ami Hugo Hatch a été assassiné dans un carambolage monté de toutes pièces, et dans l'affaire du casino, il y a eu un autre meurtre. N'est-ce pas, Lacy ? Vous étiez impliquée jusqu'au cou.

Son ton devenait agressif, malgré une certaine fragilité dans la voix. Lacy répondit calmement.

— Nous en avons parlé, Jeri. Il y avait des enquêteurs chevronnés dans cette affaire, même le FBI.

— Mais c'est grâce à vous, Lacy. Sans vous, ces criminels n'auraient pas été punis.

— Jeri, que suis-je censée faire ? Aller à Signal Mountain, dans le Tennessee, à Little Rock, dans l'Arkansas, et à Marathon, en Floride, rouvrir les vieux dossiers de la police et dénicher des preuves qui n'existent pas ? La police, les pros n'en ont pas trouvé. Ça fait vingt ans que vous essayez. On ne peut rien prouver en somme.

— Six victimes, toutes tuées selon le même mode opératoire, toutes liées à Bannick. Ça ne suffit pas ? Allons, Lacy, ne m'abandonnez pas. Je n'ai aucune autre solution. Si vous me tournez le dos, je m'adresse à qui ?

À qui tu veux. Mais laisse-moi tranquille. Lacy s'exhorta pour la millième fois à la patience.

— Je comprends, Jeri. Écoutez, je suis très occupée en ce moment. Nous en reparlerons plus tard.

— Je me suis renseignée. Chaque État gère les plaintes à sa manière, mais presque tous permettent à la partie plaignante d'ouvrir une enquête de manière anonyme. Je suis certaine que c'est possible aussi en Floride.

— Vous voulez déposer une plainte ?

— Peut-être, mais j'ai encore beaucoup à vous dire. Et je pourrais le faire avec un pseudonyme. Qu'en pensez-vous ?

— Je ne sais pas, Jeri. S'il vous plaît, parlons-en demain.

Elle venait de mettre fin à l'appel quand Darren entra avec son *latte* à l'amande, près d'une heure après être parti. Elle le remercia et, comme il semblait vouloir s'attarder, elle déclara qu'elle avait un coup de fil à passer. À midi, elle quitta discrètement son bureau et rejoignit Allie pour déjeuner à quelques rues de là.

*

L'arme secrète du BJC était une femme vieillissante prénommée Sadelle, une auxiliaire juridique qui avait renoncé à passer l'examen du barreau plusieurs décennies auparavant. Elle fumait trois paquets de cigarettes par jour, dont beaucoup au bureau, et ne réussissait pas à arrêter, jusqu'à ce qu'on lui diagnostique un cancer du poumon en phase terminale. Soudain revigorée, elle avait arrêté de fumer et s'était préparée à tirer sa révérence. Sept ans plus tard, elle était toujours à son poste et trimait plus que n'importe quel autre employé. Le BJC était sa vie, et non seulement elle était la mémoire de l'agence, mais elle se souvenait d'une foule de détails.

À elle seule, elle était les archives, le moteur de recherche et l'experte des mauvaises conduites des magistrats.

Après la réunion du personnel, Lacy lui avait envoyé un mail avec quelques questions. Quinze minutes plus tard, Sadelle arriva dans son bureau dans son fauteuil roulant, un tube d'oxygène fixé à son nez. Bien que sa voix soit éraillée, elle adorait parler, souvent beaucoup trop.

— Ce ne sera pas la première fois, dit Sadelle. Je pense à trois affaires ces quarante dernières années où la partie lésée avait peur de révéler son identité. La plus importante concernait un juge des environs de Tampa qui prenait de la cocaïne. Il était tombé dans la drogue, c'était devenu un gros souci. Étant donné ses fonctions, il avait du mal à se procurer ses doses. (Elle marqua une pause pour reprendre son souffle.) Mais son problème a été résolu lorsqu'un petit dealer a comparu devant lui. Le juge a sympathisé avec l'accusé, lui a donné une peine légère et s'est entendu avec son fournisseur, en lien avec un gros bonnet. En échange d'un approvisionnement régulier, le juge s'est laissé corrompre, et il a perdu le contrôle de la situation. Il n'arrivait plus à faire son travail, ne réussissait plus à siéger plus de quinze minutes sans demander une suspension d'audience pour sniffer un rail. Les avocats faisaient des messes basses, mais, comme souvent, ils ne voulaient pas provoquer de scandale. Une sténographe avait observé le magistrat et compris les dessous de l'affaire. Elle nous a contactés, terrifiée bien sûr, car les trafiquants ne sont pas des enfants de chœur. Elle a fini par déposer une plainte anonyme, et nous avons envoyé des citations à comparaître, la totale. Elle nous a transmis de nombreux documents : nous avions une profusion de preuves. On allait faire intervenir les fédéraux quand le juge a accepté de se retirer, si bien qu'il n'a jamais été inculpé.

Son visage se contorsionna tandis qu'elle inspirait une grande bouffée d'oxygène.

— Qu'est-il devenu ?

— Il s'est suicidé. Overdose accidentelle, d'après le dossier, pourtant c'est louche. Il était bourré de cocaïne. Si tu veux mon avis, il a tiré sa révérence à sa manière.

— Ça s'est passé quand ?

— Je ne me rappelle pas la date exacte, c'était avant ton arrivée.

— Et qu'est-il arrivé à la sténographe ?

— Rien. Nous avons protégé son identité et personne n'a jamais été au courant de son implication. Alors oui, c'est possible de procéder comme ça.

— Et les deux autres affaires ?

— Je ne m'en souviens pas bien, mais je peux faire des recherches. Il me semble que ce n'est pas allé plus loin que la plainte initiale, car les accusations ne tenaient pas debout.

Une nouvelle pause pour faire le plein d'oxygène, puis Sadelle lança :

— Tu es sur quoi ?

— Une affaire de meurtre.

— Waouh, ça change des chiens écrasés. On n'en a jamais eu, en dehors de l'affaire du casino. Et ça tient la route ?

— Difficile à dire. C'est toute la question justement. J'essaie d'y voir clair.

— Une accusation de meurtre contre un juge en exercice ?

— Oui.

— Ça me plaît. N'hésite pas à me mettre dans la boucle.
— Merci, Sadelle.
— Bah, pas la peine.
Sadelle emplit ses poumons d'oxygène, fit pivoter son fauteuil et s'éloigna.

8

Le peintre s'appelait Lanny Verno. En cette fin d'après-midi, un vendredi du mois d'octobre, il était juché sur une échelle dans le petit salon d'une maison en construction, l'un des nombreux pavillons d'un nouveau lotissement à la périphérie de la ville de Biloxi. Il était en train de fignoler le plafond de trois mètres de haut, un seau de peinture blanche dans une main, un pinceau de cinq centimètres dans l'autre. Il était seul. Son collègue avait déjà terminé sa journée et s'était rendu au bar. Lanny jeta un coup d'œil à sa montre et secoua la tête. Il travaillait encore après 17 heures un vendredi ! Dans la cuisine, la radio diffusait de la musique country.

Il avait hâte d'aller lui aussi au bar pour vider des pintes bien méritées, et il serait parti depuis longtemps s'il n'attendait pas son chèque. Son employeur devait le lui remettre avant la fin de la journée, et Lanny était de plus en plus agacé à mesure que les minutes passaient.

La porte d'entrée était ouverte, mais avec la musique, il n'entendit pas la portière d'un pick-up se refermer dans l'allée.

Un homme apparut sur le seuil du salon et lui lança un chaleureux bonjour.

— Je m'appelle Butler et je suis inspecteur pour le comté.

— Entrez, dit Verno en le regardant à peine.

Il y avait beaucoup d'allées et venues dans cette maison en chantier.

— Vous travaillez tard, fit remarquer Butler.

— Ouais, c'est l'heure de la bière.

— Personne d'autre dans les parages ?

— Nope. Rien que vous et moi. Mais je ne vais pas traîner.

Verno le regarda à la dérobée et remarqua que l'inspecteur portait des surchaussures jetables bleu ciel. *Bizarre*, songea-t-il. L'homme avait aussi des gants jetables du même bleu. *Ce type doit avoir une sorte de phobie des microbes.* Il avait un classeur sous le bras.

— Rappelez-moi où se trouve le tableau électrique ?

Verno désigna l'intérieur de la maison d'un signe du menton.

— Tout au bout du couloir.

Puis il replongea son pinceau dans la peinture.

Butler emprunta le couloir, jeta un coup d'œil dans les trois chambres, les deux salles de bains, la cuisine, et fit un tour dans la salle à manger. Personne. Son pick-up était garé dans l'allée, derrière ce qui était sûrement la fourgonnette du peintre. Il retourna dans le salon sans un mot et poussa brutalement l'échelle. Verno cria quand il perdit l'équilibre, et atterrit sur la cheminée, sa tête heurtant le manteau en brique. Sonné, il tenta de se relever, mais il était trop tard. De la poche droite de son pantalon, Butler sortit une tige en acier de vingt centimètres terminée par une bille de plomb de cinq cents grammes. Il l'appelait affectueusement Leddie. Il l'actionna d'un mouvement habile et la perche télescopique doubla, puis tripla de longueur. Il donna un coup de pied de karaté dans les côtes de Verno et les entendit craquer. Le peintre hurla de douleur et, avant qu'il ne puisse émettre un autre son, la bille de plomb fracassa l'arrière de son crâne, le brisant comme une coquille d'œuf. En pratique, il était déjà mort. S'il était livré à lui-même, son corps se relâcherait rapidement et son cœur battrait de plus en plus lentement jusqu'à ce que, au bout de dix minutes, il cesse de respirer. Mais Butler ne pouvait se permettre d'attendre aussi longtemps. Il sortit de la poche gauche de son pantalon une petite corde en nylon de neuf millimètres d'épaisseur, tressage double, d'un bleu vif et d'un blanc éclatant. D'un geste habile, il l'enroula deux fois autour du cou de Verno, puis enfonça son genou dans la moelle épinière, entre les omoplates, et tira violemment sur les deux extrémités de la corde, renversant la nuque du peintre en arrière, jusqu'à ce que les vertèbres supérieures craquent.

Durant ses derniers instants, Verno poussa un grognement et tenta de bouger, son corps luttant instinctivement pour survivre. C'était un grand gaillard et, dans sa jeunesse, il aimait la bagarre, mais avec une corde en travers de la gorge et le crâne défoncé, son corps n'avait plus de forces. Le genou dans son dos le maintenait plaqué au sol tandis que le monstre tentait de le décapiter. Sa dernière pensée fut peut-être la stupéfaction face à la puissance de ce type aux surchaussures bizarres.

Butler avait compris depuis longtemps que pour remporter le combat, il fallait être le plus rapide. Durant ces secondes cruciales, la force et la célérité étaient essentielles. Ces trente dernières années, il avait soulevé des poids, pratiqué le karaté et le taekwondo, pas pour sa santé ni pour impressionner les femmes, mais pour avoir l'avantage dans les attaques surprises.

Au bout de deux minutes d'asphyxie, le corps de Verno devint mou. Butler resserra encore la corde, puis noua les deux extrémités en une parfaite double demi-clé, tel un marin expérimenté. Il se leva en évitant les éclaboussures de sang et s'autorisa à admirer son œuvre pendant quelques secondes. Le sang l'agaçait. Il y en avait trop. Ses gants chirurgicaux en étaient couverts et son treillis tout taché. Il aurait dû porter un pantalon noir. À quoi pensait-il ?

Pour le reste de la scène, il était plutôt satisfait. Le corps était sur le ventre, les bras et les jambes formaient des angles étranges. Le sang se répandait lentement sur le sol, créant un joli contraste avec le tout nouveau parquet en pin clair. Des gouttes de peinture blanche maculaient la cheminée, le mur et la fenêtre. L'échelle renversée ajoutait une touche originale à l'ensemble. À première vue, on pouvait penser que Verno avait fait une mauvaise chute et s'était cogné la tête. Mais il suffisait de s'approcher, et la corde vous racontait une tout autre histoire.

La liste des vérifications : périmètre, téléphone, photo, sang, empreintes. Il examina les alentours par la fenêtre et ne vit aucun mouvement dans la rue. Puis il se rendit dans la cuisine et rinça ses gants, avant de les essuyer soigneusement avec un papier essuie-tout qu'il fourra dans sa poche. Il ferma à clé les deux portes de derrière. Le téléphone de Verno se trouvait sur le comptoir, près de sa radio. Butler éteignit cette dernière et glissa le portable dans la poche arrière de son pantalon. Il ramassa son classeur et se dirigea vers l'entrée, où il marqua un temps d'arrêt pour respirer profondément. Ne pas perdre de temps, mais ne jamais – jamais – agir avec précipitation.

Il allait saisir la poignée de la porte quand il entendit le moteur d'un véhicule. Puis le claquement d'une portière. Il se réfugia dans la salle à manger et regarda par la fenêtre.

— Eh, merde.

Un gros 4 × 4 était garé dans le virage, avec DUNWOODY HOMES peint sur la portière avant. Le conducteur traversa la cour, une enveloppe à la main. Taille moyenne, poids moyen, environ cinquante ans, légère claudication. Il allait entrer et verrait immédiatement le corps de Verno dans le petit salon sur sa gauche. À partir de là, son esprit serait focalisé sur la scène.

Le tueur se mit calmement en position, son arme à la main. Une voix rauque s'éleva.

— Verno, où tu es ?

Des pas, une pause.

— Lanny, ça va ?

Il fit trois pas dans le salon, quand la bille de plomb heurta l'arrière de sa tête. L'homme tomba à la renverse, pratiquement sur Verno, trop sonné pour regarder derrière lui. Butler le frappa une seconde fois, faisant éclater sa boîte crânienne, et du sang gicla partout dans la pièce.

Butler n'avait pas assez de corde pour deux strangulations, et surtout, Dunwoody ne la méritait pas. Seules les personnes spéciales avaient droit à la corde. Dunwoody gémit et expira alors que ses organes cessaient de fonctionner. Il tourna la tête vers Butler, les yeux rouges et vitreux, mais ne vit rien. Il voulut parler, mais seul un grognement lui échappa. Enfin, il tomba lourdement sur sa poitrine et ne fit plus un mouvement. Butler attendit patiemment. Quand Dunwoody rendit son dernier soupir, le tueur saisit son téléphone dans la petite poche de sa veste et l'ajouta à sa collection.

Soudain, il eut l'impression qu'une heure s'était écoulée depuis son arrivée. Il examina la rue, sortit par la porte d'entrée, la referma derrière lui – les trois portes étaient verrouillées à présent, ce qui retarderait les flics quelques minutes – et regagna son pick-up. Il avait sa casquette vissée sur la tête et ses lunettes de soleil, même si le ciel était nuageux. Il recula dans la rue et s'éloigna tranquillement – un simple inspecteur qui avait terminé sa journée.

Il se gara sur le parking d'un centre commercial, loin des magasins et de leurs caméras, et ôta ses gants chirurgicaux et ses surchaussures pour les fourrer dans un sac. Puis il posa les deux portables volés sur le siège, où il pouvait les voir et les entendre. Il alluma le premier et le nom MIKE DUNWOODY apparut sur l'écran. Sur l'autre, LANNY VERNO s'afficha. Il n'était pas question de se faire prendre avec ces téléphones – il allait rapidement s'en débarrasser. Ensuite, il resta assis un long moment pour retrouver ses esprits.

Verno l'avait mérité. Son nom figurait sur la liste depuis longtemps, alors qu'il errait d'une ville à l'autre, d'une relation médiocre à l'autre, vivotant de petits boulots. S'il n'avait pas été un pauvre type aussi navrant, sa vie aurait peut-être valu quelque chose. Son décès prématuré aurait pu être évité. Il avait signé son arrêt de mort des années auparavant, quand il avait physiquement menacé l'homme qui se faisait appeler Butler.

L'erreur de Dunwoody avait été de se trouver au mauvais endroit au mauvais moment. Il n'avait jamais rencontré cet homme, qui ne méritait sans doute pas une fin aussi violente. Dommage collatéral, comme on disait dans l'armée, mais à cet instant, Butler n'aimait pas ce qu'il venait de faire. Il ne tuait pas les innocents. Dunwoody était probablement un homme bien, avec une famille, des amis. Sans doute allait-il à l'église et jouait-il avec ses petits-enfants.

Le téléphone de Dunwoody s'alluma et vibra deux minutes après 19 heures. « Marsha » l'appelait. Pas de message. Elle attendit six minutes et refit une tentative.

Probablement sa femme, songea Butler. Très triste sans doute, même s'il ne ressentait pratiquement ni empathie ni remords.

*

Mike Dunwoody avait cessé de boire des années plus tôt, et ses vendredis soir dans les bars étaient maintenant de l'histoire ancienne. Marsha ne s'inquiétait pas d'une rechute, même si elle gardait un souvenir pénible de journées que son mari passait à faire la tournée des pubs avec ses copains, presque tous dans le secteur du bâtiment. Lors de leur dernier échange cet après-midi-là, elle avait été claire : « Passe à l'épicerie et prends une livre de pâtes et de l'ail. » Elle préparait des spaghettis pour leur fille qui venait dîner. Il devait rentrer vers 18 heures, après avoir donné leur chèque à ses employés dans le lotissement. Avec une douzaine de sous-traitants construisant huit maisons, il passait son temps au téléphone, et s'il n'avait pas pris son appel, cela signifiait qu'il était déjà en ligne. Mais en général, il rappelait sa femme tout de suite après.

À 19 h 31, Marsha composa son numéro pour la troisième fois. Butler regarda l'écran et éprouva presque de la pitié, une sensation qui ne dura qu'une seconde.

Elle appela son fils et lui demanda de passer au bureau de son père.

Personne ne chercha à joindre Verno.

*

Butler roulait sur des routes départementales en direction du nord, à l'écart de la côte. À l'heure qu'il était, les corps avaient été découverts et les flics savaient que les téléphones avaient disparu. Il était grand temps de s'en débarrasser. Il traversa la ville de Neely, quatre cents habitants – une bourgade où il était déjà venu avec les scouts. Le seul commerce ouvert ce vendredi soir était un café à l'entrée de la localité. Le bureau de poste se trouvait à l'autre bout, avec une vieille boîte aux lettres bleue près de l'allée de gravier. Butler se gara devant le petit édifice, sortit de son véhicule et se coula dans l'entrée exiguë, où se trouvaient une série de petites boîtes carrées. Ne voyant aucune caméra à l'intérieur ou à l'extérieur, il sortit du bureau et glissa une enveloppe A3 dans la boîte de dépôt.

*

Dale Black était le shérif du comté de Harrison. Après avoir dîné avec sa femme, il alla promener son chien dans le quartier, quand son téléphone sonna. Il eut envie de crier. Un appel du poste à 20 heures un vendredi soir, c'était forcément une mauvaise nouvelle.

Vingt minutes plus tard, il pénétra dans le lotissement en construction et fut accueilli par un impressionnant déploiement de voitures de police. Il se gara et se précipita sur les lieux. Un de ses adjoints, Mancuso, vint à sa rencontre. Le shérif avisa le 4 × 4.

— C'est le 4 × 4 de Mike Dunwoody.
— Effectivement.
— Où est Mike ?
— À l'intérieur. C'est l'une des deux victimes.
— Il est mort ?
— Ça, oui. Fracture du crâne, je dirais. (Mancuso désigna un pick-up de l'autre côté de la rue.) Tu connais son fils, Joey ?
— Bien sûr.
— C'est lui, là-bas. Il est venu chercher son père, il a vu son 4 × 4 et a voulu entrer dans la maison, mais toutes les portes étaient verrouillées. Il a regardé par la fenêtre du salon avec sa lampe torche et a vu deux corps par terre. Il n'a pas forcé l'entrée et a eu la bonne idée de nous appeler.
— J'imagine que c'est un beau bordel.
— Tu imagines bien.

Les deux hommes remontèrent l'allée, passant devant des policiers et des ambulanciers en attente d'instructions.

— J'ai enfoncé la porte de la cuisine et quand j'ai vu ce qu'il y avait à l'intérieur, j'ai demandé à tout le monde d'attendre dehors, expliqua Mancuso.

— C'est du bon boulot.

Ils pénétrèrent dans la maison par la cuisine et allumèrent les lumières. Ils s'arrêtèrent sur le seuil du salon et s'efforcèrent de regarder la scène d'horreur sous leurs yeux. Deux corps sans vie, face contre terre, la tête dans une flaque de sang, de la peinture éclaboussée partout, l'échelle en travers de la pièce.

— Tu as touché quelque chose ? demanda Black.

— Non, rien.

— Je suppose que c'est Mike, soupira Black.

— Oui.

— Et le peintre ?

— Aucune idée.

— On dirait qu'il a un portefeuille. Tu peux le prendre ?

Dans le portefeuille, ils dénichèrent un permis de conduire du Mississippi au nom de Lanny L. Verno, avec une adresse à Gulfport. Le shérif et son adjoint contemplèrent la scène un moment en silence, jusqu'à ce que Mancuso demande :

— Alors, tes premières impressions ?

— Tu veux ma théorie ?

— Oui. Joey et son père faisaient le tour du lotissement pour donner leur chèque aux sous-traitants.

Black se gratta le menton.

— Eh bien, je dirais que Verno a été poussé de son échelle par un gars qui ne l'appréciait pas du tout. L'homme lui a fracassé le crâne et l'a achevé avec la corde. Puis Mike s'est pointé au mauvais moment et le tueur a été forcé de l'éliminer. Deux homicides. Le premier était prémédité, avec une raison précise. Le second n'était pas planifié et a été perpétré pour couvrir le premier. Tu en penses quoi ?
— Pas mieux.
— Sûrement un gars qui sait ce qu'il fait.
— Il est venu avec la corde.
— Je crois qu'on devrait appeler les fédéraux. Sécurisons la scène de crime et laissons faire les spécialistes.

*

Il ne revenait jamais en arrière. Il avait lu une foule d'histoires, certaines fictives, d'autres censées être vraies, sur des tueurs que cela excitait de retourner sur les lieux de leur crime. Il n'avait pas prévu de le faire, mais à cet instant, cela lui sembla opportun. Il n'avait commis aucune erreur. Personne ne se doutait de rien. Son pick-up gris ressemblait à un millier d'autres dans la région. Ses fausses plaques d'immatriculation du Mississippi paraissaient vraies. Et si, pour une raison ou une autre, il sentait un danger, il pouvait toujours changer d'avis et quitter l'État.

Il prit son temps et retourna vers le lotissement par des chemins détournés. Les lumières se voyaient de loin et la rue était bloquée par plusieurs voitures de police. En passant, il salua un agent d'un signe de tête, puis jeta un coup d'œil derrière lui. Une foule de gyrophares rouge et bleu éclairaient le quartier. Quelque chose de très grave s'était passé ici.

Il continua son chemin, relativement rapidement, mais sans précipitation.

*

Peu avant 23 heures, le shérif Black et l'adjoint principal Mancuso atteignirent la ville de Neely. Sur la banquette arrière, Nic, un étudiant de vingt ans, employé à temps partiel par la police comme informaticien. Il regardait son iPad et leur indiquait la direction à prendre.

— On approche. Oui, c'est bien ça. Il est dans le bureau de poste.

— Hein ? Pourquoi déposer un portable volé dans un bureau de poste ? s'étonna Mancuso.

— Parce qu'il devait s'en débarrasser, répondit Black.

— Pourquoi ne pas le jeter dans le fleuve ?

— Je ne sais pas. Il faudra lui poser la question.

— On est tout près, déclara Nic. Juste là !

Black se gara sur le parking de gravier et tous trois observèrent le petit édifice désert. Nic pianota sur son iPad :

— Il est dans la boîte aux lettres bleue, on dirait.

— Bien sûr, dit Mancuso. C'est logique.

— Où est passé le postier, bordel ? interrogea Black.

— Bah, on se demande, commenta Mancuso.

— Il s'appelle Herschel Dereford, intervint Nic. Voilà son numéro…

Herschel dormait paisiblement dans sa maison, à huit kilomètres de Neely, quand il répondit à l'appel urgent du shérif Black. Il lui fallut plusieurs minutes pour comprendre la situation, et de prime abord, Herschel refusa de coopérer. En vertu des lois fédérales, il n'était pas censé ouvrir « sa » boîte aux lettres et laisser les autorités locales fouiller dans « son » courrier.

Le shérif Black insista : deux hommes venaient d'être assassinés non loin de là, et ils étaient sur la piste du tueur. Le GPS de l'iPhone les avait menés jusqu'à Neely, à « son » bureau de poste, et il était crucial de mettre la main immédiatement sur le portable volé. Ce récit impressionna suffisamment Herschel pour qu'il change d'avis. Le postier se présenta un quart d'heure plus tard, manifestement pas content. Il sortit son trousseau de clés en marmonnant que c'était en violation de la loi fédérale. Puis il leur expliqua qu'il relevait le courrier tous les après-midi à 17 heures précises, après quoi il fermait le bureau de poste. Un camion de Hattiesburg passait le relever. Comme il était plus de 23 heures, il ne s'attendait pas à y trouver quoi que ce soit.

— Va chercher ton téléphone, dit le shérif Black à Nic. On filme tout.

Herschel ouvrit la porte de la grande boîte aux lettres. Il en sortit une caisse carrée en aluminium qu'il posa par terre. À l'intérieur, une seule enveloppe. Mancuso l'éclaira avec sa lampe de poche.

— Je vous avais bien dit qu'il n'y aurait pas grand-chose, grommela Herschel.

— Allons-y doucement, prévint le shérif. Bon, j'appelle le numéro de Mike Dunwoody avec mon portable. D'accord ?

Les autres acquiescèrent en observant le paquet. Au bout de quelques secondes, il se mit à sonner. Le shérif Black mit fin à l'appel.

— Maintenant, je fais le numéro de Lanny Verno, celui que nous a donné sa copine.

Il tapa le numéro, attendit, et de l'enveloppe s'échappa le refrain de « On the Road Again » de Willie Nelson. Comme l'avait précisé sa petite amie.

Nic filmait la scène avec son iPhone et Mancuso l'éclairait avec sa lampe de poche. Herschel, quant à lui, semblait un peu perdu. Alors le shérif expliqua calmement :

— Maintenant que nous avons composé les deux numéros, on peut confirmer que les portables des victimes se trouvent à l'intérieur de cette enveloppe, là, dans la boîte aux lettres.

Il plongea la main dans une poche de son coupevent et en retira une paire de gants chirurgicaux. Nic continuait à filmer.

— À présent, je vais prendre l'enveloppe, mais nous n'allons pas l'ouvrir ici. Il est plus prudent de l'apporter au labo et de laisser les experts s'en charger.

Il la saisit et la retourna, tandis que Nic suivait ses moindres faits et gestes. Sur l'étiquette était inscrite une adresse, dans une police de caractères pour le moins étrange : *Cherry McGraw, 114 Fairway#72, Biloxi, MS39503.*

Black marmonna « Oh, merde ! » et faillit lâcher le paquet.

— Qu'est-ce qu'il y a, chef ? interrogea Mancuso.

— C'est l'adresse de ma fille.

*

Sa fille était ébranlée, mais indemne. Elle était mariée depuis moins d'un an et habitait près de chez ses parents. Son mari, un type de la campagne passionné de chasse, possédait une intéressante collection d'armes. Il assura au shérif qu'ils ne couraient aucun danger et qu'ils ne prendraient aucun risque.

Un policier fut affecté à la surveillance de la maison du shérif. Mme Black promit à son mari que tout allait bien.

Sur le chemin du retour, Nic, à l'arrière, finit par dire :

— Je ne pense pas qu'il avait l'intention d'envoyer les portables à votre fille.

Le shérif Black ne supportait pas les imbéciles et était trop préoccupé pour s'intéresser aux commentaires d'un stagiaire qui avait l'air d'avoir quatorze ans.

— Ouais.

— Il savait bien qu'on allait les trouver. Il y a dix manières différentes de localiser un portable, alors le tueur était forcément au courant. D'après le postier, le courrier du vendredi n'est ramassé que le lundi après 17 heures. Le paquet n'allait pas rester là soixante-douze heures. Il le savait.

— Alors pourquoi l'enveloppe est-elle adressée à ma fille ?

— Je ne sais pas. Sûrement parce qu'on a affaire à un psychopathe sacrément intelligent. La plupart d'entre eux le sont.

— Il joue un peu avec nous, non ? lança Mancuso.

— On dirait bien.

Le shérif n'était pas d'humeur à plaisanter. Trop de questions sans réponses et de scénarios effrayants se bousculaient dans sa tête.

9

Le surnom de « Cléopâtre » la suivait depuis le Tourism Council, une agence gouvernementale importante, où elle avait travaillé plusieurs années comme avocate. Avant cela, elle avait fait de brefs passages dans des institutions publiques qui œuvraient pour la santé mentale, la qualité de l'air et l'érosion des plages. On ne saurait jamais qui l'avait appelée « Cléopâtre ». Et il n'était pas certain, du moins pour les employés du BJC, que Charlotte soit au courant du petit nom que lui donnaient ses subordonnés. Il lui collait à la peau parce qu'il lui convenait parfaitement, ou parce qu'elle leur faisait penser à Elizabeth Taylor. Des cheveux longs et raides d'un noir corbeau ; une frange qui chatouillait ses sourcils épais et devait nécessiter une coupe régulière ; une épaisse couche de fond de teint pour masquer les rides que le Botox n'avait pu gommer ; et suffisamment d'eye-liner et de mascara pour maquiller une douzaine de prostituées à Las Vegas. Dix ou vingt ans plus tôt, Charlotte aurait pu passer pour jolie, mais des années de travail acharné avaient eu raison de son éclat. Une avocate dont la réputation tournait plus autour de son maquillage et de ses tenues outrancières que de ses compétences juridiques était condamnée à trimer dans les limbes de la profession.

De plus, elle aimait les jupes courtes, qui révélaient des cuisses épaisses, et se perchait sur des talons vertigineux. Ces escarpins étaient un enfer à porter, et le plus souvent, au bureau, elle se mettait pieds nus. Elle n'avait aucun sens de la mode, ce qui n'était pas un problème au BJC, où le style vestimentaire s'était totalement relâché. Seulement, Charlotte se considérait comme très tendance. Personne ne comprenait pourquoi.

Depuis son arrivée, Lacy avait deux sujets d'inquiétude. D'abord, Cléo avait la réputation d'être très ambitieuse, toujours à guetter une opportunité, ce qui n'était pas surprenant dans ce genre d'agence. Ensuite – et c'était plus problématique –, Cléo n'aimait pas les femmes diplômées en droit et les considérait toutes comme des menaces. Elle savait que la majorité des recruteurs étaient des hommes, et comme sa carrière dépendait de l'étape suivante, elle n'avait pas de temps à accorder aux femmes.

— Nous avons peut-être un problème, déclara Lacy.

Cléo fronça les sourcils, les rides de son front étaient dissimulées par sa frange.

— Je vous écoute.

C'était un jeudi soir, tard, et la plupart des employés étaient déjà partis. La porte du grand bureau de Cléo était fermée.

— Je m'attends au dépôt d'une plainte, sous un pseudonyme, qui sera difficile à traiter. Je ne sais pas quoi faire.

— Le juge incriminé ?

— Non identifié pour l'instant. Cour de circuit, en poste depuis dix ans.

— Il faut vous supplier pour avoir le fin mot de l'histoire ?

Cléo se considérait comme une dure à cuire, une avocate sans scrupule, qui n'avait pas de temps à perdre. Il suffisait de lui donner les faits de but en blanc, elle saurait très bien les encaisser.

— Le méfait présumé est un meurtre.

— Par un juge en exercice ?

— C'est ce que je viens de dire.

Lacy n'était pas du genre abrupt, mais dans ses échanges avec Cléo, elle restait sur ses gardes, prête à se défendre, voire à frapper la première.

— En effet. Quand aurait été commis ce meurtre ?

— Eh bien, il y en aurait plusieurs. Présumés. Le dernier il y a deux ans, en Floride.

— *Plusieurs* meurtres ?

— Oui. La partie plaignante en a dénombré six au cours des vingt dernières années.

— Et vous le croyez ?

— Je n'ai pas dit qu'il s'agissait d'un homme. Et je ne sais plus trop quoi penser. Mais il ou elle est prêt à déposer une plainte.

Cléo se leva, soudain beaucoup moins impressionnante sans ses hauts talons, et alla se camper devant la fenêtre. De là, elle avait une vue imprenable sur deux autres édifices administratifs. Elle s'adressa à la vitre.

— La question évidente est la suivante : pourquoi ne pas aller trouver la police ? Je suis sûre que vous vous l'êtes déjà posée, n'est-ce pas ?

— Oui, c'est la première chose que j'ai demandée. Sa réponse a été qu'on ne peut pas se fier à la police, pas à ce stade. On ne peut faire confiance à personne. Et il est évident qu'on ne peut rien prouver.

— Alors sur quoi se fonde cette personne ?

— Sur des coïncidences plutôt troublantes. Les crimes ont été commis sur une période de vingt ans dans plusieurs États différents. Tous ont été perpétrés de sang-froid, sans jamais être élucidés. À un moment ou à un autre de sa vie, le magistrat a croisé le chemin de chacune de ces victimes. Et il a un modus operandi très clair. Les six assassinats sont presque tous identiques.

— Intéressant, jusqu'à un certain point. Je peux vous poser une autre question évidente ?

— C'est vous, la patronne.

— Merci. Si ces affaires ont été classées et que les flics locaux ont abandonné les enquêtes, comment est-on censé prouver que l'un de nos juges est un tueur en série ?

— Très bonne question. Je n'ai pas la réponse.

— Si vous voulez mon avis, il s'agit d'un déséquilibré, ce qui n'est pas rare dans ce genre de cas.

— Vous parlez des clients ou des juges ?

— Des plaignants. Nous n'avons pas de clients.

— C'est sûr. Seulement la loi nous oblige à ouvrir une enquête dès qu'une plainte est déposée. Alors on fait quoi ?

Cléo se rassit dans son fauteuil pivotant, l'air soudain plus impressionnant.

— Je ne sais pas au juste, mais je suis sûre d'une chose : nous n'avons pas les ressources pour enquêter sur une affaire de meurtre. Si cette personne remplit une plainte, nous n'aurons d'autre choix que d'en référer au département de police de Floride. C'est simple.

Lacy lui adressa un sourire faux.

— En effet. Alors je doute que ce dossier parvienne jusqu'à nous.

— Croisons les doigts.

*

Sa stratégie initiale fut de prévenir Jeri par mail, pour éviter un drame. Lacy lui envoya un message des plus formels :

> *Margie, après en avoir discuté avec ma hiérarchie, je suis au regret de vous informer que la plainte que vous souhaitez déposer ne peut être traitée par nos services. Elle serait immédiatement transférée au département de police de l'État.*

Aussitôt, son portable sonna. Numéro inconnu. D'ordinaire, elle ignorait ce genre d'appels, mais elle se doutait qu'il s'agissait de Jeri, qui lança sans préambule :

— Vous ne pouvez pas contacter la police. Les statuts précisent bien que c'est à *vous* de vérifier les allégations des plaignants.

— Bonjour, Jeri. Comment allez-vous aujourd'hui ?

— Mal, depuis votre message. Je n'en reviens pas ! Je suis prête à mettre ma vie en danger et le BJC n'a pas les couilles de se mouiller ! Vous allez rester là à aligner les dossiers sur votre bureau pendant que ce type tue des gens en toute impunité !

— Je croyais que vous n'aimiez pas parler au téléphone.

— En effet. Mais celui-là est intraçable. Je suis censée faire quoi maintenant, Lacy ? Oublier vingt ans de recherches acharnées et faire comme s'il ne s'était rien passé ? Aidez-moi, là !

— Ce n'est pas de mon ressort, Jeri, vous devez me croire.

— Avez-vous recommandé au BJC de s'impliquer ?

— La question ne se pose pas tant qu'aucune plainte officielle n'a été déposée.

— Mais à quoi bon, si c'est pour refourguer le bébé à la police ? Je ne comprends pas. Je pensais vraiment que vous aviez du cran. Les bras m'en tombent.

— Je suis désolée, nous ne sommes pas formés pour ce genre d'affaires.

— Ce n'est pas ce que disent les statuts. Le BJC est censé évaluer toutes les accusations portées contre un magistrat. Il ne peut pas en référer à la police tant qu'il n'a pas mené son évaluation à terme. Vous voulez que je vous en envoie une copie ?

— Non, ce n'est pas nécessaire. Ce n'est pas moi qui ai pris la décision, Jeri. J'ai une responsable.

— D'accord, je lui enverrai les statuts alors. Comment elle s'appelle ? J'ai vu son nom sur le site.

— Ne faites pas ça. Elle les connaît par cœur.

— On ne dirait pas. Que suis-je censée faire ? Oublier Bannick ? Et les vingt dernières années ?

— Je suis désolée.

— Non, vous ne l'êtes pas. Je pensais venir samedi pour discuter avec vous en tête à tête, tout vous dire sur les six meurtres. Que dois-je faire maintenant ?

— Je ne suis pas là ce week-end, Jeri. Désolée.
— Comme c'est pratique. (Après une longue pause, elle reprit :) Réfléchissez, Lacy. Que ferez-vous quand il frappera à nouveau ? Hein ? À un moment donné, votre petite agence et vous serez complices d'un meurtre.

La ligne se coupa.

10

La discipline s'était tellement relâchée que le vendredi après-midi, les bureaux étaient désertés. Les cadres supérieurs partaient pour de longs déjeuners dont ils ne revenaient jamais, tandis que les employés, de moins en moins nombreux, s'éclipsaient dès que Cléo avait le dos tourné. Personne ne s'inquiétait vraiment, car Sadelle travaillait jusqu'à la tombée de la nuit et répondait aux éventuels appels téléphoniques.

Lacy était partie avant le déjeuner et ne comptait nullement revenir. Elle rentra chez elle, enfila un short, jeta quelques vêtements dans un sac, cacha une clé pour Rachel – sa nouvelle voisine et la gardienne de son chien – et sauta dans la voiture de son petit ami peu avant 13 heures. Ils prirent la direction de Rosemary Beach, dans le golfe du Mexique, à deux heures et demie de route en direction de l'ouest. La température dépassait les vingt-cinq degrés et le ciel était d'un bleu immaculé. Lacy avait laissé son ordinateur portable, ses dossiers, sa paperasserie et, d'un commun accord, Allie n'avait pas non plus emporté de travail. Tous les indices de leur profession étaient restés chez eux. Seuls les téléphones portables étaient tolérés.

Le but affiché du week-end était de quitter la ville, de laisser le boulot derrière eux et de profiter du soleil. L'objectif caché était bien plus sérieux. Tous deux approchaient les quarante ans et s'interrogeaient sur leur avenir – commun ou pas. Ils étaient ensemble depuis deux ans et avaient dépassé les premières étapes de leur idylle – les rendez-vous galants, le sexe, les nuits l'un chez l'autre, les week-ends, les présentations à la famille, les déclarations aux amis qu'ils formaient bel et bien un couple, le pacte tacite de fidélité. Aucun ne semblait vouloir mettre fin à cette relation. En fait, tous deux paraissaient satisfaits.

Ce qui dérangeait Lacy – et peut-être Allie avait-il le même sentiment –, c'était l'incertitude de leur avenir. Où seraient-ils dans cinq ans ? Elle se voyait mal rester au BJC. Et la frustration d'Allie au FBI ne cessait de croître. Il adorait son métier et en était fier, mais les soixante-quatorze heures de travail par semaine étaient un lourd tribut. Si Allie travaillait moins, ils pourraient passer plus de temps ensemble, non ? Et peut-être se rapprocher. Cela leur permettrait de décider s'ils étaient amoureux l'un de l'autre. Ils se le disaient parfois, mais ne semblaient pas totalement convaincus. Ils avaient évité de se déclarer la première année et avaient prononcé la phrase fatidique avec réticence.

Lacy avait peur de ne pas l'aimer vraiment et que leur relation franchisse les étapes jusqu'à ce qu'il ne reste plus que le mariage. Dès lors, à quarante ans ou plus, elle ne pourrait plus s'échapper. Elle épouserait un homme qu'elle adorait sans l'aimer vraiment. Ou bien était-ce de l'amour ?

La moitié de ses copines lui disaient de laisser tomber ce type, après deux ans. L'autre moitié lui conseillait de mettre le grappin dessus avant qu'il ne prenne ses jambes à son cou.

Ce week-end était censé leur apporter des réponses, même si elle avait lu assez de romans à l'eau de rose et vu suffisamment de comédies romantiques pour savoir que l'escapade en amoureux, le grand moment, avait rarement l'effet escompté. Les mariages en perdition n'étaient pas sauvés par une virée au bord de la mer, tout comme les histoires d'amour fragiles ne trouvaient pas de réponse claire ni de solution miracle.

Ils pouvaient aussi éviter de parler de l'avenir et simplement profiter du moment présent.

— Quelque chose te tracasse, dit-il en lui caressant le genou de la main droite, sa main gauche sur le volant.

Il était trop tôt pour parler de leur couple, aussi trouva-t-elle une échappatoire.

— C'est cette affaire qui m'empêche de dormir…

— D'habitude, tes dossiers ne te perturbent pas autant.

— D'habitude, il ne s'agit pas de meurtre.

Il la regarda avec un sourire.

— Raconte.

— Je ne peux pas. Comme toi, je suis tenue à la confidentialité. Cela dit, je peux me contenter d'hypothèses.

— Je suis tout ouïe.

— Eh bien, imaginons un juge, environ cinquante ans, en exercice depuis dix ans, sociopathe. Tu me suis ?

— Parfaitement. Ils le sont presque tous, non ?
— Allie ! Je suis sérieuse !
— D'accord. On les a étudiés pendant notre formation à Quantico. L'analyse comportementale, ça faisait partie de la routine. Mais je n'ai pas eu affaire à ce genre de cas depuis un bon moment. Ma spécialité, ce sont les trafiquants de cocaïne et les néonazis qui balancent des bombes. Continue.
— Encore une fois, ce ne sont que des hypothèses. Je n'ai aucune preuve, du moins pour le moment. D'après mon témoin, une femme terrifiée à l'idée d'être personnellement exposée, le juge a assassiné six personnes ces vingt dernières années. Six meurtres dans six États différents. Il connaissait ses victimes, a eu une altercation avec chacune d'elles et a patiemment attendu le moment opportun pour agir. Elles ont toutes été tuées de la même manière – étranglées avec la même corde et la même méthode. Aucun indice n'a été trouvé sur la scène de crime, rien d'autre que la corde autour du cou des victimes.
— Des affaires classées ?
— Depuis des lustres. La police n'a rien. Pas de témoin, pas d'empreintes, pas de fibres, pas de traces de sang, pas de mobile. Rien du tout.
— S'il les connaissait, il avait un mobile.
— Tu es si brillant.
— Merci. C'était plutôt facile.
— Oui. Les griefs sont différents. Certains sont sérieux, d'autres sans importance. Je ne les connais pas tous.
— Mais le tueur pense qu'ils sont graves.
— En effet.

Allie retira sa main droite de son genou et se frotta le menton. Au bout d'un moment, il demanda :

— Et ce dossier est sur ton bureau ?

— Non. Le témoin n'a pas encore déposé sa plainte. Elle a peur. Et hier, Cléopâtre m'a dit que le BJC ne s'investirait pas dans une affaire d'homicide.

— Alors qu'est-ce que tu vas faire ?

— Rien, j'imagine. S'il n'y a pas de plainte, on ne peut pas agir. Le juge reste impuni et continue à sévir, peut-être à tuer des gens.

— On dirait que ton témoin t'a convaincue.

— Effectivement. Je ne pense à rien d'autre depuis lundi, le jour où je l'ai rencontrée, et son histoire me semble plausible.

— Pourquoi ne va-t-elle pas trouver la police ?

— Pour plusieurs raisons. D'abord, elle est terrifiée : elle est persuadée que le tueur va découvrir son implication et l'ajouter à sa liste. Ensuite, elle pense que la police n'a aucune raison de la croire. Les flics d'une petite bourgade de Caroline du Sud n'ont pas de temps à perdre avec une vieille affaire de meurtre irrésolu en Floride. Ceux de Little Rock ne s'intéressent pas à un crime similaire à Chattanooga.

Allie hocha la tête.

— Ça fait quatre. Où ont eu lieu les deux autres ?

— Elle ne me l'a pas encore dit.

— Qui a été tué à Little Rock ?

— Un journaliste.

— Et pourquoi son nom était-il sur la liste ?

— On s'éloigne de l'hypothétique, agent Pacheco. Je ne peux pas te donner plus de détails.

— D'accord. Tu as évoqué le FBI avec elle ?

— Oui. Et pour le moment, elle ne veut pas en entendre parler. Elle est persuadée que c'est trop dangereux et elle a de gros doutes sur la capacité du FBI à la prendre au sérieux. Vont-ils se démener pour une série de crimes qu'ils ont très peu de chances de résoudre ?

— Le FBI pourrait la surprendre.

Alors qu'ils se faufilaient dans les embouteillages, Lacy réfléchit en silence pendant plusieurs kilomètres. Allie était un véritable chauffard et, lorsqu'il se faisait épingler par un radar – au moins deux fois par an –, il montrait son badge et faisait un clin d'œil au policier. Il se vantait même de n'avoir jamais payé de contravention.

— Comment on procéderait ? Imagine que mon témoin veuille tout déballer au FBI.

Allie haussa les épaules.

— Je ne sais pas, mais je peux me renseigner.

— Pas encore. Je marche sur des œufs avec elle. Elle est fragile.

— Fragile ?

— Oui, son père est la victime numéro deux.

— Waouh ! De mieux en mieux.

La manie la plus agaçante d'Allie était de se ronger les ongles, mais seulement de la main gauche. Ceux de la main droite étaient intacts. Quand il les attaqua, elle comprit qu'il était perturbé et que son cerveau turbinait.

Au bout d'un moment, il déclara, le regard rivé sur la route :

— C'est délicat. Imaginons qu'on soit tous dans une même pièce – le FBI, la police, les autorités locales, l'État, peu importe – et qu'elle nous dise : « Voici votre tueur. Nom, adresse, profession. Et voici ses six victimes, toutes étranglées au cours des vingt dernières années. Mais... »

— On n'a aucune preuve.

— Vous n'avez aucune preuve. À moins que...

— À moins que ?

— À moins que tu trouves des preuves auprès du tueur.

— Pour ça, il nous faudrait un mandat de perquisition, non ? Un document impossible à obtenir sans un motif valable. Or on n'en a aucun. Uniquement des spéculations.

— Mais tu penses qu'elle dit la vérité.

— Oui.

— Tu n'es pas totalement convaincue.

— Pas à cent pour cent. Reconnais que c'est dingue, cette histoire.

— En effet. Je n'ai jamais entendu un truc pareil. Mais encore une fois, tu le sais, je traque un autre genre de criminels.

— Un mandat serait difficile à obtenir. D'autant que notre homme est probablement paranoïaque et trop intelligent pour se faire prendre.

— Que sais-tu de lui ?

— Rien. Ce n'est qu'une hypothèse.

— Allez. Maintenant qu'on en est là...

— Célibataire. Jamais marié. Vit sûrement seul. Des caméras de sécurité partout. Un juge respecté, investi dans sa communauté. Estimé par ses pairs et ses électeurs. C'est toi, le profileur, que veux-tu savoir d'autre ?

— Je ne suis pas un profileur. Encore une fois, il s'agit d'une autre branche du FBI.

— D'accord. Si tu présentais les six meurtres, sans mentionner le suspect, aux meilleurs profileurs du FBI, que diraient-ils ?

— Aucune idée.

— Mais tu pourrais poser la question, officieusement ?

— À quoi bon ? Tu connais le nom du meurtrier.

*

Leur hôtel préféré était le Lonely Dunes, un petit établissement de quarante chambres, toutes face à la mer, à quelques pas de la plage. Ils déposèrent leurs valises dans leur chambre et filèrent à la piscine, où ils prirent place à une petite table ombragée. Ils commandèrent à manger et une bouteille de vin frais. Un jeune couple batifolait dans la piscine. Il valait mieux ne pas regarder sous la surface. À l'horizon, les eaux bleues du golfe miroitaient sous le soleil.

Après qu'ils eurent vidé la moitié de la bouteille, le portable d'Allie se mit à vibrer sur la table.

— Qu'est-ce que c'est ? interrogea Lacy.

— Désolé.

— Je croyais qu'on s'était mis d'accord : pas de portable pendant le déjeuner. J'ai laissé le mien dans la chambre.

Allie s'empara de son téléphone.

— C'est le gars dont je t'ai parlé. Il connaît plusieurs profileurs.

— Non. Laisse tomber. J'en ai trop dit. Et je n'ai plus envie de parler de ce dossier.

Le portable cessa de vibrer. Allie le glissa dans sa poche. Le serveur apporta leurs salades au crabe et leur resservit du vin. Comme à point nommé, les nuages s'amoncelèrent et le soleil disparut.

— Averses éparses, déclara Allie. C'est ce que disait l'app météo de mon téléphone, qui est au fond de ma poche et n'en bougera pas.

— Peu importe. On ne va nulle part. J'ai une question.

— Bien sûr.

— Il est presque 15 heures, un vendredi après-midi. Ton boss sait où tu es ?

— Pas exactement, juste que je suis parti en week-end avec ma petite amie. Et Cléopâtre ?

— Je m'en fiche. Et elle aussi. Dans quelques mois, elle ne sera plus là.

— Et toi, Lacy ? Combien de temps vas-tu rester au BJC ?

— Ah, c'est la grande question, hein ? J'ai passé trop d'années à un poste sans avenir et il faut que je parte. Mais que veux-tu que je fasse ?

— Ce n'est pas un poste sans avenir. Tu aimes ton job et il est important.

— Peut-être. Par moments. Mais mon travail ne fait pas une grande différence. Je m'ennuie et je te le répète trop souvent.

— Il n'y a que toi et moi ici. Tu peux tout me dire.

— Mes secrets les plus intimes, les plus sombres ?

— J'adorerais les entendre.

— Mais tu ne me confierais pas les tiens, Allie. Ce n'est pas ton genre de baisser la garde.

— Qu'est-ce que tu veux savoir ?

Elle lui sourit et but une gorgée de vin.

— D'accord. Où seras-tu dans un an ?

Il fronça les sourcils et détourna le regard.

— Eh bien, c'est direct. (Il avala une gorgée de vin.) Pour être franc, je n'en sais rien. Je travaille au FBI depuis huit ans et j'adore ce que je fais. J'ai toujours pensé que c'était pour la vie, que je traquerais les méchants jusqu'à ce qu'on me colle dans un bureau à cinquante ans et qu'on me mette à la porte à soixante, le parcours obligé. Mais je n'en suis plus si sûr. Ce que je fais est souvent passionnant, sauf que c'est clairement un travail pour les jeunes. Quand je regarde les gars de cinquante ans, je vois bien qu'ils tirent sur la corde. Pourtant, ce n'est pas si vieux. En fait, je ne suis pas sûr d'être carriériste.

— Tu penses à partir ?

— Oui.

C'était sûrement difficile à avouer, et peut-être la première fois qu'il l'énonçait à voix haute. Il huma son vin et en but un peu.

— Et ce n'est pas tout. Ça fait cinq ans que je vis à Tallahassee et j'ai besoin d'autre chose. Il y a des rumeurs de transferts. Ça fait partie du job. C'est ce qu'on espère tous.

— Tu vas être transféré ?

— Je n'ai pas dit ça. Mais il risque d'y avoir des changements dans les mois à venir.

Lacy était abasourdie, mais s'efforça de ne pas le montrer. Au bout d'un moment, elle fut surprise de se sentir aussi mal. L'idée de ne pas être avec Allie était, eh bien, inconcevable. Elle réussit à lui demander calmement :

— Où irais-tu ?

Il regarda nonchalamment autour de lui, comme les agents avaient appris à le faire, ne vit personne s'intéresser à eux, et déclara :

— Ce n'est pas officiel, mais le directeur monte une *task force* nationale sur les groupes haineux et j'ai été invité à poser ma candidature. Je ne me suis pas encore décidé, et si je disais oui, il n'y a aucune garantie que je sois retenu. Il s'agit d'une formation d'élite.

— D'accord. Mais où serais-tu affecté ?

— Soit à Kansas City soit à Portland. Mais ce ne sont que des suppositions.

— Tu en as marre de la Floride ?

— Non. J'en ai marre de passer mes week-ends à traquer des barons de la drogue. J'en ai marre de vivre dans un appartement miteux et de ne pas savoir de quoi l'avenir sera fait.

— Je ne peux pas imaginer une relation à distance, Allie. Je préfère t'avoir dans les parages.

— Eh bien, pour le moment, je n'ai pas l'intention de partir. C'est juste une idée. Peut-on parler de toi ?

— Je suis un livre ouvert.

— Loin de là. Je te retourne la question : où seras-tu dans un an ?

Le serveur vint remplir leurs verres, puis s'éclipsa. Elle but une grande gorgée de vin et secoua la tête.

— Aucune idée. Je doute d'être encore au BJC, mais c'est ce que je dis depuis des années. Je ne suis pas sûre d'avoir le cran de démissionner et de perdre la sécurité de l'emploi.

— Tu as un diplôme de droit.

— J'ai surtout bientôt quarante ans et je ne suis pas spécialisée. Or c'est ce que recherchent les cabinets d'avocats. Si je pars et que je me mets à rédiger des testaments, je vais mourir de faim. Je n'ai jamais fait ça. Ma seule option est de me comporter comme tous les juristes des agences gouvernementales : galérer pour grimper les échelons et obtenir un meilleur salaire. Je crois que j'aimerais un vrai changement, Allie. C'est peut-être la crise de la quarantaine. Ça t'intéresse ?

— Une crise commune ?

— Pourquoi pas ? Plutôt un partenariat. Écoute, on a tous les deux des questionnements sur notre avenir. On n'a pas loin de quarante ans, on est toujours célibataires, sans enfants, alors on peut se permettre de prendre des risques, de faire des trucs stupides, de tomber et de se relever.

Voilà, elle s'était jetée à l'eau. Elle prit une profonde inspiration, n'arrivant pas à croire qu'elle était allée si loin, et guetta la réaction de son partenaire. Il semblait à la fois curieux et surpris.

— Tu as prononcé plusieurs mots importants, comme « se permettre ». Je ne suis pas en mesure d'arrêter de travailler à mon âge et de plonger dans l'inconnu.

— Et quoi d'autre ?

— « Faire des trucs stupides. »

— Simple figure de style. On n'est pas du genre à faire des trucs stupides, tous les deux.

Le serveur arriva avec un plateau et s'employa à débarrasser la table. Quand il saisit la bouteille de vin vide, il demanda :

— Une autre ?

Tous deux secouèrent la tête. Ils mirent l'addition sur la note de leur chambre, à deux cents dollars la nuit, hors saison – note qu'ils se partageraient le dimanche, avant de partir. Tous deux gagnaient soixante-dix mille dollars par an. Pas de quoi prendre leur retraite, mais là n'était pas la question.

Ils allèrent se promener au bord de l'océan, mais l'eau était trop froide, même pour un simple bain. Bras dessus bras dessous, ils déambulèrent sans but sur la plage, comme les vagues.

— J'ai un aveu à te faire, dit-il.

— Tu n'en fais jamais.

— Eh bien, écoute-moi. Depuis environ un an, j'économise de l'argent pour t'acheter une bague.

Elle s'arrêta net tandis que leurs regards se rivaient l'un à l'autre.

— Et ?

— Je ne l'ai pas achetée parce que je n'étais pas sûr que tu l'accepterais.

— Tu es sûr que tu voulais me la proposer ?

Il hésita, une seconde de trop, et finit par répondre :

— C'est ce qu'on doit décider, n'est-ce pas, Lacy ? Où on va tous les deux ?

Elle croisa les bras et tapota sa lèvre avec son index.

— Tu veux faire un break, Allie ?

— Un break ?

— Oui. Prendre tes distances.

— Pas vraiment. Et toi ?
— Non. J'aime être avec toi.
Ils sourirent, s'enlacèrent, puis reprirent leur balade le long de la plage.
Sans avoir rien résolu.

11

Le mail arriva à 21 h 40 dimanche soir, alors que Jeri était seule, comme toujours dans sa maison de ville, à préparer ses cours pour la semaine suivante et à se demander si elle allait regarder la télévision. C'était l'une de ses nombreuses adresses électroniques, lourdement cryptée et rarement utilisée. Seules quatre personnes y avaient accès. Elle n'avait jamais rencontré son correspondant et ne connaissait pas son vrai nom. Le paiement se faisait toujours en liquide : elle glissait l'argent dans un livre de poche qu'elle envoyait à une boîte postale de Camden, dans le Maine, au nom d'une société appelée KL Data.

Il ne connaissait pas non plus son nom. En ligne, elle signait « LuLu » – il n'avait pas besoin d'en savoir plus. Son message était laconique :

Bonjour LuLu. Je suis tombé sur un truc qui pourrait vous intéresser.

LuLu ? Elle sourit et secoua la tête, légèrement déconcertée par le nombre d'identités qu'elle s'était inventées ces vingt dernières années. Pseudonymes, boîtes postales temporaires, déguisements, adresses électroniques impénétrables et multiples portables.

Dans son monde solitaire, elle l'appelait KL, et comme elle n'avait aucune idée de ce que signifiaient ces initiales, elle l'avait surnommé Kenny Lee.

Selon une référence datant de plusieurs années, Kenny Lee avait un passé dans les forces de l'ordre, mais elle ne savait pas comment cette carrière s'était terminée. Seulement que son frère avait été assassiné, une affaire jamais élucidée qui le hantait et l'avait poussé à exercer sa profession actuelle.

— Hé ! Salut, Kenny Lee ! marmonna-t-elle pour elle-même.

Combien d'heures ? répondit-elle.

Moins de trois.

D'accord.

À deux cents dollars de l'heure, elle ne pouvait se permettre de mauvaises surprises. Enquêteur freelance, ce loup solitaire proposait ses services à qui pouvait se les offrir. Il travaillait pour des familles de victimes, des policiers de petites villes dans des dizaines d'États, le FBI, des journalistes d'investigation, des romanciers et des producteurs d'Hollywood. Pour ceux qui recherchaient des informations sur un crime, il était la personne idéale. Il quittait rarement son sous-sol et passait le plus clair de son temps en ligne, où il fouillait, collectait et vendait ses données. Il avait recueilli les statistiques sur les meurtres dans cinquante États et probablement passé plus de temps dans le Centre d'information sur les crimes violents du FBI que n'importe quel autre agent du Bureau.

Quand il s'agissait d'un meurtre, d'autant plus irrésolu, Kenny était l'homme de la situation. En sous-main, il gérait sa petite entreprise avec l'aide d'un avocat de Bangor, dans le Maine, qui s'occupait de ses contrats et de ses honoraires. Tout son business reposait sur le bouche-à-oreille et la discrétion.

KL ne faisait pas de publicité et pouvait refuser des clients. Il utilisait des noms d'emprunt, écrivait des messages codés et percevait ses honoraires en espèces, tout pour protéger l'identité de ses clients et ne pas alerter les tueurs qu'il traquait.

Une heure plus tard, Jeri était assise dans l'obscurité et se demandait ce qu'elle ferait si KL avait découvert une autre victime. Parfois, il se trompait. Personne n'était parfait. Dix mois plus tôt, KL lui avait rapporté un cas de strangulation dans le Kentucky qui présentait beaucoup de similitudes. Jeri l'avait payé pour quatre heures d'enquête, puis avait passé deux mois à faire des recherches avant de se retrouver dans une impasse, la police ayant arrêté un homme qui était passé aux aveux.

KL lui avait envoyé un mot pour lui dire qu'il était désolé, c'étaient les aléas du métier. Il avait suivi des milliers d'affaires dans tout le pays, dont beaucoup étaient classées et ne seraient jamais résolues.

Chaque année, aux États-Unis, environ trois cents meurtres étaient officiellement catalogués comme des cas de suffocation/strangulation/asphyxie. La moitié impliquait une personne saisie à la gorge pour mettre fin à une querelle domestique, dès lors abruptement terminée.

Pour les autres, il s'agissait de strangulation, à savoir l'action d'enrouler violemment un lien autour du cou de la victime – l'assassin laissant généralement l'arme du crime derrière lui. Câble électrique, ceinture, bandana, fil de fer, chaîne, lacet de chaussure, cintre, cordes de toutes sortes… La corde en nylon utilisée pour tuer son père était ordinaire. On la trouvait facilement dans le commerce.

La plupart des meurtres de la deuxième catégorie n'étaient jamais élucidés. Son ordinateur portable émit un signal sonore. Elle l'ouvrit, passa en revue ses protocoles d'authentification et tapa ses codes d'accès. Un message de Kenny Lee.

Il y a cinq mois, à Biloxi, dans l'État du Mississippi, comté de Harrison, un homme du nom de Lanny Verno a été retrouvé étranglé. On n'a pas encore de photos de la scène de crime, mais cela ne saurait tarder. La description de la ligature est parlante. Corde en nylon de neuf millimètres, avec le même nœud pour maintenir la pression. Blessure grave à la tête, probablement préalable au décès. Le défunt avait trente-sept ans et travaillait comme peintre en bâtiment. Tué sur son lieu de travail, pas de témoins.

Mais il y a eu des complications. La police pense qu'un témoin a déboulé au mauvais moment et a subi le même sort, la corde en moins. Blessures graves à la tête. La police pense que la deuxième victime était passée donner un chèque

> *à Verno – c'était un vendredi après-midi et Verno attendait sa paie – et que le deuxième meurtre n'était pas prémédité. L'assassinat de Verno l'était, en revanche. Aucune preuve sur la scène de crime, à part la corde. Pas d'échantillons de sang provenant d'autres personnes que les deux victimes.*
>
> *Pas de fibres, pas d'empreintes, pas de preuves médico-légales et pas de témoins. Un autre site aseptisé – trop. L'enquête se poursuit, mais la presse n'en parle pas. Le dossier est scellé, c'est pour ça qu'on n'a pas de photos ni de rapports d'autopsie. Comme vous le savez, ça prend toujours du temps.*

KL fit une pause pour laisser à Jeri le temps de répondre. Elle secoua la tête, frustrée, et se remémora ses efforts souvent vains pour avoir accès à des dossiers qui prenaient la poussière depuis des années dans les archives de la police. Comme toujours, moins les enquêteurs avaient d'indices, plus ils protégeaient leurs dossiers. Ils préféraient que personne ne soit au courant de leurs difficultés.

> *Que savez-vous sur la corde et le nœud ?*

La méthode et le mobile. La méthode était visible sur la scène de crime et facile à analyser pour les experts. Le mobile nécessitait souvent des semaines, voire des mois d'enquête.

KL répondit :

J'ai en ma possession le rapport déposé par le labo au Centre d'information du FBI. La corde est décrite comme étant en nylon, de couleur verte, neuf millimètres d'épaisseur, soixante-seize centimètres de long, retrouvée sur la victime, de toute évidence. Il n'est pas fait mention d'un nœud, d'un garrot, d'un cliquet ou de tout autre dispositif pour la maintenir. Aucune photo n'est jointe au rapport. Le crime n'est évidemment pas résolu, l'enquête est en cours, de sorte que la plupart des détails importants sont tenus secrets par la police. C'est la procédure habituelle. La bonne vieille loi du silence.

Jeri alla dans la cuisine pour prendre un soda sans sucre dans le réfrigérateur. Elle décapsula la canette, en but une gorgée et retourna s'asseoir sur son canapé, devant son ordinateur.

D'accord, ça m'intéresse. Envoyez-moi ce que vous avez. Merci.

Avec plaisir. Dans quinze minutes.

En longeant la côte du golfe du Mexique sur l'Interstate 10, Mobile n'était qu'à une heure de Biloxi, mais les deux villes se trouvaient dans deux États différents, deux mondes différents. Le *Press-Register* de Mobile comptait peu de lecteurs dans le Mississipi, et le *Sun Herald* de Biloxi avait encore moins d'abonnés en Alabama.

Jeri n'était pas surprise que la presse de Mobile n'ait pas couvert un double meurtre commis à quatre-vingt-dix kilomètres de là. Elle ouvrit son ordinateur portable, entra son mot de passe et débuta ses recherches. Le samedi 19 octobre, la une du *Sun Herald* donnait des informations de première main sur les deux homicides. Mike Dunwoody était un entrepreneur bien connu à Biloxi. Le journal avait publié un portrait de Mike pris sur le site Internet de sa société. Il laissait derrière lui une épouse, Marsha, deux enfants et trois petits-enfants. Au moment de la publication de l'article, la date des funérailles n'était pas fixée.

On en savait beaucoup moins sur Lanny Verno. Le contractuel vivait dans un parc de caravanes dans les environs de Biloxi. Un voisin avait déclaré qu'il habitait là depuis plusieurs années. Sa petite amie lui rendait visite de temps à autre. Lanny était originaire de Géorgie, mais avait vécu dans différents endroits.

Les jours suivants, le *Sun Herald* s'était efforcé d'actualiser l'histoire. La police n'avait fait pratiquement aucun commentaire. Aucun membre de la famille Dunwoody ne s'était exprimé. La cérémonie à l'église avait rassemblé une foule importante. À la demande des proches, les journalistes avaient été tenus à l'écart. Un cousin éloigné de Verno s'était présenté à contrecœur pour ramener le corps en Géorgie. Il avait maudit un journaliste. Une semaine après le drame, le shérif Black avait tenu une conférence de presse où il n'avait divulgué aucune information. Un reporter lui avait demandé si des téléphones portables avaient été retrouvés sur les corps, ce qui lui avait valu un ferme :

— Sans commentaire.

— Mais n'est-il pas vrai que deux téléphones ont été retrouvés dans une boîte aux lettres à Neely ?

Le shérif le regarda comme s'il venait de révéler le nom du tueur, puis il s'en sortit par un imperturbable :

— Sans commentaire.

Pratiquement toutes les autres questions obtinrent la même fin de non-recevoir.

Le manque de coopération du shérif alimenta les rumeurs : la police se rapprochait sûrement du tueur et ne voulait pas lui mettre la puce à l'oreille.

Mais les jours se transformèrent en semaines, puis en mois, sans que rien se passe. La famille Dunwoody proposa une récompense de vingt-cinq mille dollars pour toute information sur les crimes. Cette somme suscita une vague d'appels de la part de déséquilibrés qui ne savaient rien du tout.

La famille de Verno ne se manifesta pas.

*

À minuit, Jeri buvait du café fort et se préparait à une nouvelle nuit blanche devant son ordinateur. KL lui avait envoyé le résumé de ses recherches ainsi qu'une copie du rapport officiel que la police de l'État du Mississippi avait transmis au FBI.

Elle était déjà passée par là et ne se réjouissait pas à l'idée d'ouvrir un nouveau dossier.

12

Le BJC était dirigé par un conseil d'administration de cinq personnes, tous des juges et des avocats à la retraite qui avaient trouvé grâce aux yeux du gouverneur. Les gros donateurs étaient nommés à des postes plus prestigieux – conseils d'administration d'universités, commissions de jeux, etc. –, des postes avec d'importants budgets et des avantages qui permettaient aux élus de voyager et de côtoyer les puissants. Tandis que les membres du BJC avaient droit à un défraiement pour les repas, la chambre, et cinquante cents par kilomètre. Ils se réunissaient six fois par an – trois à Tallahassee et trois à Fort Lauderdale – pour examiner des dossiers, tenir des audiences et, à l'occasion, réprimander un juge. La révocation était rare. Depuis la création du BJC en 1968, seuls trois magistrats avaient été démis de leurs fonctions.

Quatre des cinq membres du conseil se réunirent lundi en fin de matinée. Le cinquième siège était vacant, car le gouverneur était trop occupé. Il avait décliné les deux dernières invitations, aussi le conseil avait-il cessé de réclamer sa présence. Les réunions se tenaient dans une salle de conférences de la Cour suprême, celle du BJC étant trop déprimante.

Le premier point à l'ordre du jour était leur réunion à 10 heures avec la directrice, une heure de discussion sur la charge de travail de l'agence, les comptes, le personnel, etc. C'était devenu un rituel désagréable, car Charlotte Baskin était sur le départ, tout le monde le savait.

Après avoir fait le tour de la question avec elle, les membres devaient se pencher sur les dossiers en cours.

*

Lacy était reconnaissante de ne pas avoir à comparaître devant la commission. Son lundi avait commencé comme d'habitude, avec son discours d'encouragement pour se rendre au bureau et, si possible, arriver avec le sourire et l'envie de bien faire son boulot. Mais le laïus n'avait pas eu l'effet escompté, sans doute parce que, dans sa tête, elle était encore à la plage ou à la piscine avec Allie. Ils avaient partagé de longs déjeuners arrosés de vin, d'interminables promenades au bord de la mer, ils avaient fait l'amour. À un moment donné, ils avaient décidé de ne plus penser à l'avenir et de vivre le moment présent. Les décisions importantes seraient pour plus tard.

Mais une fois loin de lui, elle s'était posé la question qui la taraudait depuis vendredi : s'il m'avait offert la bague, l'aurais-je acceptée ?

La réponse lui échappait.

À 9 h 48, elle reçut un autre mail, encore de Jeri. Elle en avait reçu au moins cinq durant le week-end, que jusqu'à maintenant elle avait ignorés. Lacy avait suffisamment différé le désagréable échange à venir.

Elle savait que la procrastination ne ferait que rendre l'épreuve encore plus pénible. S'emparant de son portable, elle lança l'appel. Pas de réponse. Pas de messagerie. Elle composa un second numéro. Même résultat. Elle perdait patience quand elle entra le dernier numéro que Jeri lui avait donné.

— Bonjour, Lacy, dit-elle d'une voix chaleureuse, mais fatiguée. Où étiez-vous passée ?

De quoi se mêlait-elle ? Lacy déglutit, prit une grande inspiration et répondit :

— Bonjour, Jeri. J'imagine qu'il s'agit d'une ligne sécurisée ?

— Bien sûr. Désolée pour le dérangement.

— Oui. Vous m'avez appelée et écrit des mails tout le week-end, à ce que je vois.

— En effet. Il faut qu'on parle, Lacy.

— C'est ce qu'on fait en ce moment même, le lundi. Je vous ai expliqué que je ne travaillais pas le week-end et je vous ai demandé de ne pas m'appeler ni m'écrire.

— Oui, vous avez raison, et j'en suis désolée, mais c'est vraiment important.

— Je sais, Jeri, pourtant j'ai de mauvaises nouvelles. J'ai revu ma boss et je lui ai présenté vos arguments, mais elle s'est montrée inflexible. Nous n'allons pas nous lancer dans une enquête criminelle. Nous ne sommes pas formés pour ça.

Un silence. Cela ne durerait pas, car Jeri n'avait manifestement pas l'habitude de s'entendre dire non.

— Mais j'ai le droit de déposer une plainte, protesta-t-elle. J'ai mémorisé le règlement. Et je peux le faire anonymement. Selon la loi, le BJC a l'obligation de passer quarante-cinq jours à vérifier mes allégations. N'est-ce pas, Lacy ?

— Oui, c'est la loi.

— Ensuite, je remplirai une plainte.

— Et ma responsable transmettra immédiatement le dossier à la police.

Lacy s'attendait à une violente réaction, à laquelle Jeri était sans doute en train de réfléchir. Elle patienta encore un moment, jusqu'à ce qu'elle se rende compte que sa correspondante avait raccroché. Il était évident que Jeri allait se manifester à nouveau. Ou peut-être garder le silence un moment. Elles ne se connaissaient que depuis une semaine après tout.

Et l'hécatombe allait peut-être cesser.

*

Une heure plus tard, Jeri la rappelait.

— Lacy, je crois qu'il a fait deux autres victimes. Les numéros sept et huit. Je n'en ai pas la confirmation et je peux me tromper. J'espère me tromper ! Ce qui est certain, c'est qu'il ne va pas s'arrêter.

— La confirmation ? Je ne savais pas que vous l'aviez pour les autres.

— Pourtant c'est le cas. Dans mon esprit du moins. Ma théorie a beau être fondée sur des coïncidences, vous reconnaîtrez qu'elles sont troublantes.

— Je le reconnais, sauf que ça ne suffit pas à ouvrir une enquête. Encore une fois, Jeri, le BJC ne va pas s'impliquer.

— C'est votre décision ou celle de votre directrice ?

— Au revoir, Jeri.

— D'accord, Lacy, mais à partir de maintenant, vous aurez du sang sur les mains.

— Il me semble que vous exagérez.

Jeri marmonna des paroles incompréhensibles. Puis ajouta d'une voix claire :

— La fréquence des meurtres a augmenté. Près d'un par an. Ce n'est pas inhabituel chez les tueurs en série, du moins chez les plus intelligents. Ils commencent prudemment, constatent qu'ils s'en tirent à bon compte, améliorent leur technique, se débarrassent de leurs derniers scrupules et se persuadent qu'ils peuvent tromper leur monde. C'est là qu'ils font des erreurs.

— Quel genre d'erreurs ?

— Je préfère ne pas en parler au téléphone.

— Vous m'avez appelée.

— En effet, et je me demande pourquoi.

Elle raccrocha à nouveau.

Felicity apparut devant son bureau sans un bruit et lui tendit un message téléphonique noté sur un post-it rose.

— Vous avez intérêt à appeler ce type, dit-elle. Il n'était pas commode.

— Merci, répondit Lacy en prenant le message. (Elle soutint le regard de la réceptionniste pour lui signifier que la discussion était terminée.) Et fermez la porte derrière vous, je vous prie.

Earl Hatley était l'actuel président du BJC. Un charmant magistrat à la retraite, et l'un des rares membres du conseil d'administration à vouloir réellement améliorer le système judiciaire. Il avait sans doute son portable à la main, car il décrocha immédiatement. Il lui demanda de laisser tomber ce qu'elle faisait pour se joindre à leur réunion dans le bâtiment de la Cour suprême.

Quinze minutes plus tard, Lacy entra dans une petite salle de conférences, où elle fut accueillie par les quatre membres du conseil. Earl lui proposa de prendre un siège en bout de table.

— Je ne vais pas tourner autour du pot, Lacy, car nous sommes déjà très en retard sur le planning et nous avons d'autres chats à fouetter.

— Je vous écoute, répondit Lacy.

— Nous avons vu Charlotte Baskin à la première heure ce matin et elle nous a remis sa démission. Elle part aujourd'hui même. Il s'agit d'un accord mutuel. Cela ne fonctionnait pas, vous l'aviez sans doute remarqué, et nous avons reçu plusieurs plaintes. Si bien que nous n'avons plus de directrice.

— Est-ce que j'ai toujours un emploi ? demanda Lacy, que cela ne perturbait pas le moins du monde.

— Oh, oui ! Vous ne pouvez pas partir, Lacy.

— Merci.

— Comme vous le savez sans doute, Charlotte a été la quatrième à occuper ce poste ces deux dernières années. J'ai entendu dire que le moral de l'équipe était au plus bas.

— Et comment ! Tous les employés cherchent un autre boulot ! Et tous attendent, année après année, que le couperet tombe. Qu'est-ce que vous espériez ? Il est difficile de rester enthousiaste quand votre budget déjà maigre est amputé chaque année.

— Nous comprenons très bien. Ce n'est pas notre faute. Nous sommes dans le même camp, vous savez.

— Je ne sais pas qui sont les responsables et je ne vous blâme pas. Mais on ne peut pas faire notre travail avec si peu de soutien de la législature. Le gouverneur se moque totalement de nous.

— Je vois le sénateur Fowinkle la semaine prochaine, intervint Judith Taylor. Il tient les cordons de la bourse, et son staff pense qu'il va donner de l'argent.

Lacy sourit et hocha la tête comme si elle leur était vraiment reconnaissante. Mais elle connaissait la chanson.

— Voici l'idée, reprit Earl. Vous êtes l'enquêtrice principale et la tête pensante de l'agence. Vous êtes respectée, et même admirée, par vos collègues. Nous vous demandons de prendre les fonctions de directrice intérimaire le temps de trouver un remplaçant.

— Non, merci.

— C'était du rapide !

— Eh bien, tout comme votre proposition. Je travaille ici depuis douze ans et je sais de quoi il retourne. Les postes de direction ne sont pas pour moi.

— Ce n'est que temporaire.

— Tout est temporaire de nos jours.

— Vous ne songez pas à partir, n'est-ce pas ?

— Nous y songeons tous ! Et comment nous en vouloir ? En tant que fonctionnaires, nous avons droit aux mêmes augmentations que les autres, si la législature est généreuse. Alors quand ils réduisent notre budget, nous n'avons d'autre choix que de tout diminuer, en dehors des salaires. Le personnel, les équipements, les déplacements…

Les quatre membres se regardèrent d'un air défaitiste. La situation paraissait désespérée et, à cet instant, tous avaient envie de rentrer chez eux et d'oublier les plaintes judiciaires.

Pourtant, Judith fit une nouvelle tentative.

— Aidez-nous, Lacy. Prenez le poste six mois. Vous stabiliserez l'agence et nous donnerez le temps d'augmenter le budget. Vous aurez carte blanche. Nous avons entièrement confiance en vous.

— Une confiance totale, Lacy ! ajouta vivement Earl. Vous êtes de loin la plus expérimentée.

— Et le salaire n'est pas mal, renchérit Judith.

— Ce n'est pas une question d'argent.

Le salaire était de quatre-vingt-quinze mille dollars par an, une nette amélioration par rapport à ses soixante-dix mille dollars actuels. Elle n'avait jamais vraiment réfléchi aux émoluments d'une directrice, qu'elle n'enviait pas. Mais c'était bel et bien une augmentation substantielle.

— Vous pouvez restructurer l'agence comme vous l'entendez, continua Earl. Embaucher ou renvoyer du personnel à votre convenance. Mais le bateau coule et nous avons besoin de le renflouer.

— Comment comptez-vous renflouer le budget, comme vous dites ? Cette année, la législature l'a encore diminué, à un million neuf cent mille dollars. Il y a quatre ans, il était de deux millions trois cent mille dollars. Des cacahuètes quand on pense aux soixante milliards du gouvernement fédéral, qui a créé le corps législatif et est le donneur d'ordres.

Judith sourit.

— Nous sommes tous las de ces coupes budgétaires. Et nous allons en référer aux autorités compétentes.

Laissez-nous gérer ce problème. Faites tourner l'agence, nous nous occupons de lever les fonds.

Le jugement de Lacy fut soudain obscurci par la pensée de Jeri Crosby. Et si sa théorie était juste ? Si les meurtres continuaient ? En tant que directrice, intérimaire ou non, elle pourrait prendre la décision d'évaluer la plainte de Jeri.

Et elle songea à l'augmentation assez significative. Elle aimait l'idée de restructurer l'agence, de se débarrasser des poids morts et de trouver de jeunes talents. Elle songea à son week-end avec Allie, à leurs projets d'avenir toujours incertains, de sorte qu'un changement de décor était peu probable, du moins dans un avenir proche.

Les quatre membres du conseil lui souriaient, attendant désespérément une réponse positive. Lacy prit une mine grave.

— Donnez-moi vingt-quatre heures.

13

En suivant la piste de Ross Bannick, elle avait compris une chose cruciale : il s'agissait d'un tueur d'une patience extrême. Il avait attendu cinq ans pour tuer son père, neuf ans pour le journaliste, vingt-deux pour Kronke et environ quatorze pour son chef scout. Afin de découvrir à quel moment il avait croisé la route de Lanny Verno, si tant est que cela se soit produit, elle devrait faire des recherches poussées et laborieuses dans une montagne d'archives publiques qui remontaient à des années, voire à des décennies.

Professeure titulaire, elle donnait des cours trois jours par semaine, avec des horaires plutôt réguliers. Le livre qu'elle était en train d'écrire avait plusieurs années de retard. Elle travaillait suffisamment pour satisfaire son doyen et ses étudiants, mais était trop accaparée par son enquête pour exceller comme son père dans son métier d'enseignante. Elle était divorcée, et séduisante, mais n'avait pas de temps à consacrer à une relation amoureuse. Sa fille se débrouillait très bien dans ses études supérieures dans le Michigan, et toutes deux discutaient ou s'envoyaient des messages régulièrement. Jeri n'avait pas d'autre moyen de se distraire de sa quête. Tôt le matin et tard le soir, elle suivait des pistes, élaborait des théories farfelues, se heurtait à des impasses et perdait un temps fou.

Je gâche ma vie, se répétait-elle dans sa solitude.

*

Jeri se doutait que Verno, peintre en bâtiment itinérant, ne s'embêtait pas à voter. Néanmoins, elle étudia les listes électorales des comtés de Chavez, d'Escambia et de Santa Rosa. Elle découvrit deux Lanny L. Verno. L'un était trop vieux, l'autre décédé. Grâce à l'immatriculation du véhicule, elle en dénicha un troisième.

Sur Internet, elle trouva cinq Lanny Verno dans la Panhandle de Floride. Le problème évident était que Jeri n'avait aucune idée et aucun moyen de savoir quand *son* Lanny Verno avait vécu dans la région et, le cas échéant, quand il était parti. Il ne vivait certainement pas là lorsqu'il avait été assassiné. Selon le rapport de police sommaire que Kenny Lee avait obtenu auprès du Centre d'information sur les crimes violents du FBI, la compagne de Verno avait déclaré qu'ils étaient « ensemble » depuis moins de deux ans et qu'ils vivaient dans une caravane près de Biloxi.

Si Verno avait des histoires conflictuelles avec les femmes, il était peut-être passé par un jugement de divorce. Jeri passa des heures en ligne à fouiller dans les registres de divorces de Floride et ne trouva rien d'intéressant. S'il avait des enfants, il avait peut-être eu des problèmes de pension alimentaire, mais elle ne dénicha rien non plus de ce côté-là. En tant qu'enquêtrice chevronnée, avec plus de vingt ans d'expérience, elle savait que les dossiers familiaux étaient inaccessibles, pour des raisons de confidentialité. Mais peut-être avait-il eu des différends avec la police ?

Aucune condamnation criminelle pour Lanny Verno, du moins pas en Floride, et aucun litige civil non plus.

Par chance, le département de police de Pensacola avait numérisé tous ses dossiers depuis dix ans et, dans le même temps, mémorisé trente années de procès-verbaux et de mandats d'arrêt. À 2 h 30 du matin, alors qu'elle sirotait un autre Coca light sans caféine, Jeri trouva la mention de l'arrestation d'un certain Lanny L. Verno en avril 2001. Le crime présumé était une tentative d'agression armée. Il avait payé la caution de cinq cents dollars et été libéré. Elle vérifia le registre du tribunal et trouva une autre entrée. Le 11 juin 2001, Verno avait été déclaré non coupable par le tribunal de Pensacola. Affaire classée.

À l'époque, Ross Bannick avait trente-six ans et pratiquait le droit dans la région depuis dix ans.

Leurs chemins s'étaient-ils croisés à cette occasion ?

C'était loin d'être gagné, mais dans le monde de Jeri, rien ne l'était.

*

Elle avait choisi un détective privé de Mobile, qui se disait d'Atlanta, ou de n'importe où ailleurs. Les rares membres de la famille de Verno l'avaient fait enterrer près d'Atlanta, selon une annonce trouvée sur Internet pour un service d'inhumation bas de gamme.

Elle détestait embaucher des détectives privés, mais elle n'avait pas vraiment le choix. Presque tous les enquêteurs de la police étaient des hommes blancs d'âge mûr qui fronçaient les sourcils quand ils voyaient une femme empiéter sur leurs plates-bandes, en particulier une femme noire. C'étaient des affaires d'hommes, blancs si possible. Le plus gros de ses économies servait à payer des investigateurs qui ressemblaient à ces policiers.

Son nom était Rollie Tabor – ex-flic, cent cinquante dollars de l'heure, franc du collier, et capable d'accepter sa petite fiction. Il avait déjà fait des recherches pour son compte et elle appréciait son travail. Il se rendit au département de la police de Pensacola et connaissait assez bien les agents de service pour qu'ils lui indiquent le bâtiment des archives à quelques rues de là, où ils conservaient toutes les vieilles affaires criminelles. Principalement des pièces à conviction – des kits de viol, des milliers d'armes confisquées – mais aussi des objets non réclamés et des rangées de grandes armoires remplies de dossiers poussiéreux, si nombreux qu'on ne pouvait les compter. Un employé âgé en uniforme de police délavé le reçut à l'accueil et lui demanda ce qu'il voulait.

— Je m'appelle Dunlap. Jeff Dunlap, lança Tabor.

Tandis que l'employé inscrivait son nom dans le registre, Tabor étudia l'inscription sur son badge. Sergent Mack Faldo. Il travaillait là depuis au moins cinquante ans et ne savait plus quand il avait cessé de s'intéresser à son métier.

— Vous avez une pièce d'identité ? marmonna Faldo.

Tabor possédait une impressionnante collection de pièces d'identité. Il sortit son portefeuille et en retira un permis de conduire de Géorgie au nom de Jeff Dunlap – un homme qui existait bel et bien et menait une vie tranquille dans la ville de Conyers, près d'Atlanta, sans se douter de rien. Si le sergent se donnait la peine de vérifier – ce qu'il n'aurait pas l'idée de faire –, il trouverait une vraie personne, avec une vraie adresse, et cesserait aussitôt ses recherches. Mais Faldo était trop désabusé ne serait-ce que pour jeter un coup d'œil à la photo d'identité de Dunlap.

— Je vais faire une copie, grogna l'agent.

Il alla mettre en marche la vieille Xerox et prit tout son temps pour photocopier le permis de conduire.

— Maintenant, qu'est-ce que je peux faire pour vous ? interrogea-t-il comme si cela perturbait le cours de sa journée.

— Je cherche des dossiers judiciaires remontant à quinze ans. Un type du nom de Lanny Verno a été arrêté et jugé par le tribunal de la ville. Il a été assassiné il y a quelques mois à Biloxi et sa famille m'a embauché pour fouiller son passé. Il a vécu ici un bon moment et a laissé un ou deux gamins derrière lui. Un type un peu paumé.

Tabor lui tendit un formulaire imprimé avec le nom de Lanny Verno, son numéro de sécurité sociale, sa date de naissance et sa date de décès. Cela n'avait rien d'un document officiel, mais Faldo s'en saisit.

— Ça s'est passé quand exactement ?

— En juin 2001.

Les paupières de Faldo se fermèrent à moitié, comme si c'était l'heure de sa sieste, puis il désigna une porte d'un signe de tête.

— Suivez-moi.

Tabor entra dans une immense salle remplie d'armoires de rangement. Chaque tiroir portait la mention d'un mois et d'une année. À 2001, Faldo s'arrêta, leva le bras et tira sur la poignée.

— Juin 2001, lâcha-t-il.

Il emporta le tiroir jusqu'à une longue table couverte de poussière et déclara :

— Voilà. Amusez-vous bien.

Tabor regarda autour de lui et interrogea :

— Tout ça n'est pas en ligne maintenant ?

— Pas tout. Ici, on a les non-lieux, quelle qu'en soit la raison. En cas de condamnation, le dossier est classé dans les archives numériques. Si vous voulez mon avis, monsieur Dunlap, tout ce fatras devrait être jeté au feu.

— Je vois.

Faldo était déjà fatigué à son arrivée au bureau, à présent, il était épuisé.

— Les photos ne sont pas autorisées. Si vous avez besoin de copies, venez me voir. Un dollar la page.

— Merci.

— Pas de quoi.

Faldo laissa Dunlap seul avec les millions de dossiers inutiles.

Il y en avait au moins une centaine dans le tiroir sur la table, classés chronologiquement. En quelques minutes, Tabor trouva le 12 juin et feuilleta les chemises rangées par ordre alphabétique. Il en retira une au nom de Lanny L. Verno, avec plusieurs documents à l'intérieur.

Le premier était intitulé RAPPORT D'INCIDENT et un agent de police nommé N. Ozment avait dactylographié : *La victime [nom caviardé] s'est présentée au poste et a déclaré avoir eu une altercation plus tôt dans la journée avec Verno dans son garage. Selon la victime [nom caviardé], ils n'étaient pas d'accord sur le règlement de ses services, et Verno l'a menacé avec une arme de poing ; après ça, ils se sont calmés et Verno est parti. Pas de témoins. La victime [nom caviardé] a signé le mandat d'arrêt, l'accusant de tentative d'agression.*

Quelqu'un avait biffé le nom de la victime avec un épais marqueur noir.

La page 2 était le RAPPORT D'ARRESTATION avec une photo d'identité de Verno à la prison de la ville, son adresse, son numéro de téléphone et son numéro de sécurité sociale. Il était précisé qu'il travaillait à son compte. Son casier judiciaire ne comportait qu'une seule entrée : « Conduite en état d'ivresse. »

La page 3 était une copie de la caution de cinq cents dollars.

La page 4 était intitulée RÉSUMÉ DE JUGEMENT. Mais elle était entièrement blanche.

*

Tabor parcourut d'autres dossiers dans le tiroir pour étudier les résumés de jugements. Il s'agissait d'un formulaire standard qui donnait un bref compte rendu de l'affaire, avec les noms du juge, du procureur, de l'accusé, de l'avocat de la défense (le cas échéant), de la partie plaignante, de la victime, des témoins, ainsi que des pièces à conviction. Ce document figurait dans tous les autres dossiers. Vol à l'étalage, agression, chiens non tenus en laisse, ébriété sur la voie publique, blasphème, outrage à la pudeur, harcèlement, etc. Le tiroir était rempli de toutes sortes d'accusations – toutes déboutées dans un tribunal.

Un panneau dans la salle avertissait : « Copies interdites ».

Il se demanda qui, en dehors de lui et de sa cliente, pouvait demander des copies. Il emporta la chemise et dérangea de nouveau Faldo.

— Puis-je avoir des photocopies de ceci ? Quatre pages.

L'agent esquissa un sourire et se leva.

— Un dollar pièce, dit-il en s'emparant du dossier.

Tabor le regarda séparer méthodiquement les quatre feuilles, les photocopier et les assembler à nouveau avec un trombone avant de les reposer sur le comptoir. L'enquêteur lui tendit un billet de cinq dollars, que Faldo refusa.

— On ne prend que les cartes de crédit.

— Je n'en ai plus, répondit Tabor. Je l'ai perdue quand ma banque a fait faillite il y a quelques années.

Sa réponse bouleversa le petit univers de Faldo, qui fronça les sourcils comme s'il souffrait d'une soudaine indigestion.

— Pas de liquide, désolé.

Les quatre photocopies attendaient sur le comptoir, quatre malheureuses feuilles dont personne d'autre ne voulait.

Tabor laissa tomber le billet de cinq dollars, saisit les documents et lança :

— Vous voulez que je remette le dossier à sa place ?

— Non. Pas la peine. C'est mon boulot. Et un boulot important !
— Merci.
— De rien.

De sa voiture, Tabor appela Jeri et tomba sur sa messagerie. Il se rendit dans un café où, pour tuer le temps, il prit des photos des quatre documents qu'il lui envoya. Après sa troisième tasse, il reçut un appel de Jeri. Il lui expliqua ce qu'il avait trouvé. Il était évident que le dossier de Verno avait été falsifié.

— L'agent N. Ozment est toujours en activité ? demanda-t-elle.
— Non, j'ai déjà vérifié.
— Et il n'y a pas d'autres noms dans les documents ? Juste Verno et Ozment ?
— Pas d'autres noms.
— Eh bien, ça rend la prochaine étape plus simple. Voyez si vous pouvez retrouver N. Ozment.

*

Jeri déjeunait dans son bureau au campus. Sa porte ouverte, au cas où des étudiants voudraient lui parler, elle mangeait sa salade accompagnée d'un soda light. Se nourrir n'était pas facile quand on avait l'estomac noué, comme chaque fois qu'elle payait un détective cent cinquante dollars de l'heure sans savoir combien de temps son enquête allait durer.

Aussi, elle était impatiente de voir le document falsifié. Néanmoins, elle ne savait pas encore si le Lanny Verno qu'elle traquait à Pensacola était celui qui avait été assassiné à Biloxi, et les chances étaient minces.

Il y avait quatre-vingt-dix-huit Lanny Verno dans le pays.

Cela dit, la situation pourrait pencher en sa faveur. En tant que membre estimé de la magistrature, le juge Bannick avait facilement accès aux anciens dossiers judiciaires et aux preuves. Il était respecté par les forces de police. Comme il était élu, il avait besoin de leur soutien tous les quatre ans. Il connaissait leurs protocoles et leurs procédures.

Lanny Verno, un peintre en bâtiment, avait pointé une arme sur Ross Bannick, un avocat chevronné, treize ans auparavant ? Et il avait gagné son procès ?

Comme toujours, elle parcourut les journaux en déjeunant. Elle le faisait aussi au petit déjeuner et au dîner. Elle trouva un article intéressant dans le *Tallahassee Democrat*. En bas de la page 6, elle lut une annonce surprenante : Lacy Stoltz avait été promue directrice intérimaire du Board on Judicial Conduct, à la suite du départ de Charlotte Baskin, nommée par le gouverneur à la tête de la Commission des jeux de hasard.

14

À force de grimper les échelons et de changer de poste, Cléo avait appris à ne pas prendre racine, à ne pas remplir les tiroirs de son bureau ni décorer les murs. Sans un mot à personne, tandis que les rumeurs allaient bon train, elle remballa ses affaires et quitta l'immeuble. Les rumeurs se concentrèrent ensuite sur l'arrivée imminente de Lacy à la direction de l'agence.

Le lendemain matin, Lacy convoqua les employés dans la salle de conférences et leur annonça qu'elle prenait la direction du BJC pour les mois à venir. La nouvelle enchanta tout le personnel, et pour la première fois depuis des mois, des sourires éclairèrent les visages. Elle mit en place plusieurs nouvelles règles : 1) Travaillez de chez vous tant que vous le souhaitez, du moment que le boulot est fait ; 2) Les vendredis après-midi d'été sont chômés, tant que tout le monde est joignable par téléphone ; 3) Pas de réunions du personnel à moins d'une absolue nécessité ; 4) Création d'un fonds mutualisé pour acheter du bon café ; 5) Abolition de la règle de la porte ouverte ; 6) Une semaine supplémentaire de congé, officieusement. Elle leur promit aussi de chercher des financements et de réduire le niveau de stress. Elle garderait son ancien bureau, car elle n'aimait pas les grands espaces et ne voulait pas être associée à cette fonction.

Tout le monde la félicita et elle retourna à son bureau où un fleuriste venait de livrer un magnifique bouquet. La carte était signée par Allie : *Avec tout mon amour et mon admiration*. Felicity lui tendit un post-it avec un message reçu par téléphone : Jeri Crosby lui souhaitait bonne chance pour sa belle promotion.

*

Tabor entra au poste de police de Pensacola et demanda à un policier âgé derrière son bureau s'il savait où se trouvait l'agent Ozment.

— Norris ? interrogea le sergent.

Comme Tabor ne connaissait que l'initiale de son prénom, N, il jeta un coup d'œil à son calepin vierge, fronça les sourcils et répondit :

— Oui, c'est lui. Norris Ozment.

— Qu'est-ce qu'il a encore fait ?

— Rien de mal. Son oncle est mort dans le comté de Duval et lui a laissé un chèque. Je travaille pour l'étude notariale.

— Je vois. Norris a démissionné il y a cinq ou six ans, il travaille maintenant pour une boîte de sécurité privée. La dernière fois que j'ai entendu parler de lui, il bossait dans un hôtel.

Tabor griffonna une phrase illisible dans son calepin.

— Vous savez lequel ?

Un autre policier arriva et le sergent l'interrogea.

— Dis donc, Ted, tu te souviens de l'hôtel qui a embauché Norris ?

Ted mordit dans un beignet et réfléchit longuement à la question.

— Un hôtel sur Seagrove Beach, non ? Le Pelican Point ?

— C'est ça ! répondit le sergent. Il était au Pelican Point. Pas sûr qu'il soit encore là-bas.

— Merci beaucoup, les gars, lança Tabor avec un sourire.

— Laissez-nous le chèque, plaisanta le sergent.

Tout le monde éclata de rire. Quel boute-en-train !

Tabor quitta la ville et prit la direction de l'est, le long de la côte. Il appela le Pelican Point, où on lui confirma que Norris Ozment travaillait toujours, même s'il était trop occupé pour répondre au téléphone. Tabor arriva à l'hôtel et trouva son homme dans le hall. Il s'en tint à la même histoire : il était notaire dans la région d'Atlanta et avait été engagé par la famille du défunt pour rechercher les héritiers.

— Cinq minutes, je ne vous en demande pas plus, conclut-il avec un sourire amical.

L'hôtel était à moitié plein. Ozment pouvait lui accorder un peu de temps. Ils s'assirent à une table du restaurant et commandèrent un café.

— C'est à propos d'une affaire qui a été jugée à Pensacola en 2001.

— Vous me faites marcher ? Je ne me rappelle même pas ce que j'ai fait la semaine dernière.

— Moi non plus. C'était au civil.

— Encore pire.

Tabor lui glissa la copie du rapport d'arrestation.

— Ça pourrait vous rafraîchir la mémoire.

Ozment lut ce qu'il avait écrit dans une autre vie et haussa les épaules.

— Ça me rappelle vaguement quelque chose. Pourquoi le nom est biffé en noir ?

— Je ne sais pas. C'est une bonne question. Verno a été assassiné il y a cinq mois à Biloxi. Sa famille m'a engagé. Cette affaire ne vous rappelle rien du tout ?

— Non, pas vraiment. Écoutez, j'allais au tribunal tous les jours. Une sacrée corvée. C'est pour ça que j'ai démissionné. J'en avais ras le bol des avocats et des juges.

— Vous vous rappelez un juge du nom de Ross Bannick ?

— Bien sûr. Je connaissais tous les avocats du coin. Il a été élu juge plus tard. Je crois qu'il est encore là-bas.

— Est-il possible qu'il soit la victime de cette altercation ?

Ozment relut le rapport d'arrestation et se mit à sourire.

— Ah, vous avez raison ! Je m'en souviens maintenant. Ce gars, Verno, avait repeint la maison de Bannick et prétendait qu'il n'avait pas voulu le payer. Bannick, lui, affirmait que le boulot n'était pas terminé. Un jour, ils se sont expliqués et, aux dires de Bannick, le peintre l'avait menacé avec un flingue. Verno a nié. Si j'ai bonne mémoire, le juge a conclu à un non-lieu, faute de preuves. C'était la parole de Bannick contre celle de Verno.

— Vous en êtes sûr ?

— Ouais. Je m'en souviens bien maintenant. C'était plutôt inhabituel d'avoir un avocat pour victime.

Bannick était furax parce qu'il pensait que le juge lui donnerait gain de cause.

— Avez-vous revu Bannick après ça ?

— Bien sûr. Quand il a été élu juge, je le voyais tout le temps. Mais je suis parti il y a plusieurs années. Et ça ne me manque pas du tout.

— Aucune nouvelle de lui depuis votre départ des forces de police ?

— Non, mais je n'avais pas de raison d'en avoir.

— Merci. Je vous rappellerai peut-être plus tard.

— Quand vous voudrez.

Pendant qu'ils discutaient, un employé d'Ozment avait fait une recherche avec la plaque d'immatriculation de la voiture de l'enquêteur. C'était un véhicule de location. Son histoire ne tenait guère debout. Si Ozment avait été un peu plus curieux, il se serait renseigné sur Jeff Dunlap. Mais cette vieille affaire ne l'intéressait pas.

Dès que Tabor reprit le volant, il contacta sa cliente.

*

Jeri avait les jambes chancelantes. Elle se laissa tomber sur le canapé de son appartement encombré, ferma les yeux et s'obligea à respirer calmement. Huit personnes mortes dans sept États différents. Sept victimes par étranglement, qui toutes avaient eu la malchance de se heurter à Bannick à un moment de leur vie.

Les policiers à Biloxi ne trouveraient jamais Norris Ozment, ne découvriraient jamais la querelle entre Lanny Verno et Bannick. Ils ressortiraient le casier judiciaire de Verno et ne verraient que sa condamnation pour conduite en état d'ivresse. Cela ne les mettrait pas sur la voie. Après tout, Verno était la victime, pas le tueur, son passé ne les intéressait pas. L'enquête était classée depuis longtemps.

Le tueur traquait sa proie depuis près de treize ans. Il avait une sacrée longueur d'avance sur la police.

Respire, se dit-elle. *Tu n'as pas besoin de résoudre tous les meurtres. Un seul suffit.*

15

Outre l'augmentation substantielle de salaire, qu'elle était ravie d'accepter, et le bureau spacieux, qu'elle était tout aussi heureuse de décliner, sa promotion offrait peu de privilèges. L'un d'eux était une voiture de fonction, une Impala de modèle récent avec peu de kilomètres au compteur. Quelques années auparavant, tous les enquêteurs conduisaient des véhicules de fonction et ne s'inquiétaient pas de leurs frais de déplacement. Les coupes budgétaires avaient changé la donne.

Lacy avait décidé que Darren Trope était son partenaire et, en tant que tel, il lui servait de chauffeur. Il découvrirait bientôt son mystérieux témoin et ses étonnantes accusations, mais il ne connaîtrait pas sa vraie identité, du moins pas dans l'immédiat.

Darren se gara dans le parking d'un hôtel proche de l'Interstate 10, à quelques kilomètres à l'ouest de Tallahassee.

— Le contact nous verra entrer dans l'hôtel et saura que tu es là.

— Le « contact » ?

— Désolée, mais je ne peux pas t'en dire plus pour le moment.

— J'adore. Tout ce mystère !

— Tu n'as aucune idée de ce dans quoi tu mets les pieds. Bon, attends-moi dans le hall ou au café.

— Où le vois-tu ?

— Dans une chambre au troisième étage.

— Et tu ne risques rien ?

— Non. Et puis tu es juste en bas si tu dois venir à ma rescousse. Tu as ton flingue ?

— Je l'ai oublié.

— Quel genre d'agent es-tu ?

— Aucune idée. Je croyais que j'étais un petit enquêteur payé au lance-pierres.

— Je vais t'obtenir une augmentation. Si je ne suis pas de retour dans une heure, dis-toi que j'ai été kidnappée et probablement torturée.

— Et ensuite, je fais quoi ?

— Tu fuis.

— OK. Bon, Lacy, quel est le but de cette rencontre au juste ?

— Ouais, qu'est-ce qu'on fiche ici, hein ? Eh bien, j'espère que le contact va déposer une plainte formelle contre un juge et l'accuser de meurtre. Peut-être même de plusieurs meurtres. J'ai tenté à maintes reprises de diriger notre témoin vers les autorités compétentes, comme le FBI ou un département capable de gérer ce genre d'affaires, mais il se montre inflexible et il a peur. C'est donc à nous de commencer l'enquête. Même si on ne sait pas où on va.

— Et tu connais bien ce témoin ?

— Non. Je l'ai rencontrée il y a deux semaines. Dans un café, en bas du Siler. Tu l'as prise en photo.

— Oh, c'est cette femme ?

— Oui.

— Et tu la crois ?

— Oui. Enfin, ça dépend des moments. L'accusation est lourde, et le contact ne m'a donné que des preuves indirectes. Rien de vraiment concret. Mais l'histoire est suffisamment troublante pour qu'on mette notre nez là-dedans.

— Génial, Lacy. Je veux en faire partie. J'adore les énigmes.

— Tu en fais partie, Darren. Sadelle et toi. C'est l'équipe. D'accord ? Rien que nous trois. Et tu dois me promettre de ne pas demander son vrai nom au contact.

Il plissa les lèvres et répondit d'un ton très sérieux :

— Promis.

— D'accord, allons-y.

Il y avait un café derrière l'accueil. Darren alla s'installer à une table pendant que Lacy se dirigeait vers les ascenseurs. Elle monta au troisième étage, trouva la chambre indiquée et sonna à la porte.

Jeri lui ouvrit avec un sourire. Elle lui fit signe d'entrer, et Lacy regarda rapidement autour d'elle. Une petite pièce avec un seul lit.

— Merci d'être venue, déclara Jeri.

Une chaise se trouvait à côté de la télévision.

— Tout va bien ? interrogea Lacy.

— Je suis dans un état lamentable. La déprime totale.

Terminées, les tenues élégantes et les fausses marques de créateur. Jeri portait un vieux survêtement noir et des baskets usées. Elle n'était pas maquillée et semblait plus âgée.

— Asseyez-vous, je vous en prie.

Lacy s'assit sur la chaise et Jeri au bord du lit. Elle pointa du doigt des documents sur la table.

— Voilà la plainte, Lacy. J'ai fait simple, et j'ai signé Betty Roe. J'ai votre parole que personne d'autre ne saura mon vrai nom ?

— Ce n'est pas aussi simple, Jeri. Nous en avons déjà parlé. Je peux vous garantir que personne au BJC ne connaîtra votre véritable identité, mais après, je ne peux rien vous promettre.

— Après ? Qu'est-ce qui se passe après, Lacy ?

— Nous avons maintenant quarante-cinq jours pour mener notre enquête. Si nous trouvons des preuves pour étayer vos allégations, nous n'aurons d'autre choix que de prévenir la police ou le FBI. Nous ne pouvons pas arrêter ce juge pour meurtre, Jeri. Je vous l'ai déjà dit. Nous pouvons le démettre de ses fonctions, mais si on en arrive là, perdre son travail sera le cadet de ses soucis.

— Vous devez me protéger en toutes circonstances.

— Nous ferons notre travail, je vous le promets. Au BJC, personne ne saura votre nom.

— Je préférerais ne pas être sur sa liste, Lacy.

— Eh bien, moi aussi.

Jeri enfouit ses mains dans ses poches et se pencha en avant, puis recula, comme perdue dans un autre monde. Au bout d'un long moment, elle lança :

— Il a encore frappé, Lacy. Et il ne s'arrêtera jamais.

— Vous m'avez parlé d'une autre victime potentielle ?

— Oui. Il y a cinq mois, il a tué un homme du nom de Lanny Verno à Biloxi, dans l'État du Mississipi.

Même méthode, même corde. J'ai découvert pourquoi. *Moi*, Lacy, pas la police. J'ai suivi la trace de Verno jusqu'à Pensacola il y a treize ans. J'ai cherché le lien entre les deux, et je l'ai trouvé. La police n'a pas le début d'une piste.

— Et ils ne sont pas au courant non plus pour Bannick. Qu'est-ce qui s'est passé ?

— Une dispute au sujet de la rénovation de sa maison. Apparemment, Verno a sorti son flingue. Bannick était seulement avocat à l'époque, pas juge, et il lui a intenté un procès. Il a perdu. Verno s'en est tiré à bon compte, et j'imagine qu'il a directement atterri sur la liste de Bannick. Vous vous rendez compte, Lacy, qu'il a attendu treize ans pour agir ?

— Je n'arrive pas à y croire.

— La fréquence augmente. Les serial killers sont tous différents et ne suivent pas de règles, mais il arrive souvent qu'ils aient une période d'activité intense, avant une phase plus calme.

Elle se balança d'avant en arrière, le regard dans le vide, comme en transe.

— Et il prend des risques, il fait des erreurs, continua-t-elle. Il a failli se faire prendre avec Verno, quand un autre gars a débarqué à l'improviste. Bannick lui a fracassé le crâne, mais il n'a pas utilisé de corde. C'est réservé aux élus.

Lacy s'émerveilla de nouveau de la conviction avec laquelle Jeri décrivait les crimes qu'elle ne pouvait prouver. C'était frustrant de la voir si sûre d'elle.

— Et la scène de crime ?

— On n'en sait pas plus, la police ne veut rien lâcher. Le deuxième gars était un entrepreneur du coin qui avait beaucoup d'amis. Et, comme toujours, il semblerait que Bannick n'a laissé aucune trace.

— Six plus deux égalent huit. Il pourrait y en avoir d'autres.

Lacy se leva et saisit la plainte.

— Qu'est-ce qu'il y a là-dedans ?

Jeri cessa de se balancer et se frotta les yeux comme si elle avait sommeil.

— Seulement trois meurtres. Les trois derniers. Lanny Verno et Mike Dunwoody l'année dernière. Perry Kronke il y a deux ans. L'affaire Kronke s'est passée dans les Keys. C'était l'avocat du gros cabinet qui n'a pas offert un poste à Bannick après son stage.

— Et pourquoi ces trois-là ?

— Verno parce qu'il est facile de prouver son lien avec Pensacola. Il y a vécu. J'ai fait des recherches. Il faut montrer la voie à la police. J'ai dû fouiller les archives et ressortir les vieux dossiers. Leur servir Bannick sur un plateau pour qu'ils ouvrent une enquête.

— Ils vont avoir besoin de preuves, Jeri. Pas de simples coïncidences.

— C'est vrai. Mais ils n'ont jamais entendu le nom de Bannick. Une fois que vous leur aurez tout raconté et qu'ils auront fait le rapprochement, ils pourront envoyer des citations à comparaître.

— Et Kronke ? Pourquoi lui ?

— C'est le seul cas en Floride, et celui qui a obligé le juge à se déplacer. Il y a dix heures de route entre Pensacola et Marathon, Bannick n'a pas dû faire le trajet en une seule journée. Hôtels, pleins d'essence, peut-être même un avion. Ça laisse forcément des traces.

On devrait pouvoir pister ses mouvements avant et après le meurtre. Le travail d'enquête préliminaire.

— Nous ne sommes pas des détectives privés, Jeri.

— Eh bien, vous êtes des enquêteurs, non ?

— Si on veut.

Jeri se leva, s'étira et se rendit à la fenêtre. Tout en regardant par la vitre, elle déclara :

— C'est qui, le type qui est venu avec vous ?

— Darren, un collègue.

— Pourquoi l'avez-vous emmené ?

— Parce que c'est comme ça que je veux procéder, Jeri. C'est moi, la responsable. C'est moi qui fixe les règles.

— D'accord, mais je peux vous faire confiance ?

— Si vous ne me faites pas confiance, allez voir la police. Ce serait mieux, je pense. Je n'ai pas demandé à gérer cette affaire.

Soudain, Jeri enfouit sa tête dans ses mains et se mit à sangloter. Lacy fut surprise par sa brusque émotion et se sentit coupable de ne pas lui avoir témoigné plus de compassion. Elle avait affaire à une femme fragile.

Lacy lui tendit la boîte de mouchoirs qu'elle avait sortie de la salle de bains et attendit qu'elle recouvre ses esprits. Après avoir séché ses larmes, Jeri reprit la parole.

— Je suis désolée, Lacy. Je suis totalement déprimée, et je ne sais pas combien de temps je vais tenir. Je ne pensais déjà pas arriver jusque-là.

— Ça va aller, Jeri. Je vous promets de faire mon maximum. Et je ne dévoilerai pas votre identité.

— Merci.

Lacy jeta un coup d'œil à sa montre et comprit qu'elles ne discutaient que depuis dix-huit minutes. Jeri avait fait plusieurs heures de route pour venir de Mobile. Il n'y avait aucune trace de café, de pâtisseries, rien qui évoque un petit déjeuner.

— J'ai besoin d'un café, dit Lacy. Vous en voulez un ?

— Je veux bien, merci.

Lacy envoya un SMS à Darren pour lui demander deux grands cafés. Elle le retrouverait au rez-de-chaussée dans dix minutes. Puis elle lança :

— Attendez une minute, vous avez inclus Verno parce qu'il a vécu à Pensacola à un moment donné et qu'il a croisé la route de Bannick là-bas, n'est-ce pas ?

— Absolument.

— Pourtant il n'est pas le seul de Pensacola. Le premier, le chef scout, Thad Leawood, a grandi là-bas lui aussi, pas loin de chez Bannick. Assassiné en 1991, non ?

— Exact.

— Et vous pensez qu'il est sa première victime ?

— Je le pense, mais je ne peux pas l'affirmer. Le seul à le savoir est Bannick.

— N'oublions pas le journaliste, Danny Cleveland, qui travaillait pour le *Pensacola Ledger* et vivait là-bas il y a environ quinze ans. Retrouvé mort dans son appartement de Little Rock en 2009.

— Vous avez pris vos renseignements.

Lacy quitta la chambre en secouant la tête. Elle alla chercher les cafés auprès de Darren et revint quelques minutes plus tard. Jeri laissa le sien sur la table. Après une longue gorgée, Lacy se leva et se mit à tourner en rond.

— Dans la première série de dossiers, deux femmes se trouvent parmi les victimes. Vous n'en parlez pas beaucoup. Vous pouvez m'en dire plus ?

— Bien sûr. Quand il étudiait en Floride, il a connu une fille du nom d'Eileen Nickleberry. Il appartenait à une fraternité, elle à une sororité, et ils se retrouvaient dans les mêmes cercles. Ils se sont rencontrés à une soirée sur le campus. Beaucoup d'alcool, d'herbe, de sexe sans lendemain. Bannick et Eileen sont allés dans la chambre de Bannick et là, bien sûr, il n'a pas pu assurer. Elle s'est moquée de lui, l'a raconté à tout le monde. C'était terriblement humiliant. Il est devenu la risée de la fraternité. Ça s'est passé en 1985. Environ treize ans plus tard, Eileen a été assassinée près de Wilmington, en Caroline du Nord.

Lacy était éberluée.

— L'autre fille s'appelait Ashley Barasso, continua Jeri. Ils étaient ensemble à la fac de droit à Miami, c'est une certitude. Elle a été tuée par étranglement, même corde, six ans après l'obtention de leur diplôme. Je n'en sais pas autant sur elle que sur les autres victimes.

— Où a-t-elle été tuée ?

— À Columbus, en Géorgie. Mariée, deux jeunes enfants.

— C'est horrible.

— Ils sont tous atroces.

— Bien sûr, vous avez raison.

— Vous voyez, ma théorie, c'est que Bannick a un gros problème avec le sexe. Sûrement depuis qu'il a été abusé quand il avait onze ou douze ans par Thad Leawood. Il n'a probablement pas eu le soutien psychologique dont il avait besoin. C'est souvent le cas avec les enfants. Enfin, il ne s'en est jamais remis. Il a tué Eileen parce qu'elle s'est moquée de lui. Je ne sais pas ce qui s'est passé entre Ashley Barasso et lui, et je ne le saurai probablement jamais. Mais ils ont étudié le droit ensemble, donc on peut supposer qu'ils se connaissaient.

— Il les a violées avant de les assassiner ?

— Non, il est trop intelligent pour ça. Sur la scène de crime, la preuve la plus accablante est le corps. En général, il nous en apprend beaucoup. Seulement Bannick est prudent et ne laisse derrière lui que la corde et le coup à la tête. Le mobile, c'est toujours la vengeance, sauf pour Mike Dunwoody. Ce pauvre type n'a pas eu de bol.

— D'accord, d'accord. Bon, je vais énoncer une évidence : vous êtes africaine-américaine.

— C'est vrai.

— Et j'imagine qu'en 1985, dans les fraternités de l'université de Floride, les étudiants étaient tous blancs.

— En effet.

— Et vous n'avez jamais étudié là-bas.

— Jamais.

— Alors comment avez-vous découvert l'histoire de Bannick et Eileen ? J'imagine que ce sont des informations de troisième main ou des légendes urbaines, toutes racontées par une bande d'étudiants riches et alcoolisés ?

— En grande partie, oui.

— Et alors ?

Jeri s'empara d'une grande mallette élimée, l'ouvrit à la volée et en retira un livre. Elle le tendit à Lacy, qui se mit à le feuilleter.

— Qui est Jill Monroe ?

— Moi. C'est un livre autoédité. Un parmi tant d'autres, sous différents pseudonymes, tous écrits par moi. Publiés par un petit éditeur de l'Ouest. C'est franchement illisible, mais ce n'est pas le but. Cela fait partie du déguisement. De la fiction de ma vie.

— Et que raconte ce livre ?

— Des crimes. Des vrais. Des histoires que j'ai trouvées sur Internet, toutes volées mais libres de droit d'auteur.

— Je vous écoute.

— Je les utilise pour me donner une crédibilité. Je les montre et je prétends être une écrivaine qui s'intéresse à de vieilles histoires de meurtre. En freelance, toujours. Je leur explique que je prépare un thriller sur des jeunes femmes étranglées. Pour Eileen, j'ai vérifié les listes des fraternités et des sororités de l'université de Floride et j'ai fini par assembler les pièces du puzzle. Aucun des amis d'Eileen ne voulait me parler. Il m'a fallu des mois, et même des années, mais j'ai fini par trouver un étudiant bavard. Je l'ai débusqué dans un bar à St Pete et il m'a dit bien connaître Eileen, comme beaucoup de gars de la fraternité, d'après lui. Il n'avait pas parlé à Bannick depuis des années. Après plusieurs verres, il m'a raconté la soirée qui a mal tourné entre Bannick et Eileen. Il a précisé que Bannick avait été totalement humilié.

Lacy tourna plusieurs fois en rond en s'efforçant d'intégrer ces nouveaux éléments.

— Et comment avez-vous appris la mort d'Eileen ?
— J'ai une source. Un scientifique farfelu. Un ex-flic qui collecte et étudie plus de statistiques criminelles que n'importe qui sur la planète. Il n'y a que trois cents homicides par strangulation chaque année. Tous sont rapportés d'une manière ou d'une autre au Centre d'information sur les crimes violents du FBI. Ma source épluche les vieilles affaires, cherche des similitudes, des modes opératoires. Il a trouvé Eileen Nickleberry il y a dix ans et m'a transmis son dossier. Même chose pour Lanny Verno. Il n'est pas au courant pour Bannick et ne sait pas ce que je fais de ces infos. Il pense que j'écris des romans policiers.

— Il est d'accord avec votre théorie ? Un tueur en série ?

— Il n'est pas payé pour être d'accord avec moi, et on n'en a pas parlé. Il est payé pour chercher la petite bête et me prévenir dès qu'il trouve une anomalie.

— Et – simple curiosité – où est ce type ?

— Je ne sais pas. Comme moi, il se sert de différents noms et adresses. On ne s'est jamais rencontrés, on ne discute pas au téléphone, et on ne le fera jamais. Il m'a promis l'anonymat total.

— Comment le rémunérez-vous ? Si je peux vous poser la question…

— Une enveloppe, en liquide, que j'envoie à une boîte postale du Maine.

Lacy fut obligée de s'asseoir. Elle sirota son café et inspira profondément. Jeri avait rassemblé énormément de données en vingt ans. Un travail colossal. Comme si elle lisait dans ses pensées, Jeri lança :

— Je sais que ça fait beaucoup. (De sa poche, elle sortit une clé USB.) Tout est là, plus de six cents pages de recherches, des articles de journaux, des rapports de police, tout ce que j'ai pu trouver d'utile. Et probablement un tas de trucs qui ne le sont pas.

Lacy glissa la clé USB dans sa poche.

— Elle est cryptée, précisa Jeri. Je vous enverrai le code par SMS.

— Pourquoi est-elle cryptée ?

— Parce que ma vie entière est cryptée. Tout laisse une trace.

— Et vous pensez qu'il est là, dehors, à vous guetter ?

— Je ne sais pas, mais je fais profil bas.

— D'accord. Dans le même registre, quelles sont les chances que Bannick sache que quelqu'un est sur sa piste ? Nous parlons de huit meurtres, Jeri. Vous avez couvert un sacré territoire.

— Vous pensez que je ne le sais pas ? Huit meurtres en vingt-deux années, et le compte s'alourdit. J'ai parlé à des centaines de personnes, et la plupart ne m'ont été d'aucune utilité. Bien sûr, il est possible qu'un de ses anciens camarades de fac lui dise qu'une inconnue pose des questions sur lui, mais je n'ai jamais utilisé mon vrai nom. Et, effectivement, un policier de Little Rock, de Signal Mountain ou de Wilmington pourrait lâcher qu'un détective privé fouine dans les vieilles affaires de meurtres, sauf qu'on ne peut pas le relier à moi. Je suis très prudente.

— Alors pourquoi êtes-vous aussi inquiète ?

— Parce qu'il est extrêmement intelligent, et patient, et parce que je ne serais pas surprise qu'il revienne.

Lacy l'observa avec perplexité.

— Revienne où ?

— Sur les scènes de crime. Ted Bundy le faisait, et d'autres tueurs aussi, vous savez. Bannick n'est pas fou, et il surveille peut-être la police, au cas où quelqu'un s'intéresserait de trop près à ses victimes.

— Comment ?

— Grâce à Internet. Il peut facilement se renseigner. Ou en embauchant des détectives privés. Si on les paie bien, ils font le boulot et sont très discrets.

Le portable de Lacy vibra. Darren voulait des nouvelles.

« Tout va bien ? »

« Oui, dix minutes », tapa-t-elle sur l'écran avant de reporter son attention sur Jeri, qui se balançait à nouveau d'avant en arrière.

— Eh bien, Jeri, considérez que votre plainte est enregistrée, et que le compteur est lancé.

— Vous me tiendrez au courant régulièrement ?

— À quelle fréquence ?

— Tous les jours ?

— Non. Je vous ferai savoir si nous trouvons quelque chose.

— Vous devez trouver quelque chose, Lacy. Vous devez l'arrêter. Je ne peux rien faire de plus. J'en ai assez, vous comprenez ? Je suis physiquement, émotionnellement et financièrement vidée. Vraiment à bout. Et je suis contente d'être enfin arrivée jusque-là, mais je ne peux pas continuer.

— Je vous tiens au courant, c'est promis.

— Merci, Lacy. Soyez prudente.

16

Samedi 22 mars, par une belle et chaude journée, Darren Trope, célibataire, vingt-huit ans, n'aimait pas trop être enfermé dans un bureau. Il était arrivé à Tallahassee dix ans plus tôt, avait étudié le commerce et le droit pendant huit glorieuses années, et pour l'heure, il n'avait aucune envie de s'éloigner du campus et de toutes les activités qu'il proposait. Il s'était néanmoins entiché de Lacy Stoltz, sa nouvelle patronne, et lorsqu'elle lui avait proposé de la voir au bureau à 10 heures le samedi et d'apporter des cafés allongés, Darren était arrivé dix minutes en avance. Il avait apporté un expresso pour Sadelle, le troisième membre de leur « équipe de choc ». Étant le plus jeune, Darren était responsable de la technologie et du café.

Lacy avait annoncé au reste du personnel que le bureau était interdit le samedi matin, mais elle n'était pas inquiète. Les employés avaient pris l'habitude de partir à midi le vendredi et ne risquaient pas de faire des heures supplémentaires le week-end. Le lundi matin arriverait bien assez tôt.

Le trio s'installa dans la salle de conférences près du bureau de la direction. Comme Darren avait accompagné sa patronne à son rendez-vous avec « le contact » le mercredi précédent, il avait hâte d'en savoir plus. Sadelle, le teint de cendre, aussi cadavérique que les sept dernières années, prit place à la table dans son fauteuil motorisé et inspira une grande bouffée d'oxygène.

Lacy leur tendit à chacun une copie de la plainte de Betty Roe. Les deux employés la lurent en silence. Sadelle expira profondément.

— C'est l'affaire dont tu m'as parlé.

— Oui.

— Et Betty Roe est notre plaignante mystère ?

— C'est elle, oui.

— Je peux savoir pourquoi on s'investit là-dedans ? C'est une affaire pour les gros calibres, non ?

— J'ai tenté de la dissuader, mais elle n'a rien voulu savoir. Elle est terrifiée à l'idée d'aller trouver la police, car elle est terrorisée par Ross Bannick. Elle a peur de devenir l'une de ses cibles.

Sadelle jeta à Darren un regard sceptique, puis tous deux se replongèrent dans leur lecture. Après avoir terminé le document, ils gardèrent le silence un long moment, tout à leurs réflexions. Enfin, Darren s'adressa à Lacy.

— Tu as employé le terme « cibles » au pluriel. Comme si l'histoire n'était pas terminée.

— On parle de huit victimes. Les trois décrites dans ce dossier, plus cinq autres. D'après la théorie de Betty, les homicides ont commencé en 1991 et ont continué pendant plus de vingt ans, au moins jusqu'à Verno il y a cinq mois. Betty pense que Bannick est toujours en chasse et qu'il pourrait se montrer négligent.

— Elle est experte en tueurs en série ? interrogea Darren.

— Eh bien, je ne sais pas si on peut devenir expert en la matière, mais elle a bien étudié la question. Elle traque – ce sont ses propres mots – Bannick depuis plus de deux décennies.

— Et qu'est-ce qui a enclenché le processus ?

— Il a assassiné son père, la victime numéro deux, en 1992.

Un autre long silence s'installa, tandis que Darren et Sadelle prenaient l'air ébahi.

— Et c'est plausible ? demanda Sadelle.

— Plutôt, oui. Elle pense que Bannick est animé par un désir de vengeance et a dressé une liste de victimes potentielles. Elle le voit comme un homme méthodique, patient et extrêmement intelligent.

— Des antécédents ? interrogea Darren.

— Jusqu'à aujourd'hui, un parcours sans faute. Pas une seule plainte concernant ses fonctions de juge. Et d'excellentes évaluations de la part du barreau.

Sadelle reprit une bouffée d'oxygène.

— La vengeance, tu veux dire qu'il connaissait ses victimes ?

— Exactement.

Darren se mit soudain à ricaner, et les deux femmes le regardèrent d'un air surpris.

— Désolé, mais je viens de penser aux deux dossiers sur mon bureau. Un juge de quatre-vingt-dix ans qui ne peut plus se déplacer au tribunal. Il va avoir besoin d'un respirateur artificiel. L'autre concerne un magistrat qui a commenté une affaire en cours au Rotary Club.

— Je sais, Darren, intervint Lacy. On a tous eu à traiter ce genre de cas.

— Désolé, c'est juste qu'on est censés résoudre huit homicides.

— Non. La plainte n'en mentionne que trois.

Sadelle relut le document.

— D'accord, les deux premiers sont Lanny Verno et Mike Dunwoody. Quel est leur lien avec Bannick ? Du moins d'après la plaignante ?

— Pas de connexion avec Dunwoody. Il a juste débarqué sur la scène de crime pile au moment du meurtre de Verno. Verno a eu un différend avec Bannick à Pensacola il y a treize ans. Et son nom a atterri sur sa liste.

— Pourquoi Betty a choisi ce cas ?

— Parce que l'enquête est en cours, avec deux victimes pour une scène de crime. Peut-être que les flics de l'État du Mississipi savent quelque chose.

— Et l'autre, Perry Kronke ?

— L'enquête est aussi en cours, et c'est le seul en Floride. Betty pense que la police de Marathon n'a aucune piste. Bannick savait ce qu'il faisait et n'a laissé aucun indice derrière lui, rien d'autre que la corde autour de son cou.

— Et les huit ont été étranglés ? demanda Darren.

— Pas Dunwoody. Les sept autres ont été asphyxiés avec une corde similaire. Nouée avec le même nœud de marin bizarre.

— Quel rapport entre Kronke et le juge ?

— Comment son nom est arrivé sur la liste ?

— Peu importe.

— Bannick a terminé son droit à l'université de Miami. Il a fait un stage dans un grand cabinet, où il a rencontré l'un des associés seniors, Kronke. D'après

Betty, le cabinet a retiré son offre d'emploi au dernier moment et Bannick l'a mal pris. Ça l'a passablement énervé.

— Il a attendu vingt et un ans pour lui faire payer ? interrogea Sadelle.

— C'est ce que pense Betty.

— Et on l'a retrouvé sur son bateau de pêche avec une corde autour du cou ?

— Oui, d'après le rapport préliminaire de la police. Je vous l'ai dit, l'enquête est encore en cours, même si ça fait maintenant deux ans sans réel progrès... Et la police ne veut pas donner d'infos.

Tous trois sirotèrent leur café en s'efforçant d'y voir clair. Au bout d'un moment, Lacy lança :

— On a quarante-cinq jours pour mener l'enquête. Qui a une idée ?

Sadelle poussa un soupir.

— Je crois qu'il est temps pour moi de prendre ma retraite.

Cette remarque déclencha un éclat de rire chez ses deux comparses, même si elle n'avait pas l'habitude de faire de l'humour. Ses collègues du BJC s'imaginaient qu'elle allait mourir à son poste.

— Ta lettre de démission est refusée. Tu es coincée avec moi sur ce coup-là. Darren ?

— Je ne sais pas. Ces homicides font l'objet d'une enquête par des gars de la Criminelle, des professionnels entraînés et expérimentés. Et ils n'ont aucune piste ? Alors qu'est-ce qu'on peut faire de plus, nous ? Cette histoire est incroyable, mais elle n'est pas pour nous.

Lacy hocha la tête.

— Je suis sûre que tu as un plan, déclara Sadelle.

— Oui. Betty a peur de s'adresser à la police parce qu'elle veut préserver son identité. Alors elle se sert de nous pour prendre les devants. Elle pense que nous sommes limités en termes de juridiction, de ressources, de tout. Elle sait aussi que la loi nous oblige à enquêter pendant quarante-cinq jours et qu'on ne peut pas se débarrasser de l'affaire. Je propose de procéder avec prudence, pour ne pas alerter Bannick, et dans trente jours, nous ferons le point. À ce moment-là, nous pourrons sûrement en référer à la police fédérale.

— Eh bien, ça paraît un bon plan, répondit Darren. Si Bannick est un tueur en série, et personnellement j'en doute, alors c'est à la police de le traquer.

— Sadelle ?

— Tant que mon nom n'est pas sur sa liste.

17

Le jeudi suivant, deux tiers de l'équipe quittèrent Tallahassee à 8 heures pour faire un trajet de cinq heures jusqu'à Biloxi. Darren, le bras droit, conduisait pendant que Lacy, la patronne, lisait des rapports, passait des coups de fil et remplissait son rôle de directrice par intérim du BJC. Elle avait rapidement compris que gérer des employés était la partie déplaisante de ses nouvelles fonctions.

Pendant un silence, Darren lança :

— Tu sais, j'ai lu un tas de choses sur les tueurs en série. Qui détient le record américain des macchabées ?

— Des macchabées ?

— Des victimes de meurtre.

— Eh bien, je ne sais pas. Ce type, Gacy, en a tué plusieurs dizaines à Chicago, non ?

— John Wayne Gacy en a assassiné trente-deux, du moins dans mon souvenir. Il les a enterrées dans le jardin de sa maison de banlieue. Les experts ont découvert les dépouilles de vingt-huit personnes, alors les flics ont cru à ses aveux. Il a reconnu qu'il en avait balancé quelques-unes dans la rivière, mais il ne se rappelait plus combien.

— Ted Bundy ?

— Bundy a avoué officiellement avoir assassiné trente personnes, mais il n'a pas arrêté de changer sa version de l'histoire. Avant d'être grillé sur la chaise électrique, ici dans notre État bien-aimé, il a passé beaucoup de temps avec des enquêteurs de tout le pays, principalement de l'Ouest, d'où il était originaire. Même avec son esprit brillant, il était incapable de se rappeler toutes ses victimes. D'après les rumeurs, il aurait supprimé au moins cent jeunes femmes, un nombre impossible à confirmer. Il en tuait parfois plus d'une par jour et en a enlevé plusieurs dans la même ville. Je vote pour lui dans la catégorie des plus cinglés de cette bande de détraqués.

— Et il détient le record ?

— Non, pas pour le nombre de victimes. Un gars du nom de Samuel Little a confessé quatre-vingt-dix meurtres. Il sévissait encore il y a dix ans. Les autorités continuent à enquêter et, jusqu'à présent, elles ont confirmé soixante victimes.

— Tu es drôlement investi, hein ?

— C'est fascinant. Tu as entendu parler du tueur de Green River ?

— Je crois, oui.

— Il a confessé soixante-dix meurtres, a été condamné pour quarante-neuf. Presque toutes des travailleuses du sexe dans la région de Seattle.

— Où veux-tu en venir ?

— Nulle part. Ce qui est incroyable, c'est qu'aucun de ces types n'opère de la même manière. Je n'en ai pas trouvé un seul qui sévissait depuis vingt ans et qui éliminait uniquement des personnes qu'il connaissait.

Ils sont tous des sociopathes, certains sont extrêmement intelligents, mais aucun, d'après mes recherches approfondies, ne ressemble de près ou de loin à Bannick. Un homme qui tue des gens pour se venger et tient une liste de ses victimes.

— On n'est pas sûr qu'il ait vraiment une liste.

— Appelle ça comme tu veux, mais il grave dans son esprit les noms des gens qui se sont mis en travers de son chemin et les poursuit pendant des années. C'est du jamais vu.

Lacy soupira et secoua la tête.

— Je n'arrive toujours pas à le croire. Nous parlons de lui comme si nous avions la certitude qu'il avait tué plusieurs personnes. De sang-froid. Un juge élu.

— Tu n'en es pas convaincue ?

— Je n'en sais rien. Et toi ?

— Eh bien, ça tient debout. Si Betty Roe ne s'est pas trompée sur les faits, et si Bannick a bel et bien connu les sept victimes, ça ne peut pas être une coïncidence.

Le téléphone de Lacy vibra et elle prit l'appel.

Dale Black, le shérif du comté de Harrison, les attendait quand ils arrivèrent à 14 heures. Il les entraîna dans une salle et se présenta ainsi que l'agent Napier, chargé de l'enquête. Les présentations faites, ils s'installèrent autour de la table. Le shérif s'éclaircit la gorge.

— Alors, je me suis renseigné sur vous en ligne et j'en sais un peu plus sur votre travail. Vous n'êtes pas des enquêteurs criminels, n'est-ce pas ?

Lacy sourit. Elle savait que lorsqu'elle avait affaire à des hommes de son âge ou plus, sa mine enjôleuse lui permettait d'obtenir tout ce qu'elle voulait, ou presque. Et si tel n'était pas le cas, elle pouvait toujours désarmer ces hommes et neutraliser leurs comportements.

— C'est vrai, répondit-elle. Nous sommes avocats et nous évaluons le bien-fondé des plaintes émises contre des juges.

Napier apprécia son sourire et le lui retourna, avec beaucoup moins de charme.

— En Floride, n'est-ce pas ?

— Oui. Nous sommes de Tallahassee et nous travaillons pour l'État de Floride.

Darren avait pour instruction de se taire et de prendre des notes, et il s'en tint à son rôle.

— Eh bien, la question évidente est la suivante : pourquoi vous intéressez-vous à un double homicide ?

— En effet, n'est-ce pas ? Nous cherchons des informations. Une personne a déposé une plainte contre un juge, et au cours de nos recherches préliminaires, nous sommes tombés sur Lanny Verno. Vous saviez qu'il avait vécu en Floride ?

Le sourire de Napier s'évanouit et il jeta un coup d'œil à son chef.

— Oui, je pense, marmonna-t-il en ouvrant un épais dossier. (Il se lécha le pouce et feuilleta plusieurs pages.) Ouais, c'est écrit là, conduite en état d'ivresse il y a quelques années.

— Et vous avez des preuves qu'il habitait dans les alentours de Pensacola en 2001 ?

Napier fronça les sourcils et se remit à consulter son dossier. Il finit par secouer la tête.

— Non.

D'un ton enjoué, Lacy déclara :

— Nous savons qu'il habitait là autour de 2000 et qu'il travaillait comme peintre en bâtiment. Ces infos pourraient vous être utiles.

Napier referma le dossier et eut un sourire pincé.

— Sa petite amie, celle qui vivait avec lui, a dit qu'il vivait dans la région depuis plusieurs années, mais elle n'est pas fiable, c'est le moins qu'on puisse dire.

— Et sa famille est originaire d'Atlanta ? interrogea Lacy.

C'était une question, mais son ton indiquait clairement qu'elle connaissait la réponse.

— Comment vous savez ça ?

— Nous avons trouvé sa nécrologie, si on peut l'appeler comme ça.

— Nous avons eu très peu de contacts avec sa famille, précisa Napier. Beaucoup plus avec celle de Dunwoody.

Lacy lui adressa un autre sourire affable.

— Puis-je vous demander si vous avez un suspect ?

Napier fronça les sourcils et regarda le shérif, qui se renfrogna. Avant qu'ils protestent, Lacy reprit :

— Je ne vous demande pas le nom du suspect, juste si vous avez des pistes solides.

Le shérif Black lâcha :

— On n'a pas de suspects.

— Et vous ? demanda Napier.

— Peut-être, répondit Lacy.

Les deux flics soupirèrent bruyamment, soulagés d'un fardeau. Darren lui dirait plus tard qu'il les avait vus échanger un regard entendu avant de reprendre sa réponse énigmatique.

— Peut-être.

— Que pouvez-vous nous dire sur les scènes de crime ? demanda Lacy.

Napier haussa les épaules comme si c'était une question délicate.

— D'accord, dit Black. Quelles sont les règles, là ? Vous ne faites pas partie des forces de police, vous n'êtes même pas de cet État. Quel est le degré de confidentialité de cette conversation ? Si nous vous donnons des détails, ils restent entre nous, non ?

— Bien sûr. Nous ne faisons pas partie des forces de police, mais nous avons parfois affaire à des actes criminels, et nous sommes tenus à la confidentialité. Nous n'avons rien à gagner à répéter ces informations. Vous avez ma parole.

— La scène de crime ne nous a rien appris. Pas d'empreintes, pas de fibres, pas de cheveux, rien. Le sang appartient aux deux victimes. Pas d'indice de résistance ou de lutte. Verno a été étranglé, mais il a aussi une grave blessure à la tête. Le crâne de Dunwoody a été fracassé.

— Et la corde ?

— La corde ?

— La corde autour du cou de Verno.

Napier allait répondre quand Black l'arrêta.

— Attendez. Vous pouvez nous la décrire ? demanda-t-il à Lacy.

— Probablement. Soixante-seize centimètres de long, en nylon, double tressage, qualité marine, bleu et blanc ou vert et blanc.

Elle marqua une pause et vit les deux hommes se décomposer. Puis elle ajouta :

— Nouée sur la nuque avec une double demi-clé.

Les deux policiers reprirent rapidement contenance.

— J'imagine que vous connaissez notre homme par une autre source.

— C'est possible. On peut voir les photos ?

Lacy n'avait aucune idée de leur frustration. Depuis maintenant cinq mois, leurs recherches ne les avaient menés nulle part. Les informations de leurs indicateurs n'avaient rien donné. Ils perdaient leur temps.

Toutes les hypothèses s'étaient révélées fausses. Le meurtre de Verno avait été si soigneusement planifié que le tueur avait sans doute une bonne raison, mais le mobile leur échappait. Son passé ne présentait rien d'intéressant. D'un autre côté, ils étaient convaincus que Dunwoody avait joué de malchance. Ils savaient tout de lui et rien ne laissait supposer que quelqu'un voulait sa mort.

Lacy et le BJC tenaient-ils leur première piste ?

Ils passèrent une demi-heure à examiner les photos atroces de la scène de crime. Le shérif Black avait d'importantes réunions ailleurs, mais soudain, toutes s'annulèrent.

Quand Lacy et Darren, toujours silencieux, en eurent vu assez, ils reprirent leurs mallettes et s'apprêtèrent à partir.

— Alors, quand est-ce que vous nous parlez de votre suspect ? interrogea le shérif.

Lacy sourit.

— Pas maintenant. Nous considérons cette réunion comme la première d'une longue série. Nous aimerions établir une relation de travail avec vous, fondée sur la confiance. Donnez-nous un peu de temps, laissez-nous mener notre enquête, et nous reviendrons vers vous.

— D'accord. Nous avons un autre indice qui pourrait vous intéresser. Il n'est pas dans le dossier parce qu'on l'a gardé pour nous jusqu'ici. On dirait bien que notre homme a fait une erreur. On sait quelle voiture il conduisait.

— Vraiment ? Ça nous intéresse, en effet. C'est même crucial.

— Peut-être. Vous avez vu les photos des deux téléphones portables qu'il a pris à ses victimes. Il s'est rendu en voiture jusqu'à la petite ville de Neely, dans l'État du Mississippi. Il les a glissés dans une enveloppe matelassée qu'il a adressée à ma fille, à Biloxi. Puis il a déposé le paquet dans la boîte aux lettres bleue à l'extérieur du bureau de poste.

Napier leur montra la photo de l'enveloppe avec l'adresse.

— On a suivi les téléphones pendant des heures et on les a retrouvés dans la boîte de la poste à Neely, continua le shérif. Ils sont encore au labo de la Criminelle, mais pour le moment, on n'a rien de plus.

Il regarda Napier, qui prit le relais.

— Quelqu'un a vu notre homme s'arrêter devant le bureau de poste. Il était environ 19 heures, le vendredi après-midi, à peu près deux heures après le double homicide. Un voisin a vu un pick-up se garer devant et le conducteur en sortir pour glisser l'enveloppe dans la fente. C'est la seule qui a été postée après 17 heures ce vendredi-là. On n'a pas beaucoup de courrier à Neely. Le voisin a trouvé bizarre que quelqu'un dépose un paquet aussi tard. Il était sur son porche, à bonne distance, et il n'a pas bien vu le conducteur. Mais le véhicule était un Chevrolet gris, un modèle plutôt ancien, avec des plaques du Mississipi.

— Et vous êtes sûrs que c'était le tueur ? demanda Lacy.

Une question pas du tout professionnelle.

— Non. On est sûrs que c'est l'homme qui a déposé les portables. Enfin c'est probablement le meurtrier.

— D'accord. Pourquoi avoir fait tout ce chemin pour se débarrasser des portables ?

Napier haussa les épaules et sourit.

— Maintenant, vous jouez son jeu, dit Black. Je crois qu'il s'amuse avec nous, et en particulier avec moi. Il savait qu'on trouverait les téléphones et que la lettre n'atteindrait pas ma fille.

— Ou peut-être qu'il voulait être vu avec une plaque d'immatriculation du Mississipi parce qu'il n'est pas du Mississipi. Il est extrêmement intelligent, n'est-ce pas ?

— En effet.

— Et il n'en est pas à sa première fois, hein ? interrogea le shérif.

— C'est ce que nous pensons.

— Et il n'est pas du Mississipi, n'est-ce pas ?

— Non, je ne crois pas.

18

Jeri n'était pas préparée à cette nouvelle phase de sa vie. Pendant plus de vingt ans, elle avait été animée par un rêve : trouver et confronter le meurtrier de son père. L'identifier n'avait pas été simple, mais elle avait réussi grâce à une détermination et une persévérance qui l'avaient elle-même surprise. L'accuser, c'était une autre histoire. Pointer du doigt Ross Bannick était terrifiant, pas parce qu'elle redoutait de se tromper, mais parce qu'elle avait peur de l'homme lui-même.

Pourtant, elle était allée jusqu'au bout. Elle avait déposé une plainte auprès d'une institution officielle, qui enquêtait sur des juges au comportement répréhensible, et maintenant, c'était au BJC de traquer Bannick. Elle ne savait pas trop quoi attendre de Lacy Stoltz, mais le dossier se trouvait sur son bureau. Si tout se passait comme prévu, Lacy allait mettre en branle la machine qui appréhenderait et condamnerait l'homme qui hantait Jeri depuis tant d'années.

Les jours suivant sa rencontre avec Lacy, Jeri avait été incapable de préparer ses cours, de faire des recherches pour son livre, de voir ses rares amis. Elle avait consulté deux fois sa thérapeute et s'était plainte de se sentir déprimée, seule et insignifiante. Elle lutta contre la tentation de se replonger sur Internet pour étudier de vieilles affaires de meurtres. Souvent, elle contemplait son téléphone en espérant un appel de Lacy et luttait contre l'envie de lui écrire un mail toutes les heures.

Le dixième jour de l'évaluation, Lacy l'appela et elles discutèrent quelques minutes. Sans surprise, Lacy n'avait rien de neuf à lui apprendre. Son équipe s'organisait, étudiait le dossier, réfléchissait à la stratégie à adopter. Jeri termina abruptement la conversation et alla prendre l'air.

Restait trente-cinq jours d'enquête et, apparemment, rien ne se passait. Du moins dans les bureaux du BJC.

Selon les registres des impôts du comté de Chavez, Ross Bannick avait acquis en mai 2012 un pick-up d'occasion Chevrolet gris clair, modèle 2009, qu'il avait gardé deux ans avant de le vendre en novembre, un mois après les meurtres de Verno et Dunwoody. L'acheteur était un concessionnaire de voitures d'occasion nommé Udell, qui l'avait revendu à un certain Robert Trager, l'actuel propriétaire. Darren s'était rendu à Pensacola et avait trouvé M. Trager, qui n'était plus en possession du véhicule. Le soir du Nouvel An, un conducteur ivre avait grillé un stop et l'avait violemment percuté, détruisant le pick-up. Il avait réglé le litige avec sa compagnie d'assurances, car le chauffard n'était pas assuré, vendu le pick-up à la ferraille pour une bouchée de pain, et s'estimait chanceux d'être encore en vie. Tandis qu'ils sirotaient un thé glacé sous son porche, Mme Trager avait déniché un cliché de Robert et de son petit-fils en train de poser avec leurs cannes à pêche à côté du pick-up gris. Avec son smartphone, Darren en avait pris une photo et l'avait envoyée à l'inspecteur Napier à Biloxi, qui avait finalement fait le déplacement jusqu'à Neely pour la montrer à leur unique témoin oculaire.

Dans son mail à Lacy, Napier précisait simplement :

> *Le témoin dit qu'il « ressemble beaucoup » au véhicule qu'il a vu. Cela réduit vos recherches aux cinq mille Chevrolet gris de l'État. Bonne chance.*

Il était clair que Bannick était un grand consommateur de pick-up. Ces quinze dernières années, il avait acheté et vendu au moins huit véhicules d'occasion de marques, modèles et couleurs différents.

Pourquoi un juge avait-il besoin d'autant de voitures ?

Il conduisait actuellement un Ford Explorer 2013, loué à un concessionnaire du coin.

*

Le lundi 31 mars, le treizième jour de la période d'enquête, Lacy et Darren prirent un vol de Tallahassee à Miami, où ils louèrent une voiture pour descendre dans les Keys, jusqu'à la ville de Marathon, une bourgade de neuf mille habitants. Deux ans plus tôt, un avocat à la retraite du nom de Perry Kronke avait été retrouvé mort, frappé et étranglé dans son bateau de pêche, qui dérivait dans les eaux peu profondes non loin de la réserve du Grand Héron Blanc. Le crâne fracassé, des éclaboussures de sang un peu partout. La cause de la mort était l'asphyxie provoquée par une corde en nylon enroulée si violemment autour de son cou que la peau avait été tranchée. Pas de témoins, pas de suspects, pas d'indices. L'enquête était toujours en cours et peu de détails avaient filtré.

L'homme de main de Jeri, Kenny Lee, n'avait pas réussi à récupérer les photos du Centre d'information du FBI.

Le département de police de Marathon était dirigé par le chef Turnbull, un type du Michigan qui n'était jamais retourné dans sa région natale. Entre autres fonctions, il était responsable des homicides. Il accueillit chaleureusement Lacy et Darren, malgré un air soupçonneux, et comme le shérif Black de Biloxi, il mit immédiatement les choses au clair en leur rappelant qu'ils n'étaient pas des policiers.

— Et nous ne prétendons pas l'être, confirma Lacy avec un sourire éblouissant. Nous enquêtons sur des plaintes déposées contre des magistrats, et comme cet État en compte un millier, nous sommes bien occupés.

Rires nerveux de part et d'autre. Ils avaient intérêt à épingler ces juges véreux.

— Alors pourquoi vous intéressez-vous à l'affaire Kronke ? s'enquit Turnbull.

Là encore, Darren ne devait pas intervenir. Sa patronne ferait la conversation. Ils avaient revu ensemble le scénario et pensaient que leur histoire était plausible.

— Si vous voulez tout savoir, c'est une enquête de routine. Nous avons reçu une nouvelle plainte contre un juge de Miami et nous soupçonnons une activité criminelle du défunt M. Kronke. Vous le connaissiez avant son assassinat ?

— Non. Il habitait à Grassy Key. Vous avez entendu parler de cet endroit ?

— Non.

— C'est une communauté de retraités plutôt huppée sur une baie plus au nord. Ces gens ont tendance à rester entre eux. Un cercle fermé.

— Le meurtre a été commis il y a deux ans. Vous avez des suspects ?

Le chef éclata de rire, comme si l'idée d'une piste sérieuse était hilarante. Il se ressaisit rapidement.

— Je ne sais pas si je dois répondre à cette question, vous êtes plutôt directe. Où voulez-vous en venir ?

— Nous faisons juste notre travail, chef Turnbull.

— Et tout ce qu'on va se dire restera entre nous ?

— Absolument. Nous n'avons rien à gagner à répéter ce que vous nous confierez. Nous travaillons pour l'État de Floride, et notre rôle est de vérifier la pertinence de certaines allégations. Comme vous.

Le chef réfléchit un long moment, les regardant tour à tour d'un air nerveux. Il finit par prendre une grande inspiration et se détendit.

— Eh bien, au tout début, nous avions un suspect. Du moins, on pensait être sur une piste intéressante. On a toujours supposé que le tueur était sur un bateau. Il a trouvé M. Kronke seul, en train de pêcher des tambours rouges, l'une de ses activités habituelles. Il en avait plusieurs dans sa glacière. Sa femme se rappelait qu'il était parti de la maison à environ 7 heures du matin et pensait passer une agréable journée sur l'eau. Nous avons fait le tour de toutes les marinas dans un rayon de quatre-vingts kilomètres et vérifié les registres de location de bateaux.

Il fit une longue pause, prit ses lunettes de lecture dans sa poche de poitrine et ouvrit un dossier. Il le feuilleta rapidement et s'arrêta à la page qu'il cherchait.

— Vingt-sept embarcations ont été louées ce matin-là, toutes à des pêcheurs, bien sûr. Le meurtre a été commis le 5 août, pendant la saison des tambours rouges, vous voyez ?

— Bien sûr.

Lacy n'avait jamais entendu parler du tambour rouge et n'était même pas sûre que ce soit un poisson.

— Nous avons vérifié les vingt-sept noms. Ça nous a pris un moment, mais hé ! c'est notre boulot. Notre suspect était un criminel qui avait purgé une peine dans une prison fédérale pour avoir agressé un agent du FBI. Plutôt un sale type. On était sur les dents et on a passé pas mal de temps à le cuisiner. Mais il avait un alibi solide.

Lacy doutait que Ross Bannick soit assez stupide pour avoir loué un bateau dans les environs de la scène de crime, le jour même où il avait assassiné Perry Kronke, après l'avoir traqué pendant vingt ans. Pourtant elle feignit le plus grand intérêt. Après avoir écouté le chef Turnbull pendant quinze minutes, elle n'était guère impressionnée.

— Avez-vous demandé à la police d'État de vous aider ? interrogea-t-elle.

— Bien sûr. Tout de suite. Ce sont des pros, vous savez. Ils ont pratiqué l'autopsie, l'expertise médico-légale, fait les recherches préliminaires. On a travaillé main dans la main. Un vrai travail d'équipe. Des types super.

— Impressionnant. Peut-on jeter un coup d'œil au dossier ? demanda-t-elle innocemment.

Le front du policier se plissa. Il ôta ses lunettes de lecture et la regarda d'un air ahuri, comme si elle l'avait interrogé sur sa vie sexuelle.

— Pourquoi ?

— Nous pensons que ça peut être utile pour notre enquête.

— Je ne comprends pas. Un meurtre ici, un juge véreux là. Quel est le lien ?

— On n'en sait rien, chef Turnbull, on va à la pêche aux infos. Simple travail d'enquête.

— Je ne peux pas vous donner le dossier. Désolé. Si vous avez une ordonnance du tribunal, je serai heureux de vous aider. Mais il m'en faut une, sinon c'est impossible.

— C'est normal. (Elle haussa les épaules comme si elle se rangeait à sa décision et qu'il n'y avait rien à ajouter.) Merci de nous avoir accordé de votre temps.

— Pas de souci.

— Nous reviendrons avec une ordonnance du tribunal.

— Bien.

— Une dernière question, cependant, si vous le permettez.

— Je vous en prie.

— La corde utilisée par le tueur – est-elle dans le dossier ?

— Bien sûr. C'est l'arme du crime.

— Vous pouvez la décrire ?

— Bien sûr, mais je ne le ferai pas. Revenez avec l'ordonnance du tribunal.

— Je parie qu'elle est en nylon, environ soixante-seize centimètres de long, double tressage, qualité marine, bleu et blanc, ou vert et blanc.

De nouveau, son front se plissa, et il resta bouche bée. Il se renversa dans son siège et croisa les mains derrière sa tête.

— Eh bien, que je sois pendu !
— Je chauffe ?
— Oui. Vous brûlez. Vous avez déjà vu ce gars à l'œuvre, si j'ai bien compris.
— Peut-être. Il se peut que j'aie un suspect. Impossible de vous en parler maintenant, mais la semaine prochaine, ou le mois prochain. Nous sommes dans le même bateau, chef.
— Que voulez-vous ?
— Je voudrais voir le dossier. Et tout restera confidentiel.

Turnbull se leva d'un bond.

— Suivez-moi.

*

Deux heures plus tard, ils se garaient dans une marina et suivaient Turnbull, leur nouveau complice, le long d'un quai jusqu'à un patrouilleur de neuf mètres avec le mot POLICE peint en gras sur les flancs. Le capitaine était un vieux flic en short officiel, qui les fit monter à bord comme s'il s'agissait d'une croisière de luxe. Lacy et Darren s'assirent côte à côte sur un banc à tribord et profitèrent de la promenade sur les eaux paisibles. Turnbull discutait avec le capitaine dans un jargon policier incompréhensible. Au bout d'un quart d'heure, le bateau ralentit au point de pratiquement s'arrêter.

Turnbull se posta à la proue et pointa la surface du doigt.

— Ils l'ont découvert quelque part par là. Comme vous pouvez le voir, c'est assez isolé.

Lacy et Darren se levèrent pour observer les environs. L'eau s'étendait à perte de vue dans toutes les directions. Le rivage le plus proche se trouvait à un kilomètre et demi et était parsemé de maisons à peine visibles. On ne voyait aucune autre embarcation.

— Qui l'a trouvé ? interrogea Lacy.

— Les garde-côtes. Sa femme s'est inquiétée et a passé des coups de fil. Son pick-up et sa remorque étaient à la marina, on a pensé qu'il était encore en mer. Alors on a appelé les garde-côtes et entamé les recherches.

— Pas mal comme endroit pour commettre un meurtre, fit remarquer Darren – presque ses premiers mots de la journée.

— C'est l'endroit parfait, si vous voulez mon avis, marmonna Turnbull.

*

Le bateau lui appartenait. Il l'avait acheté un an plus tôt, au moment où son plan se mettait en place dans sa tête. Ce n'était pas un bateau aussi sophistiqué que celui de sa cible, mais il ne cherchait pas à l'impressionner. Pour éviter la remorque, le parking et tout le tralala, il avait loué une place dans un port de plaisance au sud de Marathon. Cela lui évitait d'avoir à louer une embarcation. Il revendrait le bateau plus tard, de même que le petit appartement situé près du port, avec l'espoir de réaliser un bénéfice pour les deux. Inconnu dans la région, il s'était mis à la pêche, un loisir qu'il avait appris à apprécier, et avait traqué sa cible, ce pour quoi il vivait. Les documents – l'acte de vente du bateau, le compte bancaire local, l'acte de propriété, le permis de pêche, les taxes foncières, les reçus de carburant – étaient faciles à falsifier. La paperasserie était un jeu d'enfant pour un homme qui détenait une centaine de comptes bancaires, qui achetait et vendait toutes sortes de choses sous des noms d'emprunt, juste pour le plaisir.

Un jour, il était tombé par hasard sur Kronke sur le quai et lui avait dit bonjour. L'imbécile n'avait pas répondu. À l'époque où Bannick avait fait son stage, l'avocat passait déjà pour un connard. Cela n'avait pas changé. Ne pas être embauché par son cabinet avait été une bénédiction.

Ce jour-là, il avait regardé Kronke décharger son bateau, acheter du carburant, organiser ses cannes et ses leurres, et s'éloigner rapidement du quai, en laissant une large traînée d'écume dans son sillage. Quel abruti ! Bannick l'avait suivi de loin, mais la distance s'était creusée, car les moteurs de Kronke étaient plus puissants. Quand l'avocat à la retraite s'était arrêté à un emplacement de son choix et avait commencé à lancer ses lignes, il l'avait observé avec des jumelles. Deux mois plus tôt, il avait dérivé vers lui et fait semblant d'avoir un problème de moteur pour lui demander de l'aide. Kronke, cette petite ordure, l'avait laissé en plan à un mille du rivage.

Là, alors que Kronke se débattait avec sa ligne, il navigua droit sur le gros bateau. Comme il se rapprochait dangereusement, Kronke se figea et le regarda d'un air ahuri.

— Hé, je prends l'eau ! cria Bannick en dérivant vers lui.

Kronke haussa les épaules comme pour dire : *C'est pas mon problème*. Et posa sa canne à pêche.

Quand les deux embarcations se heurtèrent, Kronke grogna :

— Putain, j'y crois pas !

Il avait prononcé ses dernières paroles. À quatre-vingt-un ans, l'homme était en forme pour son âge, mais il n'était pas assez rapide.

Prestement, le tueur enroula sa corde autour d'un taquet, sauta sur le bateau de Kronke, sortit Leddie, l'actionna deux fois et frappa Kronke à la tempe avec la bille de plomb, lui fracassant le crâne. Un bruit très satisfaisant. Il le frappa à nouveau, même si ce n'était pas nécessaire. Puis il prit la corde en nylon, la fit passer deux fois autour du cou de sa victime, cala son genou au sommet de la moelle épinière et tira très fort pour couper la peau.

Cher M. Bannick,

Nous avons apprécié votre stage l'été dernier. Nous avons été impressionnés par votre travail et avions l'intention de vous proposer un poste à l'automne prochain. Cependant, comme vous l'avez sans doute appris, notre cabinet vient de fusionner avec Reed & Gabbanoff, un géant mondial basé à Londres. Cela a entraîné d'importants changements au niveau du personnel.

Malheureusement, nous ne sommes plus en mesure d'embaucher tous les stagiaires de l'été dernier.
  En vous souhaitant un bel avenir,
  Bien cordialement,
  H. Perry Kronke
  Partenaire associé

Alors qu'il tirait de toutes ses forces sur la corde, il répéta :
— En vous souhaitant un bel avenir, H. Perry.
Vingt-trois années s'étaient écoulées, et le rejet faisait toujours mal. La blessure était encore ouverte. Tous les autres stagiaires s'étaient vu proposer un emploi. La fusion n'avait jamais eu lieu. Quelqu'un, sans aucun doute un autre stagiaire, avait lancé la rumeur selon laquelle Bannick n'aimait pas les femmes et n'en fréquentait aucune.
Il fixa la corde à l'aide d'une double demi-clé et admira son travail. Il jeta un coup d'œil autour de lui et vit le bateau le plus proche, à un demi-mille de là, qui se dirigeait vers le large. Il saisit la corde de son embarcation et la rapprocha, puis se glissa dans l'eau et s'immergea pour se laver de toutes les éclaboussures de sang.
« En vous souhaitant un bel avenir, H. Perry. »

*

Un an plus tard, il vendit le bateau et l'appartement en réalisant un petit bénéfice. Les deux transactions avaient été effectuées sous le nom de Robert West, nom que portaient trente-quatre habitants de l'État.
Il adorait jouer avec les pseudonymes.

19

D'après ses lectures approfondies sur les tueurs en série, aucun d'eux ne s'arrêtait tant qu'il n'était pas appréhendé ou tué, par la police ou par lui-même, à moins d'être forcé de mettre fin à son activité à cause de son âge ou d'un séjour en prison.

Les démons qui les animaient étaient implacables et cruels et ne seraient jamais exorcisés. Ils pouvaient être neutralisés par la mort ou l'incarcération, rien d'autre. Les quelques tueurs qui avaient réussi à se confronter à la réalité de leur carnage l'avaient fait depuis une cellule de prison.

D'après sa chronologie, Bannick avait déjà passé onze ans sans sévir. Il avait assassiné Eileen Nickleberry près de Wilmington en 1998, puis avait attendu 2009 pour se venger du journaliste Danny Cleveland, seul dans son appartement de Little Rock. Depuis, il avait tué trois autres personnes. Son rythme s'accélérait, ce qui s'était déjà vu.

Elle se rappela que sa chronologie n'avait guère de valeur, car elle n'avait aucune idée du nombre de victimes. Avait-il laissé des cadavres dans son sillage ? Certains tueurs les cachaient, puis oubliaient des années plus tard où ils étaient enterrés. D'autres, comme Bannick, voulaient que les victimes soient retrouvées et laissaient des indices. En tant que profileur amateur, Jeri pensait que Bannick avait envie que quelqu'un – la police, la presse, les familles – sache que les meurtres étaient liés entre eux. Pourquoi ? C'était sûrement son ego démesuré, un désir de reconnaissance, une volonté de paraître plus intelligent que la police. Il était tellement fier de ses méthodes que ce serait dommage de ne pas être admiré, même de loin, par des étrangers. Il souhaitait sûrement que son œuvre passe à la postérité.

Elle n'avait jamais cru que Bannick voulait se faire prendre. Il avait le statut, le prestige, la popularité, l'argent, l'instruction – bien plus d'atouts que le tueur en série moyen, si on pouvait employer cette expression. Mais il aimait jouer. C'était un sociopathe qui tuait pour se venger, et qui se délectait de la planification, de l'exécution et de la perfection de ses crimes.

Huit meurtres, du moins d'après son enquête, dans sept États, sur une période de vingt-deux années. À quarante-neuf ans, il avait encore de belles années devant lui. Chaque crime lui donnait plus d'assurance, de frissons. Fort de son expérience, il pensait probablement qu'il ne serait jamais pris. Qui d'autre figurait sur sa liste ?

Le papier à lettres était ordinaire, blanc, format A4, acheté un an plus tôt chez Staples à Dallas. L'enveloppe était tout aussi banale. Le traitement de texte, un vieil Olivetti, de première génération, disposait d'un petit écran et de peu de mémoire, datant de 1985. Elle l'avait acheté d'occasion chez un antiquaire de Montgomery.

Munie de gants en plastique jetables, elle plaça soigneusement plusieurs feuilles de papier dans le bac et ouvrit l'écran qu'elle observa longuement. Son estomac était si noué qu'elle n'arrivait pas à continuer. Finalement, elle réussit à taper lentement, maladroitement, une touche à la fois : « Juge Bannick : le Board on Judicial Conduct de Floride enquête sur vos activités récentes, concernant Verno, Dunwoody, Kronke. Y en a-t-il d'autres ? Je pense que oui. »

Habituellement, elle mangeait peu, et fut surprise quand son estomac se retourna et qu'elle se précipita dans la salle de bains où elle vomit et cracha jusqu'à ce que sa poitrine la brûle. Avec prudence, elle but un peu d'eau et finit par regagner son bureau. Elle relut le message qu'elle avait composé des milliers de fois dans sa tête, des mots qu'elle avait répétés encore et encore.

Comment réagirait-il ? Recevoir une lettre anonyme serait catastrophique, dévastateur, terrifiant. Du moins, elle l'espérait. Il avait trop de sang-froid pour céder à la panique, mais sa vie ne serait plus jamais la même. Son monde allait être mis sens dessus dessous, et ses démons le rendraient encore plus fou maintenant que quelqu'un était sur ses traces. Il n'avait personne à qui parler, personne à qui se confier, personne vers qui se tourner.

Elle voulait bouleverser son univers. Elle voulait que Bannick regarde derrière son épaule à chacun de ses pas, sursaute au moindre bruit, étudie tous les visages étrangers. Elle voulait qu'il ne dorme plus la nuit, qu'il guette les bruits en tremblant de peur, comme elle-même avait vécu pendant tant d'années.

Elle pensa à Lacy et réfléchit à la stratégie consistant à l'exposer. Jeri s'était persuadée que Bannick était trop intelligent pour faire un truc stupide. De plus, Lacy était une fille solide, capable de se défendre seule. Et puis le moment venu, Jeri la préviendrait.

Elle imprima le message sur une feuille de papier et la glissa dans l'enveloppe. En tapant son nom, elle eut froid dans le dos. *R. Bannick, 825 Eastman Lane, Cullman, Florida, 32533.*

Elle appliqua un timbre tout simple sans salive. Soudain en sueur, elle s'allongea sur le canapé pendant un long moment.

Le message suivant était également sur du papier à lettres blanc, mais de texture différente.

Maintenant que je sais qui tu es
Je te salue d'outre-tombe
De ton lointain passé
De cette nuit avec Dave et toi
Tu m'as guettée et attendue toutes ces années
Pour me trouver dans un lieu discret
Et lâcher toute ta colère et tes peurs
Sur une fille du nom d'Eileen

Malgré sa fébrilité, elle réussit à éclater de rire en songeant à Bannick en train de lire ce poème. Elle riait en imaginant son air affolé, son incrédulité, et sa rage qu'une de ses victimes l'ait retrouvé.

*

Samedi, Jeri quitta Mobile et roula une heure pour atteindre Pensacola. Dans un centre commercial de banlieue, elle trouva une boîte aux lettres bleue entre les dépôts FedEx et UPS. La caméra de sécurité la plus proche était à bonne distance, au-dessus de la porte d'un café. Sans quitter sa voiture, les mains toujours gantées, elle inséra la première lettre dans la fente. Le cachet de la poste serait apposé le lundi au centre de distribution de Pensacola et la lettre arriverait au domicile de Bannick au plus tard le mardi suivant.

Deux heures après, elle quitta la voie rapide à Greenville, en Alabama, et déposa son poème au bureau de poste de la ville. Il serait relevé le lundi et transporté par camion à Montgomery, où il serait oblitéré et envoyé à Pensacola. Bannick l'aurait sûrement le mercredi suivant, jeudi au plus tard.

Elle emprunta des routes secondaires pour rentrer à Mobile et apprécia la balade. Elle écoutait du jazz sur Sirius et se vit sourire dans le rétroviseur. Les deux premières lettres avaient été postées. Elle avait trouvé le courage d'affronter le tueur, ou du moins d'enclencher le processus. La période de traque était finie, et pour cela, elle était reconnaissante. À présent, elle passait à la phase suivante, qu'elle ne savait pas encore comment nommer. Son travail n'était pas terminé, loin de là, mais elle avait fait le plus dur, pendant vingt-deux ans.

Maintenant que Lacy gérait la situation, elle finirait par s'adresser à la police d'État, peut-être au FBI. Et Bannick ne saurait jamais qui l'avait retrouvé.

*

Tard ce soir-là, elle lisait un roman et sirotait son deuxième verre de vin, tout en luttant contre la tentation de faire de nouvelles recherches sur Internet. Son téléphone émit un ping. C'était un message de l'un de ses comptes sécurisés. KL, ou Kenny Lee, lui demandait si elle était réveillée. Soudain, elle était lasse de tout cela et avait juste envie d'être tranquille, mais KL était un vieil ami, même si elle ne l'avait jamais rencontré.

Elle écrivit en retour :

Salut ! Quoi de neuf ?

Tu ne vas pas le croire. J'ai un nouveau cas de mort par strangulation dans le Missouri. L'affaire date de quatre mois, mais elle est similaire.

Comme toujours, Jeri fit la grimace en apprenant ce nouveau crime et, comme toujours, elle en conclut que c'était Bannick. Mais elle en avait assez, et elle ne voulait plus dépenser de l'argent et gaspiller de l'énergie.

Similaire à quel point ?

Pas encore de photos, pas de description de la corde. Mais aucun suspect et aucun indice sur la scène de crime.

Elle se remémora que trois cents personnes étaient assassinées par étranglement chaque année et qu'environ soixante pour cent de ces affaires étaient finalement résolues. Il restait donc cent vingt meurtres non élucidés, que l'on ne pouvait imputer à un seul homme.

Je vais y réfléchir.

Autrement dit, ne lance pas le décompte à deux cents dollars de l'heure. Kenny Lee lui avait apporté quatre victimes de Bannick, et elle l'avait largement rémunéré.

Bonne nuit.
Il neige toujours là-bas ?

Elle lui envoyait les paiements en espèces à une boîte postale à Camden, dans le Maine, et supposait qu'il habitait dans les environs.

En ce moment même. On en est à combien de victimes ?

Huit. Sept avec la corde et Dunwoody.
Il est temps de demander de l'aide. Il faut arrêter ce type. J'ai des contacts.

Moi aussi. On avance.

D'accord.

20

Lundi en fin de matinée, l'équipe de choc se réunit dans la salle de conférences et compara ses notes. Vingt jours après le début de la période d'évaluation, ils n'avaient pas grand-chose à se mettre sous la dent. Lacy raconta à Sadelle leur voyage à Marathon, mais la pauvre femme était soit assoupie, soit assommée par les médicaments contre la douleur.

Darren, lui, avait des nouvelles intéressantes. Sirotant son savoureux café, il déclara :

— J'ai discuté avec M. Larry Toscano, associé du cabinet Paine & Steinholtz de Miami, qui a travaillé pendant des années chez Paine & Grubber, là où Bannick était stagiaire en 1989. Au début, Toscano s'est montré réticent, alors je lui ai expliqué que le BJC avait le pouvoir d'assignation et que, si nécessaire, nous ferions une descente dans ses bureaux pour réquisitionner des dossiers – ce qui bien sûr est absurde vu notre personnel limité. Le bluff a marché et Toscano a accepté de coopérer. Il a rapidement retrouvé les dossiers et a confirmé que Bannick avait bien fait un stage dans ce cabinet l'été précédant sa dernière année d'études de droit. Les références de l'étudiant étaient impeccables, il avait été très bien noté par ses superviseurs et il avait fait du bon boulot, pourtant on ne lui a pas proposé de poste. J'ai insisté pour avoir des détails et Toscano a relu le dossier. Apparemment, il y avait vingt-sept stagiaires cet été-là, venant d'universités diverses, et tous ont reçu une offre d'emploi. Tous sauf Bannick. Vingt et un ont accepté le poste. Je lui ai demandé pourquoi il n'avait pas eu la même opportunité s'il était aussi bien considéré, mais bien sûr, Toscano n'en a aucune idée. À l'époque, Perry Kronke était l'associé responsable des stagiaires. Les documents comprennent la lettre où Kronke ne propose rien du tout à Bannick. Il m'a envoyé une copie du dossier complet, après que j'ai une nouvelle fois mentionné une assignation. Mais je n'ai rien trouvé d'autre. Ça prouve juste ce qu'on savait déjà, à savoir que leurs chemins se sont croisés en 1989.

Sadelle prit une grande bouffée d'oxygène.

— Redis-moi comment Betty Roe a découvert ce lien ?

— Elle explique dans sa plainte qu'elle a retrouvé un ancien associé du cabinet, un type du même âge que Bannick, lui aussi stagiaire en 1989. De fait, il connaissait bien Bannick, ils sont peut-être même encore en contact. D'après lui, Bannick voulait à tout prix ce poste et a très mal vécu ce rejet.

— Alors il a mis son nom sur la liste, conclut Sadelle. Il l'a pris en grippe et lui a fait payer des années plus tard.

— Un scénario plausible, oui. Plus de vingt ans après.

— J'espère que je ne vais pas le foutre en rogne. En même temps, je suis déjà à moitié morte.

— Arrête avec ça, Sadelle ! gronda Lacy.
— Tu vas tous nous enterrer, renchérit Darren.
— Tu veux parier ?
— Et si je gagne, comment tu honores ton pari ?
— Tu marques un point.

Lacy referma le dossier et observa l'équipe.

— Alors, les gars, on en est où exactement ? On sait que Bannick connaissait deux de ses victimes, du moins de ses victimes présumées. Mais comme je vous l'ai dit, Betty m'a donné des dossiers, officieusement, sur cinq autres victimes qui ont eu la malchance de croiser la route du juge. Heureusement, on n'a pas à traiter ceux-là.

— Pourquoi on ne s'adresse pas directement à la police d'État ? marmonna Sadelle.

— Parce qu'ils sont déjà sur le coup depuis le meurtre de Kronke. On a consulté le dossier, des centaines de pages.

— Des milliers, corrigea Darren.

— D'accord, des milliers, confirma Lacy. Ils ont interrogé des dizaines de personnes qui connaissaient Kronke à Marathon et dans les environs. Ils n'ont rien trouvé. Ils ont vérifié les registres de location de bateau, les reçus de carburant, les nouvelles licences de pêche. Rien. Ils ont parlé à ses anciens associés à Miami. Rien. À sa famille. Idem. Ils ont minutieusement fouillé le passé de la victime, sans plus de succès. Pas la moindre piste digne de ce nom. Ils ont fait leur boulot et ne savent pas quoi tenter de plus, si ce n'est attendre un miracle.

— Je retourne à Miami mercredi pour rencontrer les enquêteurs d'État, intervint Darren. Je leur ai parlé plusieurs fois au téléphone et ils semblent prêts à nous écouter. Je suis sûr que je verrai le même dossier qu'à Marathon, mais qui sait ? Ils savent peut-être quelque chose qu'ignore Turnbull.

Sadelle expira.

— Alors, pourquoi ne pas leur parler de Bannick ? Puisqu'on a le nom du tueur, avec une accusation officielle sous serment, pourquoi ne pas transmettre cette information aux enquêteurs ?

Elle arqua les épaules, prête à prendre une autre grande inspiration. Sa machine se mit à bourdonner un peu plus fort.

— Enfin, Lacy, reprit-elle, on tourne en rond là. Que veux-tu qu'on fasse de plus ? Les vrais flics ont des budgets de plusieurs milliards. Ils ont tout à leur disposition, des chiens policiers aux hélicoptères. Et ils peuvent résoudre des crimes. Alors que nous ? Moi, je dis, on va voir les flics et on leur refile le bébé.

— Ça va finir comme ça de toute façon, lâcha Darren.

— Sans doute, mais j'ai promis à Betty de ne pas impliquer la police sans son accord.

— Ce n'est pas comme ça qu'on fonctionne, Lacy, objecta Sadelle. Une fois la plainte déposée, elle relève de notre juridiction. La partie plaignante n'a pas à nous dicter notre façon de procéder. Tu le sais bien.

— Oui, et merci pour le rappel.

— Je t'en prie.

— Elle se sert de nous, Lacy, intervint Darren. On en a parlé la semaine dernière. Betty se cache derrière nous pour atteindre la police. C'est notre prochaine étape.

— On verra bien. Va à Miami, vois les enquêteurs et fais-nous ton rapport lundi.

*

Cet après-midi-là, Lacy partit tôt pour se rendre dans un complexe d'immeubles. Les bureaux élégants et feutrés de R. Buford Furr reflétaient la prospérité de l'avocat. Aucun autre client ne patientait à l'accueil, où un jeune stagiaire répondait au téléphone. À 16 heures précises, le réceptionniste accompagna Lacy dans une vaste salle de conférences où Buford menait ses combats contre le monde entier. L'avocat la serra chaleureusement dans ses bras, comme s'ils étaient amis depuis des années, et lui désigna un canapé qui devait coûter plus cher que sa voiture.

Furr était l'un des meilleurs avocats de Floride et pouvait se vanter d'avoir gagné de nombreux procès importants, les articles de journaux et les photos encadrés aux murs en témoignaient. Tout le monde le connaissait dans le milieu, et quand Lacy avait décidé de porter plainte contre les instigateurs de l'accident de voiture qui avait coûté la vie à Hugo Hatch, son ancien collègue, elle n'avait pas vraiment eu le choix.

Verna Hatch, la veuve d'Hugo, l'avait engagé pour intenter une action pour décès injustifié et réclamer dix millions de dollars. Une semaine plus tard, Furr avait entamé des poursuites au nom de Lacy. Mais ils avaient rencontré un obstacle inhabituel : une énorme quantité d'argent ! Le syndicat du crime avait détourné des millions de dollars d'un casino indien et disséminé son butin un peu partout sur le globe. Les autorités fédérales continuaient à en dénicher, et cette manne providentielle attirait un nombre étonnant de parties lésées – avec leurs avocats. Les tribunaux étaient assaillis de demandes d'indemnisation.

Le problème le plus grave était le risque d'un procès interminable et compliqué alimenté par les revendications des Amérindiens propriétaires du casino. Tant que cette question ne serait pas réglée, personne ne saurait quelle somme les autres parties – comme Verna Hatch et Lacy – pouvaient se partager.

Furr l'informa de l'avancée de la procédure de confiscation des biens. Puis il ajouta, les sourcils froncés :

— Lacy, j'ai bien peur qu'ils aient besoin de votre déposition.

— Je ne veux pas subir ça, répliqua-t-elle. Nous en avons déjà parlé.

— Je sais. Le problème, c'est que les avocats désignés par le tribunal pour évaluer les indemnisations travaillent à l'heure, à des tarifs vertigineux, et qu'ils ne sont pas pressés d'en finir.

— Mon Dieu. C'est la première fois que j'entends un truc pareil.

Furr rit.

— Nous ne parlons pas des honoraires d'une petite ville comme Tallahassee. Ces types facturent huit cents dollars de l'heure. On aura de la chance s'il reste quelque chose.

— Vous ne pouvez pas en référer aux juges ?

— Ils ont suffisamment de plaintes à gérer. C'est une situation très délicate.

Lacy réfléchit un moment, sous le regard appuyé de son avocat.

— La déposition, ce n'est pas si pénible, insista-t-il.

Elle soupira.

— Je ne suis pas sûre de pouvoir revivre l'accident... la vision d'Hugo en sang... mourant...

— Nous vous préparerons. Cela vous sera très utile. Si on va jusqu'au procès, vous devrez sûrement témoigner à la barre.

— Je ne veux pas de procès, Buford. J'ai été claire sur ce point. Je suis sûre que vous aimeriez une grosse production, avec un tas de grands méchants dans le box des accusés, avec le jury dans votre poche, comme d'habitude. Un autre verdict en votre faveur.

Furr éclata de rire.

— C'est mon gagne-pain, Lacy. Vous imaginez, faire sortir ces escrocs de prison pour les traduire en justice ? C'est le rêve de tout avocat.

— Eh bien, ce n'est pas le mien. Je peux gérer une déposition, mais pas un procès. Je veux un arrangement à l'amiable, Buford.

— Et vous l'aurez, je vous le promets. Mais pour l'instant, nous devons jouer le jeu.

— Je ne suis pas certaine d'être à la hauteur.

— Vous voulez abandonner l'affaire ?

— Non. Je veux l'oublier dès qu'on aura trouvé un terrain d'entente. Je fais encore des cauchemars et l'idée d'un procès n'arrange rien.

— Je comprends, Lacy. Faites-moi confiance, d'accord ? Je suis souvent passé par là. Vous méritez une généreuse compensation et je vous promets de l'obtenir.

Elle hocha la tête pour exprimer sa gratitude.

21

Le sergent Faldo était en train de réindexer des kits de viol quand son téléphone vibra dans sa poche. C'était son patron, *le* patron, le chef de la police de Pensacola. Aussi abrupt que d'habitude, il lui expliqua que le juge Ross Bannick passerait vérifier un vieux dossier dans l'après-midi – il serait au tribunal jusqu'à au moins 16 heures et retrouverait Faldo à 16 h 30 précises. Faldo reçut l'ordre de répondre à tous les désirs de Son Honneur.

— Passez-lui un max de pommade, hein ?
— Oui, monsieur, répondit Faldo.

Il n'avait pas besoin qu'on lui dise comment faire son travail.

Il se rappelait vaguement avoir vu Bannick quelques années auparavant. Il était rare qu'un juge de circuit passe sur le lieu de stockage des preuves. Les visiteurs étaient presque exclusivement des flics qui apportaient des objets à conserver jusqu'au procès ou faisaient des recherches dans des dossiers classés pour leur enquête en cours. Mais Faldo avait compris des décennies plus tôt que ces trésors attiraient beaucoup de convoitises. Il avait vu passer par là une foule de curieux : des détectives privés, des journalistes, des romanciers, des familles désespérées à la recherche de preuves, et même un médium et une sorcière.

À 16 h 30, le juge Bannick apparut avec un sourire affable et le salua. Il semblait sincèrement heureux de rencontrer le sergent et lui posa des questions sur sa brillante carrière dans les forces de police. Toujours aussi politicien, il remercia Faldo pour ses services rendus à la nation et lui proposa de faire appel à lui s'il avait besoin de quoi que ce soit.

Sa demande concernait un vieux dossier datant de 2001. Une affaire triviale jugée au tribunal de la ville, un non-lieu qui n'intéressait personne, sauf un ami retraité de Tampa à qui il devait une faveur. Voilà pour la petite histoire.

Alors qu'ils s'enfonçaient dans les entrailles de l'entrepôt en discutant de football, Faldo se rappela un détail à propos du dossier. Il dénicha avril 2001, mai, puis juin, et finit par sortir le tiroir entier.

— Le nom de l'accusé est Verno, précisa Bannick en regardant Faldo parcourir la rangée de dossiers.

— Le voici, déclara l'agent avec fierté en le lui remettant.

Bannick ajusta ses lunettes de lecture.

— Quelqu'un l'a-t-il consulté récemment ?

La mémoire lui était revenue.

— Oui, monsieur. Un type est venu il y a quelques semaines, plutôt bizarre. J'ai photocopié son permis de conduire. Il doit être dans la chemise.

Bannick extirpa une feuille de papier et examina le visage d'un certain Jeff Dunlap de Conyers, en Géorgie.

— Que voulait-il ?

— À part le dossier ? Aucune idée. Je lui ai fait des photocopies, un dollar la page. Quatre dollars, si je me souviens bien.

Il se rappelait également que Dunlap avait laissé tomber un billet de cinq dollars sur le comptoir parce que Faldo ne prenait que la carte de crédit, mais il préféra taire ce détail. Il s'agissait d'un petit larcin, une minuscule gratification pour un policier chevronné largement sous-payé.

Bannick étudia les pages, ses lunettes de lecture négligemment posées sur le bout de son nez.

— Qui a biffé le nom de la partie plaignante ? demanda le magistrat, sans vraiment s'attendre à ce que Faldo connaisse la réponse.

Eh bien, c'est probablement vous, monsieur. D'après mon registre, seules deux personnes se sont intéressées à ce dossier au cours des treize dernières années. Vous, il y a vingt-trois mois, et ce type, Dunlap.

Voilà ce que Faldo avait envie de répondre. Mais il sentait que la situation était délicate et ne voulait pas d'ennuis.

— Je n'en ai aucune idée, monsieur.

— D'accord. Pouvez-vous m'envoyer une copie du permis de conduire de ce type ?

— Bien sûr, monsieur.

*

Le juge Bannick s'éloigna dans son 4 × 4 Ford, une voiture sans prétention, pour ne pas attirer l'attention. Jamais.

Un détective privé de Géorgie avait fait le déplacement depuis Pensacola pour fouiner dans un vieux dossier de la police, une affaire classée depuis treize ans. Il avait trouvé les rapports succincts d'arrestation et les minutes du procès de Lanny Verno – qu'il repose en paix. Une démarche curieuse, à laquelle il ne voyait qu'une explication possible : quelqu'un fouillait dans son passé.

L'esprit de Bannick était en ébullition depuis vingt-quatre heures et il était obligé d'avaler des Ibuprofène à la chaîne pour combattre ses migraines. Il fallait qu'il réfléchisse posément, intelligemment, qu'il examine la situation sous tous les angles. Pour le moment tout s'embrouillait dans sa tête. Il prit la direction du nord et s'arrêta dans un centre commercial, l'un des deux qu'il possédait.

À l'entrée, se trouvait un magasin d'alimentation Kroger, et à la sortie, un complexe de cinéma. Entre les deux, huit petits commerces, tous à jour de leurs loyers. Il se gara près de la salle de sport qu'il fréquentait presque quotidiennement et emprunta un passage couvert comme un client lambda. Entre la salle de sport et l'atelier de yoga, il bifurqua dans une large allée et s'arrêta devant une porte banalisée où il scanna une carte magnétique, les yeux rivés sur le moniteur de reconnaissance faciale. Le système d'ouverture émit un cliquetis, et il se faufila à l'intérieur. Dès que la porte se referma, il éteignit le système d'alarme.

C'était son sanctuaire, son refuge, sa grotte. Pas de fenêtres, une seule entrée, un impressionnant dispositif d'alarme et une surveillance vingt-quatre heures sur vingt-quatre grâce à des caméras cachées. Il n'y avait aucune trace de l'existence de cet endroit, pas de licence d'exploitation, pas de factures de services publics, et il était le seul à pouvoir y accéder. L'électricité, l'eau, Internet, les évacuations et le câble étaient reliés à la salle de gym, de l'autre côté d'un mur épais, et le loyer avait été ajusté en conséquence par une poignée de main avec son gérant. Techniquement, c'était une violation de plusieurs réglementations sanitaires, et en tant que juge, il n'aimait pas ces entorses à la loi. Mais personne ne le saurait jamais. L'intimité que lui procurait ce refuge l'emportait sur tout sentiment de culpabilité.

Il vivait à une quinzaine de kilomètres de là, à Cullman, dans une belle maison dotée du bureau classique d'un homme affairé, un bureau qui pouvait facilement être perquisitionné par des hommes munis d'un mandat. Le reste du temps, il travaillait dans une pièce sombre au deuxième étage du palais de justice du comté de Chavez, un espace appartenant aux contribuables qui, bien que pas exactement ouvert au public, était également susceptible de faire l'objet d'une perquisition.

Venez ! Saisissez tous les dossiers et ordinateurs de mon domicile et de mon bureau, vous ne trouverez pas la moindre preuve contre moi ! Ils pouvaient le traquer en ligne, fouiller dans ses fichiers informatiques et son serveur de données judiciaires, lire tous les mails qu'il avait envoyés de chez lui et du palais de justice, ils ne trouveraient rien.

Il avait passé la majeure partie de son existence avec la peur des mandats d'arrêt, des détectives privés, de la prison. Une peur qui le consumait depuis si longtemps que sa routine quotidienne incluait une foule de précautions. Et jusqu'ici, il avait toujours une longueur d'avance sur les limiers. La crainte d'être pris n'était pas liée aux conséquences et au prix à payer. Plutôt à l'angoisse de devoir s'arrêter.

Sa passion pour la technologie, la sécurité, la surveillance, les disciplines parascientifiques, voire l'espionnage, trouvait son origine dans un film dont il avait oublié le nom depuis longtemps. Il l'avait regardé quand il était un gamin de treize ans effrayé et abîmé, seul dans son sous-sol, un soir après que ses parents étaient allés se coucher. Le protagoniste du film était un enfant malingre et marginal, cible de prédilection des petites brutes du quartier. Au lieu de soulever des poids et d'apprendre le karaté, il s'était plongé dans les sciences alternatives, l'espionnage, l'armement, la balistique, et même les armes chimiques. Il avait acheté le premier ordinateur de la ville et appris à le programmer. À la fin, il s'était vengé de ses harceleurs et s'était éloigné vers le soleil couchant, tel un justicier solitaire. Ce n'était pas un grand film, mais il avait incité le jeune Ross Bannick à s'intéresser aux sciences et à la technologie. Il avait supplié ses parents de lui offrir un ordinateur Apple II pour Noël et pour son anniversaire. Il avait pris quatre cent cinquante dollars sur ses propres économies. Pendant ses années de lycée et d'université, le moindre dollar gagné avait été consacré à l'achat de la dernière mise à jour, du dernier gadget. Dans sa jeunesse, il avait secrètement mis des téléphones sur écoute, filmé des camarades de sa fraternité en train de faire l'amour avec leur petite amie, enregistré des conférences à la sauvette, désactivé des caméras de surveillance, crocheté des serrures, pénétré dans des bureaux sécurisés et pris une centaine d'autres risques stupides qu'il n'avait pas regrettés. Il ne s'était jamais fait prendre, loin de là.

Et l'arrivée d'Internet lui avait ouvert un champ de possibilités infini.

*

Il ôta sa cravate et sa veste et les jeta sur un canapé en cuir, où il dormait souvent. Il avait des vêtements dans un placard au fond de la pièce, ainsi qu'un petit frigo contenant des sodas et des jus de fruits. À une centaine de mètres, près du cinéma, se trouvait un petit café où il dînait souvent, seul, quand il travaillait tard. Il se dirigea vers une épaisse porte métallique, composa un code, attendit que les verrous s'ouvrent, et se glissa dans son monde secret. Le « bunker », comme il le surnommait avec fierté – seulement lorsqu'il se parlait à lui-même –, était un bureau de cinq mètres carrés insonorisé, ignifugé, imperméable, à l'épreuve de tout. Personne ne l'avait jamais vu et personne ne le verrait jamais. Au centre, une table avec deux écrans d'ordinateur de trente pouces. Un mur était couvert de caméras IP montrant sa maison, son bureau, le palais de justice et le bâtiment dans lequel il se trouvait. Sur un autre, un écran plasma de soixante pouces. Les deux derniers étaient nus – pas de récompenses ni de diplômes encadrés pour soigner son ego. Tout ce fatras se trouvait ailleurs, à des endroits visibles. Ici, rien n'indiquait à qui appartenait ce repaire. Le nom de Ross Bannick ne figurait nulle part.

S'il tombait raide mort le lendemain, ses ordinateurs et ses téléphones attendraient patiemment quarante-huit heures, puis leur contenu s'effacerait automatiquement.

Il s'assit à son bureau et alluma son ordinateur. Il sortit les deux lettres de sa mallette et les posa devant lui. La première enveloppe portait le cachet de la poste de Pensacola et l'informait de l'enquête ouverte par le BJC. L'autre, contenant un poème absurde, avait été tamponnée à Montgomery. Toutes deux avaient été envoyées par la même personne à peu près au même moment.

Il se connecta, activa son VPN pour franchir les pare-feu et entra son mot de passe pour pénétrer dans le dark web, où Rafe l'attendait. En bon fonctionnaire, Bannick avait piraté depuis longtemps les systèmes informatiques du gouvernement de Floride. À l'aide de son logiciel espion personnalisé, appelé Maggotz, il avait créé son propre limier, un troll baptisé Rafe qui parcourait les réseaux dans l'anonymat le plus total. Comme Rafe n'était pas un criminel, qu'il ne volait ni ne conservait les données pour le compte d'une entreprise, se contentant de fouiner en quête d'informations, il avait peu de risques d'être découvert.

Par exemple, Rafe lisait les mémos internes entre les sept membres de la cour suprême de Floride et leurs assistants, de sorte que Bannick savait comment l'une de ses affaires en appel serait jugée. Comme il ne pouvait rien y faire, ces informations étaient pratiquement inutiles, mais il était intéressant de savoir de quel côté penchait la balance.

Rafe pouvait également consulter la correspondance sensible entre le procureur général et le gouverneur ; lire les commentaires des procureurs sur les juges en exercice ; fouiller dans les dossiers de la police pour mesurer ses progrès, ou son absence de progrès. Surtout, Rafe parvenait à observer ce qui se passait au BJC. Bannick le fit pour le deuxième jour consécutif et ne trouva aucun fichier à son nom. C'était déroutant.

Décidément, la situation était troublante.

Il prit un autre Ibuprofène et songea à un verre de vodka. Mais il n'était pas très porté sur la boisson et avait prévu d'aller à la salle de sport. Il lui fallait deux heures de poids et haltères pour se libérer du stress.

Il prenait plaisir à lire les plaintes qui faisaient l'objet d'une enquête par le BJC. Il adorait les accusations lancées contre ses collègues magistrats – il en connaissait bien certains et en méprisait d'autres. Mais il n'avait plus vraiment envie de s'amuser.

Bannick se délectait de ses méfaits. Les autres allégations étaient de la poudre aux yeux comparées à ses crimes. Seulement désormais, une personne connaissait son histoire. Et si une plainte avait été déposée contre lui, pourquoi était-elle cachée ?

La tête lui tournait de plus en plus et il se mit à chercher les pilules.

*

La personne qui lui avait envoyé la lettre, et le poème, connaissait la vérité. Cette personne avait mentionné Kronke, Verno et Dunwoody, et en suggérait d'autres.

Combien ? Si elle avait rempli une plainte auprès du BJC, elle avait passé un accord avec le Bureau pour le faire officieusement, du moins durant la période d'investigation de quarante-cinq jours.

Il se rendit dans la petite pièce attenante, se déshabilla, prit une longue douche et enfila une tenue de travail. De retour à son bureau, il envoya Rafe fureter dans les dossiers confidentiels de la police d'État, des documents sensibles et protégés que son espion surveillait depuis près de trois ans. Il ouvrit le dossier Perry Kronke, dans la ville de Marathon, et fut surpris de découvrir une nouvelle entrée de l'agent Grimsley, l'enquêteur principal.

Ai reçu un appel du chef Turnbull de Marathon. Le 31 mars, il a eu la visite de deux avocats du Board on Judicial Conduct de Floride – Lacy Stoltz et Darren Trope. Ils voulaient des renseignements sur le meurtre de Kronke ; ils ont peut-être un suspect mais n'ont rien voulu divulguer ; pas de noms ; ils sont allés sur le site où Kronke a été retrouvé mais n'ont rien découvert. Ils ont promis de rester en contact ; Turnbull n'a pas été impressionné et ne s'attend pas à les revoir avant un moment ; aucune action nécessaire de notre part.

*

Il n'avait laissé aucune trace après avoir éliminé Kronke. Il s'était même immergé dans l'océan. *Ils ont peut-être un suspect*, se répéta-t-il. Après vingt-trois années d'invisibilité, était-il possible que quelqu'un le considère enfin comme « suspect » ? Si oui, alors qui ? Ce n'était ni Lacy Stoltz ni Darren Trope. Ces deux-là n'étaient que des bureaucrates qui faisaient leur boulot. Ils enquêtaient sur la plainte qu'une personne avait déposée, cette même personne qui lui avait envoyé les lettres.

Inspirer profondément ne suffisait pas à apaiser son angoisse.

Il s'empara de la bouteille de vodka, puis se ravisa et décida d'aller à la gym, après avoir verrouillé son repaire, toujours prudent, toujours attentif à tout, à tout le monde. Malgré sa peur, il s'exhorta à se calmer et à réfléchir. Il se rendit au centre de remise en forme et s'inscrivit à un cours de yoga Bikram pour transpirer pendant vingt minutes avant de soulever de la fonte.

22

Le 11 avril, un vendredi matin, Norris Ozment venait d'arriver à son bureau au Pelican Point quand il reçut un appel de la réception.

— Un certain juge Bannick, de Cullman, pour vous.

Surpris d'avoir entendu ce même nom récemment, le policier prit l'appel.

Les deux hommes firent semblant de se rappeler l'un de l'autre, du temps où Ozment travaillait pour la police de Pensacola. Puis, passées ces politesses, Bannick lança :

— Pour rendre service à un vieil ami de Tampa, je cherche des informations concernant un certain Lanny Verno, une petite crapule qui s'est fait assassiner il y a quelques mois à Biloxi. Il est passé en jugement au tribunal de la ville il y a quelques années et c'est vous qui l'aviez arrêté. Ça vous dit quelque chose ?

— Eh bien, Votre Honneur, en temps normal, ça ne m'aurait rien dit du tout, mais là, oui. Je me souviens de cette affaire.

— Pas possible ? C'était il y a treize ans !

— Oui, monsieur. Vous aviez émis un mandat et j'ai arrêté Verno.

— C'est vrai ! s'exclama Bannick avec un gros rire factice. Ce type m'avait menacé avec un pistolet dans ma propriété et le juge l'a relaxé.

— Ça fait un bail, Votre Honneur. Cette époque ne me manque pas et je préfère l'oublier. Mais si je m'en souviens, c'est parce qu'un détective privé est venu me poser des questions sur Verno le mois dernier.

— Vous plaisantez ?

— Non, monsieur.

— Que voulait-il ?

— Il faisait des recherches.

— Eh bien, si ça n'est pas trop indiscret, vous pouvez me dire quelles recherches ?

Franchement, Ozment n'avait pas envie de lui répondre, mais Bannick était un juge de circuit en charge des affaires criminelles. S'il le voulait, il pouvait sûrement réquisitionner les dossiers de l'hôtel. De plus, il était partie prenante dans cette affaire, en tant que victime présumée. Ces pensées se bousculaient dans sa tête tandis qu'il cherchait ses mots.

— Il a dit que Verno avait été assassiné et qu'il avait été engagé par sa famille de Géorgie pour retrouver ses héritiers.

— D'où venait ce type ?

— De Géorgie, apparemment. À Conyers, près d'Atlanta.

— Vous avez pris ses papiers d'identité ?

— Non, monsieur. Il ne m'a pas donné de carte de visite et je ne lui en ai pas demandé. Mais nos caméras de surveillance ont filmé sa voiture et nous avons fait une recherche avec sa plaque d'immatriculation. Il l'a louée à Mobile, dans une agence Hertz.

— Intéressant.
— En effet. Je me suis dit qu'il avait pris un vol d'Atlanta à Mobile et qu'il avait loué une voiture. Pour être franc, monsieur, je n'ai pas fait très attention. Cette affaire était mineure, jugée il y a des lustres, et l'accusé, Verno, a été déclaré non coupable. Après, il a été assassiné dans le Mississipi. Pas de quoi en faire toute une histoire.
— Je comprends. Vous avez vu sa voiture ?
— Oui, nous l'avons en vidéo.
— Vous voulez bien m'envoyer la bande ?
— Eh bien, il faut que j'en discute avec mon responsable. Pour des questions de sécurité.
— Je serais heureux de parler à votre responsable.

Son ton était légèrement menaçant. En tant que juge, il avait l'habitude d'obtenir ce qu'il voulait.

Ozment réfléchit en parcourant son bureau du regard.
— Bien sûr, Votre Honneur, donnez-moi votre adresse mail.

Le juge lui donna une adresse électronique temporaire, l'une des nombreuses qu'il utilisait avant de s'en débarrasser, et une demi-heure plus tard, il examinait deux photos : une de l'arrière d'une Buick blanche immatriculée en Louisiane et une de Jeff Dunlap. Bannick envoya un mail de remerciement à Ozment, auquel il joignit une brochure inutile décrivant la mission et les fonctions des juges et des officiers du vingt-deuxième district de Floride. Dès que le policier téléchargea la pièce jointe, Maggotz s'infiltra dans le réseau du Pelican Point et l'infecta. Bannick n'avait pas spécialement besoin de les espionner, mais il avait maintenant accès à la liste des clients, aux comptes, aux fichiers du personnel et à toutes les données bancaires du complexe hôtelier. Et pas seulement du Pelican Point. L'hôtel faisait partie d'une chaîne de vingt centres de villégiature, et Rafe avait maintenant une multitude de lieux à explorer.

Il y avait sept Jeff ou Jeffrey Dunlap dans la région d'Atlanta, mais seulement deux dans la ville de Conyers. L'un était un enseignant dont la femme avait la voix d'une adolescente. L'autre, un chauffeur de bus à la retraite qui n'avait jamais mis les pieds à Mobile.

Cela confirma ce que Bannick avait immédiatement deviné : Jeff Dunlap était le pseudonyme d'un détective privé. Il vérifierait tout de même les cinq autres plus tard, juste pour s'en assurer.

Il appela l'agence Hertz de Mobile et parla à une jeune femme prénommée Janet qui se montra très affable et passa en revue les détails de sa location pour le week-end. Elle envoya un mail de confirmation à l'une des adresses électroniques de Bannick, qui répondit :

Merci, Janet. Le devis que j'ai reçu diffère du prix convenu de cent vingt dollars. Veuillez examiner la pièce jointe et rectifier l'erreur, s'il vous plaît.

Dès que Janet eut ouvert la pièce jointe, Rafe infiltra tout le réseau Hertz North America. Bannick détestait pirater les grosses entreprises, car leur système de sécurité était beaucoup plus sophistiqué, mais tant que son espion se contentait de fouiner sans voler quoi que ce soit, il passerait inaperçu. Bannick attendrait quelques heures, puis annulerait la location. Entre-temps, il envoya Rafe consulter les registres des véhicules Hertz immatriculés en Louisiane.

Grâce à des recherches antérieures, il savait que Hertz louait cinq cent mille véhicules aux États-Unis, immatriculés dans les cinquante États. Enterprise, la plus grande société de location de voitures, faisait de même avec plus de six cent mille véhicules.

Cette tâche s'avéra un peu difficile pour Rafe, mais il ne se plaignait jamais, ne se fatiguait jamais. Il était programmé pour travailler vingt-quatre heures sur vingt-quatre, tous les jours de la semaine si nécessaire. Pendant qu'il opérait dans l'ombre, Bannick téléphona pour s'assurer qu'aucun Jeff Dunlap de la région d'Atlanta n'était son homme.

*

À 10 h 30, il ajusta sa cravate et s'examina dans le miroir : il se trouva une mine hagarde et torturée – à juste titre. Il dormait peu et son monde s'écroulait. Pour la première fois de sa vie, il avait l'impression d'être en cavale.

Il roula quinze minutes jusqu'au palais de justice du comté d'Escambia, à Pensacola, pour présider une réunion. Les avocats venaient tous du centre-ville et il avait choisi un horaire adapté. Il réussit à prendre l'air aussi affable que d'habitude, écouta les différentes parties et promit une médiation rapide. Puis il regagna rapidement son refuge et s'enferma à l'intérieur.

Le 11 mars, la Buick avait été louée à Rollie Tabor, un détective privé agréé par l'État de l'Alabama. Tabor s'en était servi pendant deux jours et l'avait rendue le 12 mars, avec seulement six cent soixante-dix-sept kilomètres au compteur.

On trouvait peu d'informations sur Tabor en ligne, ce qui était le cas de la plupart des détectives privés. Ils faisaient un peu de publicité pour attirer les clients, mais pas assez pour révéler quoi que ce soit de compromettant. Sur son site Internet, Tabor se disait expérimenté, digne de confiance et respectueux des règles de confidentialité. Que pouvait-il dire d'autre ? Il s'occupait de personnes disparues, de divorces, de questions de garde d'enfants, de recherches dans le passé des gens… les thématiques habituelles. Il donnait l'adresse de son agence dans le centre-ville de Mobile, un numéro de téléphone et une adresse électronique. On ne trouvait aucune photo de lui.

En comparant le cliché pris par la caméra de sécurité du complexe hôtelier et le faux permis de conduire copié par le sergent Faldo dans le lieu de stockage des preuves, il était clair qu'un certain Jeff Dunlap s'était rendu dans les deux endroits pour chercher des informations sur Lanny Verno. Cet homme était en réalité Rollie Tabor, mais pourquoi avait-il endossé une fausse identité ?

Bannick réfléchit à la stratégie à adopter pendant une heure, sans succès. Quand l'inspiration lui vint enfin, il ouvrit un nouveau compte de messagerie et envoya un message à Tabor.

Cher M. Tabor, je suis médecin à Birmingham et j'ai besoin des services d'un détective privé dans la région de Mobile. Une possibilité d'adultère. Vous m'avez été chaudement recommandé. Êtes-vous disponible ? Si oui, quels sont vos tarifs ?
Dr Albert Marbury

Bannick envoya le mail et prit son mal en patience.

Dr Marbury, merci. Je suis disponible. Mon tarif est de 200 dollars de l'heure. RT.

Bannick s'esclaffa en découvrant les deux cents dollars de l'heure. De toute évidence, il s'agissait du tarif réservé aux médecins. Il renvoya un mail dans lequel il acceptait ses honoraires et joignit un lien vers le site d'un hôtel à Gulf Shores où il soupçonnait sa femme de séjourner avec son amant. Quand Tabor eut ouvert le mail et lu la pièce jointe, Rafe se glissa dans l'ordinateur du détective privé et se mit à fouiner dans les fichiers de ses clients. Les dossiers de Tabor étaient très rudimentaires, du moins en ce qui concernait les données qu'il conservait dans son ordinateur. Bannick savait pertinemment que de nombreux détectives privés tenaient deux livres de comptes, un pour le fisc, un pour leur tambouille personnelle. L'argent liquide était toujours un puissant facilitateur. Au bout d'une heure, l'espion était bredouille. Aucune mention de Lanny Verno, de Jeff Dunlap, du voyage à Pensacola ni de Seagrove Beach un mois plus tôt. Et aucun indice sur l'identité du client à l'origine de l'enquête.

Le juge avala un Ibuprofène et prit un Valium pour se calmer. La faim l'affaiblissait, mais son système digestif était perturbé, et il avait peur de se remplir l'estomac. Il était fatigué du bunker, et à cet instant, il avait juste envie de quitter la ville pour le week-end. Peut-être que d'un port, d'une plage ou d'une montagne, il pourrait réfléchir posément à la situation et donner un sens à tout cela.

Quelqu'un était au courant. Et en savait long sur lui.

*

Il se rendit dans la petite pièce du fond pour enlever son pantalon et enfiler un short de sport et un tee-shirt. Il avait besoin d'air frais, d'une promenade dans la forêt, mais il n'avait pas le temps. Pas à ce moment crucial. Il dénicha une orange dans le réfrigérateur et la mangea avec un café noir.

*

Maggotz se cachait dans l'ombre du département du shérif du comté de Harrison depuis les assassinats de Lanny Verno et Mike Dunwoody. Dès que les corps furent découverts, Rafe revint à la vie et se mit au travail. Son orange terminée, Bannick salua Rafe et l'envoya fouiller les dossiers de l'agent Napier, l'enquêteur principal de Biloxi. Dans son journal de bord, Napier avait écrit, en date du 25 mars :

Ai rencontré aujourd'hui Lacy Stoltz et Darren Trope, du BJC de Floride, à propos du double meurtre Verno/Dunwoody. Leur ai donné accès au dossier, mais pas de copie. Ils ont fait une vague référence à un suspect mais n'ont pas donné de détails. Ils en savent plus qu'ils ne veulent bien le dire. Affaire à suivre.
E. Napier

Bannick jura et s'éloigna de son bureau. Il se sentait comme un animal blessé errant dans les bois, tandis que les chiens de chasse se rapprochaient.

*

Eileen était le numéro quatre. Eileen Nickleberry. Trente-deux ans au moment de sa mort. Divorcée, d'après sa rubrique nécrologique.

Il prenait plaisir à collectionner les nécrologies de ses victimes. Elles étaient toutes archivées dans ses dossiers.

Il l'avait retrouvée treize ans plus tard. Treize ans après qu'elle s'était moquée de lui dans la chambre de sa fraternité : elle était descendue en titubant, ivre comme les autres, et avait lancé à la cantonade, au beau milieu de la fête, que « Ross n'avait pas assuré ». Il en était incapable. Elle avait éclaté de rire et ouvert sa grande gueule, même si le lendemain matin, la plupart des fêtards avaient oublié l'incident. Par la suite, elle avait répété sa disgrâce à qui voulait l'entendre et la nouvelle s'était répandue dans tous leurs cercles. Bannick avait un problème. Bannick était impuissant.

C'était sept ans après sa première victime, le chef scout. Sa mort s'était déroulée exactement comme il l'avait prévu. Il n'avait pas eu une once de remords, pas même un tiraillement de pitié quand il s'était reculé et avait regardé le corps de Thad Leawood. Au contraire, il avait ressenti une sorte d'euphorie, ainsi qu'une indescriptible sensation de pouvoir, de contrôle et, encore mieux, de vengeance. À partir de ce moment-là, il avait su qu'il ne s'arrêterait jamais.

Sept ans après Leawood, et avec trois victimes à son actif, il avait enfin retrouvé Eileen. Elle vendait des biens immobiliers au nord de Myrtle Beach, son petit minois souriant s'étalant sur tous les panneaux des propriétés en vente, comme si elle se présentait aux élections municipales. Elle gérait les quarante appartements d'un lotissement en bord de mer. Bannick en avait loué un pour l'été 1998, alors qu'il n'était pas encore juge. Un dimanche matin, il l'avait attirée dans un appartement vide, qu'elle essayait de vendre à « prix réduit », et à l'instant où elle s'était figée, comme si elle l'avait reconnu, il lui avait brisé le crâne avec Leddie. Lorsque la corde lui avait tranché la gorge et qu'elle avait rendu son dernier soupir, il lui avait rappelé à l'oreille ses railleries.

Cinq heures s'étaient écoulées avant la découverte du corps. Pendant la panique générale, il s'était assis avec une bière sur le balcon de son appartement de location et avait regardé les premiers secours se précipiter dans la cour. Le sifflement des sirènes l'avait amusé. Il avait attendu une semaine que les flics viennent frapper à sa porte pour chercher des témoins, mais ils ne s'étaient jamais manifestés. Il avait rendu l'appartement et n'était jamais revenu.

Le crime avait eu lieu dans la ville balnéaire de Sunset Beach, dans le comté de Brunswick, en Caroline du Nord. Neuf années s'étaient écoulées avant la numérisation des dossiers, et à ce moment-là, Bannick patientait dans l'ombre, avec sa première génération d'espion technologique. Comme pour les autres départements de police, il mettait souvent à jour les données, son pirate informatique guettant le moindre changement.

L'affaire Eileen avait été oubliée au bout de deux ans. La police n'avait pas de suspect sérieux. Le dossier suscitait parfois l'intérêt d'un romancier, d'un journaliste ou de membres de la famille, ainsi que d'autres services de police.

Vendredi dernier, Bannick avait envoyé Rafe mettre son nez dans le dossier d'Eileen, ce qu'il n'avait pas fait depuis plusieurs mois. D'après la dernière entrée numérique, personne n'avait consulté l'affaire en trois ans, pas depuis qu'un journaliste, du moins c'était ainsi qu'il se présentait, avait demandé à y jeter un coup d'œil.

23

Il avait essayé de faire une sieste, mais il était sur les nerfs. Il saisit son sac de sport et se rendit au coin de la rue, où il passa deux heures à ramer, à soulever des poids et à courir sur un tapis roulant. Une fois vidé, il se rendit dans le hammam. Comme il était seul, il se déshabilla et s'étendit sur sa serviette.

Cela avait été une erreur de contacter Norris Ozment, mais il n'avait pas eu le choix. À présent, Ozment pouvait le relier directement à Verno, comme Tabor l'avait fait. Mais il était peu probable que les autorités du Mississippi trouvent un jour Ozment, et encore moins qu'elles se donnent la peine de l'interroger. Pourquoi le feraient-elles ?

Le magistrat se massa les tempes et s'efforça de respirer calmement, tandis que la vapeur d'eau apaisait ses poumons. La personne qui avait déposé la plainte auprès du BJC avait demandé à rester anonyme et à ne pas figurer dans un fichier informatique. Tout devait rester hors ligne. Une personne avait embauché Rollie Tabor pour qu'il se fasse passer pour Jeff Dunlap et épluche de vieux dossiers judiciaires, toujours avec la promesse de ne rien conserver sous format électronique. Et une personne avait envoyé deux lettres anonymes en se donnant bien du mal pour effacer ses traces.

Une personne était au courant pour Eileen Nickleberry.

Il s'agissait d'une seule et même personne. Il n'y avait pas d'autre explication possible. Et Bannick devait à tout prix l'identifier.

Et s'il mettait la main dessus, que ferait le brave magistrat ? Il pourrait la tuer, ce ne serait pas difficile. Mais n'était-ce pas trop tard ? Mme Stoltz avait-elle des preuves accablantes pour aller trouver la police ? Il pensait que non. Accuser et inculper une personne était simple, la condamner s'avérait beaucoup plus compliqué. Il avait présidé des procès pour meurtre, étudié la médecine légale, connaissait mieux les sciences criminelles que les experts et, surtout, il savait qu'il fallait des preuves solides pour condamner quelqu'un. Un paquet de preuves ! Au-delà du doute raisonnable. Bien plus que n'importe quel flic mal payé pourrait en dégotter.

Il y avait une douzaine de noms sur sa liste, plus ou moins. Dix éliminés, deux encore en lice. Peut-être trois. Dunwoody ne comptait pas, il n'avait jamais été sur sa liste. Le pauvre était arrivé au plus mauvais moment, et c'était une victime qui troublait encore le juge. Contrairement aux autres, Dunwoody ne méritait pas de mourir. Il ne pouvait toutefois rien y faire.

Et maintenant, il avait des problèmes plus graves.

Un tueur regardait forcément par-dessus son épaule, et, pendant des années, il avait redouté ce jour. En fait, il avait eu tellement de temps pour y réfléchir qu'il avait envisagé plusieurs scénarios. L'un d'eux consistait à disparaître pour se soustraire à l'humiliation d'une inculpation, d'une arrestation et d'un procès. Il avait de l'argent et le monde était vaste. Il avait beaucoup voyagé et avait repéré plusieurs pays où il pouvait facilement se fondre dans la masse et ne jamais être retrouvé. Des pays qui n'avaient pas d'accords d'extradition avec les États-Unis.

Une autre stratégie consistait à rester et à se battre. Clamer son innocence, voire la persécution, et engager un ténor du barreau pour gagner un procès épique. Il savait exactement qui engager pour le défendre. Aucun jury ne le condamnerait, car la police n'avait aucune preuve tangible. Pour les mêmes raisons, il était persuadé qu'aucun procureur n'aurait le courage de l'inculper. Aucun magistrat en exercice n'avait jamais été jugé pour meurtre aux États-Unis, et un tel procès déclencherait assurément une tempête médiatique. Même le procureur le plus ambitieux reculerait devant l'horreur d'une défaite de cette ampleur.

Lequel de ses meurtres était le plus facile à prouver ? C'était la question qui le tourmentait presque tous les jours. Grâce à sa ruse et à son intelligence, il était convaincu que personne n'oserait le mettre en examen. Se défendre était l'option la plus séduisante.

Et qui lui permettrait d'aller au bout de sa liste.

Le dernier scénario était le plus simple. Il suffisait d'en finir et d'emporter ses crimes dans sa tombe.

*

Le juge Bannick s'autorisait un martini le vendredi en fin d'après-midi, avec un ou deux autres magistrats, dans l'un de leurs bars de prédilection. L'un d'eux était un établissement au bord de l'océan, d'où l'on pouvait admirer les eaux du golfe. Ce vendredi, Bannick n'était pas d'humeur à fraterniser, mais il avait besoin du martini. Il s'en prépara un dans l'arrière-salle du bunker et le sirota en s'interrogeant : *Qui est cette personne ?*

Un policier n'aurait pas pris la peine de lui envoyer des lettres anonymes. Pourquoi perdre son temps ? Et prévenir le suspect ? À quoi bon ce petit jeu ? Et les flics ne le recherchaient pas. Il avait piraté leur système informatique et savait que toutes les affaires avaient été reléguées aux oubliettes. Le shérif de Biloxi et l'agent Napier poursuivaient leur enquête, mais uniquement parce qu'ils avaient deux victimes sur les bras, dont une était originaire de la région. Ils n'avaient pas progressé d'un iota, et après six mois, ils se contentaient de suivre la procédure.

Un détective privé coûterait trop cher. Quel que soit son taux horaire, c'était un travail colossal de trouver un lien entre le meurtre d'Eileen en 1998 en Caroline du Nord, la disparition de Perry Kronke en 2012 et les assassinats de Verno et Dunwoody à Biloxi l'automne précédent. Personne ne pouvait se permettre des recherches aussi colossales. Il connaissait très bien ses victimes et leurs familles. Perry Kronke était de loin le plus riche, mais sa veuve avait une santé fragile et n'allait certainement pas dépenser des fortunes pour chercher l'assassin. Ses deux fils étaient des commerçants à Miami aux revenus modestes.

Bannick s'approcha du coin de la pièce et souleva un tapis. Il déverrouilla un coffre-fort caché sous le plancher et en retira une clé USB. Il l'inséra dans son ordinateur et, en quelques secondes, un fichier intitulé KRONKE apparut à l'écran. Il connaissait le dossier par cœur, mais replonger régulièrement dans son passé faisait partie de sa routine. Cette vigilance constante était tout aussi importante que la planification méticuleuse.

La succession de Kronke avait été finalisée dans le comté de Monroe, en Floride, quatre mois après son assassinat. Son fils aîné, Roger, avait été désigné exécuteur testamentaire par le tribunal. Les inventaires des biens avaient été réalisés dans les temps. Kronke n'avait ni hypothèques ni dettes. Au moment de son décès, son épouse et lui possédaient leur maison, évaluée à huit cent mille dollars, deux maisons en location estimées à deux cent mille dollars chacune, un portefeuille d'actions d'une valeur de deux millions six cent mille dollars, un compte du marché monétaire avec un solde de trois cent quarante mille dollars, et plusieurs comptes bancaires d'une valeur totale de quatre-vingt-dix mille dollars. Avec ses voitures, son bateau et ses divers autres biens, l'inventaire s'élevait à quatre millions quatre cent mille dollars.

Ces données appartenaient au domaine public.

Le piratage du courrier électronique du bureau du juge des successions avait été un jeu d'enfant grâce à Maggotz et à sa connaissance de l'ensemble du système judiciaire de Floride. De plus, Rafe surveillait les finances de la veuve Kronke. Il avait accès à ses relevés bancaires et savait qu'elle touchait deux mille dollars par mois de la sécurité sociale, quatre mille cinq cents dollars par mois de pension du cabinet d'avocats et trois mille huit cents dollars mensuels de son plan d'épargne retraite.

Conclusion, elle avait beaucoup de liquidités, mais rien n'indiquait qu'elle signait de gros chèques à des détectives privés. Elle n'envoyait pas beaucoup de mails, mais correspondait avec ses deux fils. Elle réfléchissait à vendre la maison et à déménager dans un luxueux quartier de retraités. Des échanges entre les fils montraient qu'ils s'inquiétaient des dépenses de leur mère, qui risquaient d'entailler leur héritage.

Aucune discussion sur l'idée de rechercher le meurtrier de leur père.

Bannick était convaincu que cette « personne » ne le traquait pas pour le compte de la famille Kronke.

À l'autre extrémité de l'échelle économique se situait Lanny Verno.

Comme Verno ne possédait pas de biens, il n'y avait pas eu de succession. L'homme ne laissait aucun héritage, aucun enfant, aucune famille proche, rien à pirater, si ce n'est une petite amie occasionnelle, qui s'était maquée avec beaucoup d'hommes. Verno était la dernière personne de sa liste susceptible d'envoyer des limiers sur ses traces.

Le magistrat passa à un autre dossier, intitulé EILEEN NICKLEBERRY. Sa famille ne l'inquiétait pas non plus. Eileen était morte seize ans plus tôt sans laisser grand-chose derrière elle. Pas même de testament. Sa mère avait été nommée d'office par le tribunal pour gérer la succession. L'appartement et la voiture d'Eileen avaient été vendus pour rembourser les prêts et les dettes. Une fois les créanciers satisfaits, ses parents, divorcés, et ses deux frère et sœur s'étaient partagé environ quatre mille dollars.

Fait intéressant, son père avait engagé un avocat pour attaquer le propriétaire de la copropriété où elle avait été assassinée pour « mort injustifiée ». Rafe avait surveillé les échanges électroniques pendant environ un an, tandis que les poursuites judiciaires s'essoufflaient. La police avait été dès le début face à une énigme, tout comme les avocats, et les recherches n'avaient mené nulle part. En dehors d'un homme à tout faire sans casier judiciaire et doté d'un solide alibi, ils n'avaient aucun suspect. Un autre crime parfait.

La dernière victime mentionnée par « la personne » était Mike Dunwoody. Bannick ouvrit son dossier, même s'il était persuadé que sa famille n'avait pas engagé de détectives privés. Son assassinat datait de cinq mois, et le shérif et l'agent Napier faisaient leur possible pour convaincre l'opinion publique et la famille qu'ils faisaient des progrès. La famille semblait satisfaite de se recueillir en privé et faisait confiance aux autorités. Dans son testament, Dunwoody laissait tout à sa femme, qu'il avait nommée exécutrice testamentaire. D'après leurs relevés bancaires, personnels et professionnels, l'entreprise était à l'image de la plupart des entrepreneurs indépendants : florissante une année, en berne l'année suivante, prospère dans l'ensemble, mais pas de quoi s'enrichir. Ces gens ne risquaient pas de dépenser des dizaines de milliers de dollars pour mener leur propre enquête.

Cette personne n'était ni un policier ni un détective privé. Néanmoins, elle utilisait des gens comme Rollie

Tabor pour fureter un peu partout. Qui aurait l'idée d'embaucher un enquêteur de Mobile ?

Une personne en quête d'une histoire croustillante – un journaliste, un pigiste, un écrivain – n'aurait pas la patience de poursuivre un tel projet aussi longtemps. Ces gens étaient motivés par l'argent, or qui pouvait survivre plusieurs décennies sans rien gagner ?

Il se servit un deuxième martini et l'emporta dans la pièce principale, où il s'installa sur le canapé, dans le noir. Il le but lentement et sentit l'alcool opérer sa magie dans son cerveau embrumé. Pendant un temps, la douleur se retira. Il était las de cet endroit, mais il s'y sentait en sécurité. Personne ne pouvait le voir. Personne ne savait où il se trouvait. Pour un homme qui avait traqué ses proies pendant presque toute sa vie d'adulte, il était terrifié à l'idée que quelqu'un soit sur ses traces. Ses victimes, quant à elles, ne l'avaient jamais vu venir.

Il avait perdu la notion du temps. Il s'étira sur le canapé et tomba dans un profond sommeil.

*

Pendant qu'il dormait, Rafe explora le petit réseau d'Atlas Finders, autrement dit le bureau de Rollie Tabor, détective privé. Il s'introduisit dans l'ordinateur d'une secrétaire à temps partiel nommée Susie et trouva des photos. Sur l'une d'elles, elle posait avec son patron, M. Tabor.

Quelques heures plus tard, Bannick contemplait le visage souriant de Rollie et le comparait à celui de l'homme filmé par la caméra de sécurité de Norris

Ozment. Cela confirma ce qu'il savait déjà : Rollie Tabor, un petit détective privé ordinaire de Mobile, avait été engagé pour fouiller dans le linge sale de Bannick.

Mais Rafe n'avait pas trouvé d'autres indices dans Atlas. Il fallait pirater le téléphone portable de Tabor, une opération que Bannick ne maîtrisait pas encore. Avec des recherches poussées et beaucoup de pratique, il était devenu un bon hacker amateur, mais les smartphones, c'était une autre histoire. Il avait encore beaucoup à apprendre sur le sujet.

Il faisait nuit lorsqu'il quitta son bunker le samedi, peu avant 6 heures du matin. La salle de sport ouverte vingt-quatre heures sur vingt-quatre était déserte, tout comme le parking. Impatient de rentrer chez lui, il démarra en trombe, seul sur la route. En tournant au coin de la rue, il se surprit à jeter un coup d'œil dans son rétroviseur, puis il faillit rire de l'absurdité de la situation.

Vingt minutes plus tard, il franchissait les portes de sa propriété sécurisée de Cullman et laissait sa voiture devant son garage, juste au moment où les premiers rayons de l'aube traversaient les nuages à l'est.

Il coupa le moteur, saisit son smartphone, débrancha le système d'alarme et regarda les dernières images des caméras de surveillance. Comme tout était en ordre, il sortit de sa voiture et rentra chez lui, où il alla préparer du café. Il le regarda passer en tentant de se débarrasser des vapeurs des martinis. Il se versa une tasse et sortit pour relever son courrier. Après avoir scruté les deux côtés de la rue, il glissa la main dans la petite boîte aux lettres.

Une autre enveloppe blanche ordinaire, sans adresse d'expéditeur.

> *Cela semblait assez inoffensif*
> *un nouveau parc aquatique,*
> *détruire, brûler et reconstruire*
> *une autre poule aux œufs d'or*
> *juste à portée de main*
> *tu as tenté de rester dans l'ombre*
> *ton nom n'apparaît nulle part*
> *tu t'es caché derrière tes partenaires*
> *et les a laissés mener ta petite barque*
> *Oh, la beauté de la presse libre*
> *trouver la vérité, dénoncer les mensonges*
> *empêcher les escrocs d'agir impunément*
> *préserver l'intégrité des juges*
> *ta défaite t'a fait mal*
> *elle a blessé ton orgueil démesuré,*
> *alors tu m'as rendu responsable de ta déchéance*
> *et tu as savouré le jour de ma mort.*

24

Son samedi matin paresseux fut interrompu deux fois avant même que Lacy puisse boire un café. Le premier appel la réveilla trois minutes après 8 heures. Correspondant inconnu. Sûrement un enquiquineur. Autrement dit, ne réponds pas ! Mais une petite voix lui souffla de le faire, et s'il s'agissait d'un robot, elle raccrocherait, comme d'habitude.

— Bonjour, Lacy ! claironna Jeri.

Une bouffée de colère submergea Lacy, qui s'exhorta à garder son calme.

— Bonjour, Jeri. Que me vaut le plaisir ?

— Je pense beaucoup à vous, ces derniers temps. Comment allez-vous ?

— Eh bien, avant votre appel, je dormais. On est samedi. C'est le week-end, je ne travaille pas aujourd'hui. Je pensais vous l'avoir expliqué.

— Je suis désolée, Lacy, répondit Jeri d'un ton qui indiquait clairement qu'elle s'en fichait éperdument. Nous ne sommes pas obligées de considérer cet échange comme du boulot. Pourquoi ne pas discuter comme des amies ?

— Parce que nous ne sommes pas encore amies. Nous nous connaissons depuis un mois. Nous le deviendrons peut-être un jour, quand notre travail ensemble sera terminé, mais pas avant.

— Je vois.

— Vous avez employé le mot *amies* un peu à la légère, vous ne croyez pas ?

— J'imagine.

— Et quelle que soit la raison de cet appel, il n'est pas question d'amitié. Vous voulez me parler de l'affaire.

— En effet. Et je suis désolée de vous déranger.

— On est samedi matin, Jeri. Et je dormais.

— J'ai compris. Écoutez, je vais vous laisser, mais d'abord, vous voulez bien écouter ce que j'ai à vous dire ?

— Bien sûr.

— Il y a de fortes chances que Bannick soit au courant de la plainte et qu'il sache que vous êtes en train de fouiner dans son passé. Je ne peux pas le prouver, mais j'en viens à croire qu'il possède une sorte de superpouvoir, un truc extrasensoriel, je ne sais pas. Enfin, il est extrêmement intelligent et déterminé et… eh bien, je suis sûrement un peu paranoïaque. Je vis avec lui depuis si longtemps que je le vois partout. Soyez prudente, Lacy. S'il sait que vous êtes sur ses traces, il est capable de tout.

— J'y ai pensé, Jeri.

— D'accord. Au revoir.

Elle raccrocha, et Lacy s'en voulut immédiatement de s'être montrée aussi abrupte. La pauvre femme était dans un état émotionnel fragile, et ce depuis des années. Lacy devait faire preuve de patience.

Seulement on était samedi matin.

Elle ferma les yeux et songea à se rendormir, mais le chien faisait des siennes. Comme elle aimerait avoir Allie à ses côtés ! À présent bien réveillée, elle songea à l'existence morose de Jeri Crosby.

En revanche, elle ne pensait pas du tout à son frère aîné. Quand Gunther l'appela moins de dix minutes après Jeri, elle comprit que sa journée insouciante était foutue. Gunther voulait se pavaner dans son tout nouvel avion, et comme c'était une magnifique journée de printemps, il éprouvait le besoin urgent de venir voir sa petite sœur et de l'emmener déjeuner.

— Je suis sur la piste de décollage. J'atterris à Tallahassee dans quatre-vingt-quatre minutes. Retrouve-moi à l'aérodrome.

C'était tellement typique de Gunther ! Le monde tournait autour de lui – et les autres n'étaient que des figurants. Elle donna à manger au chien, le fit sortir, puis elle enfila un jean, se brossa les dents et se rendit à l'aérodrome. Son samedi tranquille était définitivement ruiné. Enfin cela n'avait rien de surprenant. Rien chez son frère ne l'étonnait. C'était un pilote passionné qui changeait d'avion presque aussi souvent que de voiture de sport. Il manipulait les femmes de main de maître, tout comme les banquiers et les investisseurs. Quand les marchés étaient à la hausse, il dépensait sans compter, et lorsque les choses tournaient mal, il continuait à emprunter au maximum de ses capacités. Même quand la demande était forte pour ses centres commerciaux et ses lotissements, il semblait toujours au bord de la faillite. Comme il avait tendance à enjoliver la réalité, voire à l'inventer, Lacy avait perdu le compte de ses dépôts de bilan. Peut-être trois, en plus de ses deux divorces. Et il n'était pas passé loin de la mise en examen.

Mais malgré ses problèmes, Gunther dormait d'un sommeil de plomb et commençait ses journées avec entrain. Sa joie de vivre était contagieuse, et s'il était d'humeur à venir déjeuner en avion, rien ne pourrait l'en empêcher – même si Lacy ne l'avait pas prévu dans son programme.

En attendant l'arrivée de son frère dans le petit terminal privé, elle regarda les avions de tourisme aller et venir en sirotant une tasse de mauvais café. Elle redoutait et se réjouissait à la fois de voir Gunther. Leurs parents n'étant plus de ce monde, ils avaient besoin l'un de l'autre. Tous deux étaient célibataires et sans enfants, et seraient probablement la dernière génération de la famille. Trudy, la sœur de leur mère, se posait en matriarche mais en faisait trop. Lacy et Gunther étaient unis dans leur résistance.

D'un autre côté, elle n'était pas totalement enchantée de le voir, car il avait un avis sur pratiquement tout. Depuis son accident de voiture, il faisait beaucoup de remarques sur son action en justice, son avocat, leurs stratégies juridiques. Il pensait aussi qu'elle perdait son temps au BJC et n'appréciait guère Allie Pacheco, même si c'était en réaction à l'aversion de Lacy pour toutes les petites amies qu'il avait osé lui présenter. À l'entendre, Tallahassee était une ville de ploucs et elle devrait déménager à Atlanta. Il n'aimait pas sa voiture. Et ainsi de suite.

Soudain, Gunther arriva. Il descendit d'un petit avion élégant en sautant de l'aile, sans bagages – véritable play-boy parti en virée et décidé à se régaler d'un bon déjeuner. Ils s'étreignirent sur le seuil et sortirent du terminal.

Une fois installé dans sa voiture, Gunther lui lança :

— Tu conduis encore cette vieille guimbarde ?

— Écoute, Gunther, c'est chouette de te voir, comme toujours. Mais aujourd'hui, je ne suis pas d'humeur à entendre tes commentaires sarcastiques sur ma vie. Y compris sur ma voiture. Pigé ?

— Waouh, sœurette. Tu t'es levée du mauvais pied ?

— Ouais, on peut dire ça.

— T'as vu mon avion ? C'est une beauté, hein ?

— Oui. Une beauté, si tant est qu'on parle d'un truc mécanique.

— Je l'ai acheté la semaine dernière à un type que sa femme a surpris avec une autre.

Gunther ne paraissait pas du tout attristé.

— C'est quoi comme avion ? demanda-t-elle, sans avoir vraiment le choix.

— Un Socata TBM 700 à turbopropulseur – une pure merveille ! Imagine une Ferrari avec des ailes. Quatre cent quatre-vingts kilomètres-heure. On ne rigole pas, là.

Cela signifiait que Gunther avait convaincu un énième banquier de lui faire un prêt.

— Ça a l'air fun. Mais il n'est pas très grand.

— Quatre sièges, ça me suffit largement. Tu veux aller faire un tour ?

— Je croyais qu'on allait déjeuner.

Lacy était montée avec lui deux fois et elle préférait ne pas renouveler l'expérience. Son frère était un pilote expérimenté, qui ne jouait pas avec le feu, mais il restait Gunther.

— D'accord, dit-il, en s'emparant de son portable. Comment va Allie ? questionna-t-il après avoir rempoché son téléphone. Tu le vois toujours ?

— Oui. Plus que jamais. Et toi, qui est la nouvelle élue ?

— Laquelle ? Écoute, je crois qu'il est temps que ton gars se décide. Ça fait combien… deux ans maintenant ?

— Oh ! Tu es devenu spécialiste du mariage, dis-moi ?

Gunther éclata de rire et, après une brève hésitation, Lacy l'imita. L'idée qu'il lui donne des conseils sur ses relations amoureuses était en effet hilarante.

— Bon, laisse tomber. Tu as parlé à tante Trudy récemment ? On va où ?

— À la maison. Je vais prendre une douche. Je n'ai pas eu le temps.

— Comment peux-tu traînasser par une si belle matinée de printemps ?

— Non, je n'ai pas parlé à Trudy. Je lui dois un coup de fil. Et toi ?

— Moi non plus. Je l'évite aussi. La pauvre. Elle est perdue sans maman. Elles étaient les meilleures amies du monde et, aujourd'hui, elle est coincée avec son mari.

— Ronald n'est pas un mauvais bougre.

— Il est flippant et tu le sais. Ils ne s'apprécient pas vraiment, mais j'imagine qu'au bout de cinquante ans, ils ne peuvent plus s'échapper.

— Parlons d'autre chose. Comment vont les affaires ?

— Je préfère parler de Ronald.

— Si mal que ça ?

— Non, en fait, je fais un carton. Et j'ai besoin de renforts, Lacy, et j'aimerais que tu viennes travailler avec moi à Atlanta. Grande ville, lumières brillantes, et une foule d'opportunités ! On gagnera des fortunes et je te présenterai à des dizaines de gars géniaux.

— Je ne suis pas sûre de vouloir fréquenter tes amis.

— Allez, Lacy, fais-moi confiance. Ces types ont de l'argent et savent vivre. Combien gagne Allie au FBI ?

— Je n'en ai aucune idée et je m'en fiche.

— Pas beaucoup. Il bosse pour le gouvernement.

— Moi aussi.

— C'est bien ce que je dis. Tu peux faire beaucoup mieux. La plupart de ces gars sont déjà millionnaires et possèdent leur propre entreprise. Ils ont tout.

— Ouais, y compris des pensions alimentaires.

Gunther éclata de rire.

— Ouais, c'est pas faux.

Sans surprise, le téléphone de son frère se mit à sonner, et, peu après, il était happé par une conversation tendue à propos d'un crédit à rembourser. Un samedi matin ?

Gunther était encore au téléphone quand Lacy se gara près de son appartement. Une fois à l'intérieur, elle laissa son frère dans le salon et gagna sa chambre à l'étage.

*

Ils déjeunèrent sur la terrasse ombragée d'un restaurant chic, à l'écart du centre-ville.

Lacy demanda une table au plus tôt, car elle espérait encore sauver une partie de son après-midi et, à 11 h 30, ils étaient attablés sur la terrasse déserte.

Lacy commanda du thé glacé. Si Gunther avait demandé sa bouteille de vin habituelle, il n'aurait pas pu repartir dans l'après-midi. Elle fut soulagée lorsqu'il mit de côté la carte des boissons pour étudier le menu. En général, lorsqu'ils déjeunaient en ville, Gunther se plaignait de la qualité médiocre de la nourriture. Atlanta, encore une fois, était tellement supérieure de ce point de vue. Mais il ne fit pas de commentaire et opta pour une salade de crabe. Lacy se décida pour des gambas grillées.

— Tu manges comme un moineau, dit-il, l'air admiratif. Et tu es en grande forme, Lacy.

— Merci. Mais ne parlons pas de mon poids. Je sais où tu veux en venir.

— Allons. Tu n'as pas pris un kilo en vingt ans.

— Non. Et je ne vais pas commencer aujourd'hui. De quoi d'autre veux-tu parler ?

— Bon, tu n'avais plus que la peau sur les os après le crash. J'ai failli dire « accident », mais ce n'est pas aussi simple, hein ?

Une manière subtile de l'amener à évoquer les poursuites judiciaires, ce à quoi elle s'attendait. Elle sourit.

— Quand on m'a enlevé tous les plâtres et les pansements, je pesais quarante-cinq kilos.

— Je m'en souviens. Et tu reviens de loin. Je suis fier de toi, Lacy. Tu suis toujours une thérapie ?

— Tu parles de la rééducation ?

— Oui. Et autre.

— Je vois un kiné deux fois par semaine, mais c'est bientôt terminé. J'ai accepté l'idée que j'aurai toujours des douleurs, des raideurs ici et là. Enfin j'ai eu de la chance, j'imagine.

Gunther ajouta du citron à son thé et son regard se perdit à l'horizon.

— Je n'appellerais pas ça de la chance, mais tu t'en sors mieux qu'Hugo. Pauvre garçon. Tu es toujours en contact avec sa veuve ? Comment elle s'appelle déjà ?

— Verna. Et, oui, nous sommes toujours proches.

— Elle a le même avocat que toi, n'est-ce pas ?

— Oui. On échange nos impressions et on se soutient mutuellement. On n'a aucune envie d'aller jusqu'au procès. Je ne suis pas sûre qu'elle le supporterait.

— Cette affaire n'ira jamais au tribunal. Ces imbéciles vont céder.

Gunther avait bien plus d'expérience en matière de litiges, même s'il était question pour lui de ruptures de contrats et de crédits non remboursés.

— Eh bien, j'imagine que ça dépendra de l'enquête, dit-il, pour entrer dans le vif du sujet.

— En effet. Mon avocat pense que je vais sûrement devoir faire une déposition. Je suis sûre que tu es déjà passé par là.

Gunther renifla de mépris.

— Oh, ouais. C'était super fun. Tu fais face à cinq avocats, tous prêts à déformer tes paroles, et salivant à l'idée de te soutirer un maximum de fric. Pourquoi le tien ne règle-t-il pas l'affaire ? Ça aurait dû être fait depuis des mois.

— C'est compliqué. Il y a énormément d'argent en jeu, ça attire les vautours, tous ces avocats avides.

— Je comprends. Et tu serais prête à accepter quoi, Lacy ? Quelle somme ?

— Je ne sais pas. On n'en est pas encore là.

— Tu as droit à des millions, sœurette ! Ces salopards ont failli détruire ta vie. Tu…

— S'il te plaît. Je sais tout ça, Gunther. Pas la peine de me le rappeler.

— D'accord, désolé. Seulement, je m'inquiète pour toi. Je ne suis pas sûr que tu aies le bon avocat.

— Je te l'ai déjà dit, Gunther, je peux gérer mon avocat. Et mes affaires. Tu n'as pas à t'en mêler.

— Je sais. Désolé. En tant que grand frère, je ne peux pas m'en empêcher.

Leurs plats arrivèrent, et tous deux semblèrent soulagés de cette interruption. Ils se mirent à manger en silence. À l'évidence, Gunther était préoccupé, pourtant il n'osait pas se confier à elle.

Elle avait peur qu'il ait besoin de liquidités au moment où elle recevrait l'indemnisation. Il ne lui demanderait pas de cadeau, mais n'hésiterait pas à lui réclamer un prêt. Cette fois, elle était déterminée à lui dire non. Elle savait qu'il empruntait à Pierre pour rembourser Paul, qu'il mettait au clou tout ce qu'il possédait et qu'il marchait sur la corde raide entre la prospérité et la ruine financière. Il n'était pas question qu'il touche à son argent, si elle l'obtenait un jour, et si son refus provoquait un drame, eh bien tant pis ! Elle préférait garder ses économies et faire face aux conséquences plutôt que de voir son frère tout perdre et rêver à un avenir fait de promesses creuses.

Il s'abstint de parler des poursuites et aborda son sujet favori : son tout nouveau projet. Il s'agissait d'une communauté avec des maisons, une place centrale avec une église, une école, de nombreux points d'eau, et l'indispensable terrain de golf. Une véritable utopie. Un projet d'un coût de cinquante millions de dollars, porté par d'autres investisseurs, bien sûr. Lacy prit l'air intéressé.

La terrasse commençait à se remplir et, en peu de temps, ils étaient entourés d'une petite foule. Gunther envisagea un verre de vin pour le dessert, mais changea d'avis quand Lacy commanda un expresso. Il régla l'addition à 13 heures et déclara qu'il était temps de retourner à l'aérodrome. Une autre affaire urgente l'attendait à Atlanta.

Elle le serra dans ses bras et le regarda s'éloigner en taxi. Elle l'aimait de tout son cœur, mais après son départ, elle réussit enfin à se détendre.

25

Dans sa garde-robe bien fournie, le juge Bannick choisit un costume du créateur italien Zegna, couleur gris clair, en laine peignée, une chemise blanche à poignets mousquetaires et une cravate bleu marine. Il se regarda dans le miroir et se trouva un style européen. Le samedi en fin d'après-midi, il quitta son domicile de Cullman et se rendit dans le centre de Pensacola, dans le quartier historique connu sous le nom de North Hill. Les rues étaient ombragées par la canopée de vieux chênes dont les branches épaisses étaient recouvertes de mousse espagnole. De nombreuses maisons bicentenaires avaient résisté aux ouragans et aux récessions. Lorsqu'ils étaient enfants à Pensacola, Ross et ses copains traversaient North Hill à vélo et admiraient ces belles demeures. Il n'avait jamais pensé qu'un jour, il serait le bienvenu dans le quartier.

Il tourna dans l'allée pavée d'une maison victorienne superbement préservée et gara son 4 × 4 à côté d'une Mercedes rutilante, puis traversa le patio à l'arrière et frappa à une porte. Melba, la vieille femme de chambre qui s'occupait d'Helen, l'accueillit avec son habituel sourire chaleureux et lui expliqua que Madame était en train de s'habiller. Voulait-il boire quelque chose ?

Il demanda un soda au gingembre et s'installa dans son fauteuil préféré dans la salle de billard.

Helen était veuve et s'apparentait à une sorte de petite amie, même s'il n'éprouvait aucun intérêt pour la romance. Elle non plus, d'ailleurs. Son troisième ou quatrième mari était mort de vieillesse et l'avait rendue riche. Et cela lui suffisait. Tous les hommes de son âge en avaient après son argent, supposait-elle. Dès lors, leur relation était de pure convenance. Elle aimait se promener au bras d'un bel homme plus jeune, qui plus est magistrat. Il appréciait son esprit vif, son caractère outrancier et le fait qu'elle ne soit pas une menace.

Elle affirmait avoir soixante-quatre ans, mais il en doutait. Des années de chirurgie esthétique intensive avaient lissé ses rides, affûté son menton et illuminé ses yeux, mais il la soupçonnait d'avoir soixante-dix ans. Son harem, comme il l'appelait en son for intérieur, consistait en un éventail de femmes dont l'âge allait de quarante et un ans à Helen. Pour l'intéresser, elles devaient être riches ou influentes, et heureuses de rester célibataires. Il ne cherchait pas une épouse, et au fil des années, il s'était débarrassé de plusieurs relations devenues trop compliquées.

Melba lui apporta son verre et le laissa seul. Le dîner était à 19 h 30 – ils n'avaient aucune chance d'arriver à l'heure. Pour un juge qui exigeait la ponctualité dans bien des domaines, attendre Helen lui réclamait un gros effort. Alors il admira le mobilier en cuir élimé, les tapis persans, les murs lambrissés, les étagères en chêne chargées de livres anciens, le magnifique lustre d'une autre époque. La maison faisait neuf cents mètres carrés sur quatre niveaux, et Helen et Melba n'en occupaient qu'une infime partie.

Il ferma les yeux et se récita le dernier poème. Son auteur l'avait associé à Danny Cleveland, l'ancien journaliste du *Ledger*. Éliminé en 2009, seulement cinq ans plus tôt. Avant lui, Eileen Nickleberry, en 1998. Et ensuite, Perry Kronke en 2012. Puis Verno et Dunwoody il y a moins d'un an. Il avait maintenant l'impression que ses victimes rampaient hors de leurs tombes et le pourchassaient comme une armée de zombies en marche. Il vivait dans un état de sidération incrédule, son cerveau passant en revue les différentes stratégies envisageables l'une après l'autre.

Il ferma les yeux et inspira profondément, puis glissa la main dans sa poche pour prendre un cachet de Xanax, qu'il avala avec une lampée de soda. Il en consommait beaucoup trop. Ils étaient censés apaiser ses angoisses et le détendre, mais ils ne lui faisaient plus d'effet.

Était-il possible qu'il soit sur le point de perdre son statut privilégié ? Allait-il être livré en pâture sur la place publique ? Le passé qu'il avait si intelligemment dissimulé le rattrapait. Le présent risquait de s'écrouler. L'avenir lui semblait trop horrible pour l'envisager.

— Bonjour, chérrrri, lança Helen en entrant dans la pièce.

Bannick se leva d'un bond, l'étreignit poliment et lui donna un chaste baiser aérien.

— Tu es superbe, Helen.

— Merci, répondit-elle en baissant les yeux sur sa robe rouge sans manches. Elle te plaît ? Chanel.

— Magnifique, éblouissante.

— Merci, chérrri.

Helen était originaire d'une petite ville de Géorgie et se plaisait à prendre l'accent du Sud. Le « chéri » se transformait en un long ronronnement.

Elle fronça les sourcils.

— Tu as l'air fatigué. Regarde-moi ces cernes. Tu fais à nouveau des insomnies ?

Il n'en avait jamais fait.

— J'en ai peur. Beaucoup de procès en cours.

Il était trop bien élevé pour lui dire : « Eh bien, Helen, j'ai l'impression que ta taille s'est encore épaissie. Tu n'es plus aussi svelte que tu le crois. »

Ce qu'il admirait chez Helen, c'était qu'elle faisait encore des efforts. Des régimes, de l'exercice, des vêtements à la mode, les dernières techniques chirurgicales, un maquillage sophistiqué et appliqué avec soin. Elle affirmait attendre le Viagra pour femmes pour pouvoir s'envoyer en l'air comme une adolescente. Tous deux riaient jaune, car ils évitaient de parler de sexe.

Elle se donnait tant de peine pour être à son avantage qu'il ne disait rien qui risquerait de blesser son puissant ego. Il baissa les yeux sur ses pieds et sourit en voyant ses escarpins léopard.

— Ma belle, j'adore tes talons hauts ! Tellement sexy, lança-t-il avec un rire. Jimmy Choo ?

— Toujours, chérrri.

Ils prirent congé de Melba et quittèrent la maison. Comme à l'accoutumée, ils optèrent pour la Mercedes, car, étant horriblement snob, Helen ne supporterait pas d'arriver au country club en Ford. Bannick lui ouvrit la portière passager et prit place au volant. Il était déjà

19 h 40 et ils avaient quinze minutes de route. Ils discutèrent de la semaine chargée du magistrat, des petits-enfants d'Helen à Orlando – des gamins pourris gâtés, comme seul l'argent pouvait en créer – et, au bout de dix minutes, elle déclara :

— Tu as l'air préoccupé. Qu'est-ce qui ne va pas ?

— Rien du tout. J'ai seulement hâte de déguster un fabuleux dîner de poulet caoutchouteux et de petits pois froids.

— Bah, tu exagères, ce n'est pas si mauvais. Il est si difficile de trouver un bon chef !

Tous deux étaient membres du country club et savaient à quoi s'en tenir. Chaque nouveau chef tenait environ six mois avant d'être renvoyé. Aucun ne parvenait à répondre aux exigences des membres de ce club ultra-select, convaincus qu'ils savaient tout de la grande cuisine et des vins fins.

L'Escambia Country Club avait cent ans et comptait cinq cents membres, avec cent personnes sur la liste d'attente. C'était l'institution de la région de Pensacola, la confrérie à laquelle tous les gens influents rêvaient d'appartenir. Les arrivistes aussi. Il dominait la baie et était entouré d'eau sur trois côtés. Des chemins serpentaient à travers l'immense pelouse impeccable du terrain de golf. Tout respirait le luxe et l'exclusivité.

Les membres arrivaient dans des voitures allemandes et franchissaient des grilles avant d'être accueillis par des portiers en livrée. Il ne manquait que le tapis rouge. Helen aimait lancer « Bonsoir, Herbert ! » quand l'homme lui ouvrait la portière, lui saisissait la main et l'aidait à sortir de la voiture, comme il le faisait depuis des années. Une fois débarrassée du vieil Herbert, elle prenait le bras du juge Bannick et pénétrait dans le magnifique hall d'entrée, où des serveurs circulaient avec des plateaux de coupes de champagne. Helen se rua sur l'un d'eux pour s'emparer d'une flûte – qui n'était pas la première de la journée. Le juge préféra un verre d'eau gazeuse. Il s'attendait à une longue soirée et à un dimanche encore plus long.

Ils se perdirent rapidement dans une foule de gens mondains, les hommes dans leur costume cravate de rigueur, les dames en tenue de gala. Les plus âgées préféraient les tissus moulants, les décolletés dangereusement plongeants et l'absence de manches, comme si elles voulaient montrer le plus de chairs vieillissantes possible pour prouver qu'elles pouvaient encore faire tourner les têtes. Les femmes plus jeunes, en minorité, semblaient satisfaites de leur silhouette et ne ressentaient pas le besoin d'en rajouter. Tout le monde discutait et riait à la fois, tandis que la foule progressait dans un large corridor recouvert de tapis épais, aux murs ornés de larges portraits. Dans la salle de réception, ils se faufilèrent entre les grandes tables rondes et finirent par gagner leurs sièges. Ce soir, il n'y avait pas de discours prévu, pas d'estrade, pas de tables réservées aux mécènes. Tout au fond, un orchestre s'installa, derrière la piste de danse.

Le juge et Helen s'attablèrent avec huit personnes qu'ils connaissaient bien, quatre couples dûment mariés, mais personne ne se soucia réellement des places attitrées. Un médecin, un architecte, un entrepreneur, leurs épouses. Et un quatrième homme, le plus âgé de la tablée, qui dînait au club tous les soirs avec sa femme, et qui, d'après la rumeur, aurait hérité de plus d'argent que tous les autres réunis. Le vin coulait à flots et les conversations allaient bon train.

Le juge Bannick s'efforça de rire, de sourire et de parler haut et fort de tout et de rien. Parfois, cependant, il ressentait l'incertitude de l'avenir, il songeait au prochain courrier anonyme, il avait peur d'être dénoncé et mis à nu, et il se perdait dans ses réflexions. Il était impossible de ne pas regarder ses amis autour de lui, toutes ces personnes influentes qu'il admirait, sans se demander : *Que vont-ils penser ?*

Lui qui côtoyait des gens importants dans son costume italien était un juge respecté, admiré par ses pairs, et il était aussi, du moins à ses propres yeux, le tueur le plus brillant de l'histoire américaine. Il avait étudié les autres. Des petits joueurs – tous. Certains étaient carrément stupides.

Il décida de se ressaisir et répondit à une question sur la marée noire dans le golfe. Une partie approchait de Pensacola et tout le monde était en alerte. Oui, il y aurait beaucoup de litiges dans un avenir proche. Vous connaissez les avocats des plaignants, ajouta-t-il, ils engageront des poursuites dès que la nappe sera en vue, et même sûrement avant. La marée noire faisait la une des journaux et, pendant un temps, la tablée interrogea Son Honneur : qui pouvait intenter un procès ? Les femmes se désintéressèrent rapidement de la question et bavardèrent entre elles pendant qu'on leur servait le dîner.

Le personnel de service était efficace : aucun verre ne resta vide, en particulier celui d'Helen. Comme d'habitude, elle buvait du chardonnay à grandes lampées, et parlait de plus en plus fort. Elle serait ivre à 22 heures et il devrait une fois de plus l'aider à rentrer chez elle, assisté de Melba.

Le juge se contentait d'écouter les autres. Parcourant la vaste salle du regard, il salua plusieurs connaissances d'un signe de tête. L'ambiance était festive, voire bruyante, et tous les convives étaient sur leur trente et un. Les femmes arboraient des coiffures sophistiquées. Celles de plus de quarante ans avaient toutes le même nez et le même menton, grâce au scalpel d'un certain Dr Rangle, le chirurgien esthétique le plus convoité de Floride. Il était assis à deux tables de là avec sa deuxième épouse, une superbe blonde d'une trentaine d'années. Quand Rangle n'était pas en train de retoucher le visage de ses patientes, il couchait avec elles. Elles le trouvaient irrésistible, et ses frasques sexuelles étaient une source intarissable de potins.

Bannick détestait cet homme, comme beaucoup de maris, mais il enviait aussi secrètement sa libido. Et son épouse actuelle.

Il y avait deux hommes dans la salle qu'il aimerait tuer. Rangle était le second. Le premier était un banquier qui lui avait refusé un prêt quand il avait voulu acheter son premier immeuble de bureaux, à l'âge de trente ans. Il avait dit à Bannick que son bilan comptable était mauvais et qu'il avait très peu de chances de gagner de l'argent en exerçant le métier d'avocat. La ville était déjà saturée de juristes médiocres qui peinaient à payer leurs factures.

Typique du banquier qui pensait tout savoir sur tout. Bannick avait acheté un autre immeuble, mit les appartements en location, puis en avait acquis un deuxième avec les bénéfices. Quand sa carrière avait décollé, il était entré au country club et avait ignoré le banquier. Lorsqu'il était devenu juge à trente-neuf ans, le banquier avait eu une attaque et avait été contraint de prendre sa retraite.

À présent vieux et ratatiné, assis à une table dans un coin, il était à peine capable de marmonner trois mots à sa femme. Il paraissait malheureux et méritait de la compassion, une émotion étrangère à Bannick.

Mais les tuer, Rangle et lui, s'avérait trop risqué. Un crime dans une petite ville. Et il s'agissait de transgressions mineures comparées aux autres. Il n'avait jamais sérieusement envisagé de les ajouter à sa liste.

À la fin du dîner, le groupe se mit à jouer doucement, des vieux tubes de la Motown que les invités adoraient. Quelques couples impatients se mirent à virevolter dès le dessert. Helen adorait danser et Bannick se débrouillait bien. Ils firent l'impasse sur le gâteau et s'élancèrent sur la piste, pour se trémousser et tournoyer sur des chansons de Stevie Wonder et de Smokey Robinson. Après quelques tours de piste, Helen se déclara assoiffée et réclama un verre. Le magistrat la laissa à la table avec ses amies et sortit dans le patio où les hommes fumaient le cigare en sirotant un whisky.

Il fut ravi de voir Mack MacGregor seul dans un coin, un verre à la main, un téléphone dans l'autre. Après dix ans de magistrature, Bannick connaissait tous les avocats entre Pensacola et Jacksonville, et Mack avait toujours été l'un de ses favoris. Tous deux avaient rejoint des cabinets de la région à peu près à la même époque et mené chacun leur barque.

Mack adorait les salles d'audience et était rapidement devenu un avocat compétent et recherché.

Il était l'un des rares à pouvoir prendre une affaire en main du début à la fin – un préjudice ou un décès – et obtenir un verdict favorable. Il savait défendre un dossier dans un tribunal, et il traitait aussi les affaires criminelles. Bannick l'avait vu à l'œuvre, mais il n'avait jamais imaginé avoir besoin de ses services un jour.

Ces dernières vingt-quatre heures, il s'était surpris à penser souvent à lui. Si le ciel lui tombait sur la tête – et il espérait que ce ne serait pas le cas –, il contacterait Mack en premier.

— Bonjour, Votre Honneur, dit Mack en rangeant son téléphone. Vous avez perdu votre amie ?

— Elle est allée aux toilettes. Qui est l'heureuse élue ce soir ?

— Une nouvelle, un joli brin de fille. Ma secrétaire m'a arrangé le coup.

Mack était divorcé depuis environ dix ans et était connu pour papillonner.

— Très jolie en effet.

— Elle n'a rien d'autre, croyez-moi.

— C'est l'essentiel, non ?

— Je m'en contenterai. Qui va s'occuper de l'affaire du bar de Fort Walton ?

— Je ne sais pas encore. Le juge Watson n'a pas pris sa décision. Vous la voulez ?

— Pourquoi pas ?

Un mois plus tôt, une dispute avait éclaté entre deux motards de l'Arizona dans un bar miteux de Fort Walton Beach. Ils en étaient venus aux mains, puis avaient sorti des couteaux et des armes à feu. Quand le calme était revenu, trois personnes étaient restées sur le carreau. Les motards avaient pris le large, mais ils avaient été rattrapés près de Panama City Beach.

Partant du principe que toute personne accusée d'un crime avait le droit d'être défendue, Mack et son associé se portaient chaque année volontaires pour au moins une affaire de meurtre. Cela leur permettait de plaider et d'être au fait des lois. Et cela ajoutait un peu de piment à leur pratique. Mack appréciait les détails croustillants, souvent macabres, d'un bon crime. Il aimait traîner dans les prisons. Et côtoyer des meurtriers.

— On dirait que ça vous intéresse.

— La vie est plutôt morne en ce moment.

Eh bien, Mack, cela pourrait bientôt changer, songea Bannick.

— Si vous êtes partant, je peux arranger ça.

— Laissez-moi en parler au cabinet. Et je vous appelle lundi. Ce n'est pas une affaire passible de la peine de mort, n'est-ce pas ?

— Non. Ce n'était sûrement pas prémédité. On dirait que deux imbéciles se sont saoulés et battus. Vous gérez aussi des cas de marée noire ?

— On aura notre part, répondit Mack en riant. La moitié du barreau est dans le golfe en ce moment, à bord de bateaux, pour trouver la nappe de pétrole. Une vraie mine d'or.

— Et un autre désastre écologique.

Ils échangèrent des anecdotes sur des avocats de leur connaissance et les procès en cours. Mack sortit un étui à cigares en cuir et lui offrit un Cohiba. Les deux hommes en allumèrent un et se servirent un autre whisky. Puis ils passèrent à un sujet plus agréable, celui des jeunes femmes. Au bout d'un moment, le juge songea que sa cavalière devait le chercher. Il prit congé et, en s'éloignant, pria pour ne pas avoir besoin de Mack avant très longtemps.

26

Le retour fut houleux, comme toujours. Même pieds nus, Helen vacillait sur les pavés du patio.

— Viens boire un verre, chérrri, roucoula-t-elle entre deux hoquets.

— Non, Helen, il est temps d'aller se coucher. Et j'ai une migraine carabinée.

— L'orchestre était formidable ! Quelle soirée charmante !

Melba, qui les attendait sur le seuil, leur ouvrit la porte. Bannick lui tendit les talons aiguilles d'Helen et fit un pas en arrière.

— Je dois filer, ma chère. Je t'appelle demain matin.

— Mais je veux un verre !

Bannick secoua la tête, fronça les sourcils à l'intention de Melba et regagna son Ford. Il retourna à son centre commercial et se gara près du cinéma. Une fois dans son bunker, il enleva son costume et sa cravate et enfila sa tenue de sport. Une demi-heure après avoir quitté Helen, il sirotait un expresso et se perdait à nouveau dans le dark web, pour suivre les dernières pérégrinations de Rafe.

La surveillance était chronophage, et généralement peu productive. Grâce à Maggotz et à Rafe, il surveillait les dossiers de police de ses victimes. Jusqu'à présent, aucun département n'avait réussi à protéger efficacement son réseau. Certains étaient plus faciles à pirater que d'autres, mais aucun ne lui avait posé de réelles difficultés. Il s'étonnait toujours de la faiblesse des systèmes de sécurité des administrations des comtés et des municipalités. Quatre-vingt-dix pour cent des violations de données pourraient être évitées à peu de frais. Des mots de passe standards tels qu'« admin » et « mot de passe » étaient couramment utilisés.

Le travail le plus fastidieux consistait à suivre les victimes. Soit dix groupes, dix familles détruites par ses soins. Des mères et des pères, des maris et des femmes, des enfants, des frères et des sœurs, des oncles et des tantes. Il n'éprouvait pour eux aucune pitié. Il voulait simplement qu'ils restent à l'écart.

La personne qui le traquait n'était pas un policier, un détective privé ou un auteur de thrillers en mal de sensations fortes. Cette personne était une victime qui s'était coulée dans son ombre depuis des années, pour le surveiller, suivre ses faits et gestes et rassembler des informations.

Une nouvelle réalité s'était imposée à lui, et grâce à son intelligence supérieure, il s'en sortirait. Il allait découvrir son identité et stopper les lettres. Et les poèmes idiots.

Il avait écarté les familles d'Eileen Nickleberry, de Perry Kronke, de Lanny Verno et de Mike Dunwoody. Il reprit tout depuis le début, à sa grande satisfaction. Il ouvrit le dossier de Thad Leawood et regarda les photos : des clichés en noir et blanc de l'époque du scoutisme, un du groupe entier lors d'un rassemblement, un autre pris par sa mère à une cérémonie de remise de diplômes – Ross tout fier dans son bel uniforme, avec sa ceinture de cercles colorés, le bras de Leawood autour de son épaule. Il étudia les visages des autres scouts, ses meilleurs copains, et se demanda pour la millième fois combien avaient été agressés comme lui par Leawood. Il avait eu trop peur de poser la question, de comparer leurs expériences. Walt Sneed avait fait remarquer un jour que Leawood aimait un peu trop les toucher et l'avait qualifié de « flippant ». Mais Ross n'avait pas eu le courage de pousser la conversation plus loin.

Comment un jeune homme apparemment normal pouvait-il violer un enfant, un garçon ? Après toutes ces années, il haïssait encore Leawood. Il ne comprenait pas comment un être humain pouvait faire une chose pareille.

Il laissa de côté les photos, toujours douloureuses, et étudia son arbre généalogique. La brève nécrologie listait les noms des survivants : ses parents, un frère aîné, pas d'épouse. Son père était décédé en 2004. Sa mère avait quatre-vingt-dix-huit ans et habitait dans une modeste maison de retraite à Niceville. Il avait souvent pensé à l'éliminer, juste pour le plaisir, et pour se venger de la femme qui avait engendré Thad Leawood.

Il avait songé à tant de cibles au fil des ans.

Le frère, Jess Leawood, avait quitté la région quand les rumeurs d'agressions sexuelles avaient fait surface et s'était établi à Salem, dans l'Oregon, où il vivait depuis vingt-cinq ans. À soixante-dix-huit ans, il était veuf et retraité. Six ans plus tôt, Bannick avait appelé Jess et s'était présenté comme un romancier qui étudiait les affaires policières à Pensacola. La famille de Thad était-elle au courant que ce dernier avait violé des enfants ? Le frère avait raccroché, la conversation était terminée. Son but était de punir un Leawood.

D'après ses informations, Jess n'avait plus aucun contact avec sa ville natale. Et qui l'en blâmerait ?

Le dernier poème évoquait Danny Cleveland, l'ex-journaliste du *Pensacola Ledger*. À sa mort, il avait quarante et un ans, divorcé, deux enfants adolescents. Sa famille avait ramené son corps à Akron pour les funérailles. D'après leurs réseaux sociaux, sa fille étudiait à Western Kentucky et son fils s'était enrôlé dans l'armée. Tous deux n'étaient pas assez âgés pour mettre au point un plan aussi élaboré et traquer un tueur en série. Et il supposait que son ex-femme ne s'était pas embêtée à rechercher l'assassin.

Il passa en revue les autres dossiers. Ashley Barasso, la seule fille qu'il ait jamais aimée. Ils s'étaient rencontrés à la fac de droit et avaient eu une agréable aventure, brutalement terminée quand elle l'avait quitté pour un joueur de football. Il en avait beaucoup souffert et avait pansé ses plaies pendant six ans, jusqu'à ce qu'il lui fasse payer. Quand enfin elle avait rendu son dernier souffle, la douleur de Bannick avait disparu, son cœur brisé était guéri. Il avait égalisé le score. Son mari avait fait plusieurs déclarations à la presse et proposé cinquante mille dollars de récompense pour toute information sur le tueur, mais avec le temps, il était passé à autre chose. Quatre ans plus tard, il s'était remarié, avait eu d'autres enfants et s'était installé près de Washington.

Preston Dill avait été l'un de ses premiers clients. Sa femme et lui voulaient un divorce à l'amiable, mais n'avaient pas réussi à réunir les cinq cents dollars de frais. Les deux ex se détestaient et avaient déjà trouvé un nouveau conjoint, mais l'avocat Bannick refusait de les emmener devant le juge tant qu'il n'était pas payé. Preston avait accusé Bannick d'avoir couché avec sa femme et l'affaire lui avait explosé à la figure. Il avait aussi déposé une plainte auprès du barreau de l'État, et ce n'était pas sa première ! La stratégie de Dill consistait à engager un avocat, à l'escroquer sur les honoraires, puis à se plaindre qu'il refuse de terminer la prestation. Toutes les plaintes de Dill avaient été rejetées comme étant fantaisistes. Quatre ans plus tard, on avait retrouvé son corps dans une décharge près de Decatur, en Alabama. Sa famille était disséminée un peu partout dans le pays et ne présentait aucune particularité. Elle n'était probablement pas impliquée.

Le professeur Bryan Burke, mort à l'âge de soixante-deux ans, retrouvé près d'un sentier de randonnée, non loin de son charmant petit chalet du côté de Gaffney, en Caroline du Sud. C'était en 1992. En regardant sa photo de l'époque de la fac de droit, Bannick pouvait presque entendre sa grosse voix de baryton alors qu'il arpentait la scène de l'amphithéâtre. « Parlez-nous un peu de cette affaire, monsieur... » Il faisait toujours une pause, ce qui laissait le temps aux étudiants de s'agiter sur leur siège en priant pour ne pas être interrogés. Tous admiraient le professeur Burke, mais Bannick n'était pas tombé dans le panneau. Après sa dépression nerveuse, qu'il mettait largement sur le compte de Burke, il avait été transféré à la fac de Miami et avait commencé à préparer sa revanche.

Burke avait deux enfants adultes. Son fils, Alfred, travaillait pour une boîte d'informatique à San Jose, marié, trois enfants. Du moins, c'était là qu'il vivait lors de la dernière mise à jour, il y a huit mois. Bannick chercha un moment, mais ne réussit pas à trouver l'emploi actuel d'Alfred. Une autre personne habitait désormais à son adresse. De toute évidence, il avait changé de travail et déménagé. Bannick s'en voulut de ne pas l'avoir su plus tôt. Il lui fallut une heure pour dénicher Alfred à Stockton, au chômage.

La fille de Burke, Jeri Crosby, était âgée de quarante-six ans, divorcée, un enfant. D'après la dernière mise à jour, elle vivait à Mobile et enseignait les sciences politiques à l'université de South Alabama. Il avait trouvé le site Internet de la fac et vérifia qu'elle y enseignait toujours. Curieusement, l'annuaire contenait des photos des professeurs du département des sciences politiques et de la justice criminelle, mais pas une seule d'elle. De toute évidence, elle tenait à sa vie privée.

Un fichier antérieur indiquait qu'elle avait obtenu une licence à Stetson, un master à Howard, à Washington, et un doctorat en sciences politiques au Texas. Elle avait épousé Roland Crosby en 1990, eu un enfant un an après, et divorcé six ans plus tard. En 2009, elle avait rejoint la faculté de South Alabama.

Le lien avec Mobile était intrigant.

Bannick envoya Rafe éplucher les archives d'Hertz et s'endormit sur le canapé.

*

Son réveil sonna à 3 heures du matin. Il avait dormi deux heures. Il s'aspergea le visage d'eau, se brossa les dents, enfila un jean et des baskets, et verrouilla le bunker. Il quitta la ville par la Route 90, qui longeait la mer, et s'arrêta à une station-service ouverte vingt-quatre heures sur vingt-quatre où il pouvait payer en liquide et éviter l'unique caméra. Après avoir rempli son réservoir, il se gara dans l'ombre près du magasin et changea ses plaques d'immatriculation. La plupart des péages de Floride prenaient en photo les véhicules. Il se dirigea vers le nord par des routes secondaires, rejoignit l'Interstate 10, régla sa vitesse sur cent vingt kilomètres-heure et se prépara mentalement à une longue journée. Il avait neuf cents kilomètres à parcourir et tout le temps de réfléchir. Il but une gorgée de café fort de son thermos, avala un cachet de benzédrine et s'efforça d'apprécier sa solitude.

Il avait parcouru des milliers de kilomètres de nuit. Neuf heures, ce n'était rien. Café, amphétamines, bonne musique. Avec le carburant adéquat, il pouvait conduire pendant des jours.

*

Dave Attison appartenait à la fraternité de l'université de Floride, un gros fêtard qui avait terminé parmi les meilleurs de sa classe. Ross et lui avaient habité ensemble dans une chambre de la résidence pendant deux ans et partagé beaucoup de gueules de bois.

Après l'université, ils avaient suivi des voies différentes, l'un avait choisi le droit, l'autre, la dentisterie. Dave avait étudié l'endodontie et était devenu un dentiste réputé dans la région de Boston. Il y a cinq ans, il s'était lassé de la neige et des hivers interminables et était retourné dans son État natal. Il avait acheté un cabinet à Fort Lauderdale et prospérait grâce à des traitements de canaux radiculaires à mille dollars l'unité.

Il n'avait pas revu Ross depuis l'anniversaire des vingt ans de leur fraternité, sept ans plus tôt, dans une station balnéaire de Palm Beach. La plupart des anciens Pikes étaient assidus dans leurs échanges de mails et de SMS, d'autres non. Ross n'avait jamais manifesté d'intérêt pour la bande. Aujourd'hui, il passait par là et lui avait proposé de prendre un verre rapide.

C'était un dimanche après-midi. Il était descendu au Ritz-Carlton et ils étaient convenus de se retrouver au bar de la piscine.

Ross était déjà installé quand Dave arriva. Ils s'étreignirent comme de vieux amis et comparèrent immédiatement leurs cheveux gris et leurs rides. Tous deux s'accordèrent à dire qu'ils avaient bien vieilli. Après qu'ils eurent échangé quelques bons mots, un serveur apparut pour prendre leur commande.

— Qu'est-ce qui t'amène ici ? demanda Dave.

— Je cherche des appartements à East Sawgrass.

— Tu veux les acheter ?

— Oui, avec mon groupe d'investisseurs. On acquiert des biens immobiliers un peu partout.

— Je pensais que tu étais magistrat.

— Oui, élu dans le vingt-deuxième district. En exercice depuis dix ans maintenant. Mais en Floride, un juge gagne cent quarante-six mille dollars par an, pas vraiment de quoi s'enrichir. Il y a vingt ans, j'ai commencé à acquérir des appartements pour les mettre en location. Notre société a pris de l'ampleur et les affaires marchent bien. Et toi, comment ça va ?

— Très bien, merci. Je peux compter sur une réserve inépuisable de dents pourries.

— Femme et enfants ?

Ross préférait aborder le sujet de la famille avant Dave, en partie pour lui montrer que cela ne lui posait pas de problème. Depuis leurs années étudiantes, il soupçonnait ses camarades d'avoir des doutes sur lui. L'incident avec Eileen avait fait le tour de la fraternité. Même s'il avait menti, et raconté par la suite qu'il avait eu des petites amies et était sexuellement actif, il avait toujours senti leurs regards dubitatifs. Le fait qu'il ne se soit jamais marié n'arrangeait rien.

— Tout va bien. Ma fille est à l'université de Floride et mon fils au lycée. Roxie joue au tennis cinq jours par semaine et n'est jamais dans mes pattes.

D'après un autre Pike, son mariage avec Roxie ne tenait qu'à un fil. Ils avaient quitté le domicile conjugal chacun à leur tour. Quand leur fils serait parti de la maison, ils jetteraient sans doute l'éponge.

Leurs bières fraîches arrivèrent et ils trinquèrent. Une superbe fille en bikini passa devant eux, et ils se rincèrent l'œil.

— Ah, c'était le bon temps, soupira Ross.

— On a presque cinquante ans, mon vieux, tu te rends compte ?

— J'en ai bien peur.

— Tu crois qu'on arrêtera un jour de regarder ?

— « Tant qu'on respire, on admire », déclara Ross, citant le mantra de la fraternité.

Bannick sirota lentement sa bière, qui commençait à se réchauffer. Il n'en prendrait qu'une. Une longue route l'attendait pour rentrer chez lui.

Ils évoquèrent des connaissances, de vieux amis de l'époque de la faculté. Ils rirent en se remémorant les blagues idiotes, les coups fourrés, les rendez-vous manqués. Toujours les mêmes sujets de conversation.

Puis Ross déroula le petit scénario qu'il avait mis au point.

— J'ai eu une drôle de visite l'année dernière. Tu te souviens de Cora Laker, de Phi Mu ?

— Bien sûr. Une fille mignonne. Elle est devenue avocate, non ?

— Oui. J'étais à une convention du barreau à Orlando et je suis tombé sur elle par hasard. Elle est associée dans un gros cabinet à Tampa. Elle s'en sort très bien. Toujours aussi séduisante. On a pris un verre, puis un deuxième. Et à un moment donné, elle m'a parlé d'Eileen. Je crois qu'elles étaient proches et qu'elle a été très choquée par sa disparition. Une affaire jamais élucidée. Figure-toi qu'un enquêteur l'a contactée pour lui poser des questions sur leur sororité, et sur Eileen. Elle a fini par raccrocher, mais cet appel lui a paru bizarre.

Le regard de Dave se perdit au loin.

— Moi aussi, on m'a contacté.

Bannick déglutit. Ce pénible déplacement en valait donc la peine.

— À propos d'Eileen ?

— Oui. Il y a trois ou quatre ans. On habitait déjà ici, alors c'était il y a moins de cinq ans. Une autrice de romans policiers s'intéressait aux années de fac d'Eileen. Les crimes non résolus, c'était son credo. Et les femmes traquées, ou un truc de ce genre.

— Une « femme » ?

— Ouais. Elle m'a dit qu'elle avait écrit plusieurs thrillers et m'a même proposé de m'en envoyer un.

— Elle l'a fait ?

— Non. Je n'ai pas voulu répondre à ses questions. C'était dans une autre vie, Ross. C'est vraiment triste ce qui est arrivé à Eileen, mais c'est du passé.

Une femme. Intéressée par les crimes non résolus. Il avait vraiment bien fait de venir.

— C'est bizarre, commenta Ross. Tu ne lui as parlé qu'une fois ?

— Oui. Je m'en suis débarrassé. Et franchement, je n'avais rien à lui dire. On faisait tellement la bringue à l'époque que je ne me rappelle pas tout. Trop d'alcool et d'herbe.

— C'était le bon vieux temps.

— Pourquoi tu ne dînes pas à la maison ? Roxie est toujours une aussi piètre cuisinière, mais on peut commander des plats à emporter.

— Merci, Dave, je dîne avec des investisseurs ce soir.

Une heure plus tard, Bannick reprenait la route et s'insérait dans la circulation dense de l'Interstate 95, avec neuf cents kilomètres devant lui.

27

Sadelle avait dix minutes de retard pour le brief du lundi matin, et lorsqu'elle arriva dans son fauteuil électrique, elle paraissait encore plus proche de la tombe. Elle s'excusa et déclara qu'elle allait bien. Lacy lui avait suggéré à plusieurs reprises de prendre quelques jours de repos, mais cela faisait peur à Sadelle. Le travail la maintenait en vie.

— On a vérifié les déplacements, déclara Darren. Delta a fini par nous répondre, après une nouvelle menace de citation à comparaître, et toutes les compagnies aériennes se sont mises au pas. Delta, Southwest, American et Silver Air. On a vérifié tous les vols en provenance de Pensacola, Mobile, Tallahassee, voire Jacksonville, et à destination de Miami et Fort Lauderdale. Résultat : le mois précédant le meurtre de Perry Kronke, personne du nom de Ross Bannick n'a pris de vol pour le sud des États-Unis.

— Tu penses qu'il a utilisé son vrai nom ? interrogea Lacy.

— Eh bien, on ne connaît pas ses pseudonymes, si ?

Elle l'ignora et but une gorgée de son café.

— Il y a onze heures de route entre Pensacola et Marathon, reprit Darren, et je ne précise pas qu'il est impossible de suivre les traces de sa voiture.

— Les péages ?

— L'État conserve les données des péages pendant six mois, après quoi elles sont détruites. Et il est facile d'éviter les autoroutes.

— Et les hôtels ?

Sadelle émit un grondement en voulant remplir ses poumons.

— Une autre aiguille dans une autre botte de foin, grogna-t-elle. Tu sais combien il y a d'hôtels dans le sud de la Floride ? Des milliers. On en a regardé une centaine d'un prix moyen et on n'a rien trouvé. Rien qu'à Marathon et aux alentours, il y en a onze. Voilà, c'est tout.

— On perd notre temps, soupira Darren.

— Ça s'appelle enquêter, répliqua Lacy. Certains crimes atroces ont été résolus grâce à d'infimes détails, qui au début semblaient insignifiants.

— Qu'est-ce que tu en sais ?

— Eh bien, j'ai lu des livres sur des tueurs en série. C'est fascinant.

Sadelle inspira douloureusement et, une fois qu'elle eut sa dose d'oxygène, demanda :

— Est-ce qu'on peut supposer qu'il a fait l'aller-retour en voiture jusqu'à Biloxi pour tuer Verno ?

— Et Dunwoody. Oui, c'est l'idée. Ce n'est qu'à... combien ? deux heures de route.

— Deux heures, oui, confirma Darren. C'est intrigant d'ailleurs. Si on prend les huit meurtres – et je sais qu'on n'enquête que sur trois d'entre eux –, ils sont tous à distance raisonnable de Pensacola. Danny Cleveland, à Little Rock, se trouve à huit heures de route. Thad Leawood, près de Chattanooga, à six heures. Bryan Burke, à Gaffney, en Caroline du Sud, à huit heures. Ashley Barasso, à Columbus, en Géorgie, à quatre heures. Perry Kronke, à Marathon, et Eileen Nickleberry, près de Wilmington, sont tous les deux à douze heures de trajet. Il n'avait pas besoin de prendre un avion, de louer une voiture ni de séjourner à l'hôtel. Il lui suffisait de conduire.

— Et ce ne sont que les victimes dont nous avons connaissance, intervint Lacy. Je parie qu'il y en a d'autres. Et tous les crimes ont eu lieu dans des États différents.

— Il en sait davantage sur les homicides que nous, fit remarquer Sadelle.

— Apparemment, il a beaucoup plus d'expérience, railla Darren. Et il est plus futé.

— C'est vrai, mais on a Betty, et elle ne va pas le lâcher. Imaginez un peu. Si elle a raison, elle a identifié le tueur, ce dont une armée de spécialistes de la Criminelle a été incapable.

— Et ce que nous n'avons pas les moyens de faire, hein ? lança Sadelle.

— C'est vrai, et on le savait depuis le début. Sauf qu'on peut continuer à creuser.

— Et quand est-ce qu'on va alerter la police ? demanda Darren.

— Bientôt.

*

Les deux policiers pressèrent la sonnette à 8 heures précises, suivant les instructions qu'ils avaient reçues. Habillés d'uniformes noirs, ils conduisaient une voiture noire et portaient des lunettes aviateur noires. Quiconque les observait à distance pouvait deviner qu'ils étaient flics.

Un juge les avait convoqués, ce qui s'avérait plutôt inhabituel. Ils avaient côtoyé de nombreux magistrats, mais toujours dans des salles d'audience, jamais chez eux.

Le juge Bannick les accueillit avec un large sourire et les fit entrer dans sa cuisine spacieuse, où il leur servit un café. Sur la table se trouvait une enveloppe blanche de format ordinaire, adressée au domicile du juge où ils se trouvaient. Il la pointa du doigt et déclara :

— Elle est arrivée au courrier de samedi, dans la boîte près de la porte d'entrée. C'est la troisième en une semaine. Chaque enveloppe contient une lettre manuscrite écrite par une personne manifestement dérangée. Pour le moment, je les garde. La troisième est de loin la plus perturbante. Quand je l'ai vue, après les deux premières, j'ai pris mes précautions. J'ai mis des gants et j'ai fait attention à ne pas trop la toucher. Le facteur a forcément manipulé les trois enveloppes.

— En effet, répondit le lieutenant Ohler.

— Le labo trouvera sûrement les empreintes du facteur, et avec un peu de chance, celles de ce déséquilibré. Pas les miennes.

— Bien sûr.

Le lieutenant Dobbs sortit un sachet en plastique et glissa précautionneusement l'enveloppe dedans.

— On va lancer immédiatement les recherches d'empreintes. Est-ce urgent ?

— Considérez-vous la menace comme sérieuse ? renchérit Ohler.

— Eh bien, je ne vais pas prendre une arme à feu et barricader la maison, mais j'aimerais bien découvrir qui est derrière cette mauvaise plaisanterie.

— Vous avez quelqu'un en tête ? demanda Dobbs.

— Pas vraiment. Enfin, il arrive que des désaxés écrivent à des magistrats, pourtant je ne pense à personne en particulier.

— D'accord. Nous allons la déposer au labo aujourd'hui. Nous saurons demain si elle comporte des empreintes exploitables. Auquel cas nous consulterons notre base de données.

— Merci, messieurs.

Alors que les deux policiers reprenaient la route, Ohler lança :

— T'as pas trouvé bizarre qu'il ne nous ait pas montré les trois lettres ?

— Si, justement, je me demandais pourquoi, répondit Dobbs. Il n'avait clairement pas envie de nous les donner.

— Et les deux autres enveloppes ?

— Comme il les a touchées, elles ont sûrement ses empreintes.

— Et on les a, ses empreintes, n'est-ce pas ?

— Bien sûr. Tous les avocats doivent en passer par là pour obtenir leur licence.

Ils franchirent le portail qui clôturait les résidences et prirent l'autoroute.

— Quelles chances on a de trouver des empreintes exploitables sur cette enveloppe d'après toi ? interrogea Ohler.

— Aucune, je dirais. Les dingos qui envoient des lettres anonymes sont assez malins pour mettre des gants. Pas besoin d'être un génie pour le savoir.

— J'ai une intuition, fit Ohler.

— Super. Encore une. Je t'écoute.

— Notre juge sait qui est l'auteur de ces lettres.

— Et tu te fondes sur quoi ?

— Sur rien. C'est juste une intuition. Les intuitions ne se fondent sur rien.

— Surtout les tiennes.

*

Une heure plus tard, le juge Bannick se gara sur son emplacement attitré à côté du palais de justice du comté de Chavez et entra par l'arrière du bâtiment. Il salua Rusty et Rodney, les vieux concierges jumeaux, toujours vêtus de salopettes assorties, et emprunta l'escalier de service pour se rendre au deuxième étage, où il régnait en maître depuis dix ans. Il salua son personnel et demanda à Diana Zhang, sa secrétaire de longue date, et son unique vraie confidente, de venir dans son bureau. Il ferma la porte, la pria de s'asseoir et prit un air grave.

— Diana, j'ai une nouvelle terrible à vous annoncer. On m'a diagnostiqué un cancer du côlon, au stade quatre, et ça ne se présente pas bien.

La secrétaire était trop ébahie pour répondre. Ses yeux se remplirent de larmes.

— J'ai une petite chance de m'en sortir, reprit le magistrat. Et puis, un miracle est toujours possible.

— Quand l'avez-vous découvert ? bredouilla-t-elle.

Elle l'observa à travers ses larmes et remarqua à quel point il était décharné et épuisé.

— Il y a environ un mois. J'ai passé les deux dernières semaines à consulter des médecins à travers tout le pays et j'ai décidé de suivre un traitement alternatif dans une clinique au Nouveau-Mexique. C'est tout ce que je peux vous dire pour le moment. J'ai informé le juge en chef Habberstam que je prenais un congé de soixante jours à compter d'aujourd'hui. Il réattribuera mes dossiers en cours. Vous et les autres employés toucherez votre salaire intégral, sans avoir grand-chose à faire.

Il réussit à sourire, mais sa secrétaire était trop choquée pour lui rendre la pareille.

— Les choses devraient être beaucoup plus calmes ici durant les deux prochains mois. Je prendrai régulièrement de vos nouvelles et m'assurerai que tout va bien.

Diana était totalement perdue. Il n'avait pas de femme, pas d'enfants, personne pour lui préparer à manger et lui témoigner de la sympathie.

— Vous allez vous installer là-bas ?

— Je ferai des allers-retours. Rassurez-vous, je vous contacterai, et vous pourrez m'appeler. Je passerai aussi prendre de vos nouvelles. Si je meurs, ce ne sera pas dans les prochaines semaines.

— Ne dites pas ça !

— D'accord, d'accord, je ne vais pas mourir tout de suite, mais les mois à venir seront difficiles. Pouvez-vous contacter mes avocats et les informer que leurs affaires seront traitées par d'autres magistrats ? S'ils demandent pourquoi, répondez simplement que j'ai un problème de santé. Après mon départ, vous pourrez prévenir le reste du personnel. Je préfère ne pas avoir à leur exposer moi-même la situation.

— Je n'arrive pas à y croire.

— Moi non plus. Mais la vie est injuste, n'est-ce pas ?

Il la laissa en pleurs et quitta rapidement les lieux. Il se rendit chez un concessionnaire General Motors à Pensacola, où il échangea son véhicule contre un Chevrolet Tahoe en leasing. Il signa les documents, fit un chèque de l'un de ses nombreux comptes pour régler la différence et attendit que l'employé fixe ses anciennes plaques d'immatriculation sur son nouveau 4 × 4. Il détestait la couleur grise, mais, comme toujours, il voulait se fondre dans la masse.

Une fois installé dans le siège en cuir souple, il s'imprégna de l'odeur de la voiture neuve. Il alluma le GPS, parcourut les applications, connecta son téléphone et se mit en route en direction de l'ouest, sur l'Interstate 10. Son téléphone émit un ping – un SMS d'un autre juge. Il lut sur l'écran du véhicule : « Juge Bannick, désolé d'apprendre la nouvelle. Je suis là si vous avez besoin de moi. Prenez soin de vous. TA. »

Un autre message arriva. La nouvelle se répandait comme une traînée de poudre dans les cercles juridiques du district et, à midi, tous les avocats, secrétaires, greffiers et magistrats sauraient qu'il était malade et avait pris un congé de longue durée.

Il n'avait que du mépris pour les gens qui utilisaient leurs soucis de santé à leur avantage. Il aurait préféré ne pas avoir besoin de ce prétexte pour brouiller les pistes. En tant qu'élu, il serait à nouveau sur les listes électorales dans deux ans, mais il n'avait pas le temps de s'occuper de politique. Le spectre du cancer pourrait encourager un éventuel concurrent à mettre en place une stratégie, mais il s'en occuperait plus tard. Pour l'instant, il devait rester discret et traiter les problèmes en cours, à savoir se débarrasser de son poursuivant et échapper à une éventuelle enquête du BJC. Il rit à l'idée qu'une si petite agence tente de résoudre des affaires criminelles que des policiers chevronnés avaient abandonnées depuis des années. Mme Stoltz et son équipe de bric et de broc travaillaient avec un budget ridicule et des statuts éphémères.

En plus des personnes qu'il avait assassinées, il dénombrait près de soixante-dix victimes, toutes liées par le sang ou le mariage. Il avait étudié le profil de chacune d'elles et n'en avait retenu que cinq, dont quatre lui semblaient très improbables. Il était convaincu d'avoir trouvé son bourreau. Il s'agissait d'une femme très secrète, qui se croyait plus intelligente que les pirates informatiques.

Même si Mobile ne se trouvait pas loin de chez lui, il ne connaissait pas cette ville. Il l'avait traversée des centaines de fois, mais ne se rappelait pas y avoir fait halte.

Grâce à son nouveau système d'espionnage, il avait facilement déniché la rue de Jeri. Il explorerait le quartier plus tard. L'appartement de Jeri se situait à une heure à peine de sa maison de Cullman.

Il l'avait trouvée. En réalité, elle était pratiquement sous son nez.

28

L'information était trop importante pour être partagée par mail ou par téléphone, avait expliqué le shérif Black. Une rencontre en personne était préférable. Comme Biloxi se trouvait à quatre heures de route, il avait proposé de couper la poire en deux. Ils étaient convenus de se retrouver dans un fast-food non loin de l'Interstate 10, dans la petite bourgade de DeFuniak Springs, en Floride, le vendredi 18 avril à 15 heures.

Alors qu'ils quittaient Tallahassee, Darren demanda à Lacy de prendre le volant pour pouvoir terminer la correction d'un rapport. Apparemment, il était mal écrit, car Darren s'endormit au bout de vingt-cinq kilomètres à peine. Quand il se réveilla trente minutes après, il s'excusa et reconnut qu'il s'était couché trop tard la veille.

— Alors quelle est la grande nouvelle ? interrogea-t-elle.

— Ne me pose pas la question. C'est toi, l'experte, maintenant.

— Ce n'est pas parce que je lis des livres sur les tueurs en série que je suis une experte en la matière.

— Que veux-tu dire ?

— Je ne sais pas. Pour être honnête, ces lectures m'ont vraiment fait froid dans le dos. Certains sont de grands malades.

— Est-ce que tu places Bannick dans cette catégorie ?

— Il n'y a pas de catégories. Ils sont tous différents. Chaque tueur est dérangé à sa manière. Mais je n'ai jamais entendu parler d'un meurtrier aussi patient et méticuleux que Bannick, avec pour seule motivation la vengeance.

— Quels sont les mobiles les plus communs ?

— Il n'y en a pas réellement, le sexe est souvent un facteur clé. Certains de ces types sont vraiment des pervers.

— Ces livres que tu lis, ils contiennent des photos ?

— Certains, oui. Beaucoup de sang et de mutilations. Tu veux me les emprunter ?

— Non, je ne crois pas.

Son téléphone émit un ping.

— Intéressant. C'est Sadelle. Elle a vérifié l'emploi du temps de Bannick aujourd'hui et tous ses rendez-vous ont été annulés. Même chose pour demain. Elle a appelé son bureau et on lui a répondu que Son Honneur avait pris un congé pour raisons de santé.

Lacy prit le temps de réfléchir à cette nouvelle donnée.

— Drôle de timing. Tu penses qu'il nous surveille ?

— Et il surveillerait quoi ? On n'a rien mis en ligne. Il n'a aucune idée de ce qu'on fait.

— À moins qu'il épie la police.

— Bah, c'est possible. (Darren se gratta la mâchoire, tout à ses réflexions.) Mais même si c'était le cas, il ne saurait rien parce que nous-mêmes on ne sait rien, pas vrai ?

Ils roulèrent en silence un moment.

*

La seule autre voiture garée sur le parking était une berline banalisée. À l'intérieur du restaurant, le shérif Black et l'agent Napier patientaient en buvant un café, tous deux en civil. Ils s'étaient installés le plus loin possible du comptoir. Il n'y avait pas d'autres clients. Lacy et Darren commandèrent des cafés et les saluèrent. Le groupe de quatre se serra autour de la petite table, s'efforçant de se ménager un peu de place les uns aux autres. Personne ne s'était embarrassé d'une mallette.

— Ça ne devrait pas prendre longtemps, dit Black. Enfin qui sait ?

Il fit un signe de tête à Napier, qui s'éclaircit la gorge et jeta un coup d'œil autour de lui, comme si une personne invisible pouvait les entendre.

— Comme vous le savez, commença-t-il, le tueur a emporté les téléphones des victimes et les a déposés dans une boîte aux lettres à une heure de route d'ici.

— Dans une enveloppe adressée à votre fille à Biloxi, intervint Lacy.

— Exactement, confirma Black.

— Eh bien, reprit Napier, le FBI a analysé les téléphones, avec tous les tests possibles et imaginables, et il a trouvé une empreinte partielle de pouce sur le portable de Verno. Les fédéraux ont relevé plusieurs bizarreries. Il n'y a aucune autre empreinte, pas même celle de Verno, le tueur a donc soigneusement nettoyé les deux appareils. Celui de Mike Dunwoody n'a aucune trace non plus. Encore une fois, notre homme a été prudent, ce qui n'est pas surprenant, étant donné la scène de crime. Qu'est-ce que vous savez des empreintes digitales ?

— Disons qu'on ne sait pratiquement rien, répondit Lacy.

Darren hocha la tête, confirmant son ignorance.

— D'accord, dit Napier. Environ vingt pour cent des habitants de ce pays sont fichés, et la majorité des empreintes sont répertoriées dans une énorme banque de données conservée par le FBI. Comme vous pouvez l'imaginer, les fédéraux ont les logiciels les plus perfectionnés, avec toutes sortes d'algorithmes et des techniques qui me dépassent un peu, et ils peuvent vérifier une empreinte trouvée n'importe où en quelques minutes. Pour notre affaire, ils ont commencé par la Floride.

Le shérif se pencha pour ajouter :

— On suppose que votre suspect est originaire de Floride.

Brillant, songea Lacy, qui se contenta de hocher la tête.

— Vous supposez bien.

Darren ne put s'empêcher d'intervenir :

— On prend les empreintes de tous les futurs avocats du barreau.

— Oui, confirma Napier. Comme de tous les agents du FBI. Enfin, ils n'ont pas trouvé de correspondances en Floride, ni nulle part ailleurs. Ils ont passé cette empreinte à la moulinette et en sont venus à la conclusion que, eh bien, elle a été modifiée.

Napier marqua une pause pour les laisser digérer l'information. Le shérif Black prit le relais.

— Alors, notre première question, et nous en avons beaucoup d'autres, est la suivante : notre suspect est-il capable de modifier ses empreintes ?

Comme Lacy cherchait ses mots, Darren demanda :

— On peut « modifier » des empreintes digitales ?

— La réponse est oui, même si c'est pratiquement impossible. Il arrive que les maçons les perdent après des années de dur labeur.

— Notre homme n'est pas maçon, dit Lacy.

— Il est juge, n'est-ce pas ? lança Black.

— En effet.

— Avec le temps, il est possible d'user la peau du bout des doigts. Ça s'appelle la friction papillaire, mais c'est extrêmement rare. Il faudrait frotter la peau tous les jours avec du papier de verre pendant des années. Peu importe. Ce n'est pas ce que nous avons ici. Dans le cas de notre homme, les crêtes sont clairement définies, sauf qu'elles indiquent une possibilité d'altération chirurgicale.

— Est-ce que ça pourrait être l'empreinte de la copine de Verno ? interrogea Lacy. Ou d'une connaissance ?

— Nous avons vérifié. Sans surprise, sa copine a été arrêtée plusieurs fois et elle est bien dans notre base de données. Pas de correspondance. Nous l'avons interrogée pendant des heures, et elle ne voit pas du tout qui aurait pu manipuler le téléphone de Verno. Elle ne se rappelle même pas la dernière fois qu'elle l'a touché.

Tous les quatre burent une gorgée de leur café en évitant de se regarder. Au bout d'un moment, Darren déclara :

— Une altération chirurgicale ? Comment ça marche ?

Napier sourit.

— Eh bien, des scientifiques affirment que c'est impossible. Et on a plusieurs cas avérés. Il y a quelques années, la police néerlandaise a perquisitionné un petit appartement à Amsterdam. Le suspect était un vrai pro, un petit génie spécialisé dans le vol d'œuvres d'art contemporaines. Certaines ont été retrouvées cachées dans ses murs. Ces œuvres valaient des millions. Ses anciennes empreintes digitales ne correspondaient pas tout à fait aux actuelles. Comme les fédéraux l'ont pris en flagrant délit, ils lui ont proposé de négocier et il s'est mis à table. Il leur a parlé d'un chirurgien esthétique clandestin en Argentine bien connu dans le milieu : c'est à lui qu'il faut s'adresser quand on a besoin d'un nouveau visage ou de nouvelles cicatrices. Il est spécialisé dans la modification des crêtes des doigts. Si ça vous amuse, tapez sur un moteur de recherche : « Modification des empreintes digitales. » Vous trouverez des annonces. Figurez-vous que ce n'est pas illégal.

— Je pensais justement à un petit lifting, plaisanta Lacy.

— Pour quoi faire ? interrogea le shérif avec un sourire.

— En tout cas, c'est possible, mais le processus est très long, reprit Napier. Votre suspect est-il patient ?

— Plutôt, oui, répondit Darren.

— Nous le soupçonnons d'être en activité depuis plus de vingt ans, ajouta Lacy.

— En activité ?

— Oui. Verno et Dunwoody ne sont probablement pas ses seules victimes.

Les deux policiers accueillirent cette donnée par une nouvelle gorgée de café.

— A-t-il les moyens de s'offrir ces opérations ?

Tous deux acquiescèrent. *Oui.*

— J'imagine que, sur une longue période, il est possible d'altérer tous les doigts.

— Cela nécessite une sacrée détermination, commenta Black.

— Eh bien, il est sacrément déterminé et extrêmement intelligent.

Nouvelle tournée de café, nouvelles tergiversations. Avaient-ils enfin une ouverture après tant de voies sans issues ?

— Tout de même, c'est bizarre, fit remarquer le shérif. Si ce gars est si intelligent, pourquoi n'a-t-il pas balancé les téléphones dans un lac ou une rivière ? Pourquoi avoir pris la peine de les déposer dans une boîte aux lettres et de les adresser à ma fille ? Il devait se douter qu'on allait les retrouver en quelques heures. C'était un vendredi. Il était impossible qu'on ne mette pas la main dessus avant le lundi.

— Je ne suis pas sûre qu'on comprendra un jour ce qui anime cet homme, soupira Lacy.

— Plutôt idiot de sa part, si vous voulez mon avis.

— C'est vrai qu'il commet des erreurs. Il s'est fait surprendre par Mike Dunwoody. Ensuite, son pick-up a été repéré devant le bureau de poste quand il a glissé l'enveloppe dans la boîte. Et un de ses gants a dû se défaire. Ou était déchiré. Et maintenant, on a une empreinte de son pouce.

— En effet, approuva le shérif. Reste à savoir ce qu'on va en faire. La prochaine étape est évidente : obtenir les empreintes de votre suspect. Si on a une correspondance, on le tient.

— Comment procéder ? demanda Napier.

Lacy jeta un regard vide à Darren, qui secoua la tête comme s'il n'en avait aucune idée.

— Un mandat de perquisition ? proposa le shérif.

— Pour quel motif ? interrogea Lacy. On n'a pas de cause probable. Notre suspect est un juge qui connaît aussi bien l'expertise médico-légale que la procédure pénale. On aura du mal à convaincre un magistrat de délivrer un mandat contre lui.

— Vous pensez que ses confrères vont le protéger ?

— Non. Seulement ils voudront des preuves plus solides.

— Allez-vous enfin nous donner son nom ?

— Pas encore. Bientôt, mais je ne peux pas vous en dire plus pour le moment.

Le shérif Black croisa les bras et la couva d'un regard intense. Napier soupira de frustration.

— Nous sommes dans le même camp, continua-t-elle.

Les policiers avaient du mal à garder leur sang-froid.

— Je suis désolé, je ne comprends pas, lâcha Napier.

Lacy sourit.

— Écoutez, nous avons une informatrice, une source, qui nous a apporté l'affaire. Cette personne en sait bien plus que nous et vit dans la peur. Depuis des années. Nous lui avons promis d'opérer à sa manière. C'est tout ce que je peux vous dire pour le moment. Nous devons nous montrer extrêmement prudents.

— Alors on fait quoi maintenant ? lança le shérif Black.

— Eh bien, nous allons terminer notre évaluation et nous vous recontacterons.

— Qu'on soit bien clairs : vous avez un suspect solide pour un double homicide, alors que vous n'êtes pas des enquêteurs criminels, et ce type, un juge en Floride, aurait commis d'autres crimes. C'est bien ça ?

— Oui, quoique je ne le qualifierais pas de suspect solide. Avant aujourd'hui, nous n'avions aucune preuve physique de son implication dans ces meurtres. Il se peut très bien, messieurs, que notre suspect ne soit pas le tueur. Et si cette empreinte partielle ne correspondait pas ?

— C'est ce que nous devons découvrir.

— En effet.

La réunion se termina par de franches poignées de main et de chaleureux sourires.

*

Le lieutenant Ohler, de la police de l'État de Floride, téléphona pour dire que l'enveloppe n'avait rien donné de probant. Les deux seules empreintes relevées appartenaient à l'homme qui distribuait le courrier tous les jours vers midi.

29

Le jeudi, il était las des témoignages de sympathie, des SMS, des messages vocaux et des questions alarmées sur sa santé. Il attendit le passage du facteur à midi, enfila des gants et releva le courrier. Une autre enveloppe blanche. À l'intérieur, un nouveau poème.

Salutations d'outre-tombe
ici-bas, il fait plutôt froid et sombre
murmures, voix, gémissements
tant est à craindre

tes crimes ne témoignent d'aucun courage
le coup, la corde, le nœud
dans ta folie, tu n'es qu'un lâche
de la pire engeance.

Un pathétique étudiant en droit
le plus prétentieux de la classe
tu étais voué à l'échec
arrogant, stupide et empoté.

— Elle écrit à propos de son père à présent, commenta-t-il à haute voix en regardant la feuille de papier sur la table de la cuisine.

Après avoir préparé son sac, il se rendit au centre commercial de Pensacola et se gara devant la salle de gym. Il gagna son bunker, rangea la dernière lettre dans un dossier, mit un peu d'ordre, vérifia les bandes de vidéosurveillance, et lorsqu'il fut convaincu que tout était en place dans son petit univers, il se rendit à l'aéroport et attendit trois heures son vol à destination de Dallas. Ensuite, il prit un vol de correspondance et atterrit à Santa Fe à la nuit tombée. Cette fois, il avait fait toutes les réservations – l'avion, la voiture de location et l'hôtel – à son vrai nom et réglé avec sa carte de crédit.

Il fit appel au room service pour dîner. Il commença à regarder un match de base-ball sur une chaîne du câble, puis opta pour un film porno. Il s'assoupit et réussit à dormir quelques heures avant la sonnerie de son réveil à 2 heures du matin. Il prit une douche, avala un cachet de benzédrine, mit ses instruments dans un petit sac de sport et quitta l'hôtel. Houston était à quinze heures de route.

À 9 heures, il appela Diana Zhang et l'informa qu'il se trouvait dans un centre de traitement contre le cancer à Santa Fe. Il se sentait bien et était mentalement prêt à débuter son combat contre la maladie. Il prit l'air optimiste et promit de reprendre ses fonctions au plus vite.

Elle lui renouvela sa sympathie et son soutien, et ajouta que tout le monde s'inquiétait pour lui. Une fois encore, il lui expliqua que s'il se soignait loin de chez lui, c'était justement pour éviter toute cette agitation. Un long voyage en solitaire l'attendait, conclut-il, qu'il devait affronter seul. Lorsqu'il raccrocha, il avait la voix brisée.

Une femme si dévouée.

Il éteignit son smartphone et enleva la batterie.

À l'aube, il fit halte sur une aire de repos près d'El Paso et changea ses plaques d'immatriculation. Il conduisait à présent une Kia quatre portes enregistrée au nom d'un Texan qui n'existait pas. Il roulait prudemment, le régulateur réglé sur la limite de vitesse autorisée, et respectait le Code de la route. Une contravention pour excès de vitesse – voire, Dieu l'en garde, un accident – ruinerait tous ses plans.

Comme toujours, il portait une casquette baissée sur son front, l'une des nombreuses de sa collection, et ne quittait jamais ses lunettes de soleil. Il réglait ses notes d'essence et de nourriture avec une carte de crédit à l'un de ses faux noms. Les relevés mensuels étaient envoyés à une boîte postale de Destin.

Il écoutait rarement de la musique, lisait peu de livres et ne supportait pas le bavardage incessant de la radio. En réalité, il aimait la solitude de la route et en profitait pour réfléchir à sa prochaine action. Il adorait les planifications, les intrigues, les spéculations. Il était devenu si efficace, si habile, si impitoyable qu'il pensait ne jamais se faire prendre. Parfois, il repassait en revue ses anciens crimes pour se rafraîchir la mémoire et s'assurer qu'il n'avait rien oublié.

« Quand vous assassinez quelqu'un, vous faites dix erreurs. Si vous parvenez à en trouver sept, vous êtes un génie. » Où avait-il lu ça ? Peut-être une réplique de film.

Avait-il commis une erreur ?

Quand était-ce arrivé ? Il devait le découvrir.

Il avait toujours eu la conviction qu'il ne serait jamais forcé de mettre en scène sa sortie.

*

En 1993, alors qu'il était sorti de la fac de droit depuis à peine deux ans, le cabinet de Pensacola où il travaillait avait implosé. Les associés s'étaient disputés à propos d'une histoire d'honoraires, une cause classique de rupture. Se retrouvant sans emploi, il avait emprunté cinq mille dollars à son père et ouvert son propre business, prêt à entrer dans l'arène. Un nouvel as du barreau dans la place. Mais ce n'était pas la panacée, les affaires tournaient au ralenti. Il rédigeait des testaments pour des personnes peu fortunées et poursuivait des petits délinquants. Son heure était venue quand un bateau de fête avec une ribambelle de demoiselles d'honneur avait sombré dans le golfe et que six jeunes femmes s'étaient noyées. S'était ensuivie la foire d'empoigne habituelle, tous les avocats du barreau local se battant pour obtenir les affaires. L'une d'entre elles avait atterri sur son bureau, en partie grâce à un testament de cinquante dollars qu'il avait préparé pour un client.

Un charognard, Mal Schnetzer, avait pris trois familles en otage et intenté un premier procès juste après les funérailles. Sans le moindre scrupule, il s'était rendu au domicile du client de Bannick pour le lui voler. Bannick l'avait menacé. Ils s'étaient disputés, puis Bannick avait fini par accepter de s'associer avec lui. Il n'avait aucune expérience des affaires de décès, mais Schnetzer lui avait fait miroiter la possibilité d'un procès juteux.

La poule aux œufs d'or s'était vite avérée bien moins lucrative qu'ils ne l'espéraient. La société qui possédait le bateau n'avait pas d'autres actifs et avait déposé le bilan. Son assureur avait d'abord nié toute responsabilité, mais Schnetzer l'avait menacé et convaincu de mettre un peu d'argent sur la table. Puis, dans le dos de Bannick, il avait proposé à son client de lui donner un chèque de quatre cent mille dollars si ce dernier se débarrassait de son avocat et prétendait qu'il n'avait jamais voulu de lui. Avant que Bannick ne puisse réagir, Schnetzer avait réglé l'affaire et partagé l'argent entre les clients, les autres avocats et lui – à l'exception, bien sûr, du débutant qui venait de se faire flouer. Bannick avait omis de négocier un accord commun avec l'équipe chargée de la responsabilité civile, et son contrat avec son ex-client était oral. Il était convenu qu'il recevrait un tiers du règlement.

Un tiers de quatre cent mille dollars était une somme colossale pour un jeune avocat inexpérimenté. Pourtant l'argent s'était envolé. Bannick s'en était plaint au juge, qui n'avait nullement compati. Il avait envisagé d'attaquer Schnetzer en justice, puis renoncé à cette idée pour trois raisons. D'abord, il craignait de se frotter à l'escroc. Ensuite, il doutait d'obtenir gain de cause. Enfin, et surtout, il ne voulait pas d'un procès embarrassant, où il jouerait le rôle de l'imbécile qui s'était fait berner par un petit malin. L'histoire était déjà assez humiliante et avait fait le tour des tribunaux.

À ce moment-là, il avait ajouté Mal Schnetzer à sa liste.

Pour sa plus grande joie, Mal avait fini par se faire prendre. Reconnu coupable d'escroquerie, il avait été radié du barreau et condamné à une peine de deux ans de prison. Une fois libéré, il s'était rendu à Jacksonville, où il gérait des dossiers pour le compte d'un groupe d'avocats spécialisés dans la défense des victimes d'accidents. Il avait gagné plusieurs affaires et eu l'audace d'ouvrir un petit cabinet à Jacksonville Beach, où il réglait des litiges alors qu'il n'avait plus de licence. Lorsqu'on l'avait accusé de pratiquer le droit frauduleusement, il avait fermé boutique et quitté l'État.

Bannick le surveillait de près et suivait tous ses déplacements.

Plusieurs années s'étaient écoulées et l'escroc avait refait surface à Atlanta, où il travaillait en sous-marin comme juriste pour des avocats spécialisés dans le divorce. En 2009, Bannick l'avait retrouvé à Houston, où il était « consultant » pour un cabinet spécialisé en droit civil.

*

Deux mois plus tôt Bannick avait loué une caravane meublée de vingt-cinq mètres carrés dans un parc haut de gamme près de Sugar Land, à une demi-heure du centre-ville de Houston. C'était un immense espace où huit cents remorques identiques s'alignaient dans de larges rues. Les règles étaient strictes : pas plus de deux véhicules par caravane, pas de bateaux ni de motos, pas de linge suspendu à des fils, pas de bruit excessif. Les carrés de pelouse étaient soigneusement entretenus par la direction. Les chaises longues, les vélos et les barbecues étaient entreposés dans des cabanons. Bannick s'y était rendu deux fois et, bien qu'il n'ait jamais rêvé de vivre dans un tel endroit, il trouvait l'ambiance détendue. Personne à moins de mille kilomètres ne savait qui il était ni ce qu'il faisait là.

Après une courte sieste, il se rendit dans un grand magasin discount et acheta un portable Nokia et une carte SIM prépayée d'une durée de soixante-quinze minutes, qu'il régla en liquide. Comme il n'avait pas à signer de contrat, le vendeur ne lui demanda pas d'informations personnelles. S'il l'avait fait, Bannick avait une série de faux permis de conduire dans son portefeuille. Parfois, on lui demandait une pièce d'identité, mais en général, les vendeurs n'y prêtaient pas attention. Il avait acheté une foule de téléphones à cartes prépayées, et s'en débarrassait au fur et à mesure.

De retour à sa caravane, Bannick appela le cabinet le vendredi en fin d'après-midi et demanda à parler à Mal Schnetzer, qui était déjà parti pour le week-end. Il expliqua à la secrétaire qu'il s'agissait d'une affaire urgente et qu'il devait absolument lui parler. La secrétaire, manifestement bien formée, insista pour en savoir plus, et il lui expliqua qu'un jeune homme avait été gravement brûlé sur une plate-forme pétrolière offshore appartenant à ExxonMobil. Elle proposa de lui passer un autre avocat du cabinet, mais M. Butler refusa : un ami lui avait recommandé M. Schnetzer, c'était à lui qu'il devait s'adresser.

Dix minutes plus tard, son téléphone sonna et il reconnut immédiatement son interlocuteur. Bannick prit une voix nasillarde.

— Mon fils est à l'hôpital de Lake Charles avec des brûlures sur quatre-vingts pour cent de son corps. C'est horrible, monsieur Snitcher.

— C'est Schnetzer. (Toujours aussi nul.) Et ça s'est passé sur une plate-forme pétrolière, c'est bien ça ?

Les blessures sur une plate-forme offshore étaient couvertes par le Jones Act, un rêve pour un avocat.

— Oui, monsieur. Il y a trois jours. Je ne sais pas s'il va s'en sortir. J'aimerais aller sur place, mais je suis handicapé et je ne peux pas conduire.

— Et vous habitez à Sugar Land, n'est-ce pas ?

— Oui, monsieur. Des avocats n'arrêtent pas d'appeler, c'est l'enfer.

— Pas étonnant.

— Je viens de raccrocher au nez d'un type.

— Ne leur dites rien. Quel âge a votre fils ?

— Dix-neuf ans. C'est un bon garçon. Il travaillait dur, et il nous aidait, sa mère et moi. Toujours célibataire. Il est tout ce qu'on a, monsieur Schnetzer.

— Je vois. Alors vous ne pouvez pas venir au cabinet en voiture.

— Non, monsieur. Si ma femme était là, elle pourrait m'emmener, mais elle est dans le Kansas. C'est de là que nous venons. On doit aller à l'hôpital. Je sais pas quoi faire, monsieur. On a besoin de votre aide.

— D'accord. Écoutez, je peux être là dans environ une heure, si ça vous va.

— Vous pouvez venir ici ?
— Oui, je vais passer vous voir.
— Ce serait formidable, monsieur Schnetzer. On a besoin de vous.
— Tenez bon, d'accord ?
— Vous pouvez dire à tous ces avocats de nous laisser tranquilles ?
— Bien sûr. Je vais m'en occuper. Quelle est votre adresse ?

*

À travers les stores, Bannick guettait les voitures qui passaient. Enfin, un gros pick-up Ford aux roues surdimensionnées ralentit et se gara derrière sa location.

Les années n'avaient pas épargné Mal Schnetzer. Il était beaucoup plus lourd, avec un ventre impressionnant qui dépassait de sa ceinture et étirait sa chemise, et il avait le visage rondouillard, flanqué d'un double menton. Ses épais cheveux gris étaient tirés en arrière et noués sur la nuque. Il sortit de son véhicule, examina les alentours et palpa le pistolet automatique dans l'étui sur sa hanche.

Bannick n'avait jamais eu affaire à une victime armée, et cela ne fit qu'augmenter son excitation. Il attrapa vivement la canne de marche sur le canapé, ouvrit la porte et avança sur le porche d'un pas hésitant, comme un homme en souffrance.

— Bonjour ! cria-t-il à Schnetzer qui se dirigeait vers lui.
— Salut.

— Je suis Bob Butler. Merci d'être venu. J'ai des bières fraîches à l'intérieur. Vous en voulez une ?

— Avec plaisir.

Il fit semblant de se détendre et invita Schnetzer à entrer, le dos courbé, en homme qui n'avait rien d'une menace.

Cela faisait vingt et un ans que les deux hommes ne s'étaient pas vus. À l'époque, ils étaient tous les deux avocats à Pensacola. Bannick doutait qu'il le reconnaisse, et avec sa casquette enfoncée sur son front et ses lunettes de soleil bon marché, Schnetzer ne devinerait jamais à qui il avait affaire. Il entra dans la caravane, l'avocat à sa suite. Tous deux se retrouvèrent serrés dans le petit espace.

— Merci d'être venu, monsieur Schnetzer.

— Pas de problème.

Mal se retourna, comme pour chercher un endroit où s'asseoir, et en une fraction de seconde, Bannick sortit Leddie de sa poche, la secoua pour que la section télescopique double, puis triple de longueur, et frappa Mal. La bille de plomb lui heurta violemment l'arrière du crâne. L'avocat poussa un grognement et voulut faire volte-face. Leddie lui défonça la tempe gauche, et Schnetzer s'écroula sur la table basse. Bannick s'empara rapidement du pistolet et ferma la porte. Schnetzer donna des coups de pied dans tous les sens, le corps agité de tremblements, et lui jeta un regard affolé, alors qu'il semblait vouloir dire quelque chose. Bannick le frappa encore, et encore, faisant éclater son crâne en mille morceaux.

— Cent trente-trois mille dollars, cracha Bannick. Un joli pactole que tu m'as volé. Une somme dont j'avais désespérément besoin. Quel escroc, Mal ! Quelle petite merde visqueuse d'avocat tu faisais ! J'ai été si heureux d'apprendre que tu avais fini au trou.

Mal grogna, et Bannick le frappa à nouveau. Du sang avait giclé sur le canapé et sur le mur.

L'homme essayait douloureusement de respirer. Bannick enfila des gants en plastique, s'empara de la corde, l'enroula deux fois autour de son cou et regarda les yeux injectés de sang de sa victime alors qu'il serrait de toutes ses forces. Il cala un pied sur sa poitrine et l'écrasa en tirant sur la corde, entaillant la peau du cou. Une minute s'écoula, puis une autre. Parfois, ils mouraient les yeux ouverts – c'étaient ses morts préférées. Il fit un nœud sur sa nuque et se releva pour admirer son œuvre.

— Cent trente-trois mille dollars volés à un gamin, à un confrère. Sale petit merdeux.

Quand Mal rendit son dernier soupir, ses yeux restèrent ouverts, comme s'il voulait observer la scène. Du sang recouvrait son visage, son cou, et coulait sur la moquette miteuse. Un beau foutoir.

Bannick poussa un profond soupir. Il tendit l'oreille pour guetter d'éventuelles voix à l'extérieur, des bruits inhabituels, mais n'entendit rien. Il se rendit dans la chambre et regarda par la fenêtre. Deux enfants passaient à vélo.

S'attarder sur le lieu du crime était un luxe qu'il s'accordait rarement, mais cette fois, il n'était pas pressé. Il fouilla les poches du pantalon de Mal et récupéra ses clés. De la poche arrière, il retira son téléphone et le posa sur son ventre, où il le laissa.

Dans un placard, il dénicha l'aspirateur qu'il avait acheté un mois plus tôt en liquide dans une grande surface, et le passa sur les sols de la cuisine et du salon, en prenant soin de ne pas toucher au sang. Lorsqu'il eut terminé, il retira le sac et en inséra un neuf. Il prit un paquet de lingettes et nettoya soigneusement Leddie et le pistolet. Il changea de gants en plastique et glissa la paire usagée dans un sac à provisions vide. Il essuya les poignées de porte, le comptoir de la cuisine, les murs et toutes les surfaces de la salle de bains – même s'il n'avait presque touché à rien. Il tira la chasse d'eau des toilettes et ferma le robinet. Enfin, il enleva tous ses vêtements sauf son caleçon, et les fourra dans le petit lave-linge. Pendant que la machine tournait, il prit une canette de soda light dans le réfrigérateur vide et s'installa dans la cuisine, son vieux copain Mal à quelques mètres de lui.

Un lourd fardeau, qu'il avait porté pendant vingt ans, s'était envolé, et il se sentait en paix.

Le cycle terminé, il transféra ses vêtements dans le sèche-linge et patienta encore un moment. Le téléphone de Mal vibra. Quelqu'un le cherchait. Il était près de 19 heures, il restait au moins une heure avant la tombée de la nuit.

Connaissant Mal, l'escroc n'avait pas dû dire à ses confrères où il allait. Il n'avait pas dû laisser de message, de numéro de téléphone, ni d'adresse de son futur client.

Il était à parier que Mal n'était pas passé au bureau et s'était précipité à Sugar Land pour signer un contrat lucratif, qu'il garderait pour lui seul, histoire de ne pas partager les honoraires.

Mais il en avait peut-être touché un mot à sa secrétaire. L'attente devenait monotone et, au fil des heures, les risques augmentaient.

Ses vêtements enfin secs, il se rhabilla et rangea ses affaires dans le sac à provisions – Leddie, les lingettes usagées, le sac de l'aspirateur, le pistolet. À la nuit tombée, il gagna le pick-up Ford de Mal. Des enfants jouaient au football dans la rue. Les mains toujours gantées, il grimpa dans le véhicule et démarra. Trois rues plus loin, il se gara sur le parking d'un centre commercial, comprenant une station-service, une épicerie, des magasins et le bureau de la direction. Il laissa les clés sur le contact et s'éloigna dans l'obscurité. Dix minutes plus tard, il était de retour à sa caravane. Il entra pour prendre le sac à provisions et jeta un dernier coup d'œil satisfait à Mal, raide mort par terre.

Il éteignit son téléphone, retira la batterie et quitta les lieux.

Une heure plus tard, il s'arrêta dans un relais routier sur l'Interstate 45 au sud de Huntsville et se gara derrière des camions. Il changea les plaques d'immatriculation et jeta les anciennes avec son sac de courses dans une grande benne à ordures. Il était impensable de se faire prendre avec le Glock de Mal.

Soudain affamé, il entra dans le restaurant routier et se régala de toasts et d'œufs avec les camionneurs. Santa Fe se trouvait à douze heures de route et il avait hâte de repartir.

30

Le vol de Jeri atterrit à l'aéroport international de Detroit le vendredi à 14 h 40. En traversant le terminal animé, elle éprouva un sentiment de liberté et de soulagement, d'être loin de Mobile, de la Floride, et de tous ses soucis. Dans l'avion, elle s'était persuadée que son cauchemar touchait à son terme, qu'elle avait enfin eu le courage de faire le premier pas pour rendre justice à son père, et que personne n'était sur ses traces. Elle récupéra sa voiture de location et prit la direction d'Ann Arbor.

Denise, sa fille unique, était en deuxième année de master de physique à l'université du Michigan. Elle avait grandi à Athens, en Géorgie, où Jeri avait fait ses études. Denise avait terminé brillamment sa licence et obtenu une bourse importante de l'État du Michigan. Son père, l'ex de Jeri, travaillait pour le département d'État à Washington. Il s'était remarié et Jeri avait peu de contacts avec lui, mais il surveillait de près sa fille.

Jeri n'était pas revenue depuis les vacances de Noël, quand mère et fille avaient passé une semaine à Cabo. Elle était allée deux fois à Ann Arbor et appréciait la ville. Elle qui vivait seule depuis tant d'années enviait la vie sociale de sa fille et le large cercle de ses amis.

Lorsqu'elle se gara dans la rue devant son immeuble de Kerrytown, Denise l'attendait. Elles s'étreignirent, puis se jaugèrent, et parurent satisfaites de leur apparence. Toutes deux étaient en forme et s'habillaient avec goût, même si Denise avait l'avantage. Tout lui allait à merveille, même le jean et les baskets qu'elle portait. Elles montèrent les bagages dans le petit appartement où Denise vivait seule. L'immeuble était rempli d'étudiants en droit qui aimaient se rassembler et écouter de la musique forte. Surtout un vendredi de la fin du mois d'avril. Elles se dirigèrent vers la piscine, où une ribambelle de jeunes gens discutaient près d'un fût de bière. Denise était ravie de présenter sa mère à ses amis et l'appelait parfois « Pr Crosby ». Jeri se contenta de siroter une bière dans un gobelet en plastique et d'écouter les conversations et les rires de ces jeunes qui avaient vingt ans de moins qu'elle.

Un étudiant en droit s'approcha, l'air plus intéressé que les autres. Denise lui avait laissé entendre au téléphone qu'elle avait rencontré un garçon, et son radar maternel était en alerte. Il s'appelait Link. Un séduisant jeune homme originaire de Flint, et il ne fallut pas longtemps à Jeri pour comprendre qu'il était plus qu'un simple ami.

Jeri était secrètement ravie qu'il soit africain-américain. Denise était sortie avec différents types de garçons, et cela ne la dérangeait pas, mais au fond d'elle-même, comme la plupart des gens, elle aimerait que ses petits-enfants lui ressemblent.

Sans demander l'avis de sa mère, Denise invita Link à se joindre à elles pour boire un verre. Tous trois quittèrent le complexe d'appartements et flânèrent dans

Kerrytown. Ils dénichèrent une table sur la terrasse du Grotto Watering Hole et observèrent avec amusement le défilé d'étudiants qui déambulaient. Jeri résista à la tentation de cuisiner Link sur sa famille, ses études, ses centres d'intérêt, ses projets d'avenir. Cela mettrait sa fille mal à l'aise, et elle s'était juré d'éviter tout drame pendant le week-end. Denise et elle commandèrent un verre de vin, Link, une bière pression. Il marquait un point. Jeri connaissait suffisamment les étudiants, surtout les garçons, pour hausser les sourcils quand ils débutaient la soirée avec de l'alcool fort.

Le jeune homme était à l'aise, riait facilement, et semblait très intéressé par le programme d'études du Pr Crosby. Jeri savait qu'il en rajoutait, mais elle l'appréciait quand même. Plus d'une fois, elle surprit les deux tourtereaux en train de se regarder d'un air de pure adoration. Ou bien était-ce du désir ?

Au bout d'une heure passée avec Link, Jeri songea qu'elle pourrait elle aussi tomber amoureuse de lui.

À un moment donné, Denise fit un signe discret à Link, un sous-entendu que Jeri ne saisit pas, et Link déclara qu'il devait partir. L'équipe de softball de sa faculté de droit disputait un match le soir même et, bien sûr, il en était la star. Jeri lui proposa de se joindre à elles pour dîner, mais il déclina poliment sa proposition. Peut-être le lendemain soir.

Dès qu'il fut parti, Jeri mit les pieds dans le plat.

— D'accord, c'est sérieux entre vous ?
— Maman, je ne vois pas de quoi tu parles…
— Je ne suis pas aveugle, ma fille. Alors ?
— Ce n'est pas assez sérieux pour qu'on en discute.
— Tu couches avec lui ?

— Bien sûr. Tu ne le ferais pas, toi ?
— Ne me pose pas cette question.
— Et avec qui tu couches, d'ailleurs ?
— Personne, c'est bien le problème.

Toutes deux éclatèrent de rire, un rire un peu nerveux.

— Bon, pour changer de sujet, reprit Denise, Alfred m'a appelée avant-hier. Il prend des nouvelles de temps à autre.

— Comme c'est gentil de sa part. Je suis contente que vous restiez en contact.

Alfred était le frère aîné de Jeri, l'oncle de Denise, et Jeri ne l'avait pas vu depuis trois ans. Avant la mort de leur père, ils étaient proches, et ils avaient essayé de se soutenir. Mais l'obsession de Jeri pour l'assassin avait fini par les éloigner. De son point de vue, Alfred avait baissé les bras trop vite. Convaincu que l'énigme ne serait jamais résolue, il avait cessé d'en parler. Et comme Jeri ne parlait pratiquement que de cela, du moins à l'époque, il avait pris ses distances. Pour surmonter cette épreuve et recommencer à zéro, il avait déménagé en Californie et n'était jamais revenu. Il s'était marié avec une femme que Jeri détestait et avait trois enfants adorables, mais Jeri habitait trop loin pour s'impliquer dans leurs vies.

Elles burent leur vin tranquillement en observant le ballet des étudiants.

Jeri finit par lancer :

— J'imagine que ton père prend de tes nouvelles aussi ?

— Bon, maman, on règle les histoires de famille et on passe à autre chose, d'accord ? Papa m'envoie cent dollars par mois et m'appelle tous les quinze jours. On s'écrit des SMS et des mails régulièrement. Je préférerais qu'il n'envoie pas d'argent. Je n'en ai pas besoin. J'ai une bourse, un emploi, et je me débrouille très bien toute seule.

— C'est la culpabilité, Denise. Il nous a quittées quand tu étais toute petite.

— Je sais, maman, et maintenant, la discussion familiale est terminée. Allons dîner !

— Je t'ai déjà dit que j'étais fière de toi ?

— Au moins un million de fois. Je suis fière de toi aussi.

*

Mère et fille dînèrent au Café Zola, un restaurant populaire situé dans un vieux bâtiment en briques rouges au coin de la rue. Denise avait réservé une table près de l'entrée, et elles profitèrent d'un long repas pour rattraper le temps perdu. Elles commandèrent un autre verre de vin, des salades et du poisson. À la demande de Jeri, Denise lui décrivit ses travaux de laboratoire, en employant des termes scientifiques qui dépassaient totalement sa mère. Elle tenait de son père la bosse des sciences et des mathématiques, et de sa mère son goût pour l'histoire et la littérature.

Au milieu du déjeuner, Jeri prit un air sérieux et lança :

— J'ai quelque chose d'important à te dire.

— Tu es enceinte ?

— Pour plus d'une raison, c'est biologiquement impossible.

— Je plaisantais, maman.

Denise soupçonnait que la grande nouvelle avait un lien avec la disparition tragique de son grand-père, un sujet qu'elles abordaient rarement.

— Je sais. (Jeri posa sa fourchette, comme si elle avait besoin de prendre des forces.) Je… euh… je sais qui a tué mon père.

Denise s'arrêta de mâcher et la regarda avec incrédulité.

— Oui, reprit-elle. Après vingt ans de recherche, j'ai trouvé le coupable.

Toujours sans voix, Denise déglutit et but une gorgée de vin. Elle hocha la tête.

— J'ai averti les autorités et… eh bien… peut-être que ce cauchemar touche à sa fin.

Denise expira et hocha de nouveau la tête, peinant à trouver ses mots.

— Et… je suppose que tu es contente ? Désolée, mais je ne sais pas comment réagir. Y a-t-il une chance qu'il soit arrêté ?

— Je pense, oui. Espérons-le.

— Euh… où est-il ?

— À Pensacola.

— Mais c'est tout près de Mobile !

— Effectivement.

— Ne me donne pas son nom, d'accord ? Je ne suis pas prête à l'entendre.

— Je ne l'ai dit à personne, en dehors des autorités.

— Tu n'es pas allée voir la police ?

— Non. Il y a d'autres institutions compétentes qui peuvent se charger de l'enquête en Floride. Ils ont pris la situation en main. J'imagine que la police sera informée par leurs soins très prochainement.

— Tu as des preuves ? Le dossier est solide ?

— Non. J'ai peur que ce soit difficile à prouver, et bien sûr, ça m'inquiète énormément.

Denise vida son verre d'un trait. La serveuse passa près de leur table et elle en commanda un autre. Après avoir jeté un coup d'œil tout autour d'elle, elle baissa la voix :

— D'accord, maman, mais s'il n'y a pas de preuves tangibles, comment épingler ce type ?

— Je n'ai pas toutes les réponses, Denise. C'est le boulot de la police et du procureur.

— Alors il va y avoir un grand procès et tout ?

— Encore une fois, je ne pourrai pas dormir tant qu'il ne sera pas condamné et derrière les barreaux.

Denise s'inquiétait de l'idée fixe de sa mère. Alfred semblait croire que sa sœur était au bord de la folie. Cette obsession pour l'assassin de son père était malsaine. Denise et Alfred en avaient discuté plusieurs fois ces dernières années, mais pas récemment. Tous deux se faisaient du souci pour Jeri, même s'ils ne pouvaient rien faire pour l'aider.

Pour le reste de la famille, le meurtre était un sujet tabou.

— Tu vas devoir témoigner au procès ?

À l'évidence, cette idée la perturbait.

— Je pense, oui. Un membre de la famille du défunt est généralement le premier témoin appelé à la barre par le procureur.

— Et tu es prête pour ça ?

— Oui, je suis prête à affronter le tueur au tribunal. Je ne manquerai pas une minute de ce procès.

— Je ne te demande pas comment tu as trouvé ce type…

— C'est une très longue histoire, Denise. Une histoire que je te raconterai un jour. Pas maintenant. Profitons de ce repas pour parler de sujets plus joyeux. Je voulais juste te mettre au courant.

— Tu l'as dit à Alfred ?

— Non, pas encore. Mais bientôt.

— Eh bien, j'imagine que ce sont de bonnes nouvelles, hein ? Tu es satisfaite ?

— Seulement s'il est condamné.

*

Son samedi matin débuta avec un yaourt sur le canapé, où Jeri dormait pour le week-end. Mère et fille restèrent en pyjama jusqu'à plus de midi. Elles finirent par se doucher, puis elles allèrent prendre un café dans un bar sur Huron Street. Par cette superbe journée de printemps, elles s'installèrent à une terrasse au soleil pour parler de la vie, de l'avenir, de la mode, des émissions de télévision, des films, des garçons, de tout et de rien. Jeri savoura le temps passé avec Denise, car elle savait combien ces moments étaient précieux. Denise était une jeune femme intelligente et ambitieuse avec un avenir prometteur, qui l'emmènerait probablement loin de Mobile, une ville où elle n'avait jamais vécu de toute façon.

Denise avait peur que sa mère laisse sa vie lui échapper, sans personne avec qui la partager. À quarante-six ans, elle était encore belle et sexy et avait beaucoup à offrir, mais elle avait choisi de se consacrer à la recherche de l'assassin de son père. Son obsession avait exclu toute idée de relation sérieuse, et même d'amitié. Un sujet qu'elles avaient jusque-là évité.

La faculté de droit participait à un tournoi de softball sur la journée, avec une douzaine d'équipes qui s'affrontaient sur le principe de la double élimination. Au volant de sa petite Mazda, Denise emmena sa mère au complexe sportif, puis elles déchargèrent la glacière et les chaises, et s'installèrent sous un arbre en bordure du terrain. Link les rejoignit et s'assit sur la couverture déployée sur l'herbe. Il but une bière avant le match – la plupart des joueurs en avaient pris une, même sur le terrain – et Jeri lui posa des questions sur son avenir. Link rêvait d'un poste au ministère de la Justice à Washington, puis peut-être d'un emploi dans un cabinet privé. Il se méfiait des rouages des grandes boîtes et voulait défendre les droits des personnes handicapées. Son père avait été grièvement blessé à son travail et était cloué dans un fauteuil roulant.

Plus Jeri l'observait en compagnie de sa fille, plus elle était convaincue que Link était son avenir. Et cela ne la dérangeait pas. Le jeune homme était attachant, intelligent, vif d'esprit, et manifestement épris de Denise.

Quand il partit jouer, Denise lança :

— Maman, je veux savoir comment tu as trouvé ce type.

— Quel type ?

— Le tueur.

Jeri sourit, secoua la tête et finit par répondre :

— Tu veux toute l'histoire ?
— Oui. Je veux savoir.
— Ça risque de prendre du temps.
— Bah, qu'est-ce qu'on a d'autre à faire les deux prochaines heures ?
— D'accord.

31

Tard dans la matinée du samedi, Lacy et son petit ami quittèrent Tallahassee pour un trajet de trois heures jusqu'à Ocala, au nord d'Orlando. Allie conduisait pendant que Lacy faisait la conversation. Elle mit d'abord un livre audio d'Elmore Leonard, mais elle se lassa rapidement des histoires de crimes et de cadavres, et opta pour un podcast sur la politique. Ce dernier s'avérant déprimant, elle choisit une émission de radio comique... « Attendez, attendez... Ne me dites rien ! » Leur rendez-vous avec Herman Gray était prévu à 14 heures.

*

M. Gray était une légende du FBI, qui avait supervisé l'Unité d'analyse comportementale pendant deux décennies. À l'approche des quatre-vingts ans, il avait pris sa retraite en Floride et habitait un pavillon sécurisé avec sa femme et ses trois chiens. Il avait été chaudement recommandé à Allie par un de ses responsables. Herman leur avait dit qu'il s'ennuyait et avait du temps à leur consacrer, surtout s'il s'agissait de discuter de tueurs en série. Il les avait traqués et étudiés tout au long de sa carrière et, d'après la légende, il en savait plus sur ces spécimens que n'importe qui. Il avait publié deux livres sur le sujet, qui ne s'avéraient guère utiles. Tous deux étaient des recueils de ses faits de guerre, avec des photos sanglantes et une bonne dose d'autosatisfaction.

Herman les accueillit chaleureusement et sembla sincèrement heureux d'avoir des invités. Sa femme leur proposa de déjeuner, mais ils déclinèrent son invitation. Elle leur servit du thé glacé sans sucre, et ils bavardèrent sur le patio, les épagneuls gambadant entre leurs pieds. Quand il évoqua sa carrière, Lacy l'interrompit poliment.

— Nous avons lu vos deux livres, nous connaissons votre travail.

Ce qui lui fit plaisir.

— La plupart des informations sont exactes. J'en ai peut-être un peu rajouté ici et là.

— C'est fascinant.

— Comme je vous l'ai expliqué au téléphone, dit Allie, Lacy aimerait passer en revue chaque victime et avoir votre opinion.

— J'ai tout l'après-midi, répondit Herman avec un sourire.

— C'est extrêmement confidentiel, alors je préférerais ne pas employer les vrais noms, précisa Lacy.

— Je suis un homme discret, mademoiselle Stoltz. Croyez-moi.

— Vous pouvez nous appeler Lacy et Allie.

— Bien sûr. Et appelez-moi Herman. Je vois que vous avez apporté une mallette... je suppose que ce sont des documents, des photos ?

— En effet.

— Allons nous installer à la table de la cuisine alors.

Ils le suivirent à l'intérieur – avec les chiens – et Mme Gray remplit leurs verres. Herman s'installa face au couple. Lacy prit une grande inspiration et se lança :

— Je voudrais vous parler de huit meurtres. Le premier a eu lieu en 1991, le huitième l'année dernière. Les sept premiers sont des morts par étranglement, avec la même corde et la même méthode, sauf pour la dernière victime, qui n'a pas eu droit à la corde. Juste les coups dans le crâne.

— Vingt-trois ans.

— Oui, monsieur.

— Peut-on laisser tomber le « monsieur » ?

— Absolument.

— Merci. J'aurai quatre-vingts ans dans deux mois, mais je refuse de me voir comme un vieil homme.

Mince comme une brindille, il donnait l'impression de pouvoir marcher quinze kilomètres sous un soleil de plomb.

— Comme vous l'avez compris, nous pensons que notre suspect a assassiné ces huit personnes. Six hommes. Deux femmes.

— Il y en a sûrement d'autres, non ?

— Oui, mais nous ne pouvons pas l'affirmer.

Herman saisit son stylo et son calepin.

— Parlons du premier.

Allie ouvrit sa mallette et tendit une chemise à Lacy.

— Le numéro un était un homme blanc de quarante et un ans – tous étaient blancs sauf un – retrouvé près d'un sentier de randonnée à Signal Mountain, dans le Tennessee.

Elle tendit à Herman le document qu'elle avait préparé, avec NUMÉRO UN écrit en gras en haut de la page. Date, lieu, âge de la victime, cause de la mort, et une photo en couleurs de Thad Leawood gisant dans les buissons.

Herman lut le résumé et étudia la photo avant de prendre des notes. Allie et Lacy l'observèrent attentivement. Quand l'ex-expert du FBI eut terminé, il leur demanda :

— En dehors du corps, a-t-on retrouvé quelque chose sur la scène de crime ?

— Rien. Ni empreintes, ni cheveux, ni fibres, ni traces de sang autre que celui de la victime. Et c'est vrai pour tous les meurtres.

— Bizarre, ce nœud... on dirait une demi-clé.

— Une double demi-clé, pour le moins original.

— C'est rare, en effet. S'il fait toujours le même, alors c'est clairement sa carte de visite. Combien de coups à la tête ?

— Deux. Certainement avec la même arme.

— L'autopsie ?

— Le crâne éclaté, plusieurs fractures partant du point d'impact. La police de Wilmington, en Caroline du Nord, une autre scène de crime, pense que l'arme est un marteau ou une boule en métal.

— C'est fatal à tous les coups, et c'est pas beau à voir. Des éclaboussures de sang partout, à tel point que le suspect en a sûrement sur ses vêtements.

— Des vêtements que, bien sûr, on n'a jamais retrouvés.
— Bien sûr que non. Le mobile ?
— Notre théorie est que le numéro un a sexuellement agressé le tueur quand il était petit.
— C'est un mobile sérieux. Une preuve de ce que vous avancez ?
— Pas vraiment.
— D'accord. Le numéro deux ?
Lacy lui tendit le dossier de Bryan Burke.
— L'année suivante, en 1992.
Herman le feuilleta.
— En Caroline du Sud.
— Oui. Chaque meurtre dans un État différent.
Herman sourit et griffonna dans son calepin.
— Le mobile ?
— Leurs chemins se sont croisés quand le tueur était étudiant. Le numéro deux était l'un de ses professeurs.
Lacy se garda bien de préciser « professeur de droit ». Ce serait pour plus tard.
Allie n'avait pas dit à Herman où Lacy travaillait ni sur quel genre de personnes elle enquêtait. Là encore, ils lui donneraient des précisions ultérieurement.
— Le numéro trois est Ashley Barasso.
— Quatre ans plus tard, à Columbus, en Géorgie. Nous ne savons rien du mobile, seulement qu'ils ont étudié ensemble.
— À la fac ?
— Oui.
— A-t-elle été agressée sexuellement ?

— Non. Elle était entièrement habillée. Rien n'a été dérangé. Aucun signe d'agression.

— C'est inhabituel. Le sexe est un facteur déterminant dans quatre-vingts pour cent des crimes en série.

— Le numéro quatre est Eileen Nickleberry, en 1998. Puis il faut attendre 2009 pour le numéro cinq, Danny Cleveland. Notre homme n'a pas agi pendant onze ans, du moins d'après nos informations.

— Ça fait un sacré laps de temps, commenta Herman en étudiant la photo.

— Même nœud. Il ne veut pas être pris, il est trop malin pour ça, mais il aimerait nous faire savoir qu'il existe. Ce qui n'est pas inhabituel pour le coup.

Il prenait des notes quand sa femme apparut et leur proposa des biscuits. Elle ne resta pas avec eux dans la cuisine, mais Lacy eut l'impression qu'elle n'était pas loin, probablement en train d'écouter leur conversation.

— Le numéro six, Perry Kronke, a été tué à Marathon en 2012.

Herman examina les photos.

— Où avez-vous eu ces clichés ?

— Grâce à une source qui enquête sur notre suspect depuis des années. Elle a utilisé le Freedom of Information Act, les archives du FBI, toutes les ressources habituelles. Nous avons des photos des cinq premières scènes de crime, mais pas de celle de Kronke.

— Trop récent, j'imagine. Le pauvre type était parti à la pêche… Assassiné en plein jour.

— Je suis allée sur place, un lieu plutôt reculé.

— D'accord. Le mobile ?

— Ils se sont côtoyés dans un cabinet d'avocats, sûrement un désaccord lié à une offre d'emploi qui ne s'est pas concrétisée.

— Alors il le connaissait, lui aussi ?

— Il connaissait toutes ses victimes.

Herman, qui pensait avoir tout vu, était visiblement impressionné.

— D'accord, voyons le dernier.

Lacy lui tendit les dossiers NUMÉRO SEPT ET HUIT et lui expliqua leur théorie : la première victime était la cible et la seconde avait débarqué à l'improviste. Herman étudia les résumés et les photos un long moment, puis déclara avec un sourire :

— D'accord, c'est tout ?

— Tout ce qu'on sait.

— Vous pouvez être sûrs qu'il y en a d'autres, et qu'il ne va pas s'arrêter là.

Ils hochèrent la tête en mordant dans un cookie.

— Et maintenant, vous voulez un profil psychologique, n'est-ce pas ?

— Oui, c'est l'une des raisons de notre présence ici, répondit Allie.

Herman posa son stylo, se leva, s'étira, et se gratta le menton.

— Homme blanc, la cinquantaine, a commencé à tuer à environ vingt-cinq ans. Célibataire, probablement jamais marié. En dehors des deux premières, il tue ses victimes le vendredi ou le week-end, une indication qu'il exerce une profession importante. Vous avez mentionné l'université. Il est évident qu'il est intelligent, voire brillant, et extrêmement patient. Pas de motif sexuel, mais il est sûrement impuissant.

Vous connaissez le mobile : le besoin pathologique de se venger. Il tue sans aucun remords. Un sociopathe, c'est le moins qu'on puisse dire. Antisocial, mais grâce à son éducation, il réussit probablement à faire illusion et à maintenir l'apparence d'une vie normale. Sept crimes dans sept États différents sur une période de vingt-trois ans. Peu commun. Il sait que la police ne creusera pas assez pour trouver un lien entre les meurtres. Et le FBI n'est pas dans la boucle ?

— Pas encore, confirma Allie. C'est l'autre raison de notre venue.

— Il connaît les expertises médico-légales, les procédures policières et les textes de loi, ajouta Lacy.

Herman se rassit lentement et observa ses notes.

— Plutôt original. Et même unique. Je suis impressionné par ce type. Que savez-vous de lui ?

— Eh bien, il correspond parfaitement à votre profil psychologique. Et il est juge.

Herman expira comme si cette idée le bouleversait. Il secoua la tête et réfléchit un long moment.

— Un juge en exercice ? demanda-t-il enfin.

— Oui, élu dans les règles de l'art.

— Waouh. C'est incroyable. Narcissique, avec une personnalité double, capable de mener l'existence d'un membre respecté et impliqué de la communauté, et qui utilise son temps libre pour planifier sa prochaine exécution. Il ne va pas être facile à coincer. À moins…

— À moins qu'il commette une erreur, n'est-ce pas ? suggéra Allie.

— Exactement.

— Nous pensons qu'il en a commis une, avec sa dernière victime. Vous avez parlé du FBI. Ils ne sont pas encore impliqués dans l'enquête, mais ils ont trouvé un indice. Notre homme a laissé une empreinte partielle de pouce sur un téléphone portable. Le labo de Quantico a passé des semaines dessus, à pratiquer toutes les analyses possibles et imaginables. Le problème, c'est qu'ils n'ont trouvé aucune correspondance nulle part. Le FBI pense que l'empreinte a été modifiée.

Herman secoua la tête, incrédule.

— Eh bien, je ne suis pas un spécialiste, mais je sais que c'est impossible, sans une importante intervention chirurgicale.

— Il peut se le permettre, et il a eu largement le temps de le faire.

— Je me suis renseigné, intervint Allie. J'ai interrogé plusieurs de nos experts. Ça s'est produit dans une poignée de cas.

— Si vous le dites. Pourtant j'ai des doutes.

— Nous aussi. Si nous ne réussissons pas à trouver une correspondance, alors c'est fichu. On n'a pas d'autres preuves, en dehors du mobile, et ce n'est pas suffisant, n'est-ce pas ?

— Je ne sais pas. J'imagine qu'il n'y a aucun moyen d'obtenir ses empreintes actuelles ?

— Pas sans mandat de perquisition, répondit Lacy. Nous avons des soupçons, mais ça ne suffira pas pour convaincre un magistrat d'en délivrer un.

— Nous avons besoin de vos conseils, Herman, dit Allie. Comment procéder ?

— Où habite ce type ?

— À Pensacola.

— Et l'empreinte est dans le Mississippi, c'est ça ?

— C'est exact.

— Les autorités du Mississippi pourraient contacter le FBI, non ?

— Sûrement. Ils aimeraient vraiment résoudre ces meurtres.

— Alors il faut commencer par là. Dès que nos gars seront impliqués, il sera plus facile de convaincre un juge fédéral de signer un mandat de perquisition.

— Et perquisitionner quoi ?

— Sa maison, son bureau, tous les lieux où il a pu poser ses mains.

— Eh bien, ça pourrait poser problème, répliqua Allie. D'abord, ce type a le don de ne laisser aucune empreinte nulle part. Ensuite, il pourrait prendre la poudre d'escampette à la première alerte.

— Laissons nos gars s'occuper des empreintes. Ils les trouveront. Personne ne peut effacer toutes les traces de sa maison et de son lieu de travail. Quant à le laisser filer, c'est un risque à prendre. Vous ne l'arrêterez que quand vous aurez prouvé que ce sont bien ses empreintes, n'est-ce pas ? Vous n'avez rien d'autre ?

— Jusqu'à présent, non, répondit Lacy.

— On a peut-être un autre souci, intervint Allie. Et si le Bureau refusait de s'impliquer ?

— Pourquoi ?

— Parce que les chances de réussir sont extrêmement minces. Les six premières scènes de crime ne nous ont rien appris. Ces affaires sont tombées aux oubliettes depuis des années. Vous connaissez la politique de Quantico. Et vous savez à quel point le Bureau manque de personnel. S'ils étudient cette affaire, ne risquent-ils pas de la refuser ?

Herman balaya cette idée de la main.

— Non, je ne pense pas. Nous avons traqué des tueurs en série pendant des années sans succès. Certains des homicides sur lesquels j'ai travaillé il y a trente ans n'ont jamais été élucidés. Et ne le seront jamais. Ça ne dissuade pas pour autant le Bureau. C'est leur raison d'être. Et n'oubliez pas qu'ils n'ont pas besoin de résoudre tous les meurtres. Un seul suffit pour épingler ce gars.

Herman reposa son stylo et croisa les bras sur sa poitrine.

— Vous n'avez pas d'autre choix que de faire appel au FBI. Je sens une hésitation de votre part.

Lacy lui raconta l'histoire de Betty Roe et de ses vingt années de quête pour retrouver l'assassin de son père.

— Pardon, l'interrompit Herman, mais est-ce qu'elle cherche un job ? Je pense que le Bureau a grand besoin d'elle !

— Elle a déjà une profession, répondit Lacy en riant. Elle a déposé une plainte auprès du BJC où je travaille. Elle est fragile et effrayée, et je lui ai promis que nous ne ferions pas intervenir la police avant d'avoir terminé notre enquête préliminaire.

Herman fronça les sourcils.

— Dommage. Vous avez un tueur très sophistiqué toujours à l'œuvre... il est temps de passer la main au Bureau. Plus vous attendez, plus ils trouveront de cadavres. Ce type ne s'arrêtera jamais.

32

Jeudi, le *Pensacola Ledger* publia en page 5 une brève dans la rubrique des faits divers. Mal Schnetzer, un ancien avocat de la région, avait été assassiné le samedi précédent dans une caravane à Sugar Land, au Texas, à l'ouest de Houston. La police donnait peu de détails, se contentant de préciser qu'il avait été étranglé dans une caravane louée par une personne à présent recherchée. La journaliste rappelait que Mal Schnetzer était un avocat bien connu à une époque dans la région, avant d'être radié du barreau et jeté en prison pour avoir escroqué ses clients. Il y avait un portrait de Mal sous son meilleur jour. Jeri lut l'histoire en ligne avec son café du matin. Elle rassembla immédiatement les autres articles : Danny Cleveland, l'ancien journaliste du *Ledger*, avait été étranglé dans son appartement de Little Rock en 2009 ; Thad Leawood, tué en 1991 près de Signal Mountain, dans le Tennessee ; et Lanny Verno, assassiné à Biloxi l'année précédente. Schnetzer, Cleveland et Leawood avaient des liens avec Pensacola et le *Ledger* avait mentionné leur disparition. Comme Verno était de passage, il n'avait pas fait l'objet d'une brève. Elle avait trouvé des papiers sur les meurtres dans les journaux locaux de Little Rock,

Chattanooga, Houston et Biloxi, et les avait regroupés dans un dossier qu'elle envoya, via une nouvelle messagerie, à une journaliste nommée Kemper – l'autrice de l'entrefilet sur le meurtre de Schnetzer. Elle joignit une note énigmatique : *Quatre meurtres par strangulation autour de Pensacola. Verno habitait là en 2011. Faites votre boulot !*

Elle n'était pas au courant pour le meurtre de Schnetzer, mais elle ne ferait pas de recherches. Elle était fatiguée, et ruinée, et n'avait tout bonnement pas l'énergie pour une énième enquête. Là encore, elle soupçonnait Bannick. Mais quelqu'un d'autre devrait se charger de l'investigation.

Le lendemain matin, en première page, figurait un article sensationnel sur les quatre hommes de Pensacola qui avaient été assassinés dans d'autres États. La police locale avait refusé de commenter et éludé les questions parce qu'elle ne savait rien. Les homicides ne relevaient pas de leur juridiction. De même, la police d'État ne fit aucun commentaire.

Jeri le lut avec joie et l'envoya immédiatement, crypté bien sûr, à Lacy Stoltz. Quelques minutes plus tard, elle lui communiqua la clé de décryptage par SMS.

Lacy était en train de lire des évaluations d'autres plaintes à son bureau lorsqu'elle vit le mail et ouvrit le dossier. Il n'y avait pas de message. Qui d'autre que Jeri aurait pu lui envoyer un mail crypté, suivi d'une clé par SMS ? Qui d'autre suivait les publications du *Ledger* et des autres journaux ? Une fois de plus, elle s'émerveilla du professionnalisme et de la ténacité de

Jeri, et sourit en songeant à la remarque d'Herman Gray – le FBI aurait bien besoin d'elle.

Elle ferma la porte de son bureau et relut attentivement les rapports sur les homicides anciens et récents. Elle s'efforça d'évaluer les répercussions de l'article, mais elles étaient impossibles à deviner. Toutefois cela changerait forcément la donne. Bannick allait le lire – il l'avait probablement déjà fait. Mais qui pouvait prédire sa prochaine action ?

*

Bannick se trouvait dans un hôtel de Santa Fe quand il le lut. Il passait en revue le *Ledger* en ligne quand il tomba sur l'article, et poussa un juron.

La seule personne qui pouvait faire le lien entre Lanny Verno et Pensacola était Jeri Burke. Ou peut-être l'ex-flic Norris Ozment, mais il n'était pas dans la boucle.

Quelques-uns des anciens avocats étaient au courant de sa querelle avec Schnetzer en 1993. Un journaliste du *Ledger* se souvenait peut-être de Danny Cleveland et de son article incendiaire sur Bannick lorsqu'il s'était présenté la première fois aux élections, bien que cela soit peu probable. Cleveland s'était attaqué à plusieurs promoteurs véreux. À sa connaissance, plus personne ne pouvait le relier à Thad Leawood. Il n'y avait pas eu de poursuites pénales, car les victimes effrayées s'étaient réfugiées derrière leurs parents, qui n'avaient pas su quoi faire.

*

Il avait treize ans et avait atteint le niveau Life, le deuxième, avec dix-huit insignes du mérite, dont les plus importants. Son but était de devenir Eagle, le premier niveau, pour son quatorzième anniversaire, ce que son père l'encourageait à faire avant le lycée, où le scoutisme passerait au second plan. Il dirigeait la patrouille des requins, la meilleure de la troupe. Il adorait le scoutisme – les week-ends dans les bois, la natation, les grands rassemblements, le défi de devenir Eagle, la quête de nouveaux insignes du mérite, les cérémonies de remise des prix, les travaux d'intérêt général.

Après l'agression, il avait manqué une réunion, ce qui ne lui arrivait jamais. Lorsqu'il n'était pas allé à la deuxième, ses parents s'étaient inquiétés. Il ne pouvait pas porter ce fardeau seul, aussi s'était-il confié à eux. Ses parents avaient été horrifiés, bouleversés, mais n'avaient pas su où trouver de l'aide. Son père avait fini par s'adresser à la police et avait été abasourdi d'apprendre qu'une autre plainte avait été déposée, d'un garçon qui désirait garder l'anonymat. Il s'agissait sûrement de Jason Wright, un ami qui avait quitté la troupe quelques mois plus tôt sans donner d'explications.

La police avait voulu parler à Ross, mais cette perspective le terrifiait. Il dormait au pied du lit de ses parents et avait peur de sortir de la maison. Ils avaient décidé que protéger leur enfant était plus important que punir le coupable. Le cauchemar s'était aggravé quand le *Ledger* avait publié un article sur une enquête de la police concernant des « accusations de harcèlement sexuel » par Thad Leawood, un chef scout âgé de vingt-huit ans. D'après le Dr Bannick, c'était certainement une fuite de la police, et cela avait mis la ville en ébullition.

Leawood s'était évaporé, et on ne l'avait plus jamais revu. Il avait fallu attendre quatorze ans pour lui faire payer ses crimes.

*

À la fin de l'après-midi du mercredi, Lacy était à court d'excuses, et lasse de procrastiner. Elle verrouilla la porte de son bureau et appela le premier des nombreux numéros de téléphone de Betty Roe. Aucun ne répondit, ce qui n'avait rien d'étonnant. Quelques minutes plus tard, son portable émit un ping – un message d'un numéro inconnu. Betty lui écrivait : « Prenez la ligne verte. » Leur code pour signifier : « Utilisez votre téléphone à cartes prépayées. » Lacy s'empara de son téléphone et n'eut pas à attendre longtemps son appel.

— Alors que pensez-vous de l'article du *Ledger* ? lança gaiement Betty.

— Très intéressant, c'est le moins qu'on puisse dire. Je me demande comment ils ont réussi à faire le lien aussi vite entre toutes ces affaires de meurtres.

— Oh, je ne sais pas. Je parie qu'ils ont reçu un appel anonyme, d'une personne qui était au courant de toute l'histoire. Qu'en dites-vous ?

— Vous avez sûrement raison.

— Et comment notre homme va réagir ?

— Je suis sûre que ça a gâché sa journée.

— J'espère qu'il a eu une violente attaque et s'est étouffé dans son vomi. Il paraît qu'il n'est pas en bonne santé. D'après les rumeurs, il aurait un cancer du côlon, mais j'en doute fort. C'est surtout une bonne excuse pour quitter la ville.

— Vous semblez de bonne humeur.

— Absolument, Lacy ! Je suis allée dans le Michigan et j'ai passé le week-end avec ma fille. C'était super.

— Bien. Parce que j'ai une nouvelle à vous apprendre. Nous avons terminé l'évaluation de votre plainte et nous pensons qu'elle est justifiée. Nous allons la transmettre à la police d'État et au FBI. Notre décision est prise.

Silence à l'autre bout du fil.

— Vous ne devez pas être surprise, Betty. C'est ce que vous vouliez. Vous vous êtes servie de nous pour vous donner une crédibilité pendant que vous restiez dans l'ombre. Ça n'a rien de répréhensible, et je peux vous assurer que votre identité n'a pas été dévoilée. Nous continuerons à la protéger, dans la mesure du possible.

— Qu'entendez-vous par « dans la mesure du possible » ?

— Eh bien, je ne sais pas comment l'enquête va évoluer. Le FBI voudra peut-être vous impliquer, mais ne vous inquiétez pas, ils ont l'habitude de protéger leurs témoins clés.

— Je ne trouverai pas le sommeil tant qu'il ne sera pas derrière les barreaux. Vous devriez vous méfier, Lacy. Je vous ai déjà prévenue à ce sujet.

— Oui, et je suis prudente, croyez-moi.

— Il est bien plus intelligent que nous. Et il nous épie en permanence.

— Vous pensez qu'il est au courant de notre implication ?

— Faites comme si c'était le cas, d'accord ? Imaginez le pire. Il guette quelque part, Lacy.

Lacy ferma les yeux, impatiente d'en finir avec cette conversation. Par moments, la paranoïa de Betty était agaçante.

33

Les réseaux informatiques et téléphoniques du département du shérif du comté de Harrison étaient sous la responsabilité de Nic Constantine, un étudiant de vingt ans qui travaillait pour le département à temps partiel. Il aimait son travail et appréciait la compagnie des forces de l'ordre, dont la plupart ne comprenaient rien à la technologie. Il était doué dans ce domaine et pouvait concevoir et réparer à peu près n'importe quoi. Il les incitait constamment à moderniser leurs logiciels, mais c'était toujours une question de budget.

Nic savait que l'affaire Verno/Dunwoody était top secrète. Les vautours de la presse rôdaient et le shérif Black avait exigé que toutes les communications restent hors ligne. À sa grande joie, Nic s'était rendu sur la scène de crime et, par la suite, avait retrouvé la trace des deux portables laissés par le tueur à la poste de Neely, dans le Mississippi. Un traçage facile, que n'importe quel gamin de douze ans aurait pu mener à bien.

Nic vérifiait régulièrement si le réseau n'était pas infesté par des virus, mais il n'avait jamais détecté Rafe, ni ses petits copains diaboliques générés par Maggotz. Ces derniers restaient en sommeil la plupart du temps.

L'erreur fut commise par l'agent Napier, qui envoya un mail non protégé au shérif pour confirmer leur réunion du vendredi 25 avril avec le FBI, dans le bureau des fédéraux à Pensacola. Napier avait surnommé les agents « Hoovies », en référence au célèbre ex-directeur du FBI, Edgar Hoover, et précisé qu'une équipe viendrait en avion de Washington avec un expert, le téléphone portable et l'« EPP ». Napier avait immédiatement réalisé son erreur, détruit le mail et demandé à Nic d'en effacer toute trace du réseau. L'informaticien l'avait fait disparaître du serveur interne du département de police et était confiant quant au résultat.

*

Rafe, toujours présent dans les limbes du réseau, avait repéré le mail. Trente minutes plus tard, le juge l'avait lu et était pris de panique. Il savait que les fédéraux adoraient les acronymes. Et il connaissait aussi bien le jargon que les agents de terrain. « EPP » signifiait empreinte de pouce partielle.

Aussitôt, il vérifia les vidéos des caméras de surveillance de sa maison, de son bureau au palais de justice et du bunker. Aucune visite. Puis il réserva le premier vol pour Santa Fe, régla la note de sa chambre et prit le chemin du retour.

Le voyage fut interminable. Il lui donna cependant tout le temps de réfléchir. Il était persuadé de n'avoir laissé aucune empreinte derrière lui, mais peut-être s'était-il trompé ? Une empreinte relevée sur l'un des portables ne donnerait rien. Après plusieurs années d'altération, la seule correspondance possible serait avec une de ses empreintes récentes, relevée sur un objet qu'il aurait touché durant la dernière décennie.

Il arriva chez lui à 3 heures du matin. Il était fatigué, même si les amphétamines faisaient encore effet. Il n'alluma pas les lumières pour ne pas signaler sa présence à ses voisins et évolua dans la pénombre. Après avoir enfilé des gants en plastique, il remplit une première fois le lave-vaisselle. Plusieurs tasses et verres allèrent droit dans un grand sac-poubelle.

Essuyer les surfaces avait pour but d'étaler les empreintes et de les rendre illisibles. Mais les étaler ne lui suffisait pas. Il mélangea une solution d'eau, d'alcool distillé et de jus de citron, et passa un chiffon en microfibres sur les comptoirs, les appareils ménagers, les interrupteurs, les murs, les étagères du garde-manger. Il retira du réfrigérateur les bocaux, les boîtes de conserve, les bouteilles et les emballages en plastique, et en jeta le contenu dans le broyeur. Les récipients rejoignirent le sac à ordures. Il cuisinait rarement et le réfrigérateur n'était jamais plein.

Les empreintes latentes pouvaient rester pendant des années. Il jura sous cape en marmonnant : « EPP. »

Dans la salle de bains, il frotta toutes les surfaces, les murs, les toilettes, le pommeau de douche, le sol. Il vida le placard, ne laissa qu'une brosse à dents, un rasoir jetable, de la crème à raser et un tube de Colgate à moitié vide. Il était impossible d'effacer les empreintes sur les tissus, pourtant il remplit la machine à laver de serviettes.

Dans le salon, il nettoya la télécommande et l'écran plasma. Il jeta tous les magazines et les vieux journaux. Il frotta les murs et les fauteuils en cuir.

Ensuite, il se rendit dans son bureau, où il essuya le clavier de son ordinateur, son vieux PC, deux téléphones portables obsolètes, et une pile de papier à lettres et d'enveloppes. Il observa le classeur de rangement rempli de dossiers et décida de s'en occuper plus tard. Le nettoyage prendrait des heures, voire des jours, et un seul passage ne suffirait pas. Il en faudrait un deuxième, et sûrement un troisième. À l'aube, avant que les voisins ne se réveillent, il transporta trois grands sacs-poubelle noirs dans son 4 × 4 et s'installa dedans pour faire une sieste.

Impossible de dormir. À 8 heures, il prit une douche, se changea, puis se débarrassa des serviettes et de ses habits. Il examina son placard pour évaluer la quantité d'affaires à jeter. Il remplit la machine à laver de sous-vêtements et de vêtements et doubla la quantité de lessive.

Après avoir enfilé une tenue décontractée, il quitta les lieux. Il appela Diana Zhang, l'informa qu'il était de retour, qu'il se sentait bien et qu'il allait passer au palais de justice pour lui dire bonjour. Lorsqu'il arriva à 9 heures, ses employés l'accueillirent en héros. Il discuta un moment avec eux, leur assura que son premier cycle de chimiothérapie s'était bien passé et que ses médecins se montraient optimistes. Il resterait quelques jours avant de repartir pour Santa Fe.

Ses employés lui trouvèrent un air fatigué, et même hagard.

Il s'installa à son bureau et dicta à sa secrétaire une liste de tâches à accomplir. Il avait besoin de passer des appels et lui demanda de le laisser. Après avoir verrouillé la porte, il parcourut la pièce du regard. Le bureau, les fauteuils en cuir, la table de travail, les classeurs de rangement, les étagères chargées de livres et de dossiers. Heureusement, il ne les avait presque pas touchés depuis des années. La tâche semblait insurmontable, mais il n'avait pas le choix. Il ouvrit sa mallette, enfila des gants en plastique, sortit trois paquets de lingettes nettoyantes, et se mit au travail.

Deux heures plus tard, il annonça à son personnel qu'il rentrait chez lui pour se reposer. « Ne m'appelez pas, s'il vous plaît. » En réalité, il se rendit dans son antre secret de Pensacola. Il doutait que les experts en quête d'empreintes digitales le débusquent ici, mais il ne pouvait prendre aucun risque. Il s'était montré très prudent dans la conception du bunker, soucieux de ne laisser aucun indice en cas de problème. Tout était numérisé – pas de livres, pas de dossiers, pas de factures, rien qui puisse laisser une trace.

Il s'allongea sur le canapé et réussit à dormir deux heures.

*

Selon l'emploi du temps officiel de Jeri, que l'on trouvait en ligne, cette dernière donnait un cours de politique comparée à 14 heures dans le département des sciences humaines. Il fit une heure de route pour gagner Mobile et trouva le bâtiment grâce au plan du campus qu'il avait mémorisé.

Sa voiture, une Toyota Camry 2009 blanche, était garée parmi une centaine d'autres dans un parking réservé aux enseignants et aux étudiants. Il se rendit dans une station-service à quelques rues de là, fit laver son Tahoe tout neuf, puis se gara près de l'aspirateur et ouvrit les quatre portières. Satisfait de l'opération de nettoyage, il échangea ses plaques d'immatriculation contre d'autres enregistrées en Alabama. Quand le véhicule fut impeccable, il retourna au bâtiment des sciences humaines et trouva une place tout près de la Camry. Il ouvrit le hayon de son Tahoe, retira le cric et la roue de secours, puis fit semblant de changer le pneu arrière droit qui n'était pas à plat.

Un agent de sécurité du campus dans un vieux Bronco s'insinua entre les rangées de voitures et s'arrêta derrière le Tahoe.

— Vous voulez un coup de main ? lança-t-il abruptement, sans pour autant faire mine de sortir.

— Non, merci, dit Bannick. Je m'en charge.

— Je ne vois pas de vignette de stationnement.

— Non, monsieur. J'ai crevé là-bas, indiqua-t-il en désignant la rue du menton, j'en ai pour cinq minutes.

L'agent s'éloigna sans un mot.

Merde ! Une erreur qu'il n'avait pu éviter.

Pendant que le Tahoe était sur le cric, et sans toucher à un écrou de la roue, il saisit un traceur GPS BlueCloud TS-180 à support magnétique. Il pesait quatre cents grammes et avait la taille d'un gros livre de poche. Il s'approcha nonchalamment de la Camry, tout en surveillant discrètement les alentours avec ses lunettes de soleil, remarqua que trois étudiants entraient dans le bâtiment sans s'intéresser à lui et, d'un mouvement habile, se baissa pour coller l'appareil près du réservoir d'essence. La batterie avait une autonomie de cent quatre-vingts heures et était activée par le mouvement.

Deux heures plus tard, la Camry se mit en route. Bannick la suivit sur son portable et, bientôt, il l'eut dans son champ de vision. Jeri fit un arrêt au pressing, puis rentra chez elle.

Le traceur fonctionnait à merveille.

Il retourna à Cullman, attendit la fermeture du palais de justice à 17 h 30 et entra par la porte de derrière avec sa clé. Il allait et venait comme il l'entendait depuis dix ans et croisait rarement quelqu'un après les heures de bureau. Il ne commettait aucun crime, il faisait juste un peu de ménage.

Il nettoya à nouveau son bureau de fond en comble, et s'en alla à la nuit tombée avec deux mallettes remplies de dossiers et de calepins. Un magistrat qui travaillait dur.

34

Le vendredi matin, Lacy et Darren se présentèrent à l'accueil d'un immeuble de bureaux du centre-ville à 9 h 45 pour leur rendez-vous de 10 heures, une sorte de réunion au sommet. Le bureau du FBI se trouvait au sixième étage, et ils prirent l'ascenseur avec l'agent spécial Dagner, de Pensacola.

Depuis le troisième étage d'une chambre d'hôtel à deux rues de là, le juge Bannick surveillait le parking avec un télescope monoculaire portable. Il vit Lacy et Darren entrer dans le bâtiment. Dix minutes plus tard, une berline banalisée immatriculée dans le Mississippi se gara, et deux hommes en sortirent. Ils portaient des tenues de ville, ainsi que des manteaux et des cravates pour leur important meeting. Arriva ensuite un 4 × 4 noir. Les quatre portières s'ouvrirent en même temps et des fédéraux, trois hommes et une femme, en costumes sombres et élégants, pénétrèrent à leur tour dans le bâtiment. Les deux derniers débarquèrent dans une voiture immatriculée en Floride. Encore des costumes foncés.

Quand ce petit manège cessa à 10 h 10, Bannick s'assit sur le bord du lit et se massa les tempes. Le FBI était arrivé, les « Hoovies » de Washington, ainsi que la police d'État et les gars du Mississippi.

Il ne pouvait pas être certain de ce qui se disait là-dedans. Rafe n'avait pas réussi à infiltrer le réseau.

Mais le juge se doutait de ce qui se passait, et il savait comment en avoir le cœur net.

*

Ils s'installèrent autour d'une longue table dans la plus grande salle de conférences, pendant que deux secrétaires apportaient du café et des pâtisseries. Après les présentations de rigueur, avec tellement de noms que Darren dut prendre des notes, le donneur d'ordres déclara la réunion ouverte. Il s'agissait de Clay Vidovich, l'agent spécial en charge du dossier. À sa droite, les agents spéciaux Suarez, Neff et Murray. À sa gauche, le shérif Dale Black et l'agent Napier, de Biloxi. À côté d'eux, deux enquêteurs de la police d'État de Floride, Harris et Wendel. Lacy et Darren étaient assis à l'autre extrémité de la table, comme s'ils n'avaient pas vraiment leur place parmi les vrais redresseurs de torts.

Les grands absents étaient les agents de la police de Pensacola. Le suspect étant un homme du coin qui connaissait beaucoup de monde, il fallait éviter les fuites. Ces policiers risquaient d'en dire trop et de tout faire capoter.

Vidovich prit la parole.

— Aujourd'hui, les formalités administratives sont terminées, tous les protocoles ont été validés, et le FBI est officiellement chargé de l'affaire. Il s'agit maintenant d'un groupe de travail, et toutes les forces en présence vont coopérer. Shérif, qu'en est-il de la police du Mississippi ?

— Eh bien, on les tient informés, mais on m'a demandé de ne pas mentionner cette première réunion. J'imagine qu'ils sont prêts à intervenir si nous avons besoin d'eux.

— En effet. Pas maintenant, peut-être plus tard. Lieutenant Harris, avez-vous prévenu la police de Marathon ?

— Non, monsieur, mais je le ferai si c'est nécessaire.

— Bien. Nous allons avancer sans eux pour le moment. Nous avons tous lu les comptes rendus. Madame Stoltz, puisque vous êtes à l'origine de cette affaire, pourquoi ne pas nous donner les grandes lignes ?

— Bien sûr, répondit-elle avec un large sourire.

La seule autre femme dans la pièce était l'agent Agnès Neff, une dure à cuire à l'air renfrogné.

Lacy se leva et repoussa son siège.

— Tout a commencé par une plainte contre le juge Bannick, déposée par une certaine Betty Roe, un nom d'emprunt.

— Quand aura-t-on son vrai nom ?

— Eh bien, c'est votre affaire maintenant, c'est à vous d'en décider. Je préférerais toutefois préserver son anonymat le plus longtemps possible.

— Très bien. Et en quoi est-elle concernée ?

— Son père a été assassiné en 1992 près de Gaffney, en Caroline du Sud. La police a rapidement abandonné l'enquête, et elle s'est mis en tête de trouver le tueur. Cette affaire l'obsède depuis des années.

— Et nous parlons de huit meurtres, n'est-ce pas ?

— Elle en a découvert huit, mais ce ne sont peut-être pas les seuls.
— Et tout ce qu'elle a, c'est le mobile ?
— Et la méthode.

Vidovich regarda Suarez, qui secoua la tête, et déclara :
— C'est le même homme. Le même genre de corde, et le nœud est sa signature. Nous avons obtenu les photos de la scène de crime de Schnetzer au Texas, même corde, même nœud. Nous avons examiné les rapports d'autopsie, les coups à la tête sont similaires, tout comme l'instrument utilisé. Une sorte d'arrache-clou qui fracasse le crâne au point d'impact et qui crée des lignes de fracture qui irradient dans toutes les directions.

Vidovich observa le lieutenant Harris.
— Et le tueur le connaissait dans une autre vie, c'est ça ?
— C'est ça. Ils étaient tous les deux avocats ici, à Pensacola, il y a de nombreuses années.
— Et vous ne connaissez pas ce juge, n'est-ce pas, madame Stoltz ?
— Non, je n'ai pas ce plaisir. Aucune plainte n'a jamais été déposée contre lui. Son dossier est irréprochable, comme sa réputation.
— Remarquable, commenta Vidovich.

Tout le monde fronça les sourcils en signe d'assentiment.
— Madame Stoltz, reprit-il, que ferait-il d'après vous si on lui demandait de venir répondre à quelques questions ? C'est un juge réputé, un officier de justice. Il n'est pas au courant pour l'EPP. Pourquoi refuserait-il de coopérer ?

— Eh bien, s'il est coupable, pourquoi coopérerait-il ? À mon sens, il peut disparaître. Ou prendre un avocat.

— Il risque de s'enfuir d'après vous ?

— Oui, je le pense. Il est intelligent et il a des ressources. Il a réussi à passer sous tous les radars ces vingt dernières années. Je crois que ce gars peut s'évanouir dans la nature du jour au lendemain.

— Merci.

Lacy s'assit et observa les visages autour de la table.

— Il est évident que nous avons besoin de ses empreintes, reprit Vidovich, les actuelles. Agnès, parlez-nous du mandat de perquisition.

L'air toujours aussi renfrogné, elle s'éclaircit la gorge et parcourut ses notes.

— J'ai rencontré nos avocats hier à Washington, et ils pensent que nous pouvons nous lancer. Un suspect dans un homicide – deux en réalité –, l'affaire Biloxi, et une mystérieuse empreinte partielle de pouce sans aucune correspondance. Les avocats sont d'avis que nous devons faire le forcing pour obtenir un mandat. Le procureur du Mississippi a été briefé et il a un magistrat sous la main.

— Je peux vous demander quelle est votre stratégie pour la perquisition ?

— Sa maison et son bureau, répondit Vidovich. Ils sont forcément couverts d'empreintes. Si on trouve une correspondance, c'est terminé pour lui. Si on n'a rien, on présente nos excuses et on laisse tomber. Betty Roe pourra continuer à jouer les Sherlock Holmes.

— D'accord, mais c'est un maniaque de la sécurité et de la surveillance. Il comprendra ce qui se trame à la seconde où on frappera à sa porte. Ou qu'un agent s'invitera chez lui. Et après, il disparaîtra.

— Sait-on où il se trouve en ce moment ?

Tout le monde secoua la tête autour de la table. Vidovich se tourna vers Harris, qui répliqua :

— Non, on ne le surveille pas. Il n'y a pas de raison. On n'a pas de preuves tangibles. Pas de dossier. Il n'est pas encore officiellement suspect.

— Il a pris un congé pour raisons de santé, intervint Lacy. Il aurait un cancer, d'après une de nos sources ici, à Pensacola. Son bureau nous a indiqué qu'il ne siégerait pas les deux prochains mois. Le site du tribunal de district le confirme.

Vidovich fronça les sourcils et se frotta la mâchoire pendant que tout le monde attendait sa réaction.

— D'accord, mettons en place la surveillance et trouvons notre homme. Dans l'intervalle, obtenons un mandat de perquisition du magistrat du Mississippi et gardons-le jusqu'à ce qu'on lui mette la main dessus.

Ils discutèrent des modalités de la surveillance pendant une heure. Lacy et Darren se sentaient inutiles. Leur exaltation initiale s'était émoussée, et ils finirent par prendre congé.

Vidovich leur promit de les garder dans la boucle, mais il était évident que leur travail était terminé.

Alors qu'ils quittaient la ville, Darren déclara :

— Tu vas le dire à Betty ?

— Non, elle n'a pas besoin de savoir ce qui se passe.

— Alors on en a fini avec elle ? On clôt le dossier ?

— Je n'en suis pas sûre.

— Bah, c'est toi, la boss, non ?

— En effet.
— Alors pourquoi ne pas lui dire que le BJC n'est plus impliqué ?
— Tu veux jeter l'éponge ?
— On est des avocats, Lacy, pas des flics.

*

Les trois heures de trajet de retour à Tallahassee leur procurèrent un sentiment de soulagement. C'était l'après-midi, et en cette journée de printemps particulièrement fraîche, ils décidèrent d'oublier le travail.

*

Pendant qu'ils discutaient de son destin, le juge Bannick se rendit dans son centre commercial et s'enferma dans son bunker. Il effaça le contenu des ordinateurs, enleva les disques durs, récupéra les clés USB de ses coffres-forts cachés, puis il nettoya de nouveau la pièce de fond en comble. Après son départ, il enclencha le système de vidéosurveillance et de capteurs de mouvements, et prit la direction de Mobile.

Il passa l'après-midi à flâner dans un centre commercial, à boire des expressos au Starbucks, un club soda dans un bar plongé dans la pénombre, et à flâner le long du port, puis il reprit la route sans but précis jusqu'à la nuit tombée.

35

L'enveloppe blanche, de format ordinaire, contenait des copies des trois petits poèmes. Elle était scellée et adressée – en gros caractères gras – à Jeri Crosby. Pas d'adresse postale. Les mots « à remettre en mains propres » étaient griffonnés dessus. Il attendit 21 heures et se gara dans le tournant à deux rues de là.

*

Jeri passait son vendredi soir à zapper sur les chaînes de télévision, tout en résistant à la tentation d'aller sur Internet pour faire d'autres recherches sur les meurtres. Lacy l'avait appelée après le déjeuner pour lui annoncer que le FBI avait pris le contrôle des opérations. Jeri aurait dû être de bonne humeur maintenant que son travail était terminé et que Bannick était poursuivi par des professionnels. Mais les obsessions avaient la peau dure et il serait difficile de tourner la page. Bannick la hantait depuis si longtemps qu'elle aurait du mal à le sortir de sa tête. Avant, il était son unique but dans l'existence, avec son travail négligé et sa fille adorée. Et elle était toujours aussi terrifiée.

Combien de temps resterait la peur ? Pourrait-elle bientôt passer une heure sans regarder par-dessus son épaule ?

La sonnerie de la porte la fit sursauter. Elle chercha la télécommande à tâtons, coupa le son de la télévision, saisit son pistolet sur le guéridon de l'entrée, et regarda à travers les stores. Un réverbère éclairait les pelouses des quatre immeubles de sa rue, mais elle ne vit rien d'inhabituel. Elle n'avait pas l'intention d'ouvrir la porte, pas à 21 heures un vendredi soir, et ne voyait pas qui pouvait lui rendre visite à cette heure sans prévenir. Même les candidats politiques ne travaillaient pas aussi tard. Elle attendit que la sonnerie retentisse à nouveau, l'arme au poing, et lutta contre l'envie de regarder par le judas. Plusieurs longues minutes s'écoulèrent, et le fait que son visiteur n'ait pas sonné une deuxième fois ne fit qu'augmenter son angoisse. S'agissait-il de gamins qui lui faisaient une farce ? Cela ne lui était jamais arrivé, pas dans sa petite rue tranquille. Elle se rendit compte qu'elle transpirait et que son estomac était noué. Elle s'efforça de respirer profondément, mais son cœur battait à tout rompre.

Lentement, elle s'approcha de la porte et déclara à voix haute, suffisamment fort pour être entendue dans le couloir :

— Qui est là ?

Bien sûr, pas de réponse. Elle trouva le courage de regarder à travers le judas, s'attendant presque à voir un gros œil injecté de sang la fixer. Mais non, rien. Elle fit un pas en arrière, inspira à nouveau et, le pistolet dans sa main droite, elle ôta le verrou de la gauche.

La chaînette toujours en place, elle jeta un coup d'œil par l'entrebâillement de la porte. Il n'y avait personne. Avait-elle des hallucinations auditives ? Est-ce qu'on avait vraiment sonné ?

La caméra, imbécile ! Elle avait si peu de visites qu'elle avait oublié la caméra. Elle alla chercher son smartphone dans la cuisine et, d'une main tremblante, ouvrit l'application. Elle regarda la vidéo bouche bée. La caméra de l'entrée était activée par le mouvement et la vidéo débutait au moment où un homme sortait des fourrés. Il bondit sur le perron, glissa une enveloppe dans la contre-porte et disparut. Elle repassa plusieurs fois le film avec un sentiment de malaise croissant.

C'était un homme aux cheveux couleur sable, qui lui tombaient sur les épaules. Une casquette enfoncée sur son front. Il portait des lunettes à monture épaisse et, en dessous, un masque couleur chair zébré de cicatrices, tout droit sorti d'un film d'horreur.

Elle alluma les lumières et s'assit sur le canapé avec son arme et son téléphone. Elle regarda de nouveau la vidéo. Six secondes. Il n'apparaissait que la moitié du temps. Trois secondes, c'était largement suffisant. Elle se surprit en train de pleurer, chose qu'elle détestait, mais pas de désespoir. C'étaient des larmes de terreur pure. Son estomac était complètement retourné et elle avait envie de vomir. Son corps se mit à trembler et son cœur s'emballa.

Au bout d'un moment, elle se força à se lever et à marcher jusqu'à la porte. Elle la déverrouilla, l'entrebâilla et ouvrit la contre-porte. Une enveloppe tomba sur le paillasson. Elle la ramassa, referma les deux portes à clé et retourna sur le canapé, où elle fixa l'enveloppe du regard pendant dix minutes.

Quand elle se décida enfin à l'ouvrir et découvrit ses poèmes idiots, ses mains se portèrent instinctivement à sa bouche pour étouffer un cri.

*

La police était agacée par un appel aussi futile. Les voitures mirent vingt minutes pour arriver, heureusement sans le concert de gyrophares bleus. Jeri accueillit les agents sur le perron.

— Un rôdeur ? interrogea le premier.

Le second fit le tour des fourrés avec une lampe de poche, mais ne remarqua rien d'anormal.

Jeri leur montra la vidéo.

— C'est une farce, madame, déclara le premier en secouant la tête, irrité d'être venu pour rien. On a voulu vous faire peur.

Un vendredi soir dans une grande ville, ils avaient des affaires plus urgentes à régler – des criminels, des trafiquants de drogue et des adolescents bourrés.

— Eh bien, ils ont réussi leur coup, répondit-elle.

M. Brammer, son voisin le plus proche, vint aux nouvelles, et les policiers l'interrogèrent. Jeri ne lui avait pas parlé depuis des semaines. Pas plus qu'aux autres voisins. Elle avait la réputation d'être une recluse.

Il lui proposa de l'appeler si cela se reproduisait. Avant de s'en aller, les policiers lui promirent de patrouiller dans le quartier les prochaines heures. Après leur départ, elle s'enferma dans son appartement et s'assit sur le canapé, toutes les lumières allumées. À imaginer l'impensable.

Bannick savait que c'était elle. Il était venu à son domicile, avait sonné à la porte et déposé l'enveloppe contenant ses poèmes. Et il allait revenir.

Elle songea à appeler sa fille, mais à quoi bon l'effrayer ? Denise habitait à des milliers de kilomètres de là et ne pouvait pas l'aider. Elle devrait téléphoner à Lacy, juste pour que quelqu'un soit au courant. Mais elle aussi habitait loin et ne prendrait certainement pas son appel à cette heure.

À minuit, elle éteignit toutes les lumières et resta assise dans le noir, à attendre.

Une heure plus tard, elle prépara un petit sac et, pistolet au poing, elle sortit par la porte de derrière et grimpa dans sa voiture. Avant de démarrer, elle scruta les alentours, mais ne vit rien de suspect. Elle zigzagua dans les rues tranquilles, bifurqua sur l'Interstate 10, et quand les lumières du centre-ville furent derrière elle, elle se détendit, soulagée d'avoir quitté l'agglomération. Elle prit la sortie sud en direction du golfe du Mexique. À cette heure, la route était déserte, et elle put s'assurer que personne ne la suivait. Elle traversa les villes de Robertsdale et de Foley, et fit halte dans une supérette ouverte toute la nuit. Une voiture passait toutes les dix minutes. La route s'arrêtait à la plage de Gulf Shores. Là, elle avait le choix entre l'est et l'ouest. Bannick était probablement encore en train de rôder autour de Mobile, aussi se dirigea-t-elle vers l'est. Elle traversa les villes balnéaires de l'Alabama, puis la Floride. Pendant une heure, elle roula sur la Route 98, jusqu'à ce qu'un feu rouge l'arrête à Fort

Walton Beach. Une voiture la suivait depuis quelques kilomètres, ce qui lui sembla bizarre, vu le peu de circulation. Sur une impulsion, elle bifurqua vers le nord, sur la 85, mais la voiture ne la suivit pas. Une demi-heure plus tard, elle croisa l'Interstate 10 et vit un panneau indiquant une aire d'autoroute avec un restaurant, une station essence et un motel.

Elle avait besoin de se reposer et fut rassurée par les lumières brillantes et le parking à moitié vide du Bayview Motel. Une fois garée, elle sortit de son véhicule avec son arme dans son sac, et alla prendre une chambre.

*

Vingt minutes plus tard, Bannick pénétra sur le parking. De son 4 × 4 immatriculé en Alabama, son ordinateur sur les genoux, il réserva une chambre en ligne. Lorsqu'il reçut le mail de confirmation dix minutes plus tard, il répondit qu'il y avait un problème avec la réservation. *Voyez s'il vous plaît la pièce jointe.* L'employé s'exécuta, et Rafe s'infiltra dans le système de sécurité du motel.

Depuis 21 h 28 la veille au soir, une seule cliente avait pris une chambre, une certaine Margie Frazier, qui avait bien évidemment utilisé une carte de crédit prépayée.

Comme c'est charmant, songea le juge, *elle aimait changer de nom.*

Rafe la dénicha dans la chambre 232. En face, la 233 était libre. Au bout du couloir se trouvait une sortie de secours avec un escalier, à emprunter uniquement en cas d'urgence.

Le motel utilisait un système classique de clés électroniques, avec une coupure générale en cas d'incendie. Rafe dénicha le tableau de commande de l'éclairage et, pour s'amuser, le juge éteignit les lumières du hall d'entrée. Il laissa la pièce dans l'obscurité quelques secondes, puis les ralluma. Pas une âme n'avait réagi.

Il entra dans le hall désert et appuya sur la sonnette de la réception. Au bout d'un moment, un jeune homme aux yeux ensommeillés apparut et le salua. Il lui fit remplir les formalités administratives pour une nuit en chambre individuelle. Le juge était prolixe. Il demanda la chambre 233 : il y avait séjourné six mois plus tôt et avait dormi neuf heures, un record ! Il voulait retenter l'expérience. Superstition et tout le reste. Le jeune employé s'en fichait.

Bannick prit l'ascenseur jusqu'au deuxième étage, entra sans bruit dans la chambre 233 et examina la porte. Pour plus de sécurité, elle était équipée d'un verrou et d'un pêne électronique. Rien d'extraordinaire, mais tout de même surprenant pour un motel qui louait des chambres à quatre-vingt-dix-neuf dollars la nuit. Il enfila une paire de gants en plastique couleur chair, ouvrit son ordinateur portable, se connecta à Rafe et étudia les systèmes de sécurité et d'éclairage.

Margie se trouvait de l'autre côté du couloir, dans la chambre 232. À côté, la 234 était libre. Pour s'entraîner, il demanda à Rafe de déverrouiller toutes les portes, puis se rendit à la 234 et l'ouvrit en tournant simplement la poignée. De retour dans sa chambre, il reverrouilla toutes les serrures, puis disposa ses instruments sur la crédence bon marché : une petite bouteille d'éther, un chiffon en microfibres, une lampe de poche et une lame de contournement de pêne. Il les glissa dans les poches de la veste qu'il portait en ces occasions spéciales. À côté de sa trousse à outils, il disposa précautionneusement une aiguille hypodermique et un flacon de kétamine, un puissant barbiturique utilisé pour l'anesthésie.

Il s'étira, respira profondément et se rappela deux vérités clés : premièrement, il n'avait pas le choix ; deuxièmement, l'échec n'était pas une option.

Il était 3 heures passées de 18 minutes, le samedi 26 avril.

À l'aide de son ordinateur, il donna à Rafe l'instruction de déverrouiller toutes les portes, puis coupa l'électricité. Tout fut instantanément plongé dans le noir. Sa lampe de poche entre les dents, il sortit de sa chambre, traversa le couloir et tourna doucement la poignée de la porte 232. Il passa la lame de contournement dans la fente, repoussa le verrou, ouvrit le battant à moitié, puis se mit à genoux, éteignit sa lampe et progressa à quatre pattes dans la pièce. Tout cela sans un bruit.

Elle dormait. Il écouta sa respiration profonde et sourit, convaincu que la suite serait un jeu d'enfant. À tâtons, il s'approcha du lit, prit le chiffon imbibé d'éther dans la poche de sa veste, alluma sa lampe et se jeta sur elle. Jeri dormait sur le flanc, sous un drap. Elle ne comprit ce qui se passait que lorsqu'elle sentit une main se presser sur sa bouche et l'empêcher de respirer. Sonnée, désorientée, terrifiée, elle tenta de se débattre, mais son assaillant était trop puissant et avait l'avantage. Son dernier souvenir fut l'odeur âcre du tissu sur sa bouche.

Bannick jeta un coup d'œil au couloir – d'un noir d'encre – et prêta l'oreille. Tout était silencieux. Il traîna la fille dans sa chambre et la hissa sur le lit, puis il reprit son ordinateur et rétablit l'électricité.

C'était la première fois qu'il la voyait. Taille moyenne, mince, plutôt jolie, même si c'était difficile à dire les yeux fermés. Elle dormait en pantalon de yoga noir et tee-shirt bleu délavé, comme si elle était prête à déguerpir à la moindre alerte. Il remplit une seringue de cinq cents milligrammes de kétamine et lui fit une injection dans le bras gauche. Cela l'assommerait trois bonnes heures. Il retourna rapidement dans la chambre 232 pour prendre ses baskets et une veste légère, quand il remarqua le pistolet sur la table de chevet – un 9 millimètres automatique. Par chance, elle n'avait pas pu s'en emparer. Il quitta la pièce et ferma la porte.

Son véhicule était garé tout près de la porte de l'escalier de secours. Il jeta son sac à l'intérieur, ouvrit le coffre, s'assura que la voie était libre et remonta dans sa chambre. Saisissant son ordinateur, il coupa à nouveau l'électricité, vérifia que toutes les caméras de sécurité étaient éteintes, puis souleva Jeri du lit, la hissa sur son épaule avec un grognement et traversa rapidement le couloir pour redescendre les marches. Il s'arrêta à l'angle du bâtiment pour jeter un dernier coup d'œil aux alentours, et comme tout était silencieux, il se coula dans l'ombre jusqu'à son 4 × 4.

Essoufflé et transpirant, il retourna chercher son ordinateur, les baskets et la veste de Jeri, et vérifia qu'il n'avait rien laissé derrière lui. À 3 h 38, il quitta le parking du Bayview Motel et prit la direction de l'est, le long de la côte.

36

Elle se réveilla dans le noir total, un tissu épais sur la tête, qui rendait sa respiration difficile. Ses poignets étaient menottés derrière son dos et ses mains et ses bras lui faisaient mal, à force d'être tordus comme des bretzels. Ses chevilles aussi étaient ligotées. Elle était étendue sur un plaid. Derrière elle, une odeur de cuir. Peut-être un canapé. L'air était chaud et un peu enfumé.

Elle était en vie, du moins pour le moment. Tandis qu'elle reprenait lentement ses esprits, elle comprit qu'elle entendait un feu crépiter. Un homme toussa. Il se trouvait tout près. Elle n'osait pas bouger, mais ses épaules la tiraillaient, et elle ne put s'empêcher de gigoter.

— On dirait que c'était votre heure, lança-t-il.

La voix lui était familière. Elle se redressa péniblement en position assise.

— Mes bras me font un mal de chien. Qui êtes-vous ?

— Je crois que vous le savez très bien.

Le mouvement brusque lui donna un haut-le-cœur, elle crut qu'elle allait rendre ses tripes.

— Je me sens mal, bredouilla-t-elle alors qu'un liquide acide lui emplissait la bouche.

— Vous pouvez vomir si vous voulez.

Elle ravala sa bile et manqua s'étrangler. Sa respiration était de plus en plus altérée et elle transpirait à grosses gouttes.

— J'ai besoin d'air. S'il vous plaît. J'étouffe.

— Un de mes mots préférés.

Il s'approcha, se pencha vers elle et lui enleva la cagoule. Jeri eut un hoquet quand elle vit le masque blafard, criblé de cicatrices. Elle s'étrangla et vomit par terre. Quand elle eut fini, Bannick passa les mains derrière son dos et lui ôta ses menottes. Elle leva les bras et secoua ses mains pour faire circuler le sang dans ses membres.

— Merci, connard, gronda-t-elle.

Il se posta devant la cheminée avec une pile de documents et les jeta un à un dans les flammes.

— Je peux avoir de l'eau ? demanda-t-elle.

Il désigna une bouteille près d'une lampe. Elle la saisit et en but une gorgée en s'efforçant de ne pas le regarder. Il continuait à brûler les dossiers.

La pièce était sombre, les stores baissés, des plaids recouvraient les deux fenêtres. Le plafond était bas, les murs constitués de rondins parfaits avec du plâtre blanc dans les interstices. Sur une table basse, une bobine de corde en nylon, de couleur bleue et blanche, avec une longueur prête à l'emploi – rien que pour elle.

— Où sommes-nous ?

— Vous croyez vraiment que je vais vous répondre ?

— Non. Enlevez votre masque, Bannick. Je sais qui vous êtes. Je reconnais votre voix.

— On s'est déjà rencontrés ?

— Non, Dieu merci. Je vous ai vu sur scène. *Mort d'un commis voyageur*.

— Depuis combien de temps me traquez-vous ?

— Vingt ans.

— Comment m'avez-vous trouvé ?

— Comment m'avez-vous trouvée ?

— Vous avez fait plusieurs erreurs stupides.

— Vous aussi. Mes chevilles et mes jambes sont engourdies.

— Dommage. Vous avez de la chance d'être en vie.

— Vous aussi. Je rêve de vous tuer depuis des années.

Ce petit jeu l'amusait. Il s'assit sur le tabouret devant elle. Incapable de regarder son masque, elle contempla les flammes. Sa respiration était toujours pénible et son cœur lui faisait l'effet d'un marteau-piqueur. Si elle n'avait pas été aussi terrorisée, elle se serait maudite de s'être fait prendre par l'homme qu'elle poursuivait depuis des décennies. De nouveau, elle eut la nausée.

— Pourquoi ne m'avez-vous pas tué ?

— Parce que je ne veux pas finir ma vie en prison pour vous – vous ne le méritez pas – et parce que je ne suis pas une meurtrière.

— Exécuter un meurtre à la perfection relève de l'art, vous savez.

— Et vous parlez d'expérience.

— Oh, oui.

— Alors je suis la prochaine ?
— Je ne sais pas.

Il se leva lentement, ôta son masque et le lança dans la cheminée. Plusieurs dossiers subirent le même sort. Puis il revint s'asseoir sur son tabouret. Leurs genoux se touchaient presque.

— Pourquoi ne m'avez-vous pas encore tuée, Bannick ? Je serais le numéro combien ? Neuf ? Dix ? Onze ?

— Au moins. Pourquoi vous répondrais-je ?

— Ah, j'en ai manqué deux.

Une nouvelle vague de nausée la submergea. Elle plaqua la main sur sa bouche pour la refouler et ferma les yeux pour éviter son regard. Il se leva pour prendre la pile de dossiers posée sur le tas de bois et en jeta plusieurs dans le feu, en prenant tout son temps. Elle était tentée de lui demander ce qu'il brûlait, mais cela ne la concernait pas. Tout ce qui importait, c'était de rester en vie, même si ses chances étaient extrêmement minces. Elle songea à Denise, la seule personne sur cette planète à qui elle manquerait.

Le juge se rassit sur son tabouret et darda son regard sur elle.

— Deux choix s'offrent à moi, mademoiselle Crosby...

— Oh, s'il vous plaît, laissez tomber les formules de politesse. Tenons-nous-en à Jeri et Bannick, d'accord ?

— Plus vous parlez, plus vous avez une chance de vous en sortir, parce que je veux savoir ce que vous savez et, surtout, les infos qu'ont les flics. Je peux partir, Jeri. Disparaître. Et vous ne me reverrez jamais. Qu'avez-vous dit à Lacy Stoltz ?

— Laissez-la en dehors de tout ça.

— Oh, vraiment ? Quelle étrange requête de votre part. Vous êtes allée la trouver, vous avez déposé une plainte, vous lui avez parlé de Verno, Dunwoody, Kronke, et d'autres, vous l'avez mouillée jusqu'au cou, et maintenant vous voulez la laisser tranquille ? En plus, vous m'avez envoyé une lettre anonyme pour m'annoncer qu'elle enquêtait officiellement sur moi. Une de vos erreurs, Jeri. Vous saviez qu'elle n'aurait pas d'autre choix que de prévenir la police, ce que vous aviez peur de faire. Pourquoi ça ?

— Peut-être que je ne fais pas confiance aux flics.

— Plutôt malin de votre part. Alors vous m'avez refilé à Lacy parce qu'elle est obligée d'enquêter sur les officiers de justice. Vous vous êtes cachée derrière elle, n'est-ce pas ?

— Je ne sais pas.

— Que sait Lacy exactement ?

— Comment je peux être au courant ? Elle mène sa propre enquête.

— Alors que lui avez-vous dit ? Ou la question serait plutôt : que savez-vous, *vous* ?

— Quelle importance ? Vous allez me tuer de toute façon. Devinez quoi, Bannick ? Je vous ai eu.

Il ne répondit pas et prit plusieurs chemises, qu'il jeta méthodiquement dans l'âtre, attendant que la première s'enflamme pour lancer la deuxième. La pièce était chaude et sentait la fumée. La seule source de lumière provenait de la cheminée et les ombres grimpaient sur les murs derrière elle. Il s'éloigna et reparut une tasse à la main.

— Voulez-vous un café ?

— Non. Écoutez, mes chevilles sont enflées et mes jambes engourdies. Libérez-moi, qu'on puisse parler tranquillement, d'accord ?

— Impossible. Et ne vous faites pas d'illusions : il n'y a qu'une seule porte et elle est fermée à clé. Ce petit chalet est perdu au fond des bois, loin de tout, alors criez à pleins poumons si ça vous chante. Et si vous réussissez à sortir d'ici, bonne chance ! Méfiez-vous des serpents à sonnette, des vipères cuivrées, des ours, des coyotes, sans parler des gars armés qui n'apprécient pas les gens de couleur.

— Et je suis censée me sentir plus en sécurité ici avec vous ?

— Vous n'avez ni téléphone, ni portefeuille, ni argent, ni chaussures. J'ai laissé votre arme dans votre chambre d'hôtel. J'en ai deux cachées ici, mais je n'ai pas envie de m'en servir.

— Vous avez bien raison.

— Alors, que sait Lacy ?

Jeri regarda les flammes et s'efforça de réfléchir. Si elle lui disait la vérité, elle risquait de mettre Lacy en danger. Cela dit, si elle réussissait à le persuader que Lacy et maintenant le FBI étaient au courant de tout, il pourrait bel et bien lui laisser la vie sauve et s'évanouir dans la nature. Il avait les ressources, les contacts, l'intelligence pour disparaître.

— Que sait Lacy ? répéta-t-il lentement.

— Elle sait ce que je lui ai dit à propos de Verno, Dunwoody et Kronke. En dehors de ça, je n'en ai aucune idée.

— C'est un mensonge. Il est évident que vous êtes au courant pour votre propre père, Eileen, et Danny

Cleveland. Et vous voulez me faire croire que vous n'avez rien dit à Lacy ?

— Je ne peux rien prouver.

— Évidemment ! Personne ne le peut !

Il s'empara de la corde et l'enroula d'un mouvement leste autour du cou de Jeri. Il tira légèrement sur les extrémités. Jeri voulut reculer, mais elle ne pouvait s'échapper. Le visage du juge se trouvait tout près du sien.

— Écoutez-moi, persifla-t-il. Je les veux, et dans l'ordre. Tous les noms un par un, en commençant par votre père.

— Lâchez-moi, s'il vous plaît.

Il resserra la corde.

— Ne me tentez pas.

— D'accord, d'accord. Mon père n'était pas le premier, n'est-ce pas ?

— Non.

— C'était Thad Leawood, le premier. Ensuite, mon père.

Elle ferma les yeux et se mit à sangloter. Des pleurs angoissés, incontrôlables. Il se redressa et laissa la corde pendre au cou de Jeri. Elle enfouit son visage dans ses mains et hoqueta jusqu'à ce qu'elle réussisse à reprendre son souffle.

— Je vous déteste, marmonna-t-elle. Vous n'avez pas idée.

— Qui est le suivant ?

Elle s'essuya le visage avec son avant-bras et ferma les yeux.

— Ashley Barasso, 1996.

— Je n'ai pas tué Ashley.

— C'est difficile à croire. Même corde, même nœud, la double demi-clé que vous avez sûrement apprise chez les scouts, hein, Bannick ? C'est Thad Leawood qui vous l'a montrée ?

— Je n'ai pas tué Ashley.

— Je ne suis pas en position de vous contredire.

— Et vous en avez manqué un.

— Ah.

Il se leva et retourna devant la cheminée où il jeta d'autres dossiers. Lorsqu'il lui tourna le dos, elle arracha la corde de son cou et la lança à travers la pièce. Il la ramassa et vint se camper devant elle, tout en tripotant la corde.

— Bon, dit-il. Ensuite ?

— Qui ai-je manqué ?

— Pourquoi vous le dirais-je ?

— Bonne remarque. Je m'en fiche maintenant, Bannick.

— Je vous écoute.

— Eileen Nickleberry, 1998.

— Comment l'avez-vous trouvée ?

— En fouillant votre passé, comme tous les autres. Une victime est trouvée étranglée avec la même corde, nouée avec le même nœud étrange – voilà une information qui aboutit toujours dans les archives du FBI. Je sais comment les consulter. J'ai des contacts. Ça fait vingt ans que je fais ça, Bannick, et j'ai découvert beaucoup de choses. À partir d'un nom, je lance des recherches, qui pour la plupart mènent à des impasses. Mais la persévérance est payante.

— Je n'arrive pas à croire que vous m'ayez retrouvé.

— Je continue ?

— Oui.

— Vous avez fait une pause de plusieurs années, un petit hiatus, ça arrive dans votre monde pervers, et vous avez essayé de revenir dans le droit chemin. En vain. Danny Cleveland a été découvert étranglé dans sa maison de Little Rock en 2009.

— Il l'avait mérité.

— Bien sûr. Révéler la corruption devrait toujours être puni de mort. Vous lui avez fait payer cher. Un de plus sur votre tableau de chasse.

— D'accord. Et après ?

— Il y a deux ans, Perry Kronke est identifié mort dans son bateau, en train de rôtir au soleil, du sang partout. Il vous a mis en rogne en vous refusant un poste après un stage dans son cabinet. Un autre crime capital.

— Vous en avez manqué un autre.

— Désolée.

— Continuez.

— Verno et Dunwoody, l'année dernière. Verno vous a battu à plates coutures quand vous étiez un jeune loup du barreau ambitieux, alors bien sûr il méritait de mourir. Dunwoody a débarqué au mauvais moment. Aucun remords pour sa famille ? Une femme, deux enfants, trois petits-enfants, un homme formidable avec beaucoup d'amis. Rien du tout, Bannick ?

— Qui d'autre ?

— Eh bien, l'article du *Ledger* évoque Mal Schnetzer, une affaire récente. Tué il y a une semaine, non loin de Houston. J'imagine que vos chemins se sont croisés, comme pour toutes les autres victimes. Je n'ai pas eu le temps de faire des recherches sur Schnetzer. Vous les enchaînez si vite ces derniers temps que je n'arrive plus à suivre.

Elle marqua une pause et le regarda. Il l'écoutait d'un air amusé.

Continue à parler, se dit-elle.

— Pourquoi les tueurs en série deviennent-ils aussi actifs vers la fin, Bannick ? Vous vous êtes renseigné sur les autres ? Vous êtes curieux de savoir comment ils procèdent ? Est-ce que leurs histoires vous inspirent ? Le plus souvent, elles ont été écrites après leur arrestation – ou après leur décès. Moi, je les ai toutes lues. Et bien souvent, même s'il n'y a pas de logique dans toute cette folie, souvent avec le temps, ils accélèrent le rythme, comme s'ils se sentaient pris au piège. Kronke, puis Verno et Dunwoody, et récemment Schnetzer. Soit quatre en deux ans.

— Seulement trois selon mes critères.

— Bien sûr. Dunwoody ne compte pas parce qu'il ne vous a jamais insulté ni embarrassé devant toute la classe.

— La ferme.

— Vous m'avez demandé de continuer.

— Maintenant, je vous dis de la fermer.

— Je ne veux pas, Bannick. J'ai vécu votre misérable existence trop longtemps et je ne pensais pas pouvoir vous dire un jour que vous êtes une belle ordure. Et un lâche. Vos crimes ne réclament aucun courage.

— Vous le dites dans l'un de vos poèmes idiots.

— Je les trouve plutôt intelligents.

— Ils sont totalement stupides. Pourquoi me les avoir envoyés ?

— Bonne question, Bannick. Je ne suis pas certaine d'avoir la réponse. Je voulais juste me défouler, j'imagine. Une manière de vous tourmenter. Je veux vous faire souffrir. Et maintenant que la fin est proche, je n'arrive pas à croire que vous vous terrez dans les bois, à planifier un nouveau crime. C'est terminé, Bannick. Votre vie est finie. Pourquoi ne pas vous rendre en homme digne et accepter votre châtiment ?

— Je vous ai dit de la boucler.

— J'ai tant de choses à vous dire !

— Pas la peine. Je suis fatigué de vous écouter. Si vous voulez encore pouvoir parler la semaine prochaine, taisez-vous.

Il s'assit brusquement sur le tabouret en face d'elle, leurs genoux à nouveau tout proches. Elle se recula le plus possible, comme pour encaisser le coup. Il plongea la main dans sa poche et en retira deux téléphones à cartes prépayées.

— Je veux Lacy. Ici avec vous. Nous allons avoir une charmante conversation et elle va me dire tout ce qu'elle sait.

— Laissez-la en paix. Elle ne fait que son travail.

— Oh, vraiment ? Elle a appelé le FBI.

— Ne vous en prenez pas à elle. C'est moi, la responsable. Si je n'étais pas entrée dans sa vie, elle n'aurait jamais entendu parler de vous.

Il lui montra les deux téléphones.

— Ce sont les vôtres. Je veux que vous appeliez Lacy et que vous lui donniez rendez-vous. Dites-lui que vous avez trouvé une preuve irréfutable de ma culpabilité, mais que vous ne pouvez pas en parler au téléphone. Elle doit venir vous retrouver immédiatement. C'est urgent.

— Tuez-moi, qu'on en finisse.

— Écoutez-moi, petite idiote. Je ne vais pas vous tuer. Pas tout de suite. Et peut-être pas du tout. Je veux parler à Lacy. Nous allons discuter, et une fois que je saurai tout, il se peut que je disparaisse purement et simplement. Un village au bord de la mer ou dans les montagnes. Un endroit où personne ne parle anglais. Ils ne me retrouveront jamais. J'ai tout prévu, vous savez.

Elle inspira profondément, tandis que son cœur battait la chamade, et saisit l'un des téléphones sans lui adresser un regard. Soudain, il braqua un pistolet sur elle, un modèle plutôt imposant, puis le posa à côté de lui sur le tabouret.

— Dites-lui de vous retrouver au Bayview Motel près de Crestview, à la sortie de l'autoroute. Elle connaît votre voiture ?

— Oui.

— Bien. Elle peut se garer à côté. Votre chambre est la 232. Je l'ai réservée pour une nuit supplémentaire, au nom de Margie Frazier, elle pourra vérifier. J'ai dit au gérant de ne pas faire le ménage. Vos affaires sont sûrement encore dedans.

— Ça m'est égal.

— Vous vous fichez de votre 9 millimètres ? Il était sur la table de nuit.

— Je regrette de ne pas avoir eu le temps de le prendre.

— Moi aussi.

Un long silence s'installa, durant lequel elle contempla les flammes, tandis qu'il regardait fixement le sol. Lentement, il referma le poing sur l'arme, mais ne la pointa pas sur elle.

— Allez, appelez-la. Donnez-lui rendez-vous à 21 heures au Bayview Motel. Et soyez convaincante, d'accord ?

— Je ne suis pas une très bonne menteuse.

— Ne me la faites pas. Vous savez très bien mentir. Vous êtes juste une piètre poétesse.

— Promettez-moi de ne pas lui faire de mal.

— Je ne fais aucune promesse. Seulement, si je ne reviens pas avec Lacy, je me servirai de ceci.

Il attrapa le morceau de corde et le jeta sur elle. Elle poussa un cri et balaya vivement le fil d'un geste de la main.

37

Le match commençait à 9 heures du matin, une heure impossible pour avoir des gamins de dix ans en tenue, échauffés, et prêts à en découdre. Les Royals entrèrent sur le terrain au début de la première période, et une poignée de parents applaudirent mollement les joueurs. Quelques-uns crièrent des paroles d'encouragement que personne ne comprit. Les entraîneurs tapèrent dans leurs mains pour mettre un peu d'ambiance.

Diana Zhang était assise seule sur une chaise de jardin du côté de la première base, un plaid sur ses jambes, un grand café à la main. Il faisait étonnamment froid en cette matinée de fin avril en Floride. De l'autre côté, au niveau de la troisième base, son ex-mari était accoudé à la clôture et regardait leur fils courir vers le milieu du terrain. Leur divorce était trop récent pour qu'ils se parlent avec civilité.

— Excusez-moi, mademoiselle Zhang ? dit une voix féminine derrière elle.

Elle se tourna sur sa gauche et se retrouva nez à nez avec un badge officiel dans un portefeuille noir.

— Agent Agnès Neff, FBI. Vous avez une minute ?

Déroutée, Diana répondit :

— Eh bien, je voulais voir mon fils jouer.
— Je comprends. Éloignons-nous un peu pour discuter. Ça ne prendra pas plus de dix minutes.

Diana parcourut les gradins du regard pour s'assurer que personne ne les observait. Puis elle se tourna sur sa droite et découvrit ce qui ne pouvait être qu'un autre agent fédéral. L'homme ouvrit la marche et ils s'arrêtèrent un peu plus loin.

— Voici l'agent spécial Drew Suarez, indiqua Neff.

Elle lui jeta un coup d'œil impatient et il hocha la tête en retour.

— Nous serons brefs, continua Neff. Nous cherchons votre patron, mais nous n'arrivons pas à mettre la main dessus. Avez-vous une idée de l'endroit où se trouve le juge Bannick ?

— Eh bien, euh, non. Je suppose qu'un samedi matin, il est chez lui.

— Non, il ne l'est pas.

— Alors, je ne sais pas. Qu'est-ce qui se passe ?

— Quand l'avez-vous vu pour la dernière fois ?

— Il est passé au bureau jeudi matin... avant-hier. Je ne lui ai pas parlé depuis.

— Nous avons cru comprendre qu'il suivait un traitement.

— En effet. Un cancer. Il a des ennuis ?

— Non, pas du tout. Nous avons des questions de routine au sujet d'une autre enquête.

C'était suffisamment vague pour ne vouloir rien dire, mais Diana décida de ne pas insister. Elle hocha la tête comme si elle comprenait parfaitement.

— Alors, vous ne voyez pas du tout où il pourrait être ? insista Neff.

— J'imagine que vous avez vérifié au palais de justice ? Il a une clé et a l'habitude d'aller et venir quand ça lui chante.

— Nous surveillons le palais de justice. Il n'y est pas. Il n'est pas chez lui non plus. Où pourrait-il être ?

Diana regarda le match plusieurs secondes, ne sachant trop quoi répondre.

— Il a un bungalow à Seaside, mais il y va rarement.

— Nous le surveillons aussi. Il n'est pas là-bas.

— D'accord. Pourtant, s'il n'a pas d'ennuis, pourquoi surveillez-vous tous ces lieux ?

— Nous devons absolument lui parler.

— J'avais compris.

Suarez s'avança d'un pas et déclara d'un ton rogue :

— Mademoiselle Zhang, vous parlez au FBI. Dois-je vous rappeler que mentir est illégal ?

— Vous me traitez de menteuse ?

— Non.

Neff secoua la tête.

— Nous devons le trouver le plus rapidement possible.

Diana fusilla Suarez du regard, puis se tourna vers Neff.

— Il est peut-être retourné à Santa Fe. Il suit son traitement contre le cancer dans un centre là-bas. Écoutez, c'est un homme très discret, qui organise ses propres déplacements. Il a pris un congé et n'a prévenu personne. (Elle regarda Suarez et ajouta platement :) Honnêtement, je ne sais pas du tout où il est.

— Il n'a réservé aucun vol ces dernières quarante-huit heures, précisa Neff.
— Je vous l'ai dit, je ne gère pas ses déplacements.
— Connaissez-vous le nom de son centre de traitement à Santa Fe ?
— Non.

Neff et Suarez se regardèrent et hochèrent la tête, comme s'ils la croyaient.

— J'aimerais que cette petite conversation reste entre nous.
— Autrement dit, intervint Suarez, ne mentionnez pas notre discussion au juge, si vous avez de ses nouvelles. D'accord ?
— Bien sûr.
— Si vous lui parlez de nous, vous pourriez être poursuivie pour complicité.
— Je croyais qu'il n'avait rien fait de mal.
— Pas encore. Mais nous comptons sur vous.
— D'accord.

*

Lacy savait seulement qu'Allie était quelque part dans les Caraïbes, à poursuivre des narcotrafiquants. Il lui avait laissé entendre qu'il s'agissait d'une mission conjointe avec la Drug Enforcement Administration. Une affaire importante, mais cela faisait bientôt trois ans qu'elle entendait le même refrain. Tout ce qui lui importait, c'était la sécurité d'Allie, or il était parti depuis huit jours sans donner de nouvelles. Elle était lasse de son travail, tout comme lui, et elle se voyait mal mariée à un homme qui disparaissait constamment. Leur grand moment se rapprochait, une affaire de semaines, et non de mois. La conversation au cours de laquelle ils joueraient cartes sur table. À la fois simple et compliquée. Soit on s'engage l'un envers l'autre et on prend une nouvelle direction ensemble, soit on arrête tout et on ne perd plus notre temps.

Elle était en pleine séance de rééducation, mélange douloureux de kiné et de yoga – une séance de trente minutes qu'elle était censée faire deux fois par jour –, quand son téléphone sonna à 10 h 04. C'était probablement Jeri qui venait aux nouvelles.

Au lieu de cela, la voix abrupte de Clay Vidovich, son nouveau partenaire depuis la réunion de la veille avec le FBI, s'éleva dans l'appareil.

— Désolé de vous déranger un samedi matin, dit-il, sans le penser le moins du monde. On n'arrive pas à mettre la main sur notre homme. Lacy, une idée ?

— Eh bien, non, monsieur Vidovich...

— C'est Clay, d'accord ? Je pensais qu'on avait laissé tomber les politesses hier.

— En effet, Clay. Je ne connais pas ce type, je ne l'ai jamais rencontré, alors je n'ai aucune idée de l'endroit où il est. Désolée.

— Est-ce que le juge sait que vous êtes dans la partie ? Que le BJC enquête ?

— On ne l'a pas contacté directement. On n'est pas censés le faire avant la fin de notre évaluation, mais il est sûrement au courant.

— Comment ?

— Eh bien, Betty Roe, notre source, croit que Bannick a des yeux et des oreilles partout. Jusqu'ici, elle ne s'est jamais trompée. Chaque fois qu'on enquête sur un juge, les rumeurs vont bon train. Les langues se délient facilement, surtout parmi les avocats et les greffiers. Donc, oui, il y a de fortes chances que Bannick sache que nous l'avons à l'œil.

— Il ne peut quand même pas savoir que le FBI et la police d'État collaborent.

— Clay, je n'ai aucune idée de ce que Bannick sait.

— Bien sûr. Écoutez, je n'essaie pas de gâcher votre samedi matin, mais êtes-vous en lieu sûr ?

Lacy regarda l'appartement autour d'elle. Puis son chien. Elle observa sa porte d'entrée, certaine de l'avoir verrouillée.

— Oui, je suis chez moi. Pourquoi ?
— Vous êtes seule ?
— Maintenant, vous êtes indiscret.
— C'est vrai, je suis indiscret. Enfin je vous avoue que je me sentirais plus rassuré si vous n'étiez pas seule, du moins jusqu'à ce qu'on mette la main sur Bannick.

— Vous êtes sérieux ?
— Très sérieux, Lacy. Ce type, un juge en exercice, a disparu depuis trente-six heures. Il peut être n'importe où. Et il peut être dangereux. On va le retrouver. Mais d'ici là, prenez vos précautions.

— Il ne va rien m'arriver.
— Je n'en doute pas. Appelez-nous si vous apprenez quoi que ce soit.
— D'accord.

Elle consulta son téléphone et alla vérifier si la porte était bien fermée à clé. C'était une magnifique matinée de printemps, un ciel bleu et une brise fraîche, et elle avait prévu de faire un tour dans sa pépinière préférée pour planter des azalées dans ses parterres. Elle s'en voulait d'avoir peur par une aussi belle journée.

Allie était parti jouer au flic. Darren avait emmené une nouvelle petite amie à la plage pour le week-end. Elle passa en revue l'appartement, vérifia les portes et les fenêtres sans cesser de bougonner. Pour se détendre, elle s'allongea sur son tapis de yoga et se mit dans la posture de l'enfant. Après deux respirations profondes, son téléphone sonna de nouveau, ce qui la fit sursauter. Pourquoi était-elle si nerveuse ?

C'était le troisième homme de sa vie, et entendre la voix de Gunther ne l'enchantait pas. Il s'excusa d'avoir manqué leur appel téléphonique hebdomadaire mardi dernier. Bien évidemment, c'était à cause d'une réunion de travail avec sa nouvelle équipe d'architectes.

Elle s'allongea sur le canapé et ils discutèrent un moment. Tous deux s'ennuyaient. La petite amie de Gunther, si tant est que leur relation soit sérieuse, était absente elle aussi. Lorsqu'il comprit que Lacy n'avait rien de prévu, il s'anima et lui proposa un déjeuner.

Deux semaines seulement s'étaient écoulées depuis leur dernier repas ensemble, et le fait qu'il soit si impatient de la voir l'inquiétait. Il était certainement harcelé par ses banquiers et cherchait à leur échapper.

— Je suis à une heure de l'aérodrome et le vol prend quatre-vingts minutes. On dit 14 heures ?

— D'accord.

Même si cela la perturbait, l'idée d'avoir son frère à ses côtés la rassurait, du moins pour les prochaines vingt-quatre heures. Elle le convaincrait de rester dîner, puis de dormir à la maison, et à un moment donné, elle n'aurait d'autre choix que de lui parler des poursuites en cours.

Ce serait un soulagement d'avoir enfin cette conversation.

38

Les deux premiers appels restèrent sans réponse, ce qui n'avait rien d'anormal, en particulier un samedi. Il hocha la tête et la somma de refaire une tentative.

— Pouvez-vous poser cette arme, s'il vous plaît ?
— Non. (Assis dos à la cheminée, il la regardait, la section de corde en nylon autour du cou, les extrémités pendant sur son torse.) Essayez encore.

Elle n'avait plus de sensations dans les chevilles et les pieds, ce qui était peut-être une bonne chose. L'engourdissement de ses membres masquait la douleur d'une éventuelle fracture. Mais la torpeur irradiait dans ses jambes et elle se sentait paralysée. Elle demanda à aller aux toilettes. Il refusa. Elle n'avait pas bougé depuis une éternité et n'avait aucune idée de l'heure.

Au troisième appel, Lacy répondit.

— Salut, Lacy, c'est Jeri ! Comment allez-vous ? lança-t-elle le plus gaiement possible, malgré le canon de pistolet pointé sur elle.

Elles discutèrent de tout et de rien un moment, de la belle journée de printemps, puis des recherches infructueuses du FBI.

— Ils ne le trouveront jamais, dit Jeri en plongeant dans le regard sans âme de Bannick.

Elle ferma les yeux et raconta sa petite histoire : un informateur anonyme avait déniché une preuve matérielle qui allait définitivement incriminer Bannick. Mais Jeri ne pouvait pas en parler au téléphone – elles devaient se voir immédiatement. Elle se cachait dans un motel à deux heures de route et se moquait des projets de Lacy pour la soirée. « Annulez tout. »

— Ma voiture est garée sur le parking du motel. Garez-vous à côté. Je vous guetterai. Et Lacy, s'il vous plaît, venez seule, d'accord ?

— Bien sûr. Il n'y a pas de danger, n'est-ce pas ?

— Pas plus que d'habitude.

La conversation fut brève, et quand elle raccrocha, Bannick avait le sourire aux lèvres.

— Vous voyez, vous êtes une excellente menteuse.

Elle lui tendit le téléphone.

— S'il vous plaît, laissez-moi la dignité d'aller aux toilettes.

Il posa son arme et son téléphone, puis se pencha pour retirer les chaînes de ses chevilles et ses menottes. Il voulut l'aider à se lever, mais elle le repoussa, aussitôt envahie d'une bouffée de colère.

— Donnez-moi juste une minute, d'accord ?

Elle se redressa et attendit que le sang circule à nouveau dans ses jambes et ses pieds, ravivant aussitôt la douleur. Il lui tendit une canne de marche, dont elle se servit pour s'équilibrer. Elle fut tentée de le frapper avec au moins une fois, au nom de toutes les victimes, mais elle n'en avait pas la force. De plus, il la maîtriserait facilement, et ensuite, ce ne serait pas beau à voir.

Elle entra dans une petite chambre où il l'attendit, pistolet au poing, pendant qu'elle verrouillait tant bien que mal la porte d'une minuscule salle d'eau attenante, sans baignoire ni douche. Et sans fenêtre. Une faible ampoule éclairait l'espace étroit. Elle se soulagea, puis resta un moment assise sur la cuvette des toilettes, heureuse d'être loin de lui.

Heureuse ? Elle était morte et elle le savait. Maintenant, qu'allait-il faire de Lacy ?

Elle tira de nouveau la chasse d'eau, même si cela ne servait à rien.

Il finit par frapper doucement à la porte.

— Allez, c'est l'heure.

Dans la chambre, il désigna le lit d'un signe de tête.

— Vous pouvez rester ici. Je ne serai pas long. La fenêtre est scellée. On ne peut pas l'ouvrir. Et si vous faites une bêtise, vous savez ce qui arrivera.

Elle faillit le remercier, puis se ressaisit et s'allongea sur le lit. C'était le moment idéal pour l'agresser sexuellement, mais elle n'était pas inquiète. À l'évidence, cela ne lui avait jamais traversé l'esprit.

Même si le chalet était chauffé, elle tira une couverture poussiéreuse sur elle et, peu après, s'assoupit. C'était la fatigue, la peur, et probablement les restes de la drogue dans son sang.

Quand elle fut endormie, il avala un cachet de benzédrine et s'efforça de rester éveillé.

*

Toujours désireux de parader devant une jolie fille, même devant sa sœur, Gunther lui suggéra de l'emmener déjeuner dans un excellent restaurant de fruits de mer. Tous les pilotes d'avions privés de cette partie du globe connaissaient les huîtres de Beau Willie, près d'un bayou du côté de Houma, en Louisiane. La piste de mille deux cents mètres était entourée d'eau sur trois côtés, ce qui rendait l'atterrissage difficile. Le restaurant se trouvait à dix minutes de marche. La journée, la plupart des clients étaient des pilotes qui voulaient passer un moment agréable autour d'un bon repas.

Une fois qu'ils furent descendus de l'avion, Lacy consulta son téléphone. Jeri avait appelé deux fois. Elle la rappela aussitôt et suivit son frère chez Beau Willie. Bien que la conversation lui parût un peu étrange, c'était une formidable nouvelle. Une preuve irréfutable pour faire tomber Bannick !

Elle avait perdu l'appétit, mais réussit à avaler péniblement quelques huîtres en regardant Gunther s'en enfiler une douzaine avant de s'attaquer à un po'boy d'huîtres frites. Ils évoquèrent tante Trudy, puis passèrent à autre chose. Il lui demanda des nouvelles d'Allie et lui donna à nouveau beaucoup trop de conseils. Il était temps pour elle de trouver un mari, de fonder une famille et d'oublier l'idée de vivre seule. Elle lui rappela qu'il était sûrement la dernière personne au monde qu'elle écouterait s'agissant d'engagement amoureux ! C'était à mourir de rire – et Gunther ne se gêna pas pour le faire. Elle l'interrogea sur son béguin du moment, mais il paraissait aussi blasé que deux semaines plus tôt.

— J'ai une question, dit-elle en sirotant son thé glacé.

Gunther avait hésité à boire une bière fraîche – il n'avait jamais mangé d'huîtres sans en prendre une ! –, mais tout de même, il pilotait un avion.

— Vas-y.

— J'ai reçu un coup de fil qui change mes plans. Je dois aller à Crestview, une ville de vingt mille habitants à environ une heure à l'est de Pensacola, pour retrouver un témoin important à 21 heures. Est-ce qu'on pourrait se poser dans le coin et louer une voiture ?

— Sûrement. Une ville de cette taille doit avoir un aérodrome. Qu'est-ce qui se passe ?

— C'est du sérieux.

Elle regarda autour d'elle. Ils étaient seuls sur la terrasse au bord de l'eau. Il était presque 17 heures, un samedi, trop tard pour déjeuner et trop tôt pour dîner. Le comptoir était bondé d'habitués qui buvaient de la bière.

— La dernière fois, je t'ai parlé de mon enquête sur un juge impliqué dans une affaire de meurtre.

— Oui. Un dossier très inhabituel.

— On peut le dire. Eh bien, mon témoin clé vient de m'appeler. Elle a des informations de première main. Je dois absolument la voir.

— À Crestview ?

— Oui. C'est sur le chemin du retour. On peut faire une halte ?

— Je suppose que je ne vais pas rentrer à Atlanta ce soir.

— S'il te plaît ? Tu me rendrais un grand service. Et puis ça me rassurerait de t'avoir avec moi.

Gunther prit son smartphone et alla sur Internet.

— Pas de problème. Ils ont des voitures de location. Ça pourrait être dangereux ?
— J'en doute. Mais mieux vaut se montrer prudent.
— J'adore.
— Et c'est strictement confidentiel, Gunther.
Il rit et regarda autour de lui.
— Et à qui je pourrais bien raconter tout ça ?
— Peu importe. Que ça reste entre nous.

*

Debout dans la pénombre à côté de son lit, Bannick écouta la respiration lourde de Jeri. Son instinct lui soufflait de prendre la corde qui pendait à son cou et de l'achever. Ce serait son meurtre le plus simple. Il pouvait le faire en un rien de temps, sans efforts, puis nettoyer le chalet de fond en comble et filer.

D'un côté, il la détestait pour ce qu'elle lui avait fait. À cause d'elle, son monde s'était effondré et sa vie ne serait plus jamais la même. Elle l'avait poursuivi sans relâche, et maintenant, la partie était terminée. D'un autre côté, il ne pouvait s'empêcher d'admirer son courage, son intelligence et sa ténacité. Cette femme avait fait mieux que plus d'une centaine de flics réunis, et à cause d'elle, il était en cavale.

Il jeta la corde sur le lit, s'empara du chiffon en microfibres imbibé d'éther et lui plaqua sur la bouche. Comme elle tentait de se débattre, il passa le bras autour de son cou et pressa le tissu fermement sur son visage. Elle gesticula dans tous les sens, en vain. Au bout d'une minute, elle se sentit défaillir. Une fois son corps immobile, il relâcha son étreinte et enleva sa main. Lentement, méthodiquement, il saisit une aiguille hypodermique et lui fit une piqûre dans le bras. Cinq cents milligrammes de kétamine, de quoi l'assommer plusieurs heures. Il hésita à lui en administrer plus, mais c'était trop risqué. Avec une dose trop forte, elle risquait de ne pas se réveiller. S'il devait la tuer, il préférait le faire à sa manière.

Il se rendit dans le salon, jeta de nouveaux dossiers dans la cheminée, puis ramassa les menottes et les chaînes de chevilles avant de retourner dans la chambre. Il tira doucement ses bras derrière son dos et lui menotta les poignets. Ensuite, il mit les chaînes autour de ses chevilles et, pour le plaisir, enroula la corde autour de son cou. Comme toujours, il portait des gants en plastique, mais par précaution, il passa un coup de chiffon sur toutes les surfaces. Puis il vérifia une dernière fois les fenêtres – impossible de les ouvrir. C'était un vieux chalet, en mauvais état, dont les fenêtres étaient scellées par de la peinture séchée. Il brûla les derniers documents, et lorsqu'il fut certain que le feu était sous contrôle, il verrouilla l'unique porte du chalet, alla sur le porche et consulta sa montre. 19 h 10. Il était à environ une heure au nord de Crestview, près du lac Gantt, en Alabama.

Le chemin de terre serpentait à travers les bois et laissait entrevoir le lac. En revanche, les autres chalets n'étaient pas visibles. Il bifurqua sur une route de gravier et fit un petit signe à deux adolescents hirsutes en VTT. Les deux cyclistes s'arrêtèrent pour le regarder passer.

Il aurait préféré que personne ne le voie et hésita à retourner au chalet, juste pour s'assurer que les gamins n'allaient pas se montrer trop curieux. Puis il balaya cette idée, qu'il mit sur le compte de la paranoïa.

Le chemin de gravier déboucha sur une route de campagne goudronnée et, bientôt, il reprit la nationale en direction du sud.

39

Il faisait noir quand Lacy repéra la Camry blanche sur le parking du motel. Suivant les instructions de Jeri, elle se gara juste à côté et se dirigea vers l'établissement. Gunther resta dans la voiture.

Elle pénétra dans le hall avec quelques minutes d'avance et s'attarda dans l'espace de souvenirs, où elle regarda les cartes postales. À 21 h 01, Gunther entra à son tour et salua la réceptionniste. Lacy emprunta l'ascenseur jusqu'au deuxième étage. Gunther passa par l'escalier. Il y avait environ dix chambres de part et d'autre du corridor, et un panneau « Sortie » en lettres lumineuses tout au bout. Elle s'arrêta devant la chambre 232 et prit une grande inspiration. Elle frappa trois fois, quand, soudain, toutes les lumières s'éteignirent.

De l'autre côté du couloir, Bannick avait utilisé son ordinateur pour couper la lumière et les caméras de sécurité. Puis il le jeta sur le lit, saisit un tissu imbibé d'éther et ouvrit la porte de sa chambre. Lacy l'entendit et se retourna juste au moment où il se ruait sur elle dans l'obscurité. Elle réussit à crier « Ah ! » avant que son frère ne surgisse de nulle part et ne se jette entre eux. Ils tombèrent tous les trois par terre, les uns sur les autres. Lacy poussa un cri et se remit debout tandis que Bannick luttait pour repousser son agresseur. Il lui mit un coup de pied dans les côtes, arrachant à Gunther un grognement de douleur. Les deux hommes s'empoignèrent violemment, pendant que Lacy courait au bout du couloir en appelant à l'aide. Quelqu'un ouvrit une porte.

— Hé ! Qu'est-ce qui se passe ?

— Appelez la police ! cria Lacy.

Bannick donna un coup de pied dans la figure de son assaillant. Sonné, Gunther rampa dans le couloir, cherchant en vain quelque chose à agripper. Bannick plongea dans sa chambre, s'empara de son ordinateur portable et fonça vers la sortie de secours.

Lacy et Gunther trouvèrent l'escalier à tâtons et descendirent dans le hall, toujours plongé dans le noir. La réceptionniste parlait à des clients.

— Je ne sais pas. Il s'est passé la même chose la nuit dernière.

— Appelez la police ! dit Lacy. Nous avons été agressés au deuxième étage.

— Qui vous a agressés ?

C'est une longue histoire, songea Lacy.

— Si je le savais ! Dépêchez-vous, il va s'échapper !

Plusieurs faisceaux de lampes de poche apparurent tandis que les clients se massaient dans le hall.

Gunther se laissa tomber dans un fauteuil pour recouvrer ses esprits.

— Ce fils de pute a un sacré coup de pied, maugréa-t-il, toujours dans les vapes. Je crois que j'ai des côtes cassées. (Lacy s'assit à côté de lui tandis que le calme revenait peu à peu autour d'eux.) Je dois appeler Jeri. Je pense qu'elle a des ennuis.

— Qui est Jeri ?

— Betty Roe. Notre source. Je t'expliquerai tout plus tard.

Jeri ne répondit pas au téléphone, ce qui ne la surprit guère. Lacy fit défiler les derniers appels et composa le numéro de Clay Vidovich. Il répondit à la deuxième sonnerie. Elle lui expliqua ce qui s'était passé, lui donna sa localisation et ajouta qu'elle avait sûrement été piégée par Ross Bannick. Elle ne pouvait l'identifier, mais tout concordait. Leur homme avait pris la fuite en voiture. Non, elle n'avait pas vu le modèle qu'il conduisait. Vidovich dînait avec son équipe dans le centre-ville de Pensacola, à une heure de là. Il allait avertir la police de l'État de Floride et demander aux autorités de Mobile de chercher Jeri. Lacy était convaincue qu'ils ne la trouveraient pas chez elle. Vidovich se mettait en route et demanda à Lacy de dire au personnel du motel de ne toucher à rien dans les deux chambres.

Peu après, la police locale arriva, gyrophares bleus allumés. Le chaos régnait dans le hall d'entrée, où les clients allaient et venaient malgré la pénombre. Les systèmes de sécurité et d'éclairage du motel avaient été piratés et les quelques employés ne savaient pas quoi faire. Lacy exposa la situation aux policiers et donna une description de Bannick. Non, elle n'avait aucune idée du modèle de sa voiture. Ils avaient également prévenu la police d'État, mais sans la marque du véhicule, ils ne savaient pas par où commencer.

Un employé arriva avec deux sachets remplis de glaçons, un pour les côtes de Gunther, l'autre pour sa mâchoire, qui était enflée, mais probablement pas cassée. Il était un peu groggy et respirait péniblement, même s'il refusait de se plaindre, et voulait retourner à son avion. Un agent d'entretien installa un générateur de secours et, soudain, le hall d'entrée s'éclaira. Il n'y avait pas assez de tension pour faire fonctionner la climatisation et la température augmenta rapidement. Plusieurs clients sortirent prendre l'air sur le parking.

*

Il résista à l'envie de foncer sur la route nationale et maintint sa vitesse juste en dessous de la limite autorisée. Une réaction excessive ne ferait qu'aggraver la situation, et il se résolut à conduire raisonnablement en réfléchissant à ce qui venait de se passer. C'était la première fois qu'il se faisait doubler, mais il avait commis des erreurs, il le savait. Pourtant il portait toujours ses gants en plastique et n'avait laissé aucune empreinte, aucune preuve. Il était entré dans la chambre juste avec un smartphone et un ordinateur portable, qui se trouvaient maintenant au fond d'un étang non loin de Crestview. Son épaule droite le faisait souffrir après son corps-à-corps, si on pouvait le qualifier ainsi. Il n'avait pas vu son assaillant, ne l'avait pas entendu venir. Il tenait Lacy quand l'homme l'avait taclé et plaqué par terre. Puis elle avait appelé à l'aide.

C'était probablement Darren Trope, son collègue. Le fils de pute.

Il traversa bientôt la frontière de l'Alabama, puis emprunta une route secondaire à travers la forêt nationale de Conecuh. Alors qu'il approchait de la ville d'Andalusia, neuf mille habitants, il décida d'en faire le tour. Il était presque 22 h 30, un samedi soir, et les flics avaient dû se mobiliser en force. Il n'avait pas besoin de GPS, car il avait mémorisé le réseau routier. Il vit les panneaux indiquant Gantt Lake et prit la direction du lac en zigzaguant. Il traversa le paisible village d'Antioch sans croiser âme qui vive, puis les routes se rétrécirent. À moins de trois kilomètres de la bifurcation sur le chemin de gravier, il vit avec effroi des lumières bleues dans son rétroviseur. Son compteur affichait quatre-vingts, la limite autorisée, et il savait qu'il n'avait pas fait d'excès de vitesse. Il n'avait pas non plus grillé de feu. Il ralentit et retint son souffle quand la voiture de patrouille le dépassa à vitesse grand V. Un samedi soir, c'était probablement une bagarre dans un bar. Les gyrophares bleus disparurent rapidement au loin.

Il allait la tuer vite fait et reprendre la route. Le chalet était propre, il n'avait laissé aucun indice, comme d'habitude. Il sublimerait son travail avec un nœud parfait, ce qui semblait tout à fait approprié, étant donné la curiosité de cette femme à ce sujet.

La route de gravier s'enfonçait dans les bois obscurs, où l'attendait le chalet. Soudain, il vit d'autres lumières bleues derrière lui. Une nouvelle voiture de police. Il ralentit, roula au pas et s'écarta du chemin.

La voiture passa en trombe, frôlant la sienne, un nuage de poussière dans son sillage. Ce n'était pas normal.

Il emprunta le chemin qui menait au chalet, si bien caché dans les bosquets que personne ne pouvait le voir depuis la route. Il repéra une clairière avec un trou dans la clôture et s'arrêta au bord du sentier. Il recula sa voiture dans des fourrés, sortit de son véhicule et partit en petites foulées. Après un virage, une vision cauchemardesque s'offrit à lui. Le chalet était cerné de voitures de police aux gyrophares bleus.

*

Les deux adolescents, quinze et seize ans, étaient arrivés en quad au crépuscule. Ils avaient repéré la fumée qui sortait de la cheminée et se doutaient que quelqu'un était venu passer le week-end là, mais le Tahoe gris argent venait de partir. Ils épièrent le chalet, la route, et attendirent que la nuit soit tombée pour forcer la porte d'entrée à coups de pied. Ils cherchaient des armes, du matériel de pêche, tout ce qui pouvait avoir de la valeur. Ils ne trouvèrent rien d'autre qu'une femme noire morte sur le lit, les poignets menottés derrière le dos, les chevilles attachées par des chaînes.

Paniqués, ils prirent la fuite et ne s'arrêtèrent qu'à l'épicerie du village, fermée pour la nuit. Ils appelèrent le 911 d'un téléphone public et signalèrent la présence d'une femme morte dans le vieux chalet de Sutton, sur la route de Crab Hill. Quand l'opérateur leur demanda leurs noms, ils raccrochèrent et rentrèrent chez eux en courant.

*

Jeri fut transportée en ambulance à l'hôpital d'Entreprise, en Alabama. Elle était éveillée, mais nauséeuse, déshydratée et désorientée. Pourtant elle se remettait rapidement. À minuit, elle donna sa version des faits à la police, qui put remplir les blancs. Bannick l'avait si fortement droguée qu'elle n'avait pas vu son véhicule. Après une recherche rapide, la police trouva la marque, le modèle et le numéro d'immatriculation de la voiture du fuyard.

À 13 heures, un agent contacta Lacy. Elle était chez elle, en sécurité, à Tallahassee, et s'occupait de son frère, qui avait passé une radio et pris des antidouleurs. L'agent passa le téléphone à Jeri, et quand les deux femmes entendirent la voix l'une de l'autre, elles fondirent en larmes.

*

Au même moment, Bannick roulait dans Birmingham, son Tahoe équipé de fausses plaques du Texas. Il se gara dans le parking longue durée de l'aéroport international et, muni de son sac de voyage, entra dans le terminal principal. Il but un expresso dans un café et tua le temps. Il trouva une rangée de sièges avec vue sur les pistes et essaya de faire une sieste, comme n'importe quel autre voyageur fatigué. Quand le comptoir Avis ouvrit à 6 heures, il s'y rendit et bavarda avec l'employé. À l'aide d'un faux permis de conduire et d'une carte de crédit prépayée à un nom d'emprunt, il loua une Honda avec des plaques californiennes et quitta l'aéroport, en direction de l'ouest. Au cours des vingt prochaines heures, il roulerait pratiquement sans s'arrêter, ferait le plein en payant en liquide, prendrait des amphétamines, et avalerait d'innombrables tasses de café noir.

40

À 7 h 30 le dimanche matin, deux équipes d'agents du FBI et de techniciens envahirent l'univers de Bannick. La première força la porte de sa maison avec un pied-de-biche et désactiva les systèmes de sécurité, non sans réveiller les voisins. La seconde pénétra dans le palais de justice de Chavez, avec l'aide de Diana Zhang et d'un concierge, et passa au crible son bureau, ses classeurs de rangement, ses bibliothèques, tout ce qu'il pouvait avoir touché. Ils se rendirent rapidement compte que les classeurs étaient vides, tout comme les tiroirs. Diana fut surprise de constater que les effets personnels du juge avaient disparu. Les photos encadrées, les récompenses, les certificats, les coupe-papiers, les stylos, les blocs-notes, les presse-papiers... La secrétaire alla chercher les dossiers que le juge suivait, mais ils n'étaient plus dans son bureau. Son ordinateur ne s'allumait plus et le disque dur avait disparu. Les experts emportèrent la machine pour la faire analyser par le labo.

Dans sa maison, les techniciens découvrirent un réfrigérateur vide, comme toutes les poubelles. Des tas de vêtements et de serviettes avaient été lavés et jetés sur le lit. Dans le petit bureau, ils ne trouvèrent ni téléphone ni ordinateur portable. L'ordinateur fixe fut aussi embarqué pour être démantelé. Le disque dur s'était envolé.

Les recherches prendraient des heures, voire des jours. Il était toutefois évident que sa maison comme son lieu de travail avaient été nettoyés de fond en comble. Bien qu'ils aient méticuleusement recouvert toutes les surfaces de poudre blanche, pas une seule empreinte ne put être relevée. Les techniciens poursuivirent néanmoins leurs recherches méthodiquement, convaincus qu'ils finiraient par trouver quelque chose. Il était impossible de vivre et de travailler dans un espace pendant des années sans laisser aucune trace.

*

Jeri fut autorisée à sortir de l'hôpital à midi. Elle souffrait encore de nausées et était incapable d'avaler quoi que ce soit, mais les médecins ne pouvaient rien faire d'autre que lui prescrire des médicaments. Son crâne la lançait et l'Ibuprofen n'avait guère apaisé l'impression de martèlement. Ses poignets et ses chevilles étaient engourdis, même si les sensations revenaient peu à peu. Elle avait parlé deux fois à Denise pour lui assurer qu'elle allait bien, qu'elle était en sécurité, et que ce n'était pas la peine de se précipiter ici.

Elle était escortée de deux jeunes agents du FBI plutôt mignons, l'un au volant, l'autre sur la banquette arrière, qui faisaient la conversation. Elle n'était cependant pas d'humeur à bavarder et, au bout de quelques kilomètres, ils la laissèrent à ses pensées. Elle regarda le paysage défiler par la vitre côté passager en songeant aux dernières quarante-huit heures, n'en revenant pas d'être encore en vie.

Bannick n'avait toujours pas été retrouvé. Elle avait longtemps cru que cet homme était capable de tout, en particulier de se déplacer sans être repéré. Il s'était vanté de s'être déjà volatilisé dans une contrée lointaine. Au bout de plusieurs heures de route, une horrible réalité s'imposa à elle. Et s'il réussissait à s'en sortir ? S'il n'était jamais jugé ? Dès lors, ses crimes monstrueux ne seraient jamais punis et sa quête solitaire pour trouver l'assassin de son père n'aurait servi à rien.

Retourner à Mobile était hors de question. Il savait où elle habitait et avait sonné à sa porte. Il l'avait suivie jusqu'au motel et l'avait enlevée sans laisser un seul indice. Comme toujours. Elle se demanda si elle pourrait un jour rentrer chez elle.

Deux heures plus tard, ils pénétraient dans le centre-ville de Tallahassee. Quand la voiture se gara devant l'entrepôt rénové, Lacy les attendait sur son perron. Jeri et Lacy s'étreignirent en sanglotant, et au bout d'un long moment, elles finirent par rentrer.

Allie était revenu quelques heures plus tôt. Lacy lui avait raconté les derniers événements, avec l'aide de Gunther, qui était ravi de jouer les sauveurs. Au fil des récits, l'attaque intrépide de Gunther contre un dangereux tueur en série devenait héroïque et entrait dans la légende.

Lacy demanda à l'un des agents de sécurité d'aller chercher une pizza. L'autre s'assit près de la porte pour faire le guet. À l'intérieur, le groupe de quatre se détendit dans le salon et échangea ses impressions.

Ils finirent par rire quand Gunther, toujours aussi enflammé, s'arrêta en plein milieu d'une phrase pour se tenir les côtes. Sa mâchoire enflée n'avait pas calmé ses ardeurs.

Comme elle en ressentait le besoin, Jeri raconta ses conversations avec Bannick. Le juge n'avait pas explicitement avoué les meurtres, mais il avait reconnu à contrecœur la véracité d'une partie de son récit. Il niait avoir tué Ashley Barasso, ce qui paraissait peu crédible. Plus troublant, il avait fait d'autres victimes que Jeri avait manquées.

À 17 heures, ils arrivèrent dans les bureaux du FBI. Clay Vidovich les accueillit, et ils s'installèrent autour d'une table ronde dans la salle de conférences. La bonne nouvelle : ils avaient relevé deux empreintes dans le garage de Bannick. La mauvaise : ce n'était pas son pouce. Vidovich était convaincu qu'ils trouveraient d'autres empreintes, mais il devait bien reconnaître que les efforts de Bannick pour tout effacer étaient impressionnants. Le portable du magistrat avait cessé d'émettre à Crestview. Il l'avait probablement jeté. Personne du nom de Ross Bannick n'avait réservé un vol ces dernières soixante-douze heures. Sa secrétaire n'avait pas de nouvelles. Il n'avait pas de famille dans le coin, juste une sœur qui habitait loin, et qu'il avait perdue de vue.

Pourtant, Vidovich était convaincu qu'ils réussiraient à mettre la main dessus. Une chasse à l'homme géante était lancée, ce n'était qu'une question de temps.

Jeri n'était pas aussi optimiste. Elle garda ses doutes pour elle. Quand enfin elle put se détendre un peu, elle leur résuma les événements des deux dernières journées. Mais elle ne se sentait pas bien et leur promit un récit plus détaillé le lundi.

Dieu merci, des gamins étaient entrés par effraction dans le chalet.

41

Il s'arrêta à Amarillo, juste le temps de glisser une enveloppe FedEx dans une boîte de dépôt. Pour l'« expéditeur », il avait utilisé l'adresse de son bureau au palais de justice du comté de Chavez. Le « destinataire » était Diana Zhang, à la même adresse. Si tout se passait comme prévu, le paquet arriverait lundi à 17 heures et serait remis à Diana le mardi matin à 10 h 30.

À 8 heures, le lundi, il se gara devant le Pecos Mountain Lodge et prit le temps d'admirer les magnifiques montagnes à l'horizon. Le centre de désintoxication haut de gamme se nichait à flanc de colline, à peine visible depuis la route sinueuse. Il changea de gants et essuya le volant, les poignées de porte, le tableau de bord et l'écran. Il portait des gants depuis vingt heures et savait que la voiture était propre, mais il n'était pas question de prendre le moindre risque. Son petit sac à la main, il entra dans le hall d'entrée cossu et salua la réceptionniste.

— J'ai rendez-vous avec le Dr Joseph Kassabian, annonça-t-il poliment.

— Et votre nom, s'il vous plaît ?

— Bannick. Ross Bannick.

— Asseyez-vous, s'il vous plaît, je vais le prévenir.

Il s'installa dans l'élégant canapé en cuir et admira les œuvres d'art contemporain au mur. Pour cinquante mille dollars par mois, les riches alcooliques avaient droit à un environnement agréable. Pecos était pris d'assaut par les rock stars, les acteurs hollywoodiens, les jet-setteurs et, malgré sa notoriété, se vantait de sa discrétion. La confidentialité était un défi pour le centre, tant les anciens pensionnaires chantaient ses louanges.

Le Dr Kassabian apparut bientôt et le conduisit dans son bureau au bout du couloir. Un ancien toxicomane d'une cinquantaine d'années. Au téléphone, il lui avait lancé : « Comme nous tous, hein ? » Ils prirent place à une petite table sur laquelle se trouvaient deux verres d'eau.

— Racontez-moi votre histoire, dit le médecin avec un sourire chaleureux.

Votre cauchemar est terminé. Vous êtes au bon endroit.

Bannick se frotta le visage dans ses mains, comme s'il allait se mettre à pleurer.

— J'ai un problème d'alcool. Pas de drogue. De la vodka. Au moins un quart de bouteille par jour, depuis plusieurs années maintenant. J'arrive quand même à fonctionner. Je suis juge et mon travail est exigeant, mais je dois arrêter tout ça.

— Ça fait beaucoup de vodka.

— Ce n'est jamais assez. Et ça empire. C'est pour ça que je suis là.

— Quand avez-vous bu votre dernier verre ?

— Il y a trois jours. Je réussis à faire de petites pauses de temps à autre, mais je n'arrive pas à arrêter. Ça me tue.

— Alors vous n'avez probablement pas besoin de désintoxication.

— Non, en effet. Je suis déjà passé par là, docteur. C'est ma troisième cure en cinq ans. J'aimerais rester un mois.

— Combien de temps ont duré vos autres cures ?

— Un mois.

— Trente jours ne vont pas suffire, monsieur Bannick. Croyez-moi sur parole. Trente jours vous rendront sobre et vous feront du bien, mais il vous en faut au moins soixante. Nous recommandons un séjour de quatre-vingt-dix jours.

J'imagine. À cinquante mille dollars par mois.

— Je vais y réfléchir. Pour l'instant, je vais signer pour trente jours. Aidez-moi à redevenir sobre, s'il vous plaît.

— Bien sûr. Nous sommes très bons dans notre domaine. Vous pouvez nous faire confiance.

— Merci.

— Je vais vous présenter à notre responsable des admissions, qui s'occupera de la paperasserie. Avez-vous une assurance ? Ou bien utilisez-vous vos fonds propres ?

— Mes fonds propres. J'ai les moyens, docteur.

— Parfait.

— Très bien. Écoutez, je suis un officier de justice, alors je compte sur votre discrétion absolue. Personne ne doit savoir que je suis là. Je suis célibataire, je n'ai pas de famille, quelques amis, mais je ne l'ai dit à personne. Pas même à ma secrétaire.

Le Dr Kassabian sourit – c'était toujours la même rengaine.

— Croyez-moi, monsieur Bannick, nous comprenons le sens du mot confidentialité. Qu'y a-t-il dans votre sac ?

— Quelques affaires, des vêtements, une brosse à dents. Je n'ai pas apporté de téléphone, d'ordinateur ou d'autre appareil.

— Bien. Dans environ une semaine, vous pourrez utiliser votre téléphone. Pas avant.

— Je sais. Ce n'est pas mon premier rodéo.

— Je comprends. Mais je vais devoir prendre votre sac et en faire l'inventaire. Nous fournissons de beaux peignoirs en lin Ralph Lauren.

— Super.

— Vous êtes venu en voiture ?

— C'est un véhicule de location. J'ai pris l'avion.

— D'accord. Après les formalités administratives, nous ferons un examen clinique complet. Cela prendra une bonne partie de la matinée. À midi, on déjeunera ensemble, rien que tous les deux, et on parlera du passé, et de l'avenir. Ensuite, je vous présenterai à votre thérapeute.

Bannick hocha la tête, l'air résigné.

— Je suis content que vous soyez sobre, dit le Dr Kassabian. C'est un bon début. Vous n'imaginez pas les pauvres hères qui titubent ici.

— Je ne me sens pas sobre, docteur. Pas du tout.

— Vous avez frappé à la bonne porte.

Ils se rendirent dans le bureau des admissions. Bannick régla les premiers dix mille dollars par carte de crédit et signa une reconnaissance de dettes de quarante mille dollars. Le Dr Kassabian lui prit son sac. Les formalités terminées, on l'emmena dans une chambre au deuxième étage. Le Dr Kassabian le pria de l'excuser, il le retrouverait pour le déjeuner. Quand Bannick fut enfin seul, il ôta rapidement sa ceinture de voyage en nylon et enleva les petits sachets cachés dans la doublure. Ces derniers contenaient deux séries de pilules dont il aurait besoin plus tard. Il les dissimula sous un tiroir de la commode.

Un employé toqua à sa porte et lui tendit une pile de peignoirs et de serviettes. Il attendit que Bannick se soit déshabillé, puis s'en alla avec ses vêtements, sa ceinture et ses chaussures.

Le magistrat prit une douche, enfila un peignoir en lin, s'allongea sur le lit et s'endormit.

*

Lacy, Jeri et Allie déposèrent Gunther à l'aérodrome et regardèrent l'avion s'élancer sur la piste et décoller. Dès qu'il fut dans les airs, tous trois se sentirent d'humeur festive. Ils retournèrent au bureau du FBI et retrouvèrent Clay Vidovich et deux autres agents. Jeri signa une déposition sous serment de l'épreuve que Bannick lui avait fait subir. Un mandat d'arrêt pour enlèvement avait été diffusé dans tout le pays, sauf dans la région de Pensacola. Ils étaient persuadés que le juge ne traînait pas en Floride et ne voulaient pas alerter son entourage.

Vidovich fit le point sur les perquisitions effectuées au bureau et au domicile du magistrat : curieusement, aucune autre empreinte n'avait été relevée. Le FBI avait aussi procédé à des recherches dans ses immeubles, sans succès.

La salle de conférences se remplit progressivement. D'autres agents prirent place à la grande table. Les cravates étaient desserrées, les manches retroussées, les cols déboutonnés. Le groupe donnait l'impression d'avoir travaillé tout le week-end. Lacy appela Darren pour lui demander de se joindre à eux. Des secrétaires apportèrent des plateaux de café et de pâtisseries.

À 10 heures, Vidovich réclama le calme et s'assura que les deux caméras fonctionnaient.

— Ceci est à titre officieux, Jeri, vous n'êtes pas suspecte.

— J'espère bien, dit-elle avec un sourire.

— Pour commencer, je voudrais rappeler que, sans vous, nous ne serions pas là. Votre travail d'enquête ces vingt dernières années est très impressionnant. Honnêtement, c'est un petit miracle. Je n'ai jamais rien vu de pareil. Alors, au nom des familles des victimes et des forces de l'ordre, merci.

Elle hocha la tête, embarrassée, et regarda Lacy à la dérobée.

— On ne l'a pas encore appréhendé, objecta Jeri.

— On va l'épingler.

— Bientôt, j'espère.

— J'aimerais tout reprendre à zéro. Cela vous oblige à tout nous répéter, si cela ne vous dérange pas trop…

Elle commença par raconter la mort de son père et ses conséquences, le manque d'indices, plusieurs mois écoulés sans nouvelles de la police, sans progrès. Quel était le mobile ? Elle avait passé des années à chercher la réponse à cette question. Qui, dans l'entourage de Bryan Burke, pouvait lui en vouloir à ce point ? Ni ses proches ni ses collègues. Peut-être un ou deux étudiants... Il n'avait pas d'associés, pas de maîtresses, donc pas de maris jaloux. Elle avait fini par s'intéresser à Ross Bannick, une simple supposition. Les chances qu'il soit impliqué étaient extrêmement minces. Elle n'avait aucune preuve, rien d'autre que son imagination débordante. Elle avait fouillé le passé de Bannick, suivi sa carrière de jeune avocat à Pensacola, et peu à peu, découvrir la vérité était devenu une obsession. Elle savait où il vivait, où il travaillait, où il allait à l'église et où il jouait au golf le week-end.

Elle était tombée sur un vieil article du *Ledger* à propos du meurtre de Thad Leawood, un habitant du coin qui avait quitté la ville dans des circonstances étranges. Elle avait fait le lien avec Bannick grâce aux dossiers des scouts obtenus auprès du siège. Lorsqu'elle avait vu les photos de la scène de crime, une pièce importante du puzzle s'était mise en place.

Tout en déroulant son récit, elle ne put s'empêcher de se masser les poignets.

— D'après mes recherches, la troisième victime a été Ashley Barasso, en 1996. Mais samedi dernier, Bannick m'a affirmé qu'il ne l'avait pas tuée.

Vidovich secoua la tête. Il regarda l'agent Murray, qui ne semblait guère convaincu non plus.

— Il ment, intervint Murray. Nous avons le dossier. Même corde, même nœud, même méthode. En plus, il la connaissait depuis la fac de droit à Miami.

— C'est ce que je lui ai répondu.
— Pourquoi il nierait ce crime ? demanda Vidovich.
— J'ai une théorie, déclara Jeri avant de boire une gorgée de café.

Vidovich sourit.

— Ça ne m'étonne pas. On vous écoute.
— Ashley avait trente ans. Elle était sa plus jeune victime, mère de deux enfants âgés de trois ans et dix-huit mois. Ils étaient à la maison quand elle a été assassinée. On peut imaginer qu'il a vu les enfants. Et que, pour une fois, il a eu des remords. C'est peut-être le seul meurtre qu'il n'a pas pu assumer.
— Ça se tient, dit Vidovich. Si tant est qu'il y ait une logique dans tout ça.
— Dans son esprit malade, c'est parfaitement rationnel. Il n'a reconnu aucun des meurtres, mais il a avoué que j'en avais manqué deux.

Murray feuilleta ses notes.

— Nous en avons peut-être trouvé un. En 1995, un homme du nom de Preston Dill a été assassiné près de Decatur, en Alabama. La scène de crime est similaire. Pas de témoins, pas de traces, même corde et même nœud. On poursuit nos recherches, mais il semblerait que Dill ait vécu dans la région de Pensacola.

Jeri secoua la tête.

— Je suis contente d'en avoir manqué un.
— Ça nous fait au moins cinq victimes qui ont vécu dans la région, reprit l'agent Neff, mais pas au moment où ils ont été assassinés.
— À l'exception de Leawood, ils étaient de passage, même s'ils sont restés assez longtemps pour croiser le chemin de notre homme, renchérit Vidovich.

— Et sur une période de vingt-trois ans, je me demande si quelqu'un d'autre, en dehors de vous, Jeri, aurait pu faire le lien entre tous ces meurtres, conclut Neff.

Jeri ne répondit pas, et personne ne fit de commentaire, tant la réponse était évidente.

42

Son dernier repas, il le prit seul. La cuisine ouvrait à 7 heures. Il arriva quelques minutes après, commanda des œufs brouillés et des toasts, se servit un verre de jus de pamplemousse et emporta son plateau sur le patio, où il s'installa à l'ombre d'un parasol, d'où on pouvait admirer le superbe lever de soleil sur les montagnes. La matinée était paisible. Les autres patients, qu'il n'avait pas fait l'effort de saluer, se préparaient à une nouvelle glorieuse journée de sobriété.

Il était en paix avec son monde, une sérénité renforcée par deux comprimés de Valium avalés avant le petit déjeuner. Il prit son temps et savoura son repas. Lorsqu'il eut terminé, il rendit son plateau et retourna dans sa chambre. Sur sa porte, un employé avait collé son emploi du temps de la journée. Une randonnée en groupe à 9 heures, un conseil à 10 h 30, le déjeuner, et ainsi de suite.

Il rangea ses documents, puis se mit au travail. Il enfila des gants en plastique et essuya toutes les surfaces de la chambre et de la salle de bains. Il retira les sachets de pilules de sous la commode et alla s'enfermer dans la salle de bains. Après avoir rempli le lavabo, il versa deux sachets d'acide chlorhydrique dans l'eau. Au contact du liquide, les cachets se mirent aussitôt à pétiller et à mousser. De deux autres sachets, il sortit quarante comprimés d'oxycodone, de trente milligrammes chacun, qu'il avala avec de l'eau dans un gobelet en papier. Il jeta les emballages, le gobelet et les gants dans les toilettes. Il prit un petit essuie-mains, l'enfonça dans sa bouche pour étouffer toute réaction d'anxiété, puis plongea ses huit doigts et ses deux pouces dans le superacide bouillonnant. La douleur fut d'une violence inouïe. Il poussa un geignement, sans retirer ses mains, tandis que l'acide brûlait la première couche de peau et entamait la seconde. Ses mains étaient en feu et il se sentit défaillir. Lorsque ses genoux fléchirent, il s'agrippa au lavabo, le déboucha et ouvrit la porte. Il se laissa tomber sur son lit, cracha le mouchoir en papier et enfouit ses mains sous les draps. La douleur disparut lorsqu'il perdit connaissance.

*

Diana était à l'accueil quand l'enveloppe FedEx arriva à 10 h 35. Elle lut le nom et l'adresse de l'expéditeur et l'emporta dans son bureau, puis referma la porte derrière elle. Pour la troisième fois de la journée, une équipe d'experts brusques, voire grossiers – des techniciens du FBI –, avaient envahi son espace, et elle avait besoin d'un peu d'intimité.

Elle déchira l'enveloppe d'une main tremblante. À l'intérieur, quatre feuilles de papier. La première était une lettre à son intention.

Chère Diana, si vous lisez ceci, c'est que je ne suis plus de ce monde. Désolé de vous faire cela, mais je n'ai personne d'autre. S'il vous plaît, appelez le Dr Joseph Kassabian au Pecos Mountain Lodge, près de Santa Fe, et informez-le que vous êtes ma secrétaire, mon exécutrice testamentaire et mon unique héritière. Dans les instructions du « Testament et dernières volontés » ci-joint, je vous demande de faire incinérer mon corps dans les plus brefs délais et d'éparpiller mes cendres sur les montagnes de Pecos, ici, au Nouveau-Mexique. Ne faites revenir en aucune circonstance ma dépouille dans l'État de Floride et n'autorisez pas une autopsie. Demain, envoyez le communiqué de presse ci-après à Jane Kemper au Pensacola Ledger. *S'il vous plaît, prévenez la police le plus tard possible.*
Ross.

Elle étouffa un cri et lâcha les documents. Puis elle les ramassa en pleurant. Sur la deuxième page se trouvait le « communiqué de presse ».

Le juge Ross Bannick est décédé ce matin dans un établissement près de Santa Fe, au Nouveau-Mexique, où il était traité pour un cancer du côlon. Il avait quarante-neuf ans. Ces dix dernières années, le juge Bannick a fièrement servi les habitants du vingt-deuxième district. Originaire de Pensacola, il résidait dans la ville de Cullman. Diplômé de l'université de Floride et de l'université de droit de Miami, il a exercé dans un cabinet privé à Pensacola pendant près de quinze ans avant d'être élu à la magistrature en 2004. Célibataire de longue date, il rejoint ses parents, le Dr et Mme Herbert Bannick, et laisse une sœur, Mme Katherine LaMott, de Savannah, en Géorgie. Au lieu de fleurs, la famille souhaiterait des dons à l'American Cancer Society. Il n'y aura pas de service commémoratif.

Le troisième document s'intitulait : Testament et dernières volontés de Ross L. Bannick.

Je, soussigné, Ross L. Bannick, sain de corps et d'esprit, déclare par la présente qu'il s'agit de mes dernières volontés et de mon dernier testament, révoquant expressément tous les précédents. Ce document préparé par mes soins doit être considéré comme mon ultime testament olographe.
1. Je désigne ma fidèle amie, Diana Zhang, exécutrice testamentaire et lui demande d'homologuer ce testament dès que possible.
2. Je demande à mon exécutrice testamentaire de faire immédiatement incinérer ma dépouille et de disperser mes cendres dans les montagnes Pecos, près de Santa Fe.
3. Je lègue tous mes biens à Diana Zhang.
4. À l'exception de mes factures habituelles, je n'ai pas de dettes. Vous trouverez une liste des actifs en annexe.
Signé Ross L. Bannick.

La quatrième page agrafée au testament était une liste : huit comptes bancaires avec leur solde approximatif ; sa maison de Cullman, estimée à sept cent mille dollars ; un bungalow sur la plage, d'une valeur de cinq cent cinquante mille dollars ; deux centres commerciaux appartenant à des corporations ; et un portefeuille d'actions évalué à deux cent quarante mille dollars.

Un long moment, elle fut trop stupéfaite pour réagir. Tout intérêt pour l'héritage du juge était occulté par l'horreur de la situation.

Elle réussit à aller sur Internet et trouva le site du Pecos Mountain Lodge. Un centre de désintoxication ? Cela n'avait aucun sens. Elle composa le numéro et fut informée que le Dr Kassabian n'était pas disponible. Elle ne se laissa pas démonter et insista : c'était une affaire urgente. Lorsque le médecin prit enfin son appel, elle lui exposa la situation. Il confirma le décès du juge Bannick : cela ressemblait à une overdose. Pouvait-elle le rappeler plus tard ? Non, impossible. Il prit un siège et ils eurent une longue conversation, qui se termina par l'arrivée du médecin légiste.

Elle alla chercher la carte de visite de l'agent spécial Neff et appela le FBI.

*

Le Lodge était une agréable retraite, où des gens abîmés par la vie en commençaient une nouvelle, pas un lieu où ils venaient pour mourir. Le Dr Kassabian n'avait jamais eu affaire à la mort d'un patient et se sentait démuni. Surtout, il ne voulait pas qu'un événement aussi traumatisant ébranle les autres pensionnaires. Lors de sa deuxième conversation avec Mme Zhang, celle-ci lui avait détaillé les instructions précises du défunt, qui souhaitait être incinéré au plus vite. Mais le bon sens lui dictait de ne pas toucher au corps ni à la chambre jusqu'à l'arrivée des autorités. Quand deux agents du FBI de Santa Fe se présentèrent, il n'apprécia guère leur présence, mais fut soulagé de leur passer la main. Lorsqu'ils l'informèrent que le juge Bannick était recherché pour enlèvement, le Dr Kassabian ne put s'empêcher de plaisanter.

— Eh bien, vous arrivez trop tard.

Les fédéraux pénétrèrent dans la chambre et observèrent le corps sans vie de Bannick.

— Nos experts sont en chemin, déclara l'un d'eux. Nous avons besoin de ses empreintes.

— Ça risque de poser problème.

Le Dr Kassabian se pencha, saisit un coin du drap et le souleva. Les mains de Bannick étaient monstrueusement gonflées, ses doigts noircis par la corrosion, ses ongles avaient fondu et disparu. Un liquide couleur rouille maculait son peignoir et le linge de lit.

— On dirait qu'il savait que vous alliez venir, commenta le médecin.

— Bon, dit le second agent. Ne touchez à rien.

— Comptez sur moi.

43

Ils terminaient de déjeuner dans un café du centre-ville quand ils reçurent un appel urgent de Clay Vidovich. Ils se précipitèrent au bureau du FBI et attendirent dans la salle de conférences. Vidovich et les agents Neff et Suarez entrèrent d'un pas pressé. Il était évident qu'ils avaient des nouvelles.

— Ross Bannick est mort, déclara Vidovich sans prendre le temps de s'asseoir. Overdose, apparemment, dans un centre de désintoxication à Santa Fe.

Jeri s'effondra et enfouit son visage dans ses mains. Lacy était trop sonnée pour répondre.

— Il s'est inscrit hier matin et ils l'ont retrouvé mort dans sa chambre il y a environ trois heures. Nos agents sur place ont confirmé le décès.

— Et les empreintes ? s'enquit Allie.

— Pas simple. Je viens de regarder une vidéo envoyée par nos agents. Vous voulez la visionner ?

— Une vidéo de quoi ? interrogea Lacy.

— Notre homme au centre. C'est plutôt effrayant.

Jeri s'essuya les yeux et se mordit la lèvre.

— Je veux la voir.

L'agent Murray pressa plusieurs boutons sur sa tablette et le film débuta sur le grand écran derrière

Vidovich. Ce dernier s'écarta tandis qu'ils regardaient, bouche bée, les images prises par un smartphone. Bannick était allongé sur le dos, les paupières closes, le menton ombré d'une barbe, la bouche entrouverte, un filet de bave au coin des lèvres, mort. La caméra glissa lentement le long de son corps et s'arrêta sur ses mains.

— Il semblerait qu'il ait plongé ses doigts dans de l'acide avant de mourir.

Allie lâcha un juron que tout le monde entendit.

— Le fils de pute.

La caméra zooma sur les doigts du magistrat et Lacy détourna les yeux.

— Voilà notre problème pour les empreintes. La peau est ravagée et les blessures ne risquent pas de guérir. On dirait qu'il savait parfaitement ce qu'il faisait.

— Pouvez-vous stopper l'enregistrement ? demanda Lacy. (L'agent Suarez appuya sur pause.) J'aimerais comprendre. Il s'est mutilé les doigts pour qu'on ne puisse pas relever ses empreintes, ce que l'on peut faire, j'imagine, après le décès d'une personne.

— Oui, ça arrive souvent, répondit l'agent Neff. Si les mains et les doigts sont en bon état.

— D'accord. Alors imaginons qu'il ait voulu détruire ses empreintes, qu'il avait déjà modifiées, ne peut-on en déduire qu'il était au courant pour l'empreinte partielle de pouce ?

Vidovich sourit.

— Exactement. Bannick était certainement au courant.

Ils tournèrent un visage interrogateur vers Jeri, qui secoua la tête.

— Pourquoi s'est-il donné tout ce mal ? lança Allie. S'il projetait de mourir, pourquoi avoir peur d'être démasqué ?

— Vous devez vous mettre dans la peau de Bannick, intervint Jeri. Il ne faut pas oublier leur désir de mort, ce n'est pas rare chez les tueurs en série. Ils sont incapables de s'arrêter de leur propre chef, alors ils veulent qu'on les arrête. Pensez à sa réputation anéantie. À sa disgrâce aux yeux de ses parents. Perdre tout ce qu'il a bâti dans sa vie.

— Certains parmi nos célèbres tueurs en série avaient un puissant désir de mort, renchérit Vidovich. Bundy, Gacy... plutôt commun.

La vidéo s'éteignit.

— Pouvez-vous la remettre au début ? demanda Jeri.

Suarez appuya sur un bouton et le visage fantomatique de Bannick apparut de nouveau.

— Mettez sur pause, s'il vous plaît. Je veux le voir mort. J'attends ce moment depuis si longtemps.

Vidovich jeta un coup d'œil à Lacy et Allie. Après un moment de réflexion, il continua :

— On a affaire à une situation compliquée. Bien sûr, il a laissé un nouveau testament avec des instructions spécifiques. Il veut être incinéré immédiatement, et qu'on disperse ses cendres sur les montagnes de Santa Fe. Charmant. Bien sûr, nous voulons conserver le corps le plus longtemps possible pour obtenir une empreinte. Le problème, c'est que, légalement, il n'est pas exactement sous notre responsabilité. On ne peut pas arrêter un cadavre. Notre mandat expire au moment de son décès. Je viens de parler au service juridique à Washington et ils s'arrachent les cheveux.

— Vous ne pouvez pas autoriser l'incinération, protesta Lacy. Demandez un arrêté du tribunal.

— Ce n'est pas aussi simple. À quel tribunal ? Celui de Floride ? Du Nouveau-Mexique ? Aucune loi ne peut exiger le rapatriement d'une personne décédée pour un enterrement. Ce type a tout prévu : son exécutrice testamentaire a pour instruction de le faire incinérer sur place et de refuser toute autopsie.

Le regard rivé sur l'image figée du corps, Jeri secoua la tête.

— Même d'outre-tombe, il nous gâche la vie.

— C'est terminé, Jeri, dit doucement Lacy en lui touchant le bras.

— Ce ne sera jamais terminé. Bannick ne sera jamais traduit en justice. Il s'en est sorti, Lacy.

— Non, il est mort, et il ne commettra plus jamais de crime.

Jeri renifla et détourna les yeux.

— Sortons d'ici.

*

Allie les déposa à l'appartement de Lacy avant de regagner le sien. Il était convoqué à Orlando pour le boulot, mais il avait informé son responsable, au cours d'une conversation plutôt houleuse, qu'il prenait deux jours de repos.

Jeri se laissa tomber dans le canapé du salon et s'efforça de digérer les derniers événements. Qu'allait-il se passer ensuite ? Qu'est-ce qui pouvait être plus troublant que la mort de Bannick ? Si les fédéraux ne trouvaient pas de correspondance avec l'empreinte partielle de pouce, ils ne pourraient pas prouver les assassinats de Verno et Dunwoody.

Quant aux autres meurtres, ils n'avaient qu'un mobile et une méthode. Le faire condamner pour si peu était impossible. Et maintenant qu'il était décédé, aucune police – locale, fédérale ou d'État – ne perdrait son temps à le poursuivre. Ces affaires étaient classées depuis des décennies. À quoi bon continuer ? À l'évidence, ils accueilleraient favorablement la nouvelle de la probable culpabilité de Bannick, en informeraient les familles et seraient heureux de mettre un terme à l'enquête.

Les dénégations, les dérobades et les affirmations de Bannick le samedi précédent dans un chalet au fond des bois en Alabama n'avaient pas été d'une grande aide pour la police. Rien ne pouvait être admis devant un tribunal, et Bannick avait pris soin de ne pas avouer expressément ses crimes. Après tout, il était juge de première instance.

À certains moments, Jeri était bouleversée, et même inconsolable. L'œuvre de sa vie s'était brutalement achevée, et la fin n'était pas du tout satisfaisante. Le suicide de Bannick lui avait permis de tirer son épingle du jeu. Les accusations d'enlèvement, si elles étaient prises en compte, ne feraient qu'ajouter à la confusion et ne prouveraient rien. Personne ne saurait jamais la vérité. Il n'avait même pas été inculpé. Son nom ne serait jamais associé à ses victimes.

À d'autres moments, elle ressentait un réel soulagement. Le monstre n'était plus sur ses traces. Elle n'avait plus à vivre dans le même monde que Bannick, un homme qu'elle méprisait depuis si longtemps qu'il faisait partie de sa vie. Il ne lui manquerait pas, mais comment remplir le vide ?

Elle avait lu quelque part qu'on en venait souvent à admirer, voire à aimer ce que l'on haïssait jusqu'à l'obsession. Cela nous définissait.

À 14 h 30, un agent du FBI frappa à la porte et informa Lacy que ses gardes du corps avaient été rappelés au bureau. Le danger était écarté à présent. Elle le remercia pour tout.

Jeri demanda à passer une nuit de plus chez sa protectrice. Il lui faudrait du temps pour se détendre complètement, et elle voulait aller faire une longue promenade, seule, traverser le quartier, le campus, le centre-ville. Elle voulait goûter à la liberté de se déplacer sans regarder par-dessus son épaule, sans s'inquiéter, sans même penser à lui. Et quand Lacy reviendrait du bureau, Jeri lui aurait préparé un bon dîner. Elle avait cessé de cuisiner depuis des années, et même des décennies, depuis que ses soirées étaient consumées par la traque du tueur.

« Bien sûr », répondit Lacy. Après son départ, Jeri s'assit sur le canapé et se répéta que Bannick était mort.

Elle vivait dans un monde meilleur.

44

Diana Zhang n'avait jamais réfléchi à l'idée d'être l'exécutrice testamentaire de qui que ce soit. En fait, en tant que secrétaire d'un magistrat, elle connaissait assez les affaires de succession pour savoir qu'il fallait éviter le plus possible ce genre de situation. Mais puisque son ex-patron lui avait confié cette pénible tâche, à première vue compliquée, voire impossible, elle s'efforça d'incarner dignement son nouveau rôle.

La quatrième page, la liste des biens, l'encourageait à rester dans la partie. Elle n'avait jamais pensé que le juge Bannick pouvait mourir – il était si jeune –, encore moins qu'elle allait hériter de lui ! Le choc de sa mort passé, elle ne put s'empêcher de songer à cette aubaine.

Franchement, elle se moquait qu'il soit incinéré ou inhumé, surtout avec le FBI sur son dos. Les fédéraux lui avaient demandé d'attendre avant d'organiser la crémation, ainsi que tout le reste. Rien ne pressait. Il était dans la chambre froide de la morgue du comté, très loin de là, et si le FBI avait besoin de temps, cela ne lui posait aucun problème de conscience. Ils étaient d'accord pour ne pas abîmer le corps à condition qu'elle les laisse photographier en détail les mains et les doigts.

Elle était longuement citée dans l'édition du *Ledger* de mercredi. Après plusieurs commentaires élogieux sur son ancien patron, elle avait expliqué qu'il était très malade, et qu'il s'était toujours montré très discret quant à sa vie privée. Ses employés étaient « choqués et peinés » par sa brutale disparition, tout comme ses collègues et les membres du barreau. L'article occupait la moitié de la première page, avec un beau portrait du jeune Bannick. Il n'y avait aucune mention du mandat d'arrêt pour enlèvement.

*

Mercredi à midi, le FBI avait saisi et fouillé le 4 × 4 qu'il avait laissé dans le parking longue durée de l'aéroport de Birmingham, ainsi que le véhicule de location Avis dont ils avaient suivi la trace jusqu'au Pecos Mountain Lodge. Comme on pouvait s'y attendre, les deux véhicules avaient été soigneusement nettoyés et ne comportaient pas le moindre indice de la présence de Bannick. L'enveloppe FedEx envoyée à Diana était couverte d'empreintes, mais aucune ne correspondait à celle trouvée sur le téléphone de Verno. Tout avait été passé au peigne fin : le chalet du lac Gantt, sa chambre au motel… sans succès. Un employé se rappelait l'avoir vu plusieurs fois avec des gants.

Une équipe d'experts du FBI était rapidement arrivée et avait examiné les doigts et les pouces du défunt. Ces derniers étaient tellement corrodés qu'il n'en restait rien. Comme le corps allait être incinéré, Vidovich eut l'idée d'amputer les mains pour les faire examiner au laboratoire. Il en parla à Diana Zhang, qui eut une réaction horrifiée. Mais Vidovich insista : les mains et les doigts, tout comme l'ensemble du corps, seraient bientôt réduits en cendres, alors quelle différence cela faisait-il ? Comme la secrétaire hésitait encore, il la menaça de la traîner devant un juge fédéral.

Diana en avait déjà marre de son nouveau rôle. Tant que le corps de Bannick restait à la morgue, il créait des problèmes. Elle ne verrait jamais sa dépouille, avec ou sans mains. Même à plus de mille cinq cents kilomètres de distance, ce n'était pas encore assez loin. Elle finit par accepter les amputations, et les mains furent sectionnées et emportées au laboratoire de Clarksburg, en Virginie-Occidentale.

Ce qui restait du juge Ross Bannick fut transféré au crématorium de Santa Fe, réduit en cendres, et recueilli dans une urne en plastique que l'entrepreneur des pompes funèbres entreposa en attendant des instructions.

*

Lacy parla plusieurs fois à Vidovich au cours de la journée et rapporta les dernières nouvelles à Jeri, qui avait hâte de rassembler ses affaires et de rentrer chez elle.

Le FBI avait passé la voiture de Jeri au crible et n'avait rien trouvé, excepté le GPS près du réservoir. Ils avaient envoyé l'appareil à Clarksburg pour analyse. Dans le chaos et la débâcle du kidnapping, Bannick avait emporté le pistolet et la petite valise de Jeri, mais pas son téléphone et son ordinateur portable. Sans doute par crainte que le FBI ne piste ces appareils. Il avait également laissé le sac à main et les clés de la jeune femme. Son argent liquide ne l'intéressait pas, pas plus que sa carte de crédit, et il conduisait son propre véhicule.

Les deux séduisants agents qui avaient ramené Jeri de l'hôpital dimanche arrivèrent à Tallahassee avec sa Camry et ses affaires personnelles. Ils avaient pour instructions de l'escorter jusqu'à Mobile et de changer les serrures de ses portes. Elle refusa tout net, et ils la laissèrent partir à contrecœur.

Après avoir dîné tôt avec Lacy et Allie, Jeri les étreignit tous les deux, les remercia chaleureusement et leur promit de les revoir bientôt. Puis elle prit la route pour Mobile, à quatre heures de là. Alors qu'elle quittait la ville, elle tourna son rétroviseur sur le côté pour ne pas le regarder à tout bout de champ. Les vieilles habitudes avaient la peau dure.

Ses pensées étaient embrouillées et son humeur avait radicalement changé. Elle avait de la chance d'être en vie et ses poignets endoloris lui rappelaient constamment qu'il s'en était fallu de peu. Cette épreuve, certes terrifiante, s'était bien terminée. Par un coup du sort, elle avait échappé à une mort certaine. Elle allait donc continuer à vivre, mais dans quel but ? Son projet lui semblait inachevé. Où était la ligne d'arrivée ? Elle sourit à l'idée agréable de ne plus vivre dans le même monde que Bannick, puis se renfrogna en songeant au mauvais tour qu'il leur avait joué. Il ne ferait jamais face à ses victimes, ne serait jamais traîné dans une salle d'audience – qui aurait pu être la sienne – en combinaison orange et chaînes aux chevilles. Il ne subirait jamais la profonde humiliation de voir son portrait à la une des journaux, d'être méprisé par ses amis, radié de la magistrature, condamné pour ses crimes odieux, et de finir derrière les barreaux. Il n'entrerait pas dans l'histoire en devenant le premier juge américain reconnu coupable de meurtre, pas plus qu'il ne resterait dans les mémoires comme un tueur en série légendaire. Il ne croupirait pas dans un cachot, alors que c'était tout ce qu'il méritait.

Sans preuve supplémentaire de sa culpabilité, les familles de ses victimes ne seraient jamais au courant de son implication. Elle connaissait leurs noms – tous leurs noms. Les parents et les proches d'Eileen Nickleberry ; les deux enfants d'Ashley Barasso, tous deux âgés d'une vingtaine d'années aujourd'hui ; la veuve et les deux fils de Perry Kronke ; la famille de Mike Dunwoody, la seule victime accidentelle dont elle avait connaissance ; les enfants de Danny Cleveland ; les familles de Lanny Verno et de Mal Schnetzer.

Et que dire à son frère aîné, Alfred, en Californie ? Allait-elle bouleverser leur univers avec son histoire à dormir debout à propos du tueur en série qu'elle avait démasqué et qui avait réussi à échapper à la justice ? Pourquoi lui en parler ? La seule fois où ils avaient discuté du meurtre de Bryan Burke, c'était quand *elle*, Jeri, avait abordé le sujet.

Elle réussit à se détendre en se rappelant que l'enquête n'était pas encore close. Le FBI était pleinement impliqué. Bannick était sans doute coupable de plusieurs autres meurtres. Si l'un d'entre eux était prouvé, le FBI contacterait les services de police locaux, qui pourraient en informer les familles. Justice ne serait pas vraiment rendue, mais certains proches parviendraient peut-être enfin à tourner la page.

Pour Jeri, cela semblait impossible.

45

Le jeudi en fin de matinée, Lacy et son équipe se réunirent pour la dernière fois, heureux de refermer le dossier Bannick et de le ranger dans les « affaires classées », quand Felicity les interrompit : un appel urgent pour Lacy. Sadelle savourait son oxygène et Darren se demandait quelle taille de *latte* il allait commander.

— C'est Betty Roe, précisa la secrétaire dans le haut-parleur. Elle dit que c'est important.

Lacy leva les yeux au ciel et soupira de frustration. Elle avait espéré ne pas entendre la voix de Jeri pendant plusieurs jours, mais ce n'était pas réellement une surprise. Darren se rua vers la porte pour aller chercher son *latte*. Sadelle ferma les yeux, comme si elle se préparait à une petite sieste.

— Bonjour, Betty, dit Lacy.

— On peut laisser tomber les politesses, hein, Lacy ?

— Bien sûr. Comment allez-vous ce matin, Jeri ?

— Merveilleusement bien. Je me sens mille fois plus légère et je n'arrête pas de sourire. Le savoir mort m'a soulagée d'un fardeau mental et physique. C'est une sensation extraordinaire.

— Quelle bonne nouvelle. Vous attendiez ça depuis très longtemps.

— Toute ma vie. Je vis pour ce taré depuis des décennies. Pourtant je n'ai pas réussi à fermer l'œil. Je suis restée éveillée toute la nuit parce que j'ai besoin de votre aide pour une dernière aventure. Si possible avec Allie en renfort.

— Allie est parti ce matin pour une destination inconnue.

— Alors emmenez Darren. J'imagine que c'est le seul homme blanc disponible.

— En effet. L'emmener où ?

— À Pensacola.

— Je vous écoute, mais je suis déjà sceptique.

— Vous avez tort. Faites-moi confiance. Je l'ai tout de même mérité, non ?

— Oui, c'est certain.

— Bien. Alors s'il vous plaît, laissez tomber ce que vous faites et venez à Pensacola.

— D'accord. Je ne comprends pas, mais je vous écoute. Ce n'est pas tout à fait la porte à côté.

— Je sais, je sais. Une heure de route pour moi, trois pour vous. C'est crucial. On pourrait clouer définitivement son cercueil.

— Si on peut dire. Il n'a pas de cercueil.

— Oui, bon, écoutez, Lacy, j'ai retrouvé le pick-up.

— Quel pick-up ?

— Celui que Bannick conduisait le jour où il a tué Verno et Dunwoody à Biloxi. Le véhicule que le vieil homme assis sur son porche a vu dans le centre-ville de Neely, après que Bannick a posté les téléphones. Ce pick-up-là.

Lacy était toujours dubitative.

— Et alors ?

— Eh bien, il n'a pas fait l'objet d'une recherche d'empreintes.

— Attendez. Je croyais que Darren l'avait cherché, sans résultat.

— Oui, si on veut. C'est un pick-up d'une demi-tonne de 2009, de couleur gris clair, acheté par Bannick en 2012. Il l'a gardé deux ans, s'en est servi pour les meurtres de Biloxi et l'a échangé un mois plus tard. Un homme du nom de Trager l'a acheté à un vendeur de voitures d'occasion et l'a conduit pendant deux mois quand il a été percuté par un conducteur en état d'ébriété. Les assurances State Farm ont récupéré l'épave et l'ont vendue pour une bouchée de pain. Du moins, d'après ce que vous m'avez dit il y a trois semaines.

— Oui, je m'en souviens maintenant. Darren a dit que c'était une impasse.

— Eh bien, pas tout à fait. En réalité, le pick-up a été vendu pour ses pièces détachées. Je l'ai retrouvé dans une casse non loin de Milton, au nord de Pensacola. Vous avez Google Maps ?

— Bien sûr.

— D'accord. Je vais vous envoyer le lien de la casse Dusty, près de Milton. Elle achète des épaves à des compagnies d'assurances et en revend les pièces détachées. Trente-six hectares de vieilles bagnoles cabossées. J'ai mis la main sur l'expert qui s'est occupé du dossier Trager et il est presque sûr que le pick-up est chez Dusty.

S'attendant au pire, Lacy lança :

— Et que suis-je censée faire ?

— C'est simple. Tous les trois – Darren, vous, moi –, nous allons retrouver le pick-up et l'examiner. Si Bannick l'a gardé pendant deux ans, il contient sûrement des empreintes. Il ne l'aura pas nettoyé à fond, car, au moment où il s'en est débarrassé, il n'était pas au courant pour l'empreinte partielle de pouce.

— Trente-six hectares ?

— Allez, Lacy, c'est sûrement notre dernière chance. Bien sûr, c'est encore une aiguille dans une botte de foin, mais l'aiguille est là.

— Combien de temps restent des empreintes ?

— Des années. Cela dépend d'un tas de facteurs – surface, chaleur, humidité, etc.

Lacy n'était pas surprise que Jeri soit incollable sur le sujet.

— Appelons le FBI.

— Oh, comme si je ne connaissais pas ce refrain ! Pas tout de suite. Trouvons le pick-up, et ensuite on avisera.

Lacy était tentée de dire à Jeri qu'elle était épuisée, que c'était la panique au bureau en son absence, et ainsi de suite, mais elle savait que ses excuses seraient balayées en moins de deux. Grâce à sa ténacité, Jeri avait traqué un tueur en série dont la police n'avait jamais entendu parler. Lacy ne faisait pas le poids.

Elle fronça les sourcils en voyant Sadelle assoupie.

— On peut être là à 16 heures.

— Dusty ferme à 17 heures. Ne perdez pas de temps. Et ne venez pas en robe.

*

Ernie travaillait au long comptoir d'accueil et, lorsqu'ils entrèrent dans le service des pièces détachées, il était le seul des quatre « associés » à ne pas être au téléphone. L'air bourru, il leur fit signe d'entrer. Le décor était fait d'enjoliveurs déformés, de vieux volants et, derrière le comptoir, de hautes étagères chargées de bacs remplis de pièces usagées. Un mur entier de vieilles batteries de voiture sur des rayonnages. L'endroit empestait l'huile rance et les chemises des quatre employés étaient tachées de graisse. Ernie n'était pas en reste, avec un torchon huileux qui pendait de sa poche arrière, un cigare éteint vissé au coin des lèvres.

— J'peux faire quelque chose pour vous ? marmonna-t-il.

Ils n'étaient manifestement pas les bienvenus. Lacy lui décocha son plus beau sourire.

— Oui, merci. Nous cherchons un pick-up Chevrolet de 2009.

— On en a des milliers ici. Vous pouvez être plus précise, ma jolie ?

En d'autres circonstances, le « ma jolie » l'aurait hérissée, mais le moment était mal choisi pour le remettre à sa place.

— Vous cherchez des pièces détachées ?

— Non, pas exactement, répondit-elle, tout sourire.

— Écoutez, m'dame. On vend des pièces détachées ici, rien d'autre. On a cent mille épaves, et il en arrive tous les jours.

Comprenant qu'ils n'allaient nulle part, Lacy lui glissa sa carte de visite.

— Nous enquêtons sur des activités criminelles. Pour l'État de Floride.

— Vous êtes flic, bougonna l'homme.

Dusty semblait le genre d'endroit où les transactions en liquide, sous le manteau, étaient monnaie courante, et où les représentants de l'ordre n'étaient guère en odeur de sainteté. Deux autres associés, toujours au téléphone, les observèrent à la dérobée.

— Non, répliqua vivement Lacy.

Jeri admirait des enjoliveurs pendant que Darren consultait son téléphone.

— Pas du tout. Nous avons juste besoin de voir ce pick-up.

Elle lui donna une copie du descriptif que Jeri avait trouvé en ligne. Ernie s'en empara et se pencha vers l'écran de son imposant ordinateur, une vieille bécane des années 1970. L'appareil était lui aussi maculé d'huile. L'homme tapait d'un doigt, les sourcils froncés.

— On l'a rentré en janvier, grommela-t-il enfin. Parking sud. Rang quatre-vingt-quatre. (Il leva les yeux sur Lacy.) C'est bon ? Écoutez, ma p'tite dame, on vend des pièces ici, on ne fait pas de visite guidée.

Elle haussa un peu le ton.

— Bien sûr. Nous pouvons toujours revenir avec un mandat.

D'après la réaction affolée de l'employé, les mandats n'étaient pas les bienvenus non plus chez Dusty.

— Suivez-moi, déclara Ernie en les entraînant vers la porte de derrière.

Sur leur droite, un long bâtiment métallique abritait des dizaines de voitures et de camions à différents stades de démolition. Sur leur gauche, à perte de vue, des véhicules réduits à l'état d'épaves. Il pointa la droite de la main.

— Les voitures sont là. (Il fit un signe de la main vers la gauche.) Les camions et les fourgonnettes, plus loin. Le parking sud est droit devant vous, à environ huit cents mètres. Cherchez la rangée quatre-vingt-quatre. Avec un peu de chance, vous le trouverez. Nous fermons à 17 heures et je ne vous conseille pas de vous retrouver enfermés ici le soir.

Darren désigna un adolescent dans une voiturette de golf et demanda à Ernie :

— On peut l'emprunter ?

— Tout est à vendre ici, boss. Demandez à Herman.

Sur ces mots, Ernie tourna les talons. Pour cinq dollars, Herman accepta de les emmener à la rangée quatre-vingt-quatre. Ils s'entassèrent dans la voiturette et traversèrent les allées de milliers de véhicules accidentés et éventrés, la plupart sans capot, sans pneus, certains envahis par les mauvaises herbes qui dépassaient par les fenêtres. Il s'arrêta devant un pick-up gris et tous trois descendirent du véhicule.

Lacy lui tendit un autre billet de cinq dollars.

— Écoute, Herman, tu peux revenir nous chercher à l'heure de la fermeture ?

Le gamin sourit, prit l'argent, grogna une réponse et s'éloigna.

Le pick-up avait été percuté dans la portière passager et était dans un sale état, mais le moteur était intact et avait déjà été recyclé.

Comme tous trois observaient la carcasse d'un air ébahi, Lacy soupira.

— Alors qu'est-ce qu'on fait maintenant ?

— On va récupérer des pistons, railla Darren pour faire le malin.

— Vous ne croyez pas si bien dire, répondit Jeri. Pensez à ce que Bannick n'a pas touché. Le moteur, par exemple. Et à ce qu'il a pu toucher. Le volant, le tableau de bord, le clignotant, le levier de vitesse, les boutons…

— Et vous avez apporté de la poudre ? interrogea Lacy.

— Non, mais je sais comment trouver des empreintes. L'idée est de faire venir le FBI pour les relever. Pour le moment, je veux juste jeter un coup d'œil.

— La boîte à gants ! s'exclama Darren.

— Oui, et tout autour des sièges. Réfléchissez à votre propre voiture et à tout ce qui tombe dans les interstices. On met des gants d'abord ?

Elle sortit trois paires en plastique de son sac à main. Chacun en enfila une.

— Je vais fouiller l'intérieur, déclara Jeri. Darren, vérifiez le coffre. Lacy, voyez si vous trouvez quelque chose derrière le siège côté passager.

— Attention aux serpents, avertit Darren.

Les deux femmes faillirent pousser un cri.

La moitié de la banquette était affaissée et la porte passager tenait à peine. Il n'y avait rien dans le vide-poches latéral. Jeri épousseta les bris de verre sur le siège conducteur et s'installa au volant. Elle se pencha pour ouvrir la boîte à gants, mais la porte était coincée.

— Il faut l'ouvrir, grogna Jeri. Avec un peu de chance, elle contient le manuel d'utilisateur et divers documents, comme tous les véhicules, non ?

— Le manuel d'utilisateur ? répéta Lacy, perplexe.

Soudain, un souvenir lui revint en tête, et ses genoux flanchèrent. Elle se courba et posa les mains sur ses genoux, peinant à respirer.

— Ça va ? interrogea Jeri en lui touchant l'épaule.

— Non, désolée, j'ai besoin d'une minute.

Darren se tourna vers Jeri.

— C'est son accident de voiture, dans lequel Hugo a été tué. C'était il n'y a pas si longtemps.

— Désolée, Lacy. Je n'avais pas pensé à ça.

Lacy se leva et inspira profondément.

— On aurait dû apporter de l'eau, dit Jeri. Désolée.

— Ce n'est pas grave. Ça va mieux. Allons-nous-en et prévenons le FBI. Ils vont prendre le relais.

— D'accord, mais, avant, je voudrais savoir ce qu'il y a dans cette boîte à gants.

Un gros Ford au toit écrasé était garé un peu plus loin. Darren en fit le tour et vit un morceau de métal pendre au bas de la portière gauche. Il l'arracha et revint s'asseoir sur le siège passager du Chevrolet gris. Il introduisit son outil improvisé dans l'interstice pour forcer la boîte à gants abîmée, mais elle résistait encore. Il poussa, secoua, jura, encore et encore, rien à faire. La boîte était à moitié enfoncée et bel et bien fermée.

— Je te croyais plus fort que ça, commenta Lacy, tandis que les deux femmes l'observaient.

Darren lui jeta un regard noir, s'essuya le front et s'attaqua à nouveau à la boîte récalcitrante. Il réussit enfin à ouvrir une brèche et finit par arracher la porte.

Il adressa un sourire satisfait aux deux femmes et jeta son outil dans les mauvaises herbes. Après avoir rajusté ses gants, il en vida le contenu avec précaution : une pochette plastifiée, une brochure sur la garantie des pneus, une facture de plein d'essence au nom de Robert Trager, un document de l'American Automobile Association et deux tournevis rouillés.

Il tendit la pochette à Jeri et sortit du pick-up. Tous trois contemplèrent leur butin.

— Est-ce qu'on l'ouvre ? interrogea Lacy.

Jeri la serra dans ses mains.

— Bannick a sûrement touché cette pochette à un moment ou un autre. Et il y a peu de chances qu'il l'ait nettoyée. Il n'a pas vraiment pu le faire, du moins pas le mois dernier, il était trop occupé à effacer ses traces partout ailleurs.

— Ne prenons pas de risques et apportons-la au FBI.

— Oui, absolument. Mais jetons un coup d'œil avant.

Elle ouvrit lentement la pochette et sortit le manuel d'utilisateur. Entre les pages étaient glissés des documents d'assurance et deux reçus d'un magasin de pièces détachées automobiles.

Une carte tomba et virevolta par terre. Lacy la ramassa, la lut et sourit.

— Bingo.

C'était une carte de State Farm délivrée à Waveland Shores, l'une des sociétés écrans de Bannick. Elle couvrait une période de six mois allant de janvier à juillet 2013 et indiquait le numéro de la police d'assurance, les garanties, le numéro d'identification du véhicule et le nom de l'agent. Au verso, les instructions à suivre en cas d'accident. Elle la montra à Jeri et à Darren, qui n'osèrent pas la toucher, puis la replaça dans le manuel.

— On dirait que la chance tourne, murmura Jeri.

— J'appelle Clay Vidovich, déclara Lacy en s'emparant de son téléphone.

Ils patientèrent encore dix minutes, puis virent Herman arriver dans sa voiturette de golf. L'adolescent les reconduisit à l'entrée, où Ernie leur réclama, évidemment, dix dollars pour le manuel. Lacy le négocia à cinq dollars, un coût qui serait pris en charge par les contribuables de Floride, puis le trio s'en alla.

Une heure plus tard, tous trois buvaient un soda dans la salle de conférences des bureaux du FBI de Pensacola, avec Vidovich et les agents Neff et Suarez. Pendant qu'ils racontaient leur périple, deux techniciens examinaient le manuel, la carte d'assuré et les autres objets trouvés dans la boîte à gants.

— Oui, on part demain matin, expliqua Vidovich. Notre vol est à 8 heures. Nous serons à Washington dans l'après-midi. Merci à vous, Jeri. Le voyage était productif, on dirait ?

— Les résultats sont mitigés, répondit-elle très sérieusement. Nous avons trouvé notre homme, mais il a réussi à s'en tirer à sa manière.

— Il ne fera plus jamais de mal à personne, ce qui n'est pas toujours le cas. Nous pouvons clore cette affaire, et nous en avons d'autres à traiter.

— Combien, si je peux me permettre ? interrogea Darren.

Vidovich regarda Neff, qui haussa les épaules, comme si elle ne pouvait pas répondre.

— Environ une douzaine, de toutes sortes.

— Certaines ressemblent à Bannick ? interrogea Lacy.

Il sourit et secoua la tête.

— Pas à notre connaissance, mais on ne prétend pas tout savoir. La plupart de ces gars tuent au hasard et ne connaissent pas leurs victimes. Bannick était différent. Il tenait une liste et traquait ses cibles pendant des années. On ne l'aurait jamais épinglé sans vous, Jeri.

La porte s'ouvrit. Un technicien entra et lança :

— Nous avons deux très bonnes empreintes de pouce, toutes les deux sur la carte d'assurance. Je viens de les envoyer à notre labo de Clarksburg.

Il repartit aussitôt, suivi de près par Vidovich.

— Ils vont les traiter en priorité, expliqua Suarez, et les faire passer dans la base de données. Nous pouvons vérifier des millions d'empreintes en quelques minutes.

— Plutôt impressionnant, commenta Darren.

— En effet.

— Et s'il y a une correspondance, qu'est-ce qui se passera ?

— Eh bien, répondit Neff, on aura la certitude que Bannick a tué Verno et Dunwoody, mais on ne pourra pas poursuivre l'enquête.

— Et s'il était en vie ?

— Ce serait délicat. Je ne voudrais pas être le procureur en charge du dossier.

— Et les autres victimes ? interrogea Jeri.

— On ne peut pas faire grand-chose de plus, dit Suarez. On pourra transmettre les dossiers à la police locale, qui informera les proches. Certains voudront en savoir plus, d'autres non. Qu'en est-il de votre famille ?

— Oh, j'imagine que je finirai par le leur dire.

La conversation s'arrêta là. Darren se rendit aux toilettes pour hommes. Lacy remit des glaçons dans son verre.

Vidovich revint, tout sourire.

— Nous avons une correspondance nette. Félicitations ! Nous pouvons prouver que le juge Bannick a assassiné Lanny Verno et Mike Dunwoody. Au point où nous en sommes, c'était inespéré.

— J'ai besoin d'un verre, lâcha Lacy.

— Eh bien, justement, je pensais à un verre suivi d'un bon dîner pour fêter ça. C'est le FBI qui régale.

Jeri hocha la tête en séchant ses larmes.

46

Deux semaines plus tard, Lacy et Allie prirent l'avion pour Miami, louèrent une voiture, et prirent la Route 1 vers le sud, atteignirent Key Largo, puis Islamorada, où ils s'arrêtèrent pour un long déjeuner en bord de mer.

Quand ils reprirent la route, ils traversèrent Marathon et s'arrêtèrent à Key West. Ils choisirent une chambre avec vue sur l'océan au Pier House Resort. Ils se baignèrent, flânèrent sur la plage, se prélassèrent sur le sable et sirotèrent un cocktail en regardant le magnifique coucher de soleil.

Le lendemain, samedi, ils quittèrent Key West et se rendirent à Grassy Key, un quartier cossu et privé en front de mer, où habitaient les Kronke. Le rendez-vous était fixé à 10 heures et ils arrivèrent avec quelques minutes d'avance. Jane Kronke les accueillit chaleureusement et les conduisit dans le patio où ses deux fils, Roger et Guff, les attendaient. Ils étaient venus en voiture de Miami la veille. Peu après, le chef Turnbull, de la police de Marathon, arriva à son tour. Allie alla boire son café sur le porche pour les laisser discuter en privé.

Après les présentations de rigueur, Lacy prit la parole.

— Comme je vous l'ai dit au téléphone, je suis la directrice par intérim du Board on Judicial Conduct, et il est de notre devoir d'enquêter sur les plaintes déposées contre des juges en exercice. En mars, nous avons rencontré une femme dont le père a été assassiné en 1992. Elle affirmait connaître l'identité du tueur. Elle a déposé une plainte et nous avons ouvert une enquête, comme le requiert la loi. Elle était convaincue que le suspect, un magistrat, était responsable des meurtres de M. Kronke, ainsi que de deux hommes à Biloxi, dans le Mississippi. Habituellement, nous ne traitons pas les affaires d'homicides, mais nous n'avions pas le choix. Je suis allée à Marathon avec un collègue en mars et nous avons discuté avec le chef de la police, qui s'est montré très coopératif. Cela n'a mené nulle part, car, comme vous le savez, nous n'avions aucune preuve. Nous avons fini par contacter le FBI et son unité spécialisée dans la recherche des tueurs en série.

Elle s'interrompit et but une gorgée de limonade. Les membres de la famille Kronke étaient suspendus à ses lèvres et semblaient profondément bouleversés. Elle avait de la peine pour eux.

— Le juge en question est Ross Bannick, du district de Pensacola. Nous le soupçonnons d'être l'auteur d'au moins dix meurtres ces vingt dernières années, y compris de celui de M. Kronke. Il y a trois semaines, le juge s'est suicidé dans un centre de désintoxication près de Santa Fe. Une empreinte de pouce le relie à deux assassinats à Biloxi, mais nous n'avons toujours pas la preuve qu'il a tué M. Kronke. Tout ce que nous avons, c'est le mobile et la méthode.

Jane Kronke s'essuyait les yeux tandis que Guff lui tapotait le bras.

— Quel est le mobile ? demanda Roger.

— Cela remonte à 1989, quand Bannick travaillait comme stagiaire dans le cabinet de votre père. Pour une raison inconnue, il n'a pas eu de proposition d'embauche à la suite de son stage. Votre père supervisait les stagiaires cette année-là et a écrit à Bannick pour l'informer qu'il n'avait pas de poste. Bien entendu, il l'a très mal pris.

— Et il a attendu vingt-trois ans pour se venger ? s'étonna Guff.

— En effet. C'était un homme très patient, très calculateur. Il connaissait toutes ses victimes et a attendu le moment opportun à ses yeux. Nous ne connaîtrons jamais les détails, car Bannick a tout détruit avant de se donner la mort. Dossiers, carnets, disques durs, tout. Il savait que le FBI resserrait son étau. Il était extrêmement pointilleux et remarquablement brillant. Le FBI est impressionné.

Ils absorbèrent ces informations en silence, l'air incrédule. Après un long moment, le chef Turnbull demanda :

— Vous avez mentionné la méthode.

— La même pour toutes les victimes, sauf une. Une corde en nylon, nouée par un nœud spécial appelé double demi-clé. Il est parfois utilisé par les marins.

— Sa signature.

— Oui, sa signature, ce qui n'est pas inhabituel. Le profileur du FBI pense que Bannick voulait être reconnu pour son œuvre. D'après lui, il avait une sorte de désir de mort, d'où le suicide.

— Comment s'est-il donné la mort ? s'enquit Roger.
— Overdose. On ne sait pas quelle drogue il a prise, car il n'y a pas eu d'autopsie, selon les instructions qu'il a laissées. Cela dit, ce n'était pas utile. Le FBI a examiné ses doigts et ses pouces, mais ils étaient trop abîmés pour qu'on puisse relever ses empreintes.
— Mon père a été tué par un juge ? demanda Guff, sous le choc.
— C'est ce que nous pensons, oui. Sauf que nous ne pouvons pas le prouver.
— Et vous ne le pourrez jamais ?
— L'empreinte de pouce a été retrouvée sur la scène de crime de Biloxi. Le shérif de la ville va rencontrer les familles des victimes avant de décider de la marche à suivre. Il est possible qu'ils décident de divulguer que les meurtres ont été résolus et que Bannick en est l'auteur.
— J'espère bien, dit Roger.
— Mais il n'y aura pas d'inculpation ? interrogea Guff.
— Non. Il est mort et je doute fort que le procureur souhaite le condamner *in absentia*. Le shérif pense que les familles, au moins l'une d'entre elles, ne voudraient pas donner suite. Une inculpation est très compliquée, voire impossible, car Bannick ne peut répondre à ses accusateurs.
— Je ne sais pas quoi dire, déclara Jane Kronke entre ses dents serrées. Est-on censés être soulagés, en colère, ou quoi ?
Lacy haussa les épaules.
— J'ai bien peur de ne pas avoir de réponse.

— Mais il n'y aura aucun rapport, aucun article, rien pour faire savoir au monde que notre père a été assassiné par ce type ?

— Je ne peux pas contrôler ce que vous dites aux journalistes, mais en l'absence de preuves, je ne suis pas sûre qu'ils puissent publier quoi que ce soit. Cela pourrait leur causer des ennuis d'accuser un homme mort sans arguments solides.

Un nouveau silence s'installa, pendant lequel ils tentèrent de trouver un sens à tout cela.

— Qui sont les autres victimes ? finit par demander Roger.

— Des gens que Bannick a connus par le passé, et qui lui ont causé du tort d'une manière ou d'une autre. Un professeur de droit qui l'a humilié, un avocat qui l'a escroqué, deux ex-petites amies, un ancien client qui a déposé une plainte, un journaliste qui a révélé une transaction immobilière douteuse. Un chef scout. Nous pensons qu'il a sexuellement agressé Bannick quand ce dernier avait environ douze ans.

Guff secoua la tête, exaspéré, se leva et fit les cent pas, les mains enfoncées dans ses poches.

— S'il était si brillant, comment l'avez-vous attrapé ?

— Ce n'est pas nous. Ni les forces de l'ordre. Le chef de la police de Biloxi peut attester qu'il n'a laissé pratiquement aucune trace derrière lui.

— Alors, comment ?

— Eh bien, c'est une longue histoire, plutôt difficile à croire. Je vous passe les détails pour en venir au fait : sa seconde victime, du moins d'après la chronologie que nous avons établie, était le professeur de

Bannick à la fac de droit. Sa fille est devenue obnubilée par le meurtre de son père. Elle soupçonnait Bannick et l'a traqué pendant vingt ans. Quand elle a été sûre de ses accusations, et qu'elle en a trouvé le courage, elle est venue nous voir. Nous ne voulions pas traiter cette affaire, mais nous n'avions pas le choix. Il ne nous a pas fallu longtemps pour faire appel au FBI.

— S'il vous plaît, remerciez-la de notre part, dit Jane.

— Je le ferai. Elle est formidable.

— Nous aimerions la rencontrer un jour, renchérit Roger.

— Peut-être. Qui sait ? Mais elle est plutôt timide.

— Eh bien, elle a résolu l'affaire, alors que personne d'autre ne l'aurait jamais fait. Le FBI ferait bien de l'embaucher.

— Ils aimeraient bien ! Écoutez, je suis désolée de vous avoir annoncé cette triste nouvelle, mais j'ai pensé que vous aimeriez être au courant. Si vous avez des questions, vous avez mon numéro de téléphone.

— Oh, je suis sûr que nous en aurons des milliers.

— Quand vous voulez. Mais je ne vous promets pas d'avoir des réponses.

Il était temps de prendre congé. Ils remercièrent Lacy encore et encore, puis la raccompagnèrent à la voiture où Allie l'attendait.

*

En fin d'après-midi, l'hôtel était animé par la musique du bar, un match de volley-ball sur la plage, des enfants qui s'éclaboussaient dans la piscine. Un groupe de reggae s'accordait sous les palmiers. Au loin, des voiliers voguaient sur l'eau d'un bleu cristallin.

Lacy avait assez pris le soleil et voulait se promener. Au bout d'un moment, ils tombèrent sur un mariage organisé autour d'une petite chapelle installée sur le sable. Les invités arrivaient et sirotaient du champagne.

— Quelle charmante chapelle. C'est un bel endroit pour un mariage.

— Oui, c'est sympa, répondit Allie.

— Je l'ai réservée pour le 27 septembre. Tu es libre ce jour-là ?

— Euh, eh bien, je ne sais pas. Pourquoi ?

— Ce que tu peux être lent parfois. C'est le jour où nous allons nous marier. Ici même. J'ai déjà versé des arrhes.

Il lui prit la main et l'attira à lui.

— Et la demande en mariage et tout ça ?

— Je viens de la faire. Apparemment, tu n'en étais pas capable. Et je veux bien cette bague maintenant.

Il rit et l'embrassa.

— Pourquoi n'en achètes-tu pas une toi-même, puisque tu as pris les choses en main ?

— J'y ai pensé, mais c'est ton rôle. Et j'aime les diamants ovales.

— D'accord, je m'en charge. Autre chose ?

— Oui. J'ai choisi cette date parce que cela nous laisse quatre mois pour mettre fin à nos carrières et entamer notre nouvelle vie. Je démissionne. Tu démissionnes. C'est le FBI ou moi.

— Ai-je le choix ?

— Non.

Il l'embrassa à nouveau, puis rit encore.

— Je te choisis, toi.

— Bonne réponse.

— Et je suis sûr que la lune de miel est prévue aussi.

— Oui. Nous partons un mois. Nous commencerons par la côte amalfitaine en Italie, puis nous prendrons le train pour Portofino, Nice, le sud de la France, et nous finirons peut-être par Paris. On verra bien une fois sur place.

— Ton plan me plaît. Et on revient quand ?

— *Si* on revient... alors on écrira un nouveau chapitre.

Un garçon d'honneur pieds nus, en bermuda, chemise rose et nœud papillon, s'approcha d'eux avec deux coupes de champagne.

— Venez faire la fête avec nous ! Plus on est de fous, plus on rit !

Ils attrapèrent chacun une coupe et s'assirent au dernier rang avec l'impression d'être à leur place, au mariage de deux parfaits inconnus.

Lacy prenait déjà des notes sur la façon de faire mieux.

NOTE DE L'AUTEUR

La dernière fois qu'on a vu Lacy Stoltz dans *L'Informateur*, elle se remettait de ses blessures et se débattait avec son avenir. J'ai beaucoup pensé à elle depuis et je voulais lui faire vivre une nouvelle aventure. Mais je n'arrivais pas à trouver une histoire qui aurait un succès aussi retentissant que la première, jusqu'à ce que je songe à un juge qui s'avérerait être aussi un meurtrier. J'espère que vous aimez la fiction.

Comme je le souligne dans l'une des rares parties exactes du livre, chaque État a sa propre façon de traiter les plaintes contre les magistrats. En Floride, la Judicial Qualifications Commission fait du bon travail depuis 1968. Le Board on Judicial Conduct n'existe pas.

Un grand merci à Mike Linden, Jim Lamb, Tim Heaphy, Lauren Powlovich, Neal Kassell, Mike Holleman, Nicholas Daniel, Bobby Moak, Wes Blank et Talmage Boston.

Du même auteur :

Chez Robert Laffont

Le Droit de tuer
L'Idéaliste
L'Héritage de la haine
Le Maître du jeu
L'Associé
La Loi du plus faible
Le Testament
L'Engrenage
La Dernière Récolte
Pas de Noël cette année
L'Affaire Pélican
L'Héritage
La Firme
La Transaction
Le Dernier Juré
Le Clandestin
Le Dernier Match
L'Accusé
Le Contrat

La Revanche
L'Infiltré
Chroniques de Ford County
La Confession
Les Partenaires
Le Manipulateur
Calico Joe

Chez JC Lattès

L'Allée du sycomore
L'Ombre de Gray Mountain
L'Insoumis
L'Informateur
Le Cas Fitzgerald
Les Imposteurs
La Sentence
Les Oubliés
Le Cas Nelson Kerr
La Chance d'une vie
Le Droit au pardon
Le Réseau

Chez Oh ! Éditions / XO

Théodore Boone : Enfant et justicier
Théodore Boone : L'Enlèvement

Chez XO Éditions

Théodore Boone : Coupable ?
Théodore Boone : La Menace

RETROUVEZ JOHN GRISHAM AU LIVRE DE POCHE

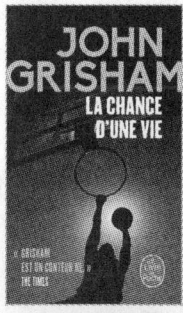

Le Livre de Poche s'engage pour l'environnement en réduisant l'empreinte carbone de ses livres. Celle de cet exemplaire est de :
0,200 kg éq. CO$_2$
Rendez-vous sur www.livredepoche-durable.fr

Composition réalisée par PCA

Achevé d'imprimer en France par
CPI BRODARD & TAUPIN (72200 La Flèche)
en novembre 2024
N° d'impression : 3059575
Dépôt légal 1re publication : octobre 2024
Édition 04 - décembre 2024
LIBRAIRIE GÉNÉRALE FRANÇAISE
21, rue du Montparnasse – 75298 Paris Cedex 06
marketing@livredepoche.com

74/7901/2